Renata Schumann

DER PIASTENTURM

Renata Schumann

DER PIASTEN-
TURM

Roman

Langen Müller

Meinen Kindern

Besuchen Sie uns im Internet unter
http://www.langen-mueller-verlag.de

© 2004 by Langen Müller in der
F. A. Herbig Verlagsbuchhandlung GmbH, München
Alle Rechte vorbehalten
Schutzumschlag: Wolfgang Heinzel
Motiv: Kirchenruine im Schnee, Gemälde von Carl Georg
Adolph Hasenpflug, akg-images, Berlin
Vorsatzkarte: Staatsbibliothek Preußischer Kulturbesitz
Herstellung und Satz: VerlagsService Dr. Helmut Neuberger
& Karl Schaumann GmbH, Heimstetten
Gesetzt aus der 11/14 Punkt Janson-BQ
Druck und Binden: Ueberreuter Buchproduktion, Korneuburg
Printed in Austria
ISBN 3-7844-2967-X

ALLES BLEIBT,
WIE ES NIEMALS WAR.

WERNER TÜBKE

MONASTERIUM IN AQUIS — IM KLOSTER ZU TSCHARNOWONS

Herzogin Viola hob den Kopf. Sie hatte ihn während des Gebetes auf ihre gefalteten Hände sinken lassen. Es fröstelte sie. Die Kühle des Steinbodens hatte sie durchdrungen und jetzt spürte sie auch die Härte des Betschemels unter den Knien. War sie eingeschlafen? Verunsichert blickte sie zur Gottesmutter mit dem Kind über dem Altar empor, die im spärlichen Kerzenlicht mild auf sie herabsah.

Hier im Halbdunkel der kleinen Klosterkirche zu Tscharnowons betete die Fürstin des Landes, Viola von Oppeln und Ratibor, voller Trauer um ihren jung verstorbenen Sohn Mieschko. Außer zwei armdicken Kerzen am Altar hellten nur vier kleine Fenster das Innere der heiligen Stätte ein wenig auf.

In den Urkunden wurde das Kloster zu Tscharnowons als Monasterium sancte Marie in aquis bezeichnet, weil es zwischen zwei Flüssen, der Oder und der hier in sie mündenden Malapane, lag. Die Einheimischen nannten die ehrwürdige Stätte Bozi Dom, die geistlichen Herrn Domus Dei, und für die Siedler aus dem Westen war es ihr Gotteshaus. In diesem Kloster lebten Prämonstratenser – Mönche und Nonnen, die sich, von den Fürsten des Landes herbeigerufen, vor Jahren an diesem Ort angesiedelt hatten.

Die Mönche schrieben in ihren Annalen das Jahr 1246.

Die Herzogin ließ ihren Blick zur Seite des Altars schweifen, wo unter einem Türbogen steinerne Treppen in die Krypta hinabführten, dorthin, wo die Särge der Verstorbenen ihrer Familie standen, prächtige Särge, Sarkophage. Unter ihnen nun auch der Sarg ihres Sohnes Mieschko, des Helden von Liegnitz. Daneben der marmorne Sarkophag ihres vor vielen Jahren verstorbenen Mannes, Kasimir von Oppeln und Ratibor. Und weiter im Dunkel andere Särge … von Mieschko dem Humpelnden und seiner Frau Ludmilla, die wenige Wochen nach ihrem Mann verstorben war, von Fräulein Richesa, der guten Seele und ihrer Mutter Jutta.

Herzogin Viola sah sich in dem dunklen Raum der Krypta umhergehen. Sie spürte die modrige Luft. Plötzlich öffnete sich ein Sarg nahe der Treppe und – sie erblickte sich selbst.

Sie schreckte zusammen und rieb sich die Augen. Sie dachte, ja, so wird es sein: Bald kommt auch meine Zeit. Und auch meine sterblichen Reste werden bald in der dunklen, steinernen Krypta ruhen. Sie bekreuzigte sich.

Sie lebte und ihr Sohn war tot. Es wurde jedoch auch für sie Zeit, Abschied zu nehmen vom Leben. Sie war alt geworden. Und hatte sie nicht schon genug gelebt, Freud und Leid zur Genüge erfahren, so manches ertragen? Sie lebte bald ein halbes Jahrhundert. In wenigen Jahren würde sie fünfzig Jahre alt werden. Nicht viele Menschen erreichten dieses Alter. Besonders Weiber starben früh. Im Kindsbett meistens. Und die Männer im Krieg.

Viola schauderte. Ja, sie hatte geschlafen. Und sie hatte geträumt.

Die Gottesmutter blickte wie immer mild lächelnd auf sie herab, eine junge Mutter, die ihr Kind zärtlich in den Armen hielt. Ein freundliches, rundes Gesicht. Ein junges Weib, wie es einem auf dem Weg zwischen den Hütten in irgendeinem Ort der Umgebung begegnen könnte. Doch das Gewand der aus Holz geschnitzten Figur war feierlich, wie es sich für eine Himmelskönigin gehörte. Bunt bemalt, nach dem Geschmack des hiesigen Volkes. Ein himmelblauer Mantel mit einer goldenen Fibel zusammengehalten, darunter dunkelrot das Kleid mit einem goldbestickten runden Halsausschnitt, um den Kopf ein weißes Tuch. Das Kind im weißen Hemdchen lächelte und hob segnend sein Ärmchen. Eine Mutter mit ihrem Kind, ein Bild der Hoffnung. Auf dem Sockel, unter den Füßen der aufrecht stehenden Gottesmutter krümmte sich friedlich bezwungen ein Drache.

Doch Herzogin Viola spürte, für sie wäre jetzt das Bild einer schmerzvollen Gottesmutter tröstlicher. Ein Bild, wie sie es in Rybnik gesehen hatte: eine Mutter, die ihren toten Sohn auf den Knien hält. Eine Pieta, wie die geistlichen Herren sagten, eine leidvolle Mutter. Die dennoch lächelt. Das wäre jetzt das richtige Bild für sie, denn sie brauchte Trost.

Aber war ihr nicht eben im Traum eine schmerzvolle Mutter erschienen?

Viola rieb sich erneut die Augen. War es nicht ihre mütterliche Freundin, Herzogin Hedwig von Schlesien gewesen, die zu ihr herabgestiegen war, eine Mutter, die wie sie ihren Sohn verloren hatte? Die hohe Frau hatte sich über sie geneigt und ihr übers Haar gestrichen wie so manches Mal in ihrer Kindheit. Wärme, wohltuende Wärme war von dieser liebevollen Hand ausgegangen. Herzogin Hedwig in ihrem grauen, schlichten Kleide, das sie in ihren letzten Jahren ständig getragen hatte, um das Gesicht ein weißes Tuch geknüpft, den dunkelgrauen Mantel umgeworfen. Als wäre sie lebend von oben herabgestiegen.

War es ein Traum? Oder war es gar ein Wunder? Viola sah nochmals zur Gottesmutter hinauf und blinzelte. Und sie meinte, alles noch einmal zu erblicken: Blass und zart schimmernd schob sich ein Bild über das andere, beide Bilder flossen ineinander im Licht der untergehenden Sonne, das in diesem Augenblick durch das Fenster einfiel. Die Gottesmutter mit der Fürstin vereint. Ein Wunder. Mit Sicherheit, dachte Viola. Aber warum auch nicht? Herzogin Hedwig galt im ganzen Lande als Heilige. Sie war seit drei Jahren tot. Zwei Jahre nach dem Tod ihres Sohnes Heinrich auf der Wahlstatt bei Liegnitz war sie gestorben. Ihr Sohn hatte als Retter des Landes und der Christenheit sein Leben im Kampf mit den Heiden, den heidnischen Mongolen geopfert. Man erzählte sich, die alte Herzogin habe um ihren Sohn nicht geweint, im Gegenteil, sie soll Gott gedankt haben für ihren tapferen Sohn, der im Kampf mit den Heiden einen ritterlichen Tod gefunden hatte. Warum sollte sie sie nicht in diesem Gram, der dem ihrigen gleich war, trösten wollen.

Hedwig von Schlesien! Ihre Familie und der Bischof von Breslau sollen sich bereits an den Papst um die Heiligsprechung der großen Frau gewandt haben. Der Zisterzienser Engelbert hat ihr Leben aufgezeichnet, hat alle Wunder aufgezählt, um diese Dokumente dem Oberhaupt der Kirche vorzulegen. Auch Viola hätte einiges über die Güte und die außergewöhnliche Fürsorge der Fürstin für die Armen und Leidenden erzählen können. Viola war an Hedwigs Hofe zusammen mit deren Kindern aufgewachsen und durch ihre Verheiratung mit Fürst Kasimir zu Hedwigs Verwandten geworden. Sie erinnerte sich gern an die Besuche der Fürstin in ihrem Lande.

Herzogin Hedwig war zur Taufe Mieschkos und bei Kasimirs Begräbnis anwesend gewesen. Es hatte ihr gut gefallen im Oppelner und im Ratiborer Land. Sie hatte den Oderberg bereist und das Tscharnowonser Kloster besucht. Und als Viola nach dem Tode ihres Mannes für ihre unmündigen Söhne regieren musste, waren oft Boten zwischen Oppeln und Liegnitz, zwischen Ratibor und Breslau hin und her geritten mit Bitten um Rat und mit klugen Antworten.

Und nun war ihr die Verehrungswürdige erschienen, um sie in ihrem Schmerz zu trösten. Ja, sie war mit Sicherheit eingeschlafen und hatte geträumt, dachte Viola. Aber waren es nicht die Träume, die Trost spenden, die Sehnsüchte auf sanften Flügeln hin und her tragen und den Träumenden in sonst unzugängliche Sphären versetzen? Herzogin Viola fühlte sich wunderbar getröstet durch ihren Traum. Aber eine Erscheinung wie die, die ihr soeben widerfahren war, war mehr als ein Traum. Hatte die Herzogin nicht wie lebendig neben ihr gestanden und sie berührt?

Diese Erscheinung war ein Wunder. Je mehr sie daran dachte, umso sicherer war sie: Ja, es war ein Wunder.

Und sie würde von diesem Wunder Kanzler Magister Sebastianus berichten. Und auch dem Abt und der Äbtissin von Tscharnowons. Sie alle und auch die Mönche und Nonnen würden sich über das Wunder in ihrem Kloster freuen. Herzogin Viola ließ die Perlen des Rosenkranzes zwischen den Fingern gleiten: Ave Maria … Sie blickte wieder zum Bild der Gottesmutter auf dem Altar empor, das in der einbrechenden Dämmerung und dem spärlichen Kerzenschimmer verblasste.

Es war nicht das erste Wunder der Tscharnowonser Gottesmutter. Unter den Einheimischen galt die Figur als Wunder wirkendes Bild. Die Priester rühmten die Wunder als ein Mysterium der neuen Lehre, doch das Volk glaubte, die Gottesmutter von Tscharnowons wirke Wunder, weil sie aus dem Holz der heiligen Linde geschnitzt war, aus dem Holz des heiligen Baumes der alten Heiden. Denn die meisten Einheimischen waren noch immer halbe Heiden. Besonders die Weiber trugen ihre großen und kleinen Kümmernisse zur göttlichen Mutter, denn so waren sie es gewohnt. Sie priesen die Gottesmutter im christlichen Gotteshaus und verehrten zu Hause ihre heidnische Muttergöttin. Für sie war diese Göttin eine alles in Liebe umfassende Mutter.

Daran hatten auch die Verkünder der neuen Lehre gedacht. Um den alten Glauben zu achten und an die Gepflogenheiten der frisch Bekehrten anzuknüpfen, hatten die Mönche ihre erste Kirche an der Stelle des heiligen Hains der Heiden errichtet. Die Bäume des heiligen Hains wurden gefällt. Die Menschen standen daneben und sahen zu, die Fäuste geballt und Blitz und Donner erwartend. Aber nichts tat sich. So wandten sie sich von ihren Göttern ab, enttäuscht von deren Ohnmacht und ließen sich taufen wie zuvor ihre Fürsten.

Den wichtigsten Baum aber, die heilige Linde, ließen die Missionare stehen und bauten ihr Kirchlein daneben. Sozusagen in ihrem Schutz. Der mächtige Baum soll noch viele Jahre gestanden haben. Als er sich aber zu neigen begann und man befürchtete, er könne irgendwann umstürzen und das Dach der Kirche beschädigen, entschloss man sich, ihn zu fällen. Sein Holz hatten viele insgeheim aufbewahrt. Und aus diesem Holz – so sagt man – wurde später die Figur der Gottesmutter geschnitzt.

Ein hervorragendes Kunstwerk, lobte Bischof Lorenz von Breslau, als er zur feierlichen Einführung der Nonnen aus Rybnik ins Tscharnowonser Kloster angereist war. Die Feierlichkeit war verbunden mit der Dankesfeier zum Abschluss des aufwändigen Ausbaus des alten Klosters und der alten Kirche.

Trotz seiner Begeisterung gab sich der Bischof etwas verwundert: eine Madonna mit dem Kind auf einem Drachen – nachdenklich wiegte er den Kopf. Warum ein Drache? Eine Schlange, das ist üblich – Maria, die Himmelskönigin besiegt das Böse –, aber ein Drache …

Kasimir erklärte dem geistlichen Herrn, dass die Einheimischen unzählige Geschichten über Drachen und Drachentöter kannten, die hierzulande gelebt haben sollen.

»Allerdings«, erinnerte sich der Bischof, »manche setzen den Drachen mit der biblischen Schlange gleich.« Und er fragte nach dem Schnitzer – dem Künstler, verbesserte er sich.

Die Figur hatte Tilo von Tscharnowons, der Sohn des Schreiners Anton, geschnitzt und kunstvoll bemalt. Der junge Bursche erwies sich im Gespräch mit dem Bischof gewitzt und weckte dessen Gefallen. Wenig später schnürte Tilo von Tscharnowons fröhlich pfeifend seine Siebensachen in ein Bündel, verabschiedete sich von seiner weinenden Mutter und begab sich nach Breslau. Er tröstete sie, dass Breslau nicht weit sei und für ihn zu Fuß in einigen Tagen zu erreichen. Und wer weiß, vielleicht würde er auch eines Tages hoch zu Ross seine Mutter besuchen kommen.

In Breslau gebe es mehr Arbeit für derart gottbegnadete Künstler als hierzulande, hatte der Bischof kurz entschlossen dem Fürstenpaar erklärt und den Fürsten eigentlich nur aus Höflichkeit gebeten, ihm den jungen Mann zu überlassen. Nun, der Bischof von

12

Breslau war ein mächtiger Mann und es wäre unschicklich gewesen, sich ihm zu widersetzen. Außerdem war Tilo ein Freier, denn sein Vater war ein Neusiedler und die durften ihren Wohnsitz wechseln ohne Zustimmung ihres Herrn.

Freilich hätte der Fürst Widerspruch einlegen können. Aber er tat es nicht. Viola und Kasimir waren zwar der Meinung, auch im Oppelner und Ratiborer Land wäre genug Arbeit für den jungen Mann gewesen. Aber der Bischof war reich, er lockte den Künstler mit großzügigem Lohn. Er versprach, ihn auf eine Studienreise zu schicken. Da wollten Viola und Kasimir dem Glück Tilos nicht im Wege stehen. Doch sie hatten den jungen Künstler ungern ziehen lassen. Künstler wuchsen schließlich nicht auf Steinen. Zum Trost war ihnen die Figur der Gottesmutter geblieben, die bereits in kurzer Zeit Wunder zu wirken begann.

Viola versuchte ihr Gebet wieder aufzunehmen. Ave Maria … Aber es fiel ihr schwer, ihre Gedanken an die Gebetsperlen zu binden. »Heilige Gottesmutter, verzeih mir meine Schwäche«, flüsterte sie.

Herzogin Viola hatte viel Zeit im Tscharnowonser Kloster verbracht, wo sie das lange Sterben ihres Sohnes begleitet hatte, während die Nonnen ihren Herrn und Gönner, den jungen Mieschko von Oppeln und Ratibor pflegten. Sie war auch nach dem Tode ihres Sohnes einige Wochen an dem vertrauten Ort verblieben, um hier ihr geistiges Gleichgewicht wiederzuerlangen, mit geistlichem Beistand, insbesondere dem ihrer Freundin, der Äbtissin Margareta.

Die Gedanken der Fürstin schwirrten unruhig umher wie ein Bienenschwarm. Sie wollte beten, doch sie verlor sich in ihren Gedanken, obwohl ihr die Knie auf dem Holz des Betpults schmerzten. Der Tod ihres Sohnes hatte sie tief getroffen.

Ihr Sohn Mieschko war seinem Vetter Heinrich von Schlesien zu Hilfe geeilt und hatte ihm gegen die Mongolen, die man auch Tataren nannte, treu zur Seite gestanden. Heinrich war auf dem Schlachtfeld gefallen. Mieschko aber war aus dem großen Krieg zurückgekehrt. Doch er war verwundet heimgekommen und nie wieder gesund geworden. Zwei giftige Mongolenpfeile hatten ihn gestreift. Und obwohl die Wunden bald nach der Schlacht versorgt wurden, Mönche das Gift mit dem Mund ausgesogen und die Wunden ausgebrannt hatten, war Gift in seinem Leib geblieben. Gift, das allmählich seinen Körper zerstörte. Lange hatte der junge Fürst seine Schwäche nicht wahrhaben wollen. Und nun, fünf Jahre nach der Schlacht, war Mieschko seinen Wunden erlegen.

Die Skribentin Johanna von Tscharnowons schrieb vor zwei Wochen seinen Tod in die Annalen des Klosters ein: 18.Oktobris, Anno Domini 1246 – Nos Meseco ... Dei gratia dux de Opol et Ratibor ... obiit ... Schön geschriebene Worte, mit einer Initiale geschmückt. Für die Nachkommen. Und doch werden sie sich wundern: Ein Fürst so jung gestorben und nicht im Krieg?

Nicht einmal der Heldentod war ihrem Sohn vergönnt gewesen, dachte Viola. Aber – sollte sie nicht dankbar sein für die geschenkte Zeit? Fünf Jahre Leben! So gesehen hatte Mieschko Glück im Unglück gehabt. Und sie mit ihm. Sie hatte Zeit gehabt, sich daran zu gewöhnen, dass sie ihn verlieren würde. Und er hatte noch so viel bewirken können im vom Krieg zerstörten Land.

Hätte irgendetwas den Tod ihres Sohnes abwenden, ihm das Leben retten können?

Sie hatte gebetet. Täglich hatte sie um ein Wunder gebetet. Und sie hatte Mieschko gebeten, unzählige Male hatte sie ihn angefleht, sich zu schonen. Aber er hatte nur eine Antwort auf ihre Bitten: »Mein Land braucht mich! Ich muss meinen Leuten helfen.« Mieschko war jung, aber er liebte sein Land und seine Untertanen wie ein Vater. Sie hatte ihren Sohn verstanden – er erfüllte seine Pflicht. Aber weil sich Mieschko keine Ruhe gönnte, wurde das Leiden immer schlimmer. Bis der Tod unvermeidbar war.

Viola war dabei, als ihr Sohn ein letztes Mal die Augen öffnete und sie still schloss. Gott hatte ihr diesen Sohn gegeben und genommen. Jetzt blieb ihr Zeit für das Erinnern. Zeit zum Beten.

Bis zu ihrem Tode. »Requiescat in pace!«, seufzte sie, wie sie es von den Mönchen gehört hatte und schob die Gebetsperlen in das dafür bestimmte Säckchen am Gürtel. Sie erhob sich langsam von ihrem Gebetpult. Agnes, ihre junge Hofdame, die hinter ihr gestanden hatte, half ihr dabei. »Es geht schon, es geht, mein Kind, es geht«, murmelte sie. »Es muss ja gehen. Hab Dank. – Wo ist Judith?«, fragte sie dann halblaut und antwortete sich selbst erschrocken: »Ach, ja …«

Judith, Mieschkos junge Witwe, war nach Breslau gereist. Es hatte Judith nicht im Kloster gehalten nach Mieschkos Tod. Sie war in die Oppelner Burg zurückgekehrt und bald darauf nach Breslau geritten, ohne sich nach Tost zu begeben, in die kleine Burg, die ihr Mieschko als Witwensitz zugewiesen hatte. Eine kleine Burg, die aber den Sturm überstanden hatte. Dennoch nur eine magere Abfindung, das gab Viola zu. Mieschko hatte in seinem Testament eine reichlichere Versorgung seiner Witwe vorgesehen für den Fall, dass sie ihm ein Kind gebären würde, einen Sohn, wenn auch erst nach seinem Tode. Aber Judith war nicht schwanger geworden. Nun hatte sie sich bereits einem neuen Leben zugewandt. Sie hatte Freunde und Verwandte in Breslau und ihren Mann wohl bereits vergessen.

Ritter Gregor, der zu der Herzogin ständigem Geleit gehörte, musste von den Begleiterinnen, Agnes und Berta, aus dem Schlummer gerüttelt werden. Er war auf den Knien eingeschlafen. Sie verließen die Kapelle. Draußen neigte sich der ohnehin graue Tag. Doch es war heller als zuvor in der Kirche.

Herzogin Viola war noch immer eine schöne Frau. Ein reich besticktes Stirnband hielt ein dünnes, graues Kopftuch, das sich über dem üppigen Haarknoten wölbte. An den Schläfen zeigten sich silberne Fäden im dunklen Haar, doch das Blau ihrer Augen, von dunklen Wimpern umgeben, war ungetrübt. Die Fürstin blickte nicht mehr so gern wie früher in den Spiegel, ihre Gesichtszüge waren erschlafft und die Haut war faltig geworden. Vor allem aber war der Leib füllig und schwer geworden. Die Herzo-

15

gin liebte es gut zu speisen und bewegte sich nicht mehr so gern. Dennoch wusste sie, dass sie noch immer die Blicke auf sich zog. Als Fürstin und Mutter des jungen Fürsten genoss sie Respekt. Sie war an selbstsicheres Verhalten gewöhnt und das sah man ihr an.

Viola atmete auf im Freien. Sie ging an Blumenbeeten entlang, die die Rasenanlage umrandeten. Der Blick der Fürstin fiel auf die Margeriten, ihre Lieblingsblumen. Bis in den Herbst waren sie schön geblieben, diese kleinen Abbilder der Sonne. Nun jedoch hingen sie wie schmutzige Hemdchen grau und unansehnlich von ihren Stängeln herab. Die ersten Nachtfröste hatten sie zerstört. Auch sie waren tot. Doch nächstes Jahr würden sie wieder blühen. Das Leben kehrt immer wieder, dachte die alternde Frau. Auch den Menschen war ähnliche Hoffnung gegeben: die Auferstehung vom Tode – durch das Leiden und die Auferstehung Christi. Der Mensch war zum Sterben geboren, aber es blieb ihm die Hoffnung auf ewiges Leben. Das Geheimnis des Glaubens, das Geheimnis des Lebens: der ewige Kreislauf von Geburt und Tod.

Auch sie durfte hoffen. Auch ihr Sohn würde auferstehen und sie würden sich wiedersehen. Am Jüngsten Tag. Sie glaubte fest daran, denn die Kirche lehrte, Christus habe durch seine Auferstehung den Tod besiegt. Und sie lehrte die Gläubigen, das Leben vom Tode aus zu leben. Daran nicht zu glauben, war Sünde.

Viola lenkte ihre Schritte zur Klosterpforte. Sie wollte noch einen Blick auf die Oder werfen, ihren Blick über die Wiesen am Ufer schweifen lassen. Am nächsten Morgen würde sie das Tscharnowonser Kloster verlassen und in die Oppelner Burg zurückkehren. Alle Vorbereitungen waren bereits getroffen.

Die Fürstin näherte sich mit ihrem kleinen Gefolge der Klosterpforte. Der rundliche Mönch, der in dem Pförtnerhäuschen saß, erhob sich beim Anblick der Herrin, legte das Stundenbuch auf die hölzerne Bank und langte nach dem großen Schlüssel. Dann watschelte er eilig, der Herrin das eisenbeschlagene Pförtchen zu öffnen, leicht vorgebeugt, als wenn ihm der Schemel am Hintern hängen geblieben wäre. Der Schlüssel quietschte im Schloss. Ambrosius stieß das Pförtchen auf und hielt es mit dem Fuß fest, während er sich tief verneigte.

Viola trat hinaus. Vor ihr lag das flache Land mit seinen grünen Wiesen, dahinter dunkler Wald. Im schwarzen Geäst der Buchen und Kastanien, die den Weg zum Fluss säumten, schimmerte dunkelrot die untergehende Sonne. Wie schwarze Früchte hingen Krähen in den fast blattlosen Bäumen. Manchmal krächzte eine, flog auf. Dürre Blätter stoben. Ein Schwarm schwarzer Vögel flog über sie hinweg, als hätte sie jemand aus einem Sack geschüttelt.

Welke Blätter raschelten unter den Füßen der Herrin. Ein Rascheln wie tausendmal der Tod in winzigen Holzpantinen. Das Rascheln der Toten. Die Toten sehen, hören, spüren durch uns, dachte Viola. Sie zog den Mantel enger um sich. Nebel stieg von beiden Flüssen, der Oder und der Malapane auf.

Da begann die Glocke zu läuten. Sie rief zur Vesperandacht. Das war für sie ein willkommenes Zeichen. Die Vesper sollte zum Abschied der Fürstin besonders feierlich sein, mit Gesängen, die die Nonnen lange Zeit eingeübt hatten.

Die stattlichen Gebäude des Klosters lagen vor ihr in der einbrechenden Dämmerung. Das Kloster ähnelte einer Burg, einer ganzen Stadt. Der aus Steinen und Holz gefügten, weiß gestrichenen Kirche schloss sich eine steinerne Mauer an, von Tor, Pforte und dem Torhaus unterbrochen. Ein hoher Palisadenzaun umgab die zahlreichen Gebäude. Spitz und eng beieinander die Pfähle des Zaunes. Kein Hase käme zwischen ihnen hindurch, kein Bauernbengel hinüber.

Die Mönche priesen das Kloster als ihr himmlisches Jerusalem. Ein Kloster war eine Welt für sich. Weltabgewandt und weltzugewandt zugleich. Der Stille geweiht, der Andacht, dem Gebet, aber gleichzeitig dem Dienst am Nächsten verpflichtet.

Das Tscharnowonser Kloster war während des Mongoleneinfalls verschont geblieben, obwohl die Heiden entlang der Oder gen Brieg und Breslau gezogen waren und gebrandschatzt hatten.

Das sahen die frommen Männer und Frauen als Wunder an, als eine besondere Gnade Gottes. Noch viele Jahre danach wurde im täglichen Gebet für dieses Wunder gedankt.

Die Fürstin näherte sich der Klostermauer. Um ins Kloster zu gelangen, musste an der Pforte, die gekrönt wurde von einem gemauerten Rundbogen mit einer Figur der Gottesmutter, angeklopft werden. Willkommen waren alle: müde Wanderer, Arme und Hilfsbedürftige. Das Eichenholztor mit den kunstvoll geformten eisernen Beschlägen blieb zumeist geschlossen.

Jetzt war auch das kleine Fenster der Pforte geschlossen. Gregor betätigte den eisernen Klopfer. Im Guckloch erschien ein Auge mit buschiger Braue, die sich beim Anblick der Einlass Begehrenden ein wenig hob. Doch der Riegel schnarrte eilfertig, das Schloss quietschte und das Pförtchen öffnete sich rasch. Die Herzogin nickte dem Portalius zu.

Frater Ambrosius verneigte sich und murmelte: »Deo gratias! Gott segne Euch! Laudetur Jesus Christus!« Als hätte er die Herrin nicht eben heraustreten sehen. Aber er war verpflichtet, mit diesen Worten jeden Einkehrenden zu begrüßen. Denn ein in den Klosterraum eintretender Gast galt als von Gott gesandt. Und diesem sollte der Eindruck, dass er in einen besonderen Raum eintrat, vermittelt werden. Daher musste ein ins Torhaus abgeordneter Mönch ein erfahrener und besonders frommer Bruder sein. Ein Portalius genoss allgemeinen Respekt.

Zwischen den Gebäuden lag ein gepflegter Rasen, der noch grünte. Ein von Efeu umrankter Gang verband die Kirche mit dem Gebäude des Refektoriums, an das das Dormitorium der Nonnen angeschlossen war. Dahinter befand sich das Häuschen für die herzogliche Familie oder andere hohe Gäste. Geradeaus die Wirtschaftsgebäude, Stallungen und Scheunen, vom inneren Hof mit niedrigen, dichten Hecken abgegrenzt. Behaglich sattes Muhen der Kühe drang herüber.

Auf der anderen Seite des Vierecks, hinter einer steinernen Mauer, lag das so genannte alte Kloster, das Dormitorium der

Mönche. Das war einst das eigentliche Kloster gewesen, als hier nur Mönche lebten. Die neuen Gebäude waren für die Nonnen aus Rybnik errichtet worden, als diese sich in Tscharnowons ansiedelten. Die Kirche und das Refektorium, beide Teil der neuen Gebäude, wurden von den Mönchen und den Nonnen gemeinsam genutzt.

Während die Fürstin unschlüssig dastand, erschienen die Nonnen und zogen langsam mit frommem Gesang zur Kirche. Viola reihte sich ein. Die Mönche folgten und schlossen den Zug ab.

Der Gesang der Nonnen und Fratres füllte den Raum der Kirche, den unzählige Kerzen erhellten. Weihrauch entstieg in hellen Wölkchen dem goldenen Gefäß, das ein junger Priester schwang. Die Gottesmutter im Kerzenglanz sah freundlich und gar nicht geheimnisvoll vom Altar herab. Ein Glöckchen bimmelte und der weißhaarige Abt trat im goldenen Ornat vor den Altar.

Wunderschöne Gesänge hatten die Nonnen und Mönche für diesen Nachmittag des Abschieds vorbereitet. Ein weitgereister Mönch hatte der Tscharnowonser Cantrix Anna Lieder der großen Hildegard von Bingen geschenkt, die man prophetessa germanica nannte und die nicht nur für ihre Lieder bekannt war, sondern auch für ihre Heilkunde geschätzt wurde. Hildegard lebte und wirkte am Rhein, aber Kunde von ihr war bis an die Oder gelangt. Die Chorleiterin Cantrix Anna und die frommen Frauen und Männer hatten sich mit der Einübung dieses Gesangs viel Mühe gegeben. Täglich war geprobt und geübt worden.

Die Zuhörer lauschten andächtig den Gesängen, dem Auf und Ab der Stimmen, die wie Engelsstimmen klangen: die hellen der Frauen wie Cherubine und Seraphine, die Männerstimmen wie die der Erzengel. Viola hatte von Engelschören und Engelshierarchien gehört. Aber sie spürte es in sich ganz tief: Dieser Gesang brachte die Gläubigen dem Himmel näher. Ihre Gedanken begannen zu schweben in Duft und Kerzenglanz, getragen von den wunderbaren Tönen. Sie fühlte sich wie auf einer Seidenwolke schwebend. Der Raum der kleinen Kirche war zu einer wahrhaft heiligen Stätte geworden, zu einem erhabenen Hier und Jetzt. Ein derartiger Augenblick öffnete das Tor zur Ewigkeit, und Viola ließ ihren Tränen freien Lauf.

Nach der Andacht begab man sich erwartungsvoll ins Refektorium zum Abendmahl, denn an diesem Abend durften besondere Leckereien erwartet werden. Doch beim Eintreten ins Refektorium begannen die Nonnen zu schnuppern und sahen sich bedeutsam an. Der üble Geruch leicht angebrannten Hirsebreis drang aus der Küche in den Raum. Man wusste – Klothilde, beliebt für ihre schmackhaften Gerichte, die sie aus dem Nichts herbeizaubern konnte, verpatzte oft die Speisen. Meistens aber brachte sie trotz ihrer Schusseligkeit doch noch etwas Essbares auf den Tisch. Also gab man die Hoffnung nicht völlig auf.

Das Refektorium wurde durch Kienspäne erhellt, die, in Halterungen aus Eisenguss befestigt, rußige Spuren an den geweißten Wänden hinterließen. Auf den weiß gedeckten Tischen sorgten duftende Wachskerzen für mehr Licht. Am oberen Teil der Tafel sah man kostbares Geschirr, Silber und Glas. Die Mönche und Nonnen speisten aus tönernen Gefäßen.

Die Fürstin nahm Platz, zur einen Seite Abt Martinus, zur anderen die Priorin Margareta, die man Abbatissa nannte, Äbtissin, Ehrwürdige Mutter oder einfach Mutter Margareta. An dem langen Tisch saßen sich Mönche und Nonnen gegenüber. Novizinnen trugen das Essen auf. Während man die Mahlzeit einnahm, war Stille geboten, so war es im Kloster üblich. Doch sobald das Austeilen der Speisen zu Ende war und alle mit ihren Schüsseln beschäftigt waren, wurde eine erbauliche Geschichte aus der Heiligen Schrift gelesen. Diesmal las eine kleine Nonne mit dünner Stimme.

Zuerst wurde eine Erbsensuppe mit allerlei Kräutern und gerösteten Semmelwürfeln gereicht. Danach gesottene Forellen mit Meerrettichsoße und gekochtes Kraut. Statt des angebrannten Hirsebreis gab es Brot. Und als Nachtisch Mandelgrütze mit Himbeersaft. Am oberen Teil der Tafel wurde Wein gereicht in kunstvoll geformten Silberkelchen, gemischt mit Wasser. Ansonsten gab es Kräutertrank und im Kloster gebrautes Bier in irdenen Schälchen.

Nach dem Dankgebet wurden die Tische abgetragen und man rückte am Kamin zusammen, um am Feuer mit Liedern und selbst erdachten Versen die Fürstin zum Abschied zu ehren. Eine prächtig gestickte Tischdecke und ein von einer Novize gemaltes Bild der Tscharnowonser Madonna wurden dem hohen Gast überreicht. Viola war gerührt und bedankte sich herzlich.

Inzwischen war die Zeit für die Komplet gekommen und man brach auf, um sich erneut zum Gebet in die Kirche zu begeben. Die Herzogin aber wollte früh zu Bett, um ausgeruht für die Reise zu sein.

Unter den Novizinnen befand sich auch Violas Tochter Wienceslawa, ein stilles Kind, Slawa oder Slawka genannt. Die Fürstentochter sollte einst Äbtissin im Tscharnowonser Kloster werden. Slawka hatte das Klosterleben weder gewählt noch war sie dagegen gewesen. Die Mutter hatte so entschieden. Wenn sich eine vorteilhafte Heirat ergeben sollte, würde man dem zustimmen, bis dahin jedoch war ein Mädchen nirgendwo besser aufgehoben als im Kloster. Bisher hatte aber niemand nach der älteren Oppelner Piastentochter gefragt. Nach ihrer jüngeren Schwester schon.

Mutter und Tochter hatten wenig Zeit miteinander verbracht. Die Äbtissin hatte gebeten, Abstand zu wahren, um dem Mädchen das Einleben ins Kloster nicht zu erschweren. Slawka trat an ihre Mutter heran und sah sie fragend an. Nur die Augen mit den langen Wimpern waren schön in diesem blässlichen Gesicht. Das Mädchen blickte traurig. Unreine Haut, fehlerhafte Zähne, dünnes Haar, nichts hat sich geändert, stellte die Mutter fest. Das Herz zog sich ihr zusammen, aber sie lächelte. Slawka lächelte gezwungen zurück. Viola umarmte ihre Tochter und sie weinten beide. »Gottes Segen!«, sagte die Mutter. »Grüß mir meine Schwester!«, antwortete das Mädchen. »Grüß meinen Bruder, grüß mir das Leben!«

21

Als Slawka die sich nähernde Äbtissin erblickte, senkte sie den Kopf und entfernte sich. Die Mutter sah ihr betrübt nach, aber ihr Gesicht hellte sich wieder auf, als sie sich ihrer Freundin zuwandte. Sie streckte der Ehrwürdigen Mutter beide Hände hin, sie hatte ihr viel zu danken, für ihren Beistand im Leid und für die vielen guten Gespräche.

»Herrin«, antwortete die fromme Frau sichtbar gerührt, »ich habe Euch zu danken. Für Eure hohe Anwesenheit in unserem Kloster und die vielen Wohltaten, die wir ständig von Euch und Eurem Haus erfahren. Auch ich habe viel gelernt von Euch und fühle mich Euch herzlich verbunden.«

»Ich danke Euch auch, Ehrwürdige Mutter, für die Fürsorge, die Ihr meiner Tochter Slawka schenkt«, sagte die Fürstin. »Ich hoffe, Ihr seid zufrieden mit ihr.«

»Sorgt Euch nicht um das Mädchen, Herrin. Slawka ist ein gutes Kind, sie fügt sich leicht, sie wächst ohne Schwierigkeiten in das Klosterleben hinein. Sie ist fromm und gottesfürchtig. Ihr dürft beruhigt sein. Vertraut mir.«

»Gott vergelts, Ehrwürdige Margareta.«

Als sich die längst zu Freundinnen gewordenen Frauen zum letzten Mal voreinander verneigten – sich zu umarmen verboten ihnen die Gepflogenheiten –, nieste Viola heftig. Und Margareta sagte besorgt zu ihr: »Herrin, Ihr habt Euch wohl verkühlt. Jetzt kommt die kalte Zeit, vergesst nicht, Euch gegen Erkältung zu schützen. Vergesst auch nicht, die Weidenrinde zu kauen, von der ich Euch gegeben habe. Und wenn es schlimmer werden sollte, nehmt das weiße Pulver ein. Pater Bertram hat es uns gebracht. Es ist auch aus Weidenrinde. Das Pulver aus Weidenrinde ist ein Allheilmittel gegen Kopfschmerz, Heiserkeit und Schnupfen. Besonders gegen Kopfschmerzen. Trinkt morgens Milch mit Honig und abends heißen Kamillentrank mit Honig für guten Schlaf. Vertraut der Heilkraft der Natur: vis medicatrix naturae, wie die Mönche sagen. Und: kleidet Euch warm! Lieber etwas zu warm, als dass Ihr friert.«

»Habt Dank, Ehrwürdige Mutter, für alles von Herzen Dank. Ich hoffe, Ihr habt an die Äpfel gedacht, die Ihr mir versprochen habt. Wie sagtet Ihr doch? – In Äpfeln schläft die Sonne. Wir essen Sonne, wenn wir Äpfel essen. Und Sonne hält auch im Winter gesund.«

»Aber ja, freilich. Die Äpfel sind schon in Heu gewickelt und in Körbe gepackt. Lasst die Körbe an einen kühlen und dunklen Ort stellen.«

»Ja, das tue ich. Gott vergelts.«

»Gott behüte Euch, Herrin. Wir werden für Euch beten und für das Seelenheil Eures Sohnes. Ganz besonders wünsche ich Euch den Segen der Gottesmutter.«

»Behüt Euch Gott, Ehrwürdige.«

Herzogin Viola begab sich in ihre Schlafkammer. Sie war müde. Sie hatte traurige Stunden in diesem Kloster verbracht, aber sie hatte auch Güte und Freundschaft erfahren und so manches gelernt in den vielen Gesprächen. In ihrer Schlafkammer war es behaglich. Ein Öfchen in der Ecke strahlte Wärme aus. Eine kunstreich verzierte Öllampe spendete mildes Licht.

Agnes half der Herrin das Oberkleid abzulegen. Viola ließ sich die Schnüre des Mieders lockern und warf eine Nachtjacke über. Agnes löste die dunklen Haare ihrer Herrin, die bereits hier und da silbern schimmerten. Hinter einem Vorhang in der Ecke wusch Viola sich flüchtig und benutzte den Bottich mit doppelter Klappe, den danach eine Magd hinaustrug.

Wohlig seufzend ließ sie sich aufs weiche Bett fallen. Agnes streifte ihr noch ihre weißwollenen Bettschuhe über, die ihr Slawka gehäkelt hatte. Die Fürstin zog die seidig knisternde Daunendecke bis zum Kinn. Endlich im Bett. Das Bett war mit warmen Steinen angewärmt worden.

Das Bett, dachte sie – das Bett war für ein Weib der wichtigste Ort im Leben. Im Bett empfing und gebar ein Weib die Kinder. Lange Jahre hatte sie mit ihrem Mann ein Bett geteilt. Dieses Bett aber, das sie mit großem Aufwand nach Tscharnowons hatte brin-

23

gen lassen, war ein ganz besonderes Bett. Sie hatte es nach Kasimirs Tod für sich herstellen lassen. Ein Bett nur für sie. Ein Nest für ungestörtes Alleinsein.

Während des Krieges war das Bett mit allem anderen in der Oppelner Burg verbrannt. Aber sie hatte danach ein ähnliches bauen lassen. Die kostbaren Seidenbezüge hatte sie ohnehin nach Ratibor gerettet.

Ihr waren im Bett stets die besten Gedanken zugeflogen. In der Geborgenheit und Wärme des Bettes konnte sie am besten nachdenken. Im Bett hatte sie auch stets ihre Entschlüsse gefasst. Sie war zum Befehlen nicht geboren, also übte sie sich vor ihren Auftritten in Entschlossenheit und trug sich zunächst selbst ihre Reden vor. Sie hatte es lernen müssen, entschieden zu handeln in einer Zeit, als sie allein in ihrem Land regierte. Der Kanzler durfte sie zwar beraten, aber die Entscheidungen gehörten ihr. Das wusste Kanzler Sebastianus.

Viola hoffte, in diesem ihrem Bett zu sterben.

Auch im Tscharnowonser Kloster wollte sie nicht auf ihre gewohnte abendliche Zufluchtsstätte verzichten. Sorgenvolle Tage und dazu Nächte auf einer harten Klosterpritsche, das hätte sie nicht ertragen können. Deshalb hatte sie einen Boten nach Oppeln gesandt mit der Anordnung, dass man ihr Bett nach Tscharnowons bringen solle.

Ein schwieriges Unterfangen. Vier Ochsen zogen den sperrigen Kasten auf einem Wagen durch den Wald, auf holprigem und schmalem Weg. Einmal wäre der Bettkasten fast vom Wagen gerutscht, dann wieder hatte man ihn tragen müssen. Sie hätten geschwitzt vor Anstrengung und Angst, die Kostbarkeit zu beschädigen, erzählten die Leute nachher der Herrin. Viola lobte sie und bezahlte sie reichlich für ihre Mühe.

Das Bett wurde in der Kammer aufgestellt und füllte diese fast aus. Es war ein seltenes Prachtstück. Im Kloster hatte bisher niemand dergleichen gesehen. Der Kasten aus Eichenholz ruhte auf festen, aber kunstvoll geschnitzten Füßen. Er war an drei Seiten

24

von halbhohen hölzernen Wänden umgeben, zum Schutz vor Kälte. Darüber spannte sich ein Baldachin, der sich auf vier geschnitzte Pfosten stützte. Vorhänge aus blauem Samt hingen herab wie ein schützendes Zelt. Die üppigen, weich fallenden Falten wurden vorn mit goldfarbigen Bordüren und Quasten zusammengerafft. Die Decke darüber war wie ein Abendhimmel aus dunklerem blauen Samt und ebenso mit golddurchwirkten Borten gesäumt. Kreuzritter hatten die textilen Kostbarkeiten aus fernen Ländern mitgebracht und dem Fürsten geschenkt.

Die Unterlage des Lagers war weich gepolstert. Zuunterst befand sich ein Sack mit feinstem getrockneten Seegras, darüber Schafsfelle, zuletzt kam ein Daunenbett, darüber ein seidenes Laken. Dazu seidenbezogene Daunenkissen und eine Daunenzudecke. Die Kissen und Decken waren reich bestickt in unterschiedlichen Farben. Die Fürstin wählte sie ganz nach Laune, mal in frohem Sonnengelb mit Sonnenblumen, mal lilafarben mit gestickten Hortensien, oder auch grasgrün wie eine Sommerwiese mit bunten Blümchen. Diesmal waren die Kissen und Decke aus taubengrauer Seide verziert mit perlenfarbig schimmernden dunklen Rosen und Weinreben.

Am nächsten Morgen sollte das fürstliche Lager zurück in die Oppelner Burg gebracht werden, damit es die Herrin abends in ihrem Gemach vorfände. Eine ihrer Launen.

Fürstin Viola umgab sich gern mit prunkvollen Dingen. Gold und Edelsteine sah sie gerne blitzen. Doch sie konnte auch sparen, wenn es sein musste. Und es hatte allzu oft sein müssen. Sie bewunderte zwar die strenge Askese der Nonnen und Mönche, der Heiligen, dem nachzueifern hätte sie aber nicht über sich gebracht. Ihr hatten es das Schöne und Weiche, das Warme und Augenschmeichelnde angetan. Ihr Beichtvater hatte sie oft ermahnt, dem Hang zum angenehmen Leben nicht nachzugeben. Prunk sei des Teufels, Bequemlichkeit ein Laster, predigten die geistlichen Herren. Sie nahm es zur Kenntnis, aber sie verzieh es sich. War denn das Leben nicht ohnehin beschwerlich und kurz genug?

Besonders jetzt, nachdem sie in die Jahre gekommen war, meinte sie, auf ihre Bequemlichkeiten Anspruch zu haben und sich ein wenig verwöhnen zu dürfen. Sie hatte ihre Pflicht erfüllt und sich einen ruhigen Lebensabend verdient. Aber das war leichter gesagt als getan. Kummer und Sorgen verfolgten sie bis in ihr weiches Bett. Gedanken, Bilder umschwirrten sie und ließen sie nicht zur Ruhe kommen. Sie hatte lange Zeit Verantwortung getragen und fühlte sich noch immer verantwortlich.

Die Bilder, die Erinnerungen waren es, die sie nicht schlafen ließen. Und wie hätte sie sich wohl in der Wärme fühlen können, während ihr Sohn in Kälte und Finsternis lag? Aber genossen die Toten im Himmel nicht auch nur Angenehmes? Herrschte dort nicht Helligkeit und Wärme? So lehrte es die Kirche. Wie könnte sie also daran zweifeln? Sie bekreuzigte sich und griff nach ihrem Rosenkranz.

DER ABT ERZÄHLT AUS ALTEN ZEITEN

Fürstin Viola von Oppeln und Ratibor hatte gramvolle Wochen im Tscharnowonser Kloster verbracht. Sie hatte viel geweint, aber auch viel gelernt. Sie hatte viel Zeit gehabt zum Nachdenken und für lehrreiche Gespräche. Nach dem Abendmahl war sie oft mit Äbtissin Margareta und Abt Martinus am wärmenden Feuer im Refektorium gesessen, in mit Bärenfellen bedeckten Holzsesseln.

Während der Abt sprach, und er redete gern, schwieg die Äbtissin und auch die Fürstin schwieg zumeist. Im Kloster war der Abt der Herr. Und Abt Martinus war schnell verstimmt, wenn man dies nicht beachtete. Wenn er guter Laune war, redete der kleine, rundliche, glatzköpfige Herr lispelnd und mit den Händen gestikulierend über so manches, was der Fürstin wissenswert schien.

Abt Martinus erzählte dabei durchaus nicht nur Geschichten über Heilige. Im Gegenteil, seine Vorliebe galt Rittern und Drachen. Aber auch der heidnische Aberglaube interessierte den alten Herrn, obwohl er davon mit Vorbehalten berichtete. Er höre sich nach diesem heidnischen Unfug um, sagte er, um einen Beichtspiegel zu erstellen. Die Fürstin aber wollte besonders viel über das Leben des hiesigen Volkes erfahren und darüber, wie die Menschen in ihrem Land in früheren Zeiten gelebt hatten. Sie ermunterte den Abt, davon zu berichten.

Die Cellaria hatte zuvor einen Krug mit Wein und Bechern sowie süßes Gebäck auf dem kleinen Tischchen bereitgestellt. Denn

Abt Martinus trank abends gern sein Weinchen, in dem die südliche Sonne schwamm, wie er sagte. Der ständig von Erkältungen und von Rheuma geplagte alte Mann sehnte sich nach der Sonne, die er im schlesischen Winter schmerzlich vermisste. Er konnte seine Heimat am Rhein nicht vergessen, wo der Wein wuchs und die Sonne das ganze Jahr schien, wenn man ihm glauben durfte. Gehorsam war er in das Land an der Oder gegangen, weil er Gehorsam gelobt hatte, aber glücklich war er in der neuen Heimat nicht geworden. Er fühlte sich hier nicht zu Hause. Und das, obwohl er die Sprache der Einheimischen erlernt hatte und sich gern von ihnen Geschichten aus den alten Zeiten im Land an der Oder erzählen ließ, um sie aufzuschreiben.

Nicht nur im Kloster war es üblich, sich an langen Herbst- und Winterabenden am Feuer zusammenzusetzen, um sich Geschichten zu erzählen. Überall fanden sich abends Menschen zusammen, um Geschichten zu lauschen oder zusammen zu singen. Gute Erzähler waren überall geschätzt. Sie unterhielten die Gesellschaft vor dem Kamin in der Burg, während die Herren ihren Wein, Bier oder Met tranken und die edlen Frauen an ihren Webrahmen oder dem Spinnrad saßen. Nicht anders war es in den Hütten, wo die Mädchen und Weiber mit Spinnen oder Weben beschäftigt waren oder mit Federnschleißen und die Männer ihren Met oder ihr Bier genossen. Auch dort saßen sie zusammen, manchmal beim Schimmer des Feuers oder bei Kerzenlicht, oft auch nur beim spärlichen Licht eines Kienspans und waren fröhlich.

Es gab alte Geschichten, die wurden so oft erzählt, abgewandelt und aufs Neue erzählt, dass sie mit der Zeit abgeschliffen waren wie Kieselsteine am Oderstrand. Die Erzähler hoben meistens an: »Es war einmal ...« Und die Zuhörer spürten mit wohligem Schaudern: Es begab sich vor langer Zeit, vielleicht war es gestern. Aber es könnte auch heute sein. Denn was war, kommt immer wieder und die Geschichten aus alter Zeit würden auch morgen noch erzählt werden. So tauchten die Zuhörer ein in den Strom der immerwährenden Zeit.

»Laudetur Jesus Christus«, hob der Abt an.

»Die Bewohner des Odertals waren Heiden«, fuhr er fort und Viola hörte gespannt zu. Doch der alte Herr blieb zurückhaltend. »Die Einheimischen beteten falsche Götter an. Das Licht des wahren Glaubens brachten die christlichen Mönche ins Land.«

Das war bekannt.

Doch dann wurde es doch noch spannend. Den Mönchen, so der Abt, die hierher kamen, gab so manches Rätsel auf. Sie fragten die Einheimischen nach diesem und jenem, auch nach dem Namen des Ortes, an dem sie ihr Kloster errichtet hatten. Tscharnowons, was bedeutete der Name, woher kam er? Tscharnowons – ähnlich klang ein bekannter Familienname im Lande – Odrowons. Diese Namen hätten mit Drachen zu tun, die einst das Odertal bevölkerten, erklärte der Abt nach einer Weile. Übrigens beflügelten die Drachen noch immer die Phantasie der Leute, die gern von ihnen Gruselgeschichten erzählten. So sollen in den Klüften am Oderberg sogar fliegende Echsen genistet haben, die als besonders gefährlich galten.

»Möglicherweise«, sagte der Abt, »haben auch im Schlamm, wo die Malapane und die Oder zusammenfließen, tatsächlich Drachen gelebt. Denn das soll ein Ort sein, wie ihn Drachen auch woanders als Nistorte aussuchten. Wo diese Riesentiere lebten, dürften andere Lebewesen nichts zu suchen gehabt haben. Die Drachen aus der alten Zeit sollen nämlich so lang gewesen sein wie ein Zug von hundert Rittern und schwer wie hundert Ochsen. Diese Riesenmonster sollen dann irgendwann ausgestorben sein. Warum und wann, weiß niemand zu sagen. Manche sind der Meinung«, fuhr der Abt fort, »dass sich wohl noch hier und da verkümmerte Exemplare erhalten hätten, mit denen die tapferen Ritter kämpften, von denen man sich überall endlose Geschichten erzählte. Heldensagen«, spöttelte der Abt. »Immerhin sollen auch diese Drachen noch viel größer und stärker als ein Ritter gewesen sein und Feuer gespien haben. Nun ja, vielleicht sind ja die scheuen Eidechsen, die sich auf warmen Steinen sonnen, die letzten Nach-

29

kommen dieser Riesenechsen aus der Vorzeit, von denen man sich erzählt.

Jedenfalls«, fuhr er fort, »weist der Name des Ortes Tscharnowons auf die Anwesenheit solcher Drachen hierzulande hin. Denn die Einheimischen nennen einen Drachen in ihrer Sprache – Wons, also Wurm. Ähnlich nennt man den Drachen auch anderswo – Wurm, Lindwurm. In Heldensagen wird oft ein Held besungen, der unter einer Linde den Drachen besiegte. Denn die Heiden hielten die Linde oder die Eiche für heilige Bäume«, betonte der Abt mit hörbarem Spott in der Stimme. »Wahrscheinlich lebte der hiesige Drache, dieser Wurm, im Schlamm und war deshalb schwarz, daher nannte man ihn ›schwarzer Wurm‹, in der Sprache der Einheimischen ›tsarny wons‹, daher der Name Tsarnowons. Ansonsten nannte man die Drachen in dieser Gegend ›Oderwurm‹ – ›Odrowons‹. Ich habe einen alten Wurm-Segen gehört, den sogar mancher Ritter murmelte: ›Der Würmer waren drei. Der eine war weiß, der andere schwarz, der dritte rot. Nun liegt der Wurm tot.‹ Segen oder Verwünschung, bei den Heiden weiß man das nie so genau. Alles wirres Zeug.

Man erzählt sich, dass hierher ins Oderland ein tapferer Ritter gekommen sei, der den gefährlichen Drachen besiegte, woraufhin ihn die Einheimischen zu ihrem Herrn und Beschützer ernannten und ihn baten, unter ihnen zu leben.«

Und der Abt begann eine Geschichte über den Kampf des Ritters mit dem Drachen zu erzählen, die damit endete, dass eine edle Familie gegründet wurde. Viola schlief dabei fast ein und merkte erst wieder auf, als der Abt wieder heidnische Rituale erwähnte.

»Das Verabscheuungswürdigste an den Drachengeschichten ist«, sagte der Abt, »dass man die Drachen oft verehrte, ja, sie als Gottheit betrachtete. Man feierte die Drachen in widerlichen heidnischen Ritualen. Die Heiden fürchteten die Ungeheuer und unterwarfen sich ihnen. Sie opferten ihnen Tiere. In entlegenen Zeiten sollen ihnen sogar Menschen geopfert worden sein. Auch später, bevor die christlichen Mönche ins Land kamen, trieben die

Heiden ihren unseligen Drachenkult in Grotten und in der Nähe von Strömen. Teuflisches Unwesen! Apage satanus«, murmelte der Abt und bekreuzigte sich mehrmals.

»Die christlichen Mönche waren entsetzt über diese heidnischen Praktiken«, fuhr er nach einer Weile fort. »Sie setzten den Drachen mit dem Teufel gleich und verglichen ihn mit dem biblischen Wurm, der Schlange. Für die Christen ist somit der Drache oder die Schlange das Böse schlechthin und wer bei der Beichte dergleichen erwähnt, hat strengste Buße zu befürchten.« Er bekreuzigte sich wieder. Dann schwieg er eine Weile. Und die Frauen saßen stumm mit niedergeschlagenen Augen da.

»Aber auch einem anderen lebendigen Teufel hingen die hiesigen Heiden an«, nahm der Abt den Faden wieder auf. »Sie nannten ihn Perun. Ein Blitz- und Donnergott, den sie fürchteten. Der war der reinste Teufel mit Pferdefuß und Hörnern.«

Der Abt bekreuzigte sich erneut und murmelte wieder sein Apage satanus. Und auch die Frauen sahen sich angehalten, das Zeichen des Kreuzes zu schlagen. Wer war dieser Perun, fragte sich Viola im Stillen. Aber der Abt kam nicht mehr darauf zurück. Mehrere Abende lang erzählte er über gefährliche Trugbilder des Teufels, sprach von Drachen, von Gestalten in Flussnebeln, von Wassermännern, die ihre Opfer in die Fluten lockten.

»Doch die Leute«, sagte der Abt grimmig, »erzählen sich gern derartige Gruselgeschichten. So manche wollen selbst in den wallenden Nebeln oder in der Finsternis des Waldes Kobolde, Unholde, geisterhaften Spuk gesehen haben, oder berichten von denen, die nie heimkehrten, weil sie zu Opfern geworden waren.

Es ist die Aufgabe der Geistlichkeit, die Menschen zu beschwichtigen und sie dem wahren Licht des Glaubens zuzuführen. Deshalb errichteten die christlichen Bekehrer an der Stelle ehemaliger Kultstätten oft Kirchen und Kapellen, die sie dem heiligen Georg weihten, der als Drachentöter verehrt wird. So auch auf dem Oderberg, den man auch Helmberg nennt. Auch die Prämonstratensermönche in Tscharnowons taten gut daran, ihr Sanktuarium nach guter Gepflogenheit ihres Ordens und zu ihrem Schutz der Gottesmutter zu weihen, die eine starke Bezwingerin des Teufels ist. Dieser Glaube spiegelt sich in unserem Bild der Madonna, die dem Drachen den Kopf zertritt.« Der Abt bekreuzigte sich ein letztes Mal und verstummte. Er nahm seinen Rosenkranz in die Hand und murmelte Gebete, womit er stets bedeutete, der Abend sei zu beenden.

Doch es war an der Fürstin, das Gespräch abzuschließen. Sie traute sich nicht, weiter zu fragen und sagte nur einige freundliche Worte. Man verneigte sich mit vor der Brust gefalteten Händen voreinander und Viola begab sich mit einem Lämpchen in der Hand in ihre Schlafkammer.

Der Abt hatte Violas Neugierde geweckt, aber nicht befriedigt, und so war sie froh, dass Äbtissin Margareta, die es für ihre christliche Pflicht erachtete, die Herrin in ihrem Gram über den kranken Sohn zu unterhalten, das Thema bald wieder aufnahm. Beide Frauen verbrachten viele Stunden zusammen auf einer lauschigen Bank im Klostergarten, dem Stolz der Äbtissin, ihrem Reich. Hier waren die Frauen ungestört.

Margareta sagte mit feinem Lächeln der Fürstin zugewandt: »Der Abt, Herrin, hat Euch nicht alles erzählt, was er weiß, oder vielleicht weiß er ja auch nicht mehr. Es gibt Sachen, über die redet man nicht im Kloster, auch wenn man darüber Bescheid weiß. Ich aber habe noch einiges mehr über den Heidenglauben von den Weibern im Dorfe erfahren. Und ich habe auch in meiner Klosterbibliothek in Magdeburg so manches gelesen und kann mich ebenfalls einigen Wissens rühmen. Der Herr Abt ist nicht der einzige Unterrichtete in Heidenfragen.

Es ist geheimes Wissen und man sollte lieber schweigen darüber, aber Euch, meiner Herrin und Freundin, will ich einiges erzählen. Der alte Glauben der Heiden, die hier lebten, war bemerkenswert. Die hiesigen Heiden verehrten eine Muttergöttin, die sie die Große Mutter nannten. Sie war ihnen Herrin über Leben und Tod, Liebes- und Todesgöttin in einem. Mancherorts verehrten sie drei Göttinnen zugleich, wie die alten Römer. Aber sie kannten auch männliche Gottheiten.

Die alten Heiden glaubten, die Muttergöttin bewege das Rad der Ewigkeit. Sie glaubten an die Erneuerung des Lebens durch ewige Wiederkehr, denn sie lebten in der Natur und lasen in ihr: Tag und Nacht lösen sich ab, Sommer und Winter kommen und gehen. Blühen und Welken. Der Saat folgt die Ernte. Und so sahen sie auch das Leben der Menschen: Geburt, Liebe und Tod des Menschen wie das Keimen, Blühen und Welken der Pflanzen. Warum sollten Menschen nicht wiederkommen wie die Knospen an den Bäumen nach dem Winter? Den Heiden, die sich selbst als Teil der Natur empfanden, schien die ganze Welt ein Ganzes im unaufhörlichen Wachsen und Werden, im Vergehen und Auferstehen nach dem Tode.

Sie stellten sich das Innere der Erde als Höhle vor, wie einen großen Bauch, und glaubten, unter der Erde verweile das Leben im Zustand der Ungeschaffenheit. Im Innern der Erde wachse alles im Dunkel und alles kehre dorthin zurück, um sich zu erneuern und zu neuem Leben zu wachsen, Pflanzen und Tiere und auch die Menschen. Daher feierten sie ihre Rituale gern in Höhlen, wo sie sich dem Innern der Erde näher wähnten und in denen sie sich geborgen fühlten. Hügel im flachen Land, die sie an einen schwangeren Bauch erinnerten, erkoren sie oft zu ihren Kultstätten. Ihre heiligen Stätten errichteten sie an auserwählten starken Orten, an denen sie meinten besondere Kräfte zu spüren. Auch dort, wo sich zwei Ströme begegneten und ihre Wasser zusammen strömten, war für sie ein heiliger Ort, denn da, so meinten sie, vermählten sich die Wasser, befruchteten sich und so entstehe neues Leben.

Ihre großen Feste feierten die Heiden im Freien, unter den Bäumen. Heilige Bäume galten ihnen als Verbindung zwischen Erde und Himmel, denn vor allem verehrten sie den Himmel. Die Sonne, die Alles Erschaffende, aber auch den geheimnisvollen Mond verehrten sie. Der Anblick des prächtigen Sternenhimmels erfüllte sie mit Ehrfurcht, doch der Himmel schien ihnen dennoch fern. Sie fühlten sich der Erde zugehörig.

Doch das, was unseren geistlichen Herren am meisten zu schaffen macht, ist die Ehrerbietung, die die Heiden den Weibern entgegenbrachten. Weiber waren oft Priesterinnen bei ihnen und man verehrte sie als weise und heilkundige Frauen. Besonders alte Weiber galten als Wissende und Erwählte. Die Kirche aber verfolgte sie als Hexen. Darum, Herrin, ist es gefährlich, über die alten Kulte zu reden. Und darum schwieg der Abt darüber.

Auch darüber, warum das Kloster Tscharnowons mitsamt seiner Kirche an der Stelle des Heiligen Hains errichtet wurde, sagte der Abt nicht alles. Wahr ist, dass die Kirche klugerweise den Menschen nicht allzu viel des Gewohnten nehmen wollte, um keinen unnötigen Widerstand gegen den neuen Glauben aufkommen zu lassen und so wenig wie möglich zu zerstören, um auf Vertrautem aufzubauen. Zum anderen aber glaubten die Mönche selbst an die starken Orte, denn darüber hatten sie in den alten Schriften der griechischen Autoren gelesen«, sagte Margareta. »Auch ich habe Einsicht in die alten Schriften genommen, in meinem Kloster in Magdeburg.

Diese Gelehrten früherer Zeiten waren der Meinung, dass die starken Orte auf bestimmten Anhöhen, in Grotten oder an Flussmündungen lagen. An diesen Stellen spürten Erwählte besondere Kräfte. Das galt als sicher und daher errichteten die Griechen dort ihre Tempel. Bei Aristoteles habe ich von kosmisch-tellurischen Strahlungsfeldern gelesen. Der große Gelehrte glaubte, dass sich an manchen Orten unterirdische Strahlungen von oben verbinden und daher besondere Kräfte besitzen.«

Margareta erinnerte sich an ihre Zeit als Skribentin im Magdeburger Kloster. Dort habe sie Zugang zu ansonsten unter Verschluss gehaltenen alten Folianten und Papyrusrollen gehabt. Sie habe unzählige Schriften der alten Heiden gelesen, wunderschöne Bücher aus dünnem Pergament in Rollen oder in kostbares Leder gebunden. Andere seien unscheinbarer gewesen, aber welch erhellende Lektüre! Nächtelang habe sie gelesen, über fremde Länder, fremde Götter, Ungeheuer und grausame Menschen. Die meisten Bücher seien aus dem Orient gewesen, von Kreuzfahrern mitgebracht. Es seien Bücher gewesen nicht nur in lateinischer, sondern auch in griechischer und hebräischer Sprache, in Arabisch manche. Die habe sie nicht lesen können, aber gern angesehen.

»Manche waren wunderschön geschrieben und bemalt. Kopieren durfte man diese Bücher nicht. Und viele sind verbrannt. Ja«, fügte sie nach einigem Zögern hinzu, »verbrannt worden. Als Träger unerwünschten Wissens. Und als Gefahr für den rechten Glauben. Schade um sie. Schade um das Wissen, das sie enthielten. Aber«, sagte Margareta, »eben weil ich diese Geschichten aus den Büchern kenne, glaube ich auch den Hiesigen ihre Geschichten. Ich habe oft mit ihnen darüber geredet, viele Male.«

»Und weil Ihr zuhörtet, ohne sie zu schelten, vertrauen sie Euch«, warf Viola ein.

»So wird es wohl sein«, antwortete die fromme Frau, »wir haben uns gut verstanden. Ich habe auch von ihnen gelernt. Es war ein gutes Einvernehmen, ein Geben und Nehmen. So manches habe ich von einem weisen, alten Weib erfahren, einer Erwählten im alten Glauben. Aber getauft.«

Viola wusste sehr wohl, welches Ansehen die Äbtissin bei den Einheimischen hatte. Sie wurde bei Geburten, Krankheiten und Tod herbeigerufen. Ja, sogar wenn ein Ehemann sein Weib prügelte, wurde sie um Hilfe gebeten. Die Leute im Dorfe schätzten den Rat der frommen Frau. Sie wandten sich lieber an sie als an die geistlichen Herren, denn die Äbtissin half, während der Abt belehrte und zürnte.

Die Äbtissin hörte geduldig zu, auch wenn die Weiber von den verschiedenen Geistern schwätzten, die angeblich hinter dem Ofen lebten, als Strohwische durch den Garten huschten, im Wasser ihr Unwesen trieben oder bei Wind und Wetter durch die Luft flogen. Die Weiber verehrten insgeheim noch immer eine Erdmutter, die sich inzwischen nur noch an geheimen Orten verborgen hielt. Sie wandten sich an sie mit ihren großen und kleinen Kümmernissen. Die Erdmutter sollte besonders für schmerzlose Geburten und für gesunde Kinder sorgen und mit Liebeszauber helfen. Die Weiber konnten Zaubertränke gegen treulose oder faule Männer brauen. Sie murmelten Beschwörungen und Sprüche. Das Zaubern gehörte zum Alltag des Dorfes.

Margareta war in Violas Alter und hatte auch ihre Größe, aber das schlichte, grauweiße Ordensgewand umhüllte eine hagere Gestalt. Sie hatte ein zartes, blasses Gesicht mit großen, aufmerksamen Augen und ein gütiges Lächeln.

Beide Frauen ruhten gern auf der Bank im Klostergarten. So oft sie Zeit dafür fanden und die Sonne noch warm genug war, saßen sie da. Im Klostergarten wuchsen Küchen- und Heilkräuter verschiedener Art und dazu Blumen für die Altäre; alle geordnet nach einem wohl durchdachten Plan und überlieferten Vorbildern, erklärte Äbtissin Margareta. »Denn ein Klostergarten soll nicht nur nützlich sein, sondern auch ein Ort der Stille und der Betrachtung. Der Anblick eines kleinen, blühenden Klostergartens ist auch ein Gebet. Denn in einem Klostergarten fügt sich das Schöne mit dem Nützlichen zu einem großen Ganzen zusammen. Blumen und Pflanzen werden auf gar wundersame Weise zu einem Sinnbild, zu einem Abbild kosmischer Ordnung, von menschlicher Hand geschaffen. Ja, es ist eine Darstellung des Universums in göttlicher Harmonie.«

Die Äbtissin begann ihrer Freundin die Anordnung der Pflanzen zu erläutern. In der Mitte des Gartens, in seinem innersten Kreis, wuchsen weiße Madonnenlilien, die für die Gottesmutter standen, also für die Königin des Himmels. Die weiße Lilie stellte das Zentrum des Himmels dar. Zu ihrem Schutz waren die kostbaren Lilien von heilsamem Wacholder umgeben. Dieses Gebüsch wiederum umschloss ein Ringweg. Hinter diesem wuchsen in vier Quadraten Gladiolen in feuriger Pracht, die das weltliche Leben und Treiben sowie Gebet und Reumütigkeit symbolisierten und auch das Fegefeuer. Um sie herum breiteten sich mehrere

Beete aus, von schmalen Wegen getrennt, in denen die heilenden und schmackhaften Kräuter wuchsen. Oben rechts Wein, Meerrettich, Fenchel, darunter Edelschafgarbe, Lavendel und Rosmarin. In den unteren Feldern die Heilpflanzen Pfefferminze und Römische Kamille. Links Heilsalbei, oben Johanniskraut, Sauerampfer, Zitronenmelisse. Von oben absteigend Ysop, Wein, Weinraute und Edelraute.

Die vier Hauptwege bildeten ein Kreuz – das Symbol des Erlösertodes Christi. Aber hier sei es auch, so die Äbtissin, ein Zeichen der zwiespältigen Natur des Menschen, der in einer horizontalen und einer vertikalen Dimension zugleich lebt und am Widerspruch von Geist und Leib zeitlebens leidet. Das Ganze füge sich wiederum zu einem Quadrat zusammen, das bekanntlich auch den symbolischen Wert eines Kreises hatte. Und Kreis und Quadrat – das Kreuz beinhaltend – bedeuten die göttliche Einheit. Auf diese Weise stelle der Garten das göttliche Universum dar, sagte die Äbtissin und blickte versonnen auf das blühende Paradies.

Plötzlich erhob sie sich und rupfte einige Pflänzchen Unkraut aus dem trockenen Boden und brummelte. »Trocken, heute Abend muss gegossen werden.« Dann lehnte sie sich wieder auf ihrem Sitz zurück und fuhr fort: »Nichts belehrt den Menschen so vortrefflich über sein kleines Leben wie ein kleiner Garten mit seinem Blühen und seiner Vergänglichkeit, ein kleiner Garten, in dem sich alles wunderbar zusammenfügt. Doch was wäre die Natur ohne Ordnung, was wären Blumen und Kräuter ohne die Mühe des Gärtners, der sie hegt und pflegt und die Früchte erntet. Und was wäre die Mühe des Menschen ohne Segen von oben. Wir sind Teile eines Ganzen. Und das Ganze ist Gott. Wir spüren die Einheit mit Allem im Gebet, in einem Augenblick der Stille. Denn das Leben des Menschen ist ein Augenaufschlag zu Gott«, sagte sie plötzlich sehr feierlich und fügte hinzu: »Wir sind dazu da, Gott zu erkennen und dankbar zu sein fürs Leben.«

Viola schwieg dazu. Was sollte sie sagen? Sie hörte der Äbtissin gern zu, wenn sie so redete, wenngleich sie nicht immer verstand, was die gelehrte Frau meinte.

VON STARKEN WEIBERN UND DEM HEIDNISCHEN GLAUBEN

Mehr über die geheimnisvollen heidnischen Rituale erzählte die Äbtissin ihrer fürstlichen Freundin erst später, als beide Frauen vertrauter miteinander waren. Als der Abt für einige Wochen nach Breslau verreist war, genossen beide mit Vergnügen seine Abwesenheit. Besonders Margareta sah man die Erleichterung an. Die Frauen verbrachten ihre Abende am Feuer ohne den allzu Redseligen, der sie nicht zu Wort kommen ließ und in dessen Anwesenheit sie über so manches gar nicht zu reden wagten. Jetzt erzählten sie sich auch Alltagsbegebenheiten und lachten viel zusammen.

Es war Herbst geworden und abends pfiffen die Stürme um die Klostermauern. Das Feuer flackerte oft unruhig im Kamin. Die Äbtissin lehnte sich bequem in ihrem mit Schafsfellen belegten, holzgeschnitzten Sessel zurück und schob sich ein Kissen in den Nacken. Die Herzogin tat mit einem Seufzer das Gleiche und legte dazu ihre Füße auf einen Schemel.

Margareta beklagte sich gern über die Männer. Herrschsüchtig seien sie und dabei fürchteten sie bloß die starken Frauen. »Voller Verachtung schreiben sie uns die übelsten Sünden zu, um sie bei sich selbst nicht wahrnehmen zu müssen. Äbte schreiben Briefe zur Erbauung der Herren und zur Belehrung der Frauen. Darin steht dann geschrieben, der Gatte sei der Herr, sein Weib ihm untertan und zu Gehorsam verpflichtet. Seht, Herrin«, sagte die Äbtissin, »die Bibel fängt mit einer doppelten Schöpfungsgeschichte an. In einer schuf Gott Mann und Weib zugleich. Und gleich darauf heißt es, er schuf das Weib aus Adams Rippe. Ich denke, nur die erste stimmt, denn Mann und Weib sind sich gleich. Unsere geistlichen Herren aber reden nur über Adams Rippe, um uns beherrschen zu können. So zwingen sie uns listig zu sein und schlau. Und darüber beklagen sie sich wiederum.«

Die Herzogin meinte nachdenklich: »Margareta, Ihr seid eine kluge Frau und habt so vieles im Kopf, was nicht zum Klosterdenken passt. Warum seid Ihr ins Kloster gegangen? Wäre es für Euch nicht besser gewesen, zu heiraten?«

»Wohl kaum, Herrin, das Kloster bietet mir den besten Schutz. Hier kann ich sein, wie ich bin – wenn ich mich füge. Im Übrigen – es ergab sich so. Man hat mich nicht gefragt. Doch jetzt weiß ich: Den besten Schutz gewährt dem gelehrigen Weib das Kloster. Im Kloster kann ich lesen und fühle mich geborgen. Solange ich mich den Gesetzen unterwerfe, darf ich denken, was ich will. Im Kloster kann ich nachdenken über diese Welt. Dafür ist der Preis nicht hoch: gehorsam sein, stillhalten und beten.

Die Ehe … Ihr wisst es besser als ich, welch Elend die Ehe einem Weibe bringen kann. Nicht Eure, Ihr hattet Glück, Fürst Kasimir war ein edler Herr. Aber all die anderen. Was man so alles hört …«

»Meine Ehe, Margareta, meine Ehe, darüber wäre viel zu sagen. Ich liebe meine Kinder. Ja, Herzog Kasimir war ein guter Mann, ein Fürst, wie er zu sein hat – freigebig, mutig und tapfer. Aber ich habe mir nicht wenig von unglücklichen Weibern anhören müssen, da habt Ihr Recht. Oft konnte ich die Tränen nicht zurückhalten. Doch bleiben wir bei Euch. Erlaubt, dass ich meine Frage wiederhole: Warum gingt Ihr ins Kloster?«

»Wenn Ihr mir etwas Geduld schenken wollt, erzähl ich es Euch gern. Am Anfang meines Lebens war die Trauer. Der Vater kam von einem Kreuzzug nicht zurück, die Mutter starb im Kindbett kurz danach. Ich blieb zurück und mit mir fünf Geschwister. Wir fielen den Verwandten zur Last.

Ich war begabt und galt als fromm, also brachte man mich ins Kloster, damit ich versorgt war. Obwohl vornehm und vermögend, waren meine Verwandten froh, mich loszuwerden. Was sollten sie auch mit mir? Sie hatten eigene Kinder und vergaßen mich hinter den Klostermauern. Ich sah sie nie mehr.

Wie sollte ich also heiraten? Von Kindesbeinen an kannte ich nur geistliche Herren, Mönche. Aber ich beklage mich nicht. Die Kunst des Lesens erlaubte mir die Welt kennen zu lernen. Denn ich war bald als Kopistin ins Skriptorium beordert worden. Die Bücher sind mein himmlisches Jerusalem. Die Bücher, das ist meine Welt.

Anfangs weinte ich manchmal und sehnte mich nach einem freieren Leben, aber dann gewöhnte ich mich. Allmählich.

Man ändert sich im Kloster, in der Stille, im Gebet. Bernhard von Clairvaux schrieb: ›In der Stille des Klosters bin ich in der Weite der Liebe angelangt.‹ Jetzt bin ich gern im Kloster.

Und die Ehe, Herrin! Wenn ich denke, ich hätte einem Ritter Gehorsam geloben müssen, einem Rüpel zu Liebesdiensten sein! Worüber könnte ich mit einem ungebildeten Rittertölpel reden? Über Jagden, Turniere und Krieg? Was interessiert denn einen Ritter außer seinem Kriegsgerempel? Und so einem Gehorsam geloben! Einem simplen Mann! Nein, und noch einmal – nein!

Die Ehe, so wie sie heute ist, ist eine Zumutung für das Weib. Das Mädchen wird dem Mann gegeben und niemand fragt es, ob es damit einverstanden ist. Und ist das Weib dem Mann nicht lieb, blüht ihm ein schlimmes Leben. Liebt das Weib den Gatten oder erduldet seine Liebe, muss sie die Qualen häufiger Geburten ertragen. Und wird die Gemahlin älter, sieht sie zu, wie der Herr sie mit der erstbesten Magd betrügt. Ein einziges Leid ist das Leben eines Weibes, ganz gleich ob aus dem Volke, vom Lande oder aus der Stadt, ob Edelfrau oder gar Fürstin!«

Viola lachte auf. »Ihr habt wohl Recht, Margareta, aber nicht in allem. Denn da ist noch die Liebe, das dürft Ihr nicht vergessen. Nicht selten verbindet Mann und Weib die Liebe und die kann mannigfaltig sein. Manchmal mag sie nur kurz währen. Und das Ende der Liebe schmerzt. Aber in der Ehe verbindet ein Paar auch andere Liebe, die Liebe zu den gemeinsamen Kindern, das Vertrauen zueinander. Die Liebe, die die Minnesänger besingen, die ist selten. Ich kenne sie nicht, doch es gibt sie, wie man hier und da hört. Aber gerade diese Liebe bringt oft kein dauerhaftes Glück. Für mich war jedes Kind ein Geschenk. Ich danke täglich Gott für meine Kinder. Für mein Leben, wie es war. Heute weiß ich – es war Glück.

Die Ehe verpflichtet das Weib zu Gehorsam. Das bemängelt Ihr. Gewiss, so ist es und Ihr missbilligt das zu Recht. Aber die Ehe bedeutet auch Schutz für das Weib und seine Kinder. Und schließlich müsst auch Ihr Euch dem Abt beugen, auch Ihr müsst gehorsam sein und Euch den strengen Regeln fügen. Keine Minute des Tages gehört Euch und ständig seid Ihr im Gebet. Dann das strenge Fasten. Und dazu noch das frühe Aufstehen. Ihr überwindet Qual durch Qual.«

Die Äbtissin wusste dem nicht zu erwidern und antwortete streng: »Ich kenne nur die Liebe Gottes. Und diese Liebe ist das Einzige, was zählt. Auch Ihr solltet das nicht vergessen, Herrin: die Liebe zu Gott ist das Wichtigste!«

»Ja, Ehrwürdige«, lenkte Viola ein. »Ihr habt Recht. Es ist das Los der Weiber, sich zu fügen, sich den Stärkeren zu beugen. Den Männern. In der Ehe wie im Kloster. Es gibt für uns kein Entrinnen. Die Männerherrschaft ist die Ordnung, in der wir leben.«

»So seht Ihr, Herrin, es ist nur Gottes Liebe, die uns schützt, die die Hand über uns hält und uns Vertrauen schenkt ins Leben. Und vergessen wir nicht die Demut. Durch sie ist vieles leichter zu ertragen. Wir sollten auf ein besseres Leben im Himmel hoffen.«

»Im Himmel ...«, warf die Fürstin ein. »Euch, Ehrwürdige, ist nach Eurem frommen Leben der Himmel so gut wie gewiss. Das ist Euer Lohn und Euer Trost. Aber ich arme Sünderin ...«

»Herrin! Ihr habt Eure Pflicht getan und die Aufgabe erfüllt, die Euch der Herrgott zugewiesen hat. An Euch, an Euer Wirken in der Welt als Fürstin werden sich Menschen noch nach hunderten von Jahren erinnern. Und sie werden nach Euch fragen, nach einer Frau, die allein regierte in dieser schweren Zeit! In diesem entlegenen Land an der Oder. Zehn Jahre lang, für ihre Söhne und zur allgemeinen Zufriedenheit! Das ist Euer Verdienst. Euch erwartet Euer Lohn hier auf Erden im Gedächtnis der Menschen. Und Ihr dürft hoffen, auch im Himmel.«

»Ich danke Euch, Margareta, für Euren Trost. Vielleicht habt Ihr Recht. Ich will es glauben. Letztendlich war doch alles gut, für Euch und auch für mich. Wir dürfen dankbar sein für unser Leben.«

»Ja«, sagte die Äbtissin, »Ihr habt Eure Kinder und die Dankbarkeit der Leute. Ich meine Bücher, die Stille des Klosters, das Gebet. Wir haben beide Grund zur Dankbarkeit. Nur«, fügte sie mit einigem Zögern hinzu, »nur ... die Bücher ... Hier in Tscharnowons gibt es nicht genug zu lesen. Es gibt nur die wenigen vorgeschriebenen Bücher.«

»Ehrwürdige, verzeiht, das wusste ich nicht. Gut, dass Ihr das zur Sprache bringt. Ich verspreche Euch, dafür zu sorgen, dass Ihr mehr Bücher bekommt für Euer Kloster. Ich werde das mit dem Kanzler besprechen und mit meinem Sohn. Sie werden einverstanden sein.«

»Aber Herrin, Bücher sind so teuer ... Der Abt sagte, für ein Buch könne man ein Dorf kaufen mitsamt Inventar. Das ist wohl übertrieben. Dennoch – Bücher sind teuer, zu teuer für mich. Aber ... ich würde es Euch danken ...«

»Nicht für Euch, Margareta, sollen die Bücher sein, für Euer Kloster.«

»So vergelts Euch Gott! Ich werde für Euch beten«, antwortete die Äbtissin. Und wie aus Dankbarkeit erklärte sie sich eines Abends bereit, über das Leben der Altvordern im Lande zu erzählen.

»Das alte Weib, die Heilkundige und Erwählte, von der ich Euch erzählte – fast möchte ich sie meine Freundin nennen – hat mir im Vertrauen einiges über den alten Glauben erzählt; auch über das Leben der Menschen und ihre Feste. Die Hiesigen feierten gern. Sie kamen noch lange zu ihren heidnischen Festen zusammen, auch als Christen. Sie trafen sich im Verborgenen, im Walde. Aber so manchen ihrer Bräuche hat auch die Kirche geduldet und sogar angenommen.«

Margareta begann zunächst über das Leben der Menschen zu berichten, das karg gewesen sei, erbarmenswürdig. Die Hiesigen ernährten sich kümmerlich von ihren kleinen Feldern, die sie dem Walde abrangen, vom Boden, den sie mit einem hölzernen Pflug ackerten. Sie lebten zusammen mit ihren Tieren in ihren Holzhütten und starben im Winter oft vor Hunger und Kälte. Dazu waren sie Leibeigene ihrer Herren, die ihnen noch das Beste von ihren Erträgen nahmen. Die meisten kamen nie aus ihrem Dörflein heraus.

Viola sah enttäuscht drein. Das kannte sie, es war nicht anders als heute. Es änderte sich nur dort ein wenig, wo sich die neuen Siedler niederließen. Das waren freie Leute und sie bauten ihre Dörfer nach wohldurchdachten Plänen. Ihre Hütten waren größer und bequemer, zwar auch aus Holz und Lehm und mit Stroh gedeckt, aber in ihnen lebten Menschen und Tiere getrennt voneinander. Sie erzielten auf ihren größeren Feldern bessere Erträge, weil sie den dem Wald entrissenen Boden mit dem eisernen Pflug bearbeiteten und ihr Gemeinschaftswesen besser organisierten.

Margareta fuhr in ihrem Bericht fort: »Aber die Hiesigen feierten ihre Feste. Sie feierten im Rhythmus der Natur. Sie feierten vor allem die Sonne, die ihnen Leben schenkte. Der Winter brachte ihnen Pein, Hunger und Kälte, viele starben. So freuten sie sich über die Sonne im Frühling. Fröhlich feiernd verbrannten oder ertränkten sie den Winter, eine große, schrecklich aussehende Puppe. Zur Sommerwende feierten sie die Sonne mit Sprüngen über das Feuer. Nach der Ernte gab es ein großes Dankfest mit Gaben für die Sonne. Mit Freudenfeuern feierten sie die Sonnenwende im Winter.

44

Aber auch Kindsgeburten, Vermählungen und Begräbnisse wurden gemeinsam gefeiert. Sie stellten dazu Tische und Bänke unter die Bäume und bewirteten sich gegenseitig. Fremde, besonders, wenn sie von der weiten Welt berichteten, waren ihnen willkommen und ein Anlass, Tiere für ein Fest zu schlachten.«

Viola unterbrach sie ungeduldig. »Erzählt mir, Ehrwürdige, wie Ihr es versprochen habt, von den geheimnisvollen Feiern, von denen der Abt nichts sagen wollte, von den Zusammenkünften in den heiligen Hainen.«

Darüber wisse auch sie nichts Genaues, zögerte Margareta. Ihr Wissen sei aus zweiter Hand. Sie wisse, was sie weiß, nur von der Alten. Die habe ihr Außergewöhnliches berichtet, Unheimliches und Grausames, aber man müsse bei solchen Erzählungen vorsichtig sein und was Wahrheit sei, vorsichtig erwägen. Sie nehme an, sagte die Äbtissin, dass die Versammelten Zaubertränke genossen hätten, die auch die Alte brauen konnte, wie sie sagte. Ihres Erachtens seien es die Gebräue gewesen, die wilde Träume verursachten. »Aber wer weiß, vielleicht trug das Kraftfeld ihrer terra sancta zu den außergewöhnlichen Zuständen bei. Oder noch andere Kräfte, die wir nicht kennen.« Sie bekreuzigte sich und fuhr mitleidig fort: »Ich glaube allerdings, die Heiden versuchten sich auf ihre Weise von dem quälenden Zwiespalt zu befreien, der daher rührt, dass der Mensch aus einem vergänglichen Leib und einer sich nach Ewigkeit sehnenden Seele besteht. Doch diesen Widerspruch kann nur Gott heilen in unserem einzig wahren christlichen Glauben«, fügte sie streng hinzu. »Amen.« Und sie bekreuzigte sich erneut energisch.

»Aber was erzählte Euch die Alte darüber?«, beharrte Viola und die Äbtissin fuhr fort: »Manche haben mir berichtet, was sie erlebt haben wollen. So behaupteten sie, über Wälder, Felder, Berge und Flüsse geflogen zu sein, über menschliche Behausungen hinweg. Außerdem hätten sie an himmlischen Gelagen teilgenommen und dabei genossen, was ihnen im Leben vorenthalten blieb an Speisen und Trank, und an Liebesrausch.«

Aber dann kam Margareta wieder auf den Aberglauben zurück, der sich unter den Leuten noch immer halte und der in den Beichtspiegeln der geistlichen Herren viel Beachtung finde. »Denn die Kirche bestraft den Aberglauben und ahndet ihn mit strenger Buße. Damit bekämpft sie die Reste des alten Glaubens. Manches aber duldet die Kirche. So das Fest der Verstorbenen im dunklen Herbst, denen auch die Heiden Lichter brennen im Dunkel. Doch die Heiden verehren ihre Verstorbenen im Verborgenen noch ganz anders, als es sich die Kirche wünscht. Sie halten die Toten für persönliche Vermittler zwischen sich und den Göttern. Sie rufen sie herbei und meinen, mit ihnen in Verbindung zu treten, mit ihnen sprechen zu können. Wie die Christen mit ihren Heiligen.

Die Einheimischen opfern den Geistern ihrer Vorfahren Speise und Trank. Sie brennen Kerzen für sie und beschwören die Einheit zwischen Lebendigen und Toten. Man hat mir erzählt, es soll vorgekommen sein, dass bei diesen Totenfesten Verstorbene, von wahrer Liebe herbeigerufen, leibhaftig erschienen sind.«

»Schön«, sagte Viola, »das gefällt mir. Das würde ich auch gern erleben wollen. Ein Wiedersehn mit meinem Sohn. Jetzt. Nicht erst nach dem Tode.«

»Herrin, das ist Sünde. Betet«, sagte Margareta streng. »Nur Beten hilft. Der Heiden Glaube, das ist Spuk. Sie erzählen sich Märchen – zum Trost. Die Heiden glauben, die Seelen hockten in einer Berghöhle und warteten auf ihre Menschwerdung. Sie glauben, die Seelen ihrer Verstorbenen weilten im unterirdischen Reich und warteten dort auf ihre Wiedergeburt. Das unterirdische Reich ist für sie ein schöner Garten. In Rosenknospen und Blumen ruhen die edlen Seelen, die nützlichen in Früchten, die groben verharren im Kraut. In ihrer Vorstellung steht dort auch ein Lebensbaum, reich an Zweigen und Blättern, für jeden Lebenden ein Blatt. Wird ein Mensch krank oder alt, welkt sein Blatt. Stirbt der Mensch, löst sich das Blatt vom Baum.«

Viola wagte es nicht, diese Vorstellung wiederum als schön zu bezeichnen und ließ Margareta weiter reden.

»Im Beichtspiegel, für den der Abt Aussagen sammelt«, fuhr die Äbtissin fort, »findet sich so manches über Totenglauben, Liebeszauber und über Zaubereien, mit denen die Weiber ihre Kinder schützen und ihnen den Segen ihrer vermeintlichen Schutzgeister sichern wollen.

So geht die Mutter mit ihrem neugeborenen Kind um den Herd und ein anderes Weib folgt ihr und fragt sie: ›Was trägst du?‹ Die Mutter antwortet: ›Einen Luchs, einen Fuchs, einen Hasen, der schläft.‹ Sie stehlen einen Strohwisch, mit dem der Backofen gekehrt worden ist, und reiben damit das Kind im Bade ab. Die Hebamme berührt den Kopf der Mutter mit einem Beile und um das Badeschaff winden sie einen ungebleichten Leinenfaden. Der Vater darf nicht das Gesicht des Neugeborenen zuerst sehen, sondern nur die große Zehe. – Das Kind wird mit einem knotigen Strohhalm gesegnet. Und wenn es nach der Taufe heimgetragen wird, legt man an der Schwelle unter einen Besen ein Ei und zertritt es beim Überschreiten. Unter den Badekessel legen sie Gegenstände aus Eisen und eine schwarze Henne, dann zünden sie Lichter an und schreiten im Reigenschritt um den Kessel. Am Abend stellt sich die Mutter mit dem Kind auf dem Arm hinter die Haustür und ruft das Waldweib. Dann weint das Kind des Waldweibes und das eigene bleibt still.«

Das alles sei unglaublicher Unfug, fuhr Margareta fort, der aber gute Wünsche zum Ausdruck bringe. Völlig unsinnig und schädlich finde sie jedoch den Liebeszauber. Manches von dem, was Mädchen und Weiber mit ihrer ›Pforte des Lebens‹ anstellen, um sich die Liebe des Mannes zu sichern und zu erhalten, verbiete sich zu erzählen. Darüber wolle sie lieber schweigen. Aber dass sie oft ihre ungeborenen Kinder töteten, halte sie für übles Gerede. Eher glaube sie, dass es vorkomme, dass manches Weib ihren unliebsamen Ehemann vergifte. »Denn wenn er sie schlägt und droht, sie umzubringen, was bleibt dem armen Wurm denn übrig, als sich zu wehren? Doch über derartig ruchlose Geschichten zu reden, schickt sich nicht.« Die fromme Frau hielt zornig inne.

»Andere Bräuche sind harmloser«, fuhr sie fort. »So wenn die Mägde ihre Gürtel an den Zaun hängen oder sich auf den Gürtel schlafen legen, sich nicht bekreuzigen und kein Wort sprechen, weil sie glauben, im Traum werde ihnen dann der Mann ihres Lebens erscheinen. Oder sie bereiten Waschlauge, legen zu der Schüssel einen Kamm, etwas Hafer und ein Stück Fleisch und stellen das alles an den Abort. Dazu sprechen sie: Teufel wasch und kämme dich, gib deinem Pferd den Hafer und deinem Habicht das Fleisch und zeig mir meinen Mann. Wenn sie reich werden wollen, decken sie in der Christnacht den Tisch für die Frau Holde, die sie Königin des Himmels nennen.

Ein Hochzeitspaar darf das Haus nicht durch die Tür betreten, durch die man die Toten hinausträgt. Es ist außerdem üblich bei den Leuten, dass sie, ehe sie in ein neues Haus einziehen, an den vier Eckpfosten Töpfe mit allerlei Dingen vergraben, oder unter der Schwelle eine tote Katze. Sie stellen Essensreste hinter den Herd, weil sie glauben, dass dort die Hausgeister wohnen, die sie Stättewalde nennen. Zum Frühlingsfest schmücken sie das Haus mit Dornenbüschen, damit das Vieh reichlich Milch gibt.

Meistens befassen sich die Weiber und die Mädchen mit den Zaubereien, aber auch die Bauern gehen bei Vollmond auf ihre Felder und grüßen das neue Licht des Mondes mit den Worten: ›Bist Gott willkommen, neuer Mond, holder Herr, mach mir meines Gutes mehr.‹

Altes und Neues – der mitgebrachte Aberglaube der Siedler hat sich mit dem Glauben der Einheimischen vermischt. Die Geister, die sie anrufen, haben manchmal Namen in zwei Sprachen. Die einen sagen Waldweib, Hexe, die anderen Baba Jaga. Die einen verehrten die Erdmutter oder Frau Holde, andere sagten Mamutschka oder Tschamutschka. Die Neuen, die einen ernsteren Lebenssinn haben, nehmen auch gern an der Feierlust der Einheimischen teil.«

Damit beendete die Äbtissin ihre Erzählung und auch am nächsten Abend hatte es den Anschein, als würde sie sich doch vor ihrem Mut fürchten und vor der Sünde, von dem unheimlichen heidnischen Treiben zu berichten. Sie schwieg. So musste Viola noch einmal um die versprochene Erzählung bitten.

»Das alte Ritual ...«, sagte die Äbtissin zögernd. »Doch versprecht mir, Herrin: Was ich Euch sage, es bleibt unter uns.«

»Versprochen, Ehrwürdige. Vertraut mir doch.«

»Nun gut. Ich habe Euch bereits erzählt, dass die alten Heiden eng mit der Natur verbunden lebten und sie verehrten. Die Erde, der sie sich zugehörig fühlten, war ihnen heilig. Sie fürchteten Blitz und Donner, Flut und Dürre. Aber sie richteten ihren Blick auch in den Himmel. Sie verehrten die Sonne und den Mond, die glitzernden Gestirne. Sie spürten das Unsagbare, das größer war als ihr kleines Leben. Das Gefühl des Erhabenen über ihnen machte sie zu Menschen. Einen Gott wie wir den Unsrigen kannten sie noch nicht, wohl aber die Sehnsucht nach der Ewigkeit. Ihr tägliches Denken kreiste um Liebe und Tod. Das Leben, wie es kam und ging, war auch für sie das größte Geheimnis. Das Wunder des Lebens und die Schmerzen des Lebens beschäftigten sie wie uns.

Das alte Weib erzählte mir von Begegnungen, die im Sommer unter den Linden und bei Mondschein stattfanden. Ich habe nicht alles verstanden, was sie erzählte, denn bei den Heiden war vieles sowohl so wie auch anders und Widersprüchliches oft vereint. Es ging um die Anbetung der Sonne, aber auch um die Verehrung des Mondes, um Fruchtbarkeit in der Natur, aber auch bei Menschen.

Die Alte sprach von der Huldigung einer Muttergöttin, einer Himmelskönigin. Sie meinten die Sonne und das ganze Firmament. Sie erzählte von einer Feier, in der eine Priesterin die wichtigste Rolle spielte und von tanzenden Mädchen, denen Schreckliches widerfuhr. Eine männliche Gottheit soll dabei gewesen sein, ein Befruchter, der Furcht und Schrecken verbreitete.

Sie nannten ihn Perun. Ein Blitz- und Donnergott.« Sie zögerte wieder.

»Erzählt, erzählt, ehrwürdige Margareta«, drang Viola in ihre Freundin. »Darüber möchte ich mehr erfahren. Erzählt mir alles, was Ihr wisst. Wir Weiber sollten viel mehr wissen über uns und über Muttergöttinen, Priesterinnen und Weiber, die etwas zu sagen hatten. Wer war denn dieser Perun?«

Margareta sah sie lächelnd an und fuhr fort: »Sicheres habe ich von der Alten nicht erfahren, aber ich habe auch einiges darüber gelesen. Die alten Griechen berichten nämlich über ähnliche Kulte. Es waren Fruchtbarkeitskulte. Die männliche Gottheit hieß bei ihnen Pan und war Perun ähnlich – ein Unhold, halb Mensch, halb Unmensch, ein zotteliges Wesen mit Pferdefüßen und Hörnern. Ein Schreckensmann. So wie ihn die Kirche als Teufel zeigt. Auch in den griechischen Tempeln versetzten sich Priesterinnen in Trance und viele kamen zusammen, um ihren Sprüchen zu lauschen. Sie holten sich bei den Priesterinnen Rat. Und auch bei ihnen herrschte wildes Treiben für eine bestimmte Zeit.

Von einer solchen wilden Chaos-Zeit erzählte mir auch die Alte. Von lustvoll leidenschaftlichem Treiben, das eine Nacht oder länger dauerte. Alles Wilde, das sich lange Zeit in den Menschen aufgestaut hatte, war zugelassen. Hass und Gier, Inzest und Mord wurden freier Lauf gelassen. Die Verbrechen dieser Nacht, oder dieser Nächte, wurden nicht geahndet. Danach fand man oft Tote und Verletzte im Walde. Doch Kinder, die gezeugt wurden, wuchsen in den Familien auf. Nach dieser Nacht kehrte die gewohnte Ordnung wieder ein. Die kurze Freiheit für das Tier im Menschen war zu Ende. Das Böse sei dadurch gebannt worden, so glaubten die Alten. Man könnte sagen«, meinte Margareta, »die Heiden ließen dieses Chaos zu, um die Ordnung zu ertragen.

Die Alte erzählte auch, dass manche der Tänzerinnen ihr Leben lang geistesabwesend geblieben seien. Andere wurden schwanger und man verheiratete sie in Ehren. Manchmal erwählte man eine von ihnen zur Hüterin des heiligen Hains.

Und noch etwas hat mir die Alte anvertraut, kurz vor ihrem Tode«, fuhr die Äbtissin fort. »Als sie sich zunehmend auf Christus besann. Manchmal, sagte sie mir, aber nur selten und nur um Katastrophen abzuwenden, also bei außerordentlicher Bedrohung wie Überflutung oder Dürre, bei Missernte oder Hunger habe man sogar – ich sah, es fiel ihr schwer, das über die Lippen zu bringen – manchmal, sagte sie, seien auch Menschenopfer dargebracht worden. Geopfert vor aller Augen. Auf dem Opferstein. Sie zeigte mir im Wald die Reste dieses von christlichen Missionaren zerschlagenen Steines. Darauf waren dunkle Flecken zu sehen. Blut … das Blut der Opfer.

Dort vor dem Stein konnte die Alte nicht reden. Es würgte sie. Ich sah – sie wollte reden, doch sie konnte nicht. Ich bekreuzigte mich und sie, segnete den Stein und bedeutete ihr zu beten. Sie war Heidin und Christin zugleich und dazu ein liebevolles, weises Weib. Wir beteten zusammen das Vaterunser.

Auf dem Rückweg war die Alte mehrmals stehen geblieben, sie war schon schwach auf den Beinen und auf der Brust. Sie wollte noch etwas sagen. Endlich brachte sie hervor: ›Glaubt mir, Ehrwürdige, die Mädchen starben gern. Sie glaubten, ihr Opfer sei den Göttern lieb und ihr Opfer diene den anderen. Sie glaubten daran, ihr Opfer könne Unheil abwenden. So sind sie freudig gestorben, mit Blumen bekränzt. Wir glaubten alle, sie lebten im ewigen Garten und würden bald wiederkehren.‹

Mädchen waren es … Gott sei ihnen gnädig«, sagte Margareta. »Ich versprach der Alten, für die Toten zu beten. Für die Opfer. Es waren Kinder, Gottes Kinder auch sie. Ich bete für sie bis heute.«

Die Frauen verabschiedeten sich schweigend zur Nacht.

Viola konnte lange nicht einschlafen. Die Bilder aus Margaretas Erzählung bedrängten sie. Sie nahm sie mit in ihren Traum und sah, wie sich die Menschen in ihrem heiligen Hain versammelten, wie sie schweigend im Kreis Platz nahmen auf dem Rasen um die heilige Linde herum, unter der ein aus Steinen gefügter Opfertisch stand. An vier Ecken des Platzes brannten Feuer. Der Kreis um den Opfertisch war von Fackeln erleuchtet. Neben dem steinernen Tisch brannte ein Feuer, auf dem ein Kessel dampfte. Sie hörte das Gemurmel der Menge, als die Priesterin im goldenen Gewand erschien, gefolgt von zwölf Mädchen. Musikanten mit Flöten und Harfen, die vorn im Kreis saßen, begannen ihren Instrumenten leise Töne zu entlocken. Eine große Trommel stand bereit. Der Mond schien. Die Fackeln loderten. Es war hell im Hain unter der Linde.

Die Priesterin, die Große Mutter, stand vor dem steinernen Tisch, die Mädchen silbern schimmernd im Mondschein neben ihr. Die Musik spielte leise, die Priesterin begann zu summen, leise zu rezitieren. Sie reichte den Mädchen in silbernen Kelchen einen Zaubertrank aus dem Kessel und auch sie selbst trank davon.

Dann schritt die Große Mutter, gefolgt von den Mädchen, um den Tisch herum und umkreiste zwölfmal den Platz. Sie summte, rezitierte und sang. Sie sang von der Schöpfung der Welt, vom Aufgang der Sonne und dem Licht der Nacht, dem Mond. Sie sang von den Sternen, vom Himmel, der sich über die Erde neigte, um sie zu lieben und sie zu befruchten, sang vom Anfang und vom Ende allen Lebens. Ja, von der Sehnsucht der Menschen sang sie. Sie bat die himmlischen Mächte um Schutz für alles Lebende. Ihr Gesang wurde lauter und wechselte sich ab mit feierlicher Stille, dann wieder fielen die Instrumente ein.

Die Musik forderte auf zum Tanz. Die Trommel schlug den Takt.

Die Mädchen begannen sich zu bewegen, sie hoben die Arme und verneigten sich. Sie verneigten sich ein ums andere Mal vor dem Mond und vor den himmlischen Gestirnen.

Die Mädchen tanzten. Sie neigten und wiegten sich, bogen ihre jungen Körper, entledigten sich ihrer Kleider und tanzten nackt im schimmernden Licht. Die Musik und der Tanz wurden schneller. Immer wilder schlug die Trommel, immer schneller kreisten die Mädchen um den Baum, um den steinernen Tisch. Die Priesterin tanzte mit ihnen. Bald schienen sie zu schweben in ihrem Tanz. Sie entflohen in ihrem Tanz zu den Wolken, zu den Sternen, ja, sie tanzten mit den Sternen! Dann wanden sie sich lustvoll stöhnend auf dem Rasen und gaben sich dem Mond hin. Sie stammelten und lallten. Die Große Mutter beugte sich über sie und lauschte ihren Worten. Jetzt waren die Mädchen Auserwählte, Auserkorene des Himmels, Geliebte des Mondes. Der Mond war in sie eingedrungen, der Mond sprach durch sie. Die Heiden glaubten, dass der Himmel aus ihrem Munde seine Botschaft verkündete.

Da erschien der wilde Gott Perun, der Donnergott mit einem Blitz in der Hand, halb Mann, halb Pferd, lustreicher Befruchter. Seine Stimme tönte grausig über den Platz. Die Trommel raste. Blitze schlugen ein. Das Feuer neben dem Opfertisch, die Feuer um den Platz loderten hell. Der Zaubertrank sprang aus dem Kessel in kleinen, irrlichternden Flammen.

Nackt und schrecklich begann Perun die Mädchen zu umarmen und zu begatten. Vor aller Augen. Da erfasste auch das versammelte Volk die wilde Lust. Sie tranken den Zaubertrank in gierigen Zügen. Feuer begann ihnen aus dem Mund zu lodern. Feuer brannte in ihren Haaren, umgab ihre nackten Leiber. Sie begannen kreischend zu hüpfen, sich zu umschlingen, sich wahllos zu paaren. Das Chaos. Brüllen und Toben. Zügellose Lust. Winseln, Taumeln und Fallen. Heilloses Treiben. Bald lagen manche wie leblos am Boden. Andere waren geflohen.

Da sah Viola in ihrem Traum ein Mädchen in eine weiße Wolke gebettet auf dem Altar liegen, schlafend oder tot. Perun näherte sich ihm grässlich lachend, flammensprühend mit erhobenem Messer. Die Menge wandte sich johlend zum Altar. Perun stach zu. Doch ins Leere. Das Mädchen war auf seiner Wolke entschwebt.

Sie wachte auf. Sie fasste nach ihrem Herz. War sie die Geopferte, die Entkommene? Welch ein schrecklicher Traum!

Agnes eilte herbei und bot ihrer Herrin ihre Dienste an. »Ihr habt schrecklich gestöhnt in der Nacht, Herrin«, sagte sie. »Ihr habt geträumt, aber ich wagte nicht, Euch zu wecken.«

Viola hatte den ganzen Tag über Kopfschmerzen. Und erst am Abend bekam sie von der Äbtissin das weiße Pulver, das gegen Schmerzen half.

»Ihr seht blass aus, Herrin«, sagte die besorgte Äbtissin.

»Ich habe wirres Zeug geträumt, Ehrwürdige.

Diese heidnischen Feste ... Ihr sagtet, sie kamen zusammen, um das Erhabene zu ehren, aber sie fielen ins Chaos. Wie soll man sich das erklären? Das Erhabene und das Grausame zusammen?«

»Schweigt, Herrin!«, unterbrach sie die Äbtissin barsch wie sonst nie. »Denkt nicht darüber nach, Ihr könntet den Boden unter den Füßen verlieren. Betet! Ich habe Euch gewarnt. Hexen und teuflischer Spuk, nichts anderes sind diese Geschichten. Jesus Christus hat uns die wahre Lehre gebracht. Er lehrt uns, das Widersprüchliche zu überwinden. Amen.« Sie bekreuzigte sich.

»Dennoch«, fuhr sie nach einer Weile fort, »haben wir Christen keinen Grund, uns besser als die Heiden zu wähnen. Der alte Spuk ist nicht vorbei. Der Hexenglauben fordert Menschenopfer. In Magdeburg habe ich die Hinrichtung einer Hexe erlebt. Erleben müssen. Man hat mich gezwungen, an dem grausamen Spektakel teilzunehmen.

Wir, die Novizinnen unseres Klosters wurden auf den Marktplatz geführt, um der Hexenverbrennung beizuwohnen. Zu unserer Belehrung, wie es hieß. Ich habe diesen Anblick nie vergessen. Eine dichte Menge umringte den Scheiterhaufen. Die Hexe, ein junges Mädchen, sie mochte in meinem Alter sein, hing angebunden an einem Pfahl, hoch oben. Man machte uns den Weg frei, damit wir recht nahe am Geschehen seien und alles gut betrachten könnten.

Der magere Körper der jungen Hexe hing wie leblos an den Marterpfahl gebunden, der kahlgeschorene Kopf zur Seite geneigt. Wie Christus, dachte ich. Ich betete, das Mädchen möge nichts mehr fühlen. Doch was muss es gelitten haben, das arme

Wesen. Zuvor … Die Folter … Diese Qualen! Ich hatte davon gehört. Man hatte uns Schreckliches erzählt …, zur Warnung. Der scheinbar leblose Leib blutete aus vielen Wunden. Die kleinen Brüste hingen blutverschmiert herab, Blut an Schenkeln und Beinen. Im schmalen Gesicht mit den verquollenen Augenhöhlen war keine Regung mehr.

Man hatte uns erzählt, Hexen müssten getötet werden, weil sie mit dem Teufel Unzucht trieben und nackt auf einem Besen zu ihren Begegnungen auf einsame Hügel ritten, weil sie Gifttränke brauten, weil sie Menschen durch bösen Zauber schadeten und oft Menschen zu Tode brachten. Wer Böses von einer Hexe erfahren hatte, oder auch nur einen Verdacht hegte, durfte, ja sollte es melden. Das taten viele gern. Und wer einmal in die Hände der Häscher gelangte, entkam selten der Folter und dem Scheiterhaufen. Darüber entschied die Inquisition. Vollstreckt wurde das Urteil von Leuten des Herzogs.

Ich sah die hohen Herren in der ersten Reihe vor dem Scheiterhaufen sitzen, prächtig gekleidet, wohlgenährt: der päpstliche Inquisitor, der Bischof und unser Abt. Der Landesfürst neben ihnen. Der Inquisitor spielte mit einem goldenen Ring an seinem fetten Finger.

Ein Mann hinter mir flüsterte heiser, die Kleine habe sich dem geistlichen Herrn aus Rom widersetzt. Sie habe ihn verschmäht, den Dickwanst, der ihr nachgestellt hatte. Dafür habe er sich gerächt. ›Sie war ein frommes Kind‹, krächzte der Mann leise. ›Keine Hexe. Braver Leute Kind.‹ Des Mannes Stimme überschlug sich krächzend: ›Ein anderer sollte hängen, nicht das Kind! Der falsche Hund! Diese Herren! Allesamt!‹ Eine raue Stimme befahl ihm zu schweigen. ›Halt's Maul, du, oder willst du uns alle an den Galgen bringen!‹

›Recht geschieht ihr, der Hex'‹, ließ sich eine leise keifende Weiberstimme vernehmen. ›Sie ist schuldig. Hat sie nicht den Teufel in dem frommen Herrn geweckt? Dafür muss sie sterben.‹ Sie kicherte widerwärtig.

Das Zeichen wurde gegeben. Die Flammen schlugen hoch und das Mädchen erwachte aus seiner Ohnmacht. Und schrie. Die Schreie gellten über den Platz. Es schrie und stöhnte und wimmerte scheinbar endlos. Ich zitterte vor Angst und wäre fast in Ohnmacht gefallen. Doch – was hätte ich tun können, um der Armen zu helfen? Nichts.

Als sie verstummte, vernahm man zunächst einzelne Rufe – ›Die Hexe dem Feuer! Hexen ins Feuer! Alle Hexen ins Feuer! Verbrennt die bösen Weiber!‹ Dann flogen Steine zum Scheiterhaufen, auf dem das arme Wesen verendete. Die Menge begann zu johlen und zu klatschen. Es gab aber auch Widerrede. Ein Gerangel entstand. Prügeleien. Bewaffnete begannen den Platz zu räumen und wir wurden hastig weggeführt.«

Später habe man ihr zugeflüstert, so Margareta weiter, das Mädchen, die blinde Stickerin genannt, sei bei ihrem Besuch bei einer Hexe vor den Toren der Stadt festgenommen worden. Die blinde Stickerin habe sich Hilfe gegen ihr Augenleiden von der Heilkundigen erhofft. Sie verbrachte ihre Tage über den Stickrahmen gebeugt, auf dem sie wahre Kunstwerke hervorzauberte, hochbegehrt von den reichen Bürgersfrauen. Doch ihr Augenlicht erlosch allmählich. Sie sah immer weniger, erkannte kaum noch jemanden auf der Straße, dennoch arbeitete sie weiter, obwohl sie unsägliche Kopfschmerzen plagten. Ein Jammer! So war es nicht verwunderlich, dass sie sich zu der Alten hinführen ließ. Doch die war gerade gefasst und ins Gefängnis gebracht worden. Die Häscher warteten im Verborgenen auf ihre Besucher. So geriet das unschuldige Kind in die Fänge der Inquisitoren.

»Dort vor dem Scheiterhaufen habe ich meine Lektion gelernt«, sagte die Äbtissin. »Ich konnte danach lange Zeit nicht beten. Schwer legte sich die Angst auf mein Gemüt. Ich begriff: Die Wehrlosen bedroht die Welt. Besonders wir Weiber sind schwach und müssen uns fügen, wenn wir überleben wollen. So lernte ich schweigen und vieles zu ertragen. Ich fragte fortab nie mehr – warum? Warum muss dieses oder jenes sein? Ich wusste:

So ist die Welt! Willst du überleben, musst du sie nehmen, wie sie ist.

Schwieriger war es, eine Antwort zu finden auf die Frage: Warum lässt Gott das Böse zu? Ich weiß es bis heute nicht. Starb nicht auch Christus eines grauenvollen Todes? War nicht auch das seine Lehre: Der Wehrlose gerät ans Kreuz. Doch sein Tod verspricht die Auferstehung. An diese Hoffnung klammern sich die Christen.

Die Heiden lebten mit den Widersprüchen, wir versuchen sie zu überwinden. Ich hoffe, Gott sieht einen Sinn in unserem Leiden. Amen.« Sie bekreuzigte sich und sagte: »Betet, Herrin! Beten hilft!«

Ein Fürst wirbt um ein schlichtes Edelfräulein

Das Rütteln der Reisekutsche, die frühmorgens vorgefahren war, um die Herzogin von Tscharnowons nach Oppeln zu bringen, erinnerte Viola an eine andere Reise in jungen Jahren – an ihre Reise von Liegnitz nach Oppeln, an ihren Brautzug. Damals im Mai, in strahlendem Sonnenschein, hatte sie blumenbekränzt auf einer prächtig gezäumten, milchweißen Stute gesessen. Alles um sie war voller Licht, Blumen und Freude gewesen. Jetzt saß sie gramvoll und in Gedanken versunken in einer rumpeligen Kutsche.

Man hatte das Innere der Kutsche nach den Anweisungen der Fürstin, die die Bequemlichkeit liebte, mit unzähligen Kissen und Decken ausgestattet. Trotzdem war die Fahrt zwischen Tscharnowons und Oppeln beschwerlich, denn die Wege durch den Wald waren uneben und die Kutsche rüttelte erbarmungslos. Alles andere als ein Vergnügen, diese Fahrt. Dazu fiel leichter, gleichmäßiger Nieselregen, in den Bäumen hing Nebel und bildete trügerische Gestalten.

Aber die in ihre Erinnerungen versunkene Frau sah kaum aus dem Fenster. Herzogin Viola dachte über die Gespräche nach, die sie mit ihrer Freundin Margareta geführt hatte und sie dachte nach über ihr Leben. Der Tod ihres Sohnes hatte ihr Leben in die Nähe des Todes gerückt. Sie sah es wie vom anderen Ufer, ihr Leben – ein sich ihr entfernendes Land.

Was war geblieben von all dem Leben, fragte sich Viola Fürstin von Oppeln und Ratibor in der rumpelnden Kutsche, die sie vom Kloster Tscharnowons zurück in die Burg nach Oppeln brachte. Ihr Leben, das waren ihre Kinder. Aber auch all ihr Bemühen um die Kinder, die Sorgen und die kleinen und großen Freuden waren im Nebel des Vergessens verschwunden. Und auch ihre Zeit als Herrscherin. Aber sie wusste, sie durfte zufrieden auf ihr Leben zurückschauen.

Sie trauerte um Mieschko, aber sie durfte stolz sein auf diesen Sohn, der bis zuletzt um sein Land besorgt und bemüht gewesen war. Mieschko, ihr Lieblingssohn, hatte sie in seinem Testament großzügig bedacht, hatte ihr Ratibor als Witwensitz zugeeignet, ein wahrlich fürstliches Geschenk, ein schöner Beweis seiner Liebe. Doch sie hatte beschlossen, nicht nach Ratibor zu gehen. Sie beabsichtigte noch lange nicht, sich zurückzuziehen.

Wladko hatte bereits die Herrschaft im Fürstentum übernommen. Auch er war jung und unerfahren, wie es Mieschko gewesen war, auch er würde ihren Beistand brauchen, sie um Rat fragen. Solange er nicht verheiratet war, würde sie an seiner Seite bleiben. Wladko hatte große Pläne. Er wollte Oppeln umbauen, aufbauen, das Land besiedeln. Wladko war anders als Mieschko: kühl, strebsam, umsichtig. Nicht so ungestüm und herzlich wie ihr Erster. Aber klug. Auch er ein aufmerksamer Sohn.

Sie hatte sechs Kinder geboren, zwei davon im Kindesalter verloren. Und jetzt auch Mieschko. Aber die anderen lebten. Slawka, Ofka und Wladko lebten. Ihre Kinder lebten. Gute Kinder. Dafür dankte sie Gott und der Gottesmutter.

Ihre Tochter Slawka war im Kloster in Tscharnowons gut aufgehoben. Sie würde dort vielleicht nach Margaretas Tod Äbtissin werden. Und um Ofka, das hübsche Kind, haben schon einige nachgefragt. Um die brauchte sie sich keine Sorgen zu machen. Ofka durfte wählen. Sie soll glücklich sein, dachte Viola. Kasimir von Kujawien, unlängst verwitwet, hat nach ihr gefragt. Er soll klug und tüchtig sein. Er macht sich Hoffnungen auf die Krone Polens für sich oder seine Nachkommen. Vielleicht wird Ofka Königsmutter werden. Wer weiß.

Denn wie es wird, weiß man nie. Auch ihre Mutter hatte es sich nie träumen lassen, dass ihre Tochter einen Fürsten heiraten würde. Mit ihrer Heirat war ein Traum ihrer Mutter in Erfüllung gegangen, den sie nie gewagt hätte zu träumen.

Ihre Mutter ... Die Nebel des Vergessens lichteten sich. Ihre Mutter! Frau Jutta hatte Herzogin Hedwig von Schlesien als erste Hoffrau gedient und war deren engste Vertraute gewesen.

Der Piastenfürst Kasimir von Oppeln und Ratibor hatte damals in Anwesenheit ihrer Herrschaften um die Hand ihrer Tochter angehalten. Danach hatte ihre Mutter ihren Kopf noch höher als sonst getragen. Ihre Tochter sollte Frau eines Fürsten werden! Gemahlin eines Piastenfürsten!

Frau Jutta war zwar hoch geachtet am Hofe, eine Freundin der Fürstin eher als eine Dienende, dennoch war sie auch nach ihrer Hochzeit mit einem Ritter Unbekannt eine Dienende geblieben. Denn auch Violas Vater, Radon von Nitsch und Röchlitz, war ein Dienstmann gewesen. Freilich ein Burgvogt mit gut zinsenden Dörfern. Ein geschätzter Ritter. Aber ein Ritter Namenlos. Ein Edler von nirgendwoher. Und nun sollte Viola einen Fürsten heiraten!

Viola selbst wurde nach ihrer Meinung nicht gefragt. So war es üblich. Sie war ein Kind und hatte sich auch keine Gedanken darüber gemacht, unbekümmert wie sie damals war. Viola erinnerte sich an das Gespräch in dem Raum neben der Halle der Liegnitzer Burg, in dem stets wichtige Besprechungen stattfanden. Man hatte sie herbeigerufen und sie war hingegangen, nichts ahnend. Aber als sie die Kemenate betrat, begriff sie alles ohne Worte.

Herzog Heinrich saß da mit ernster Miene, neben ihm die Fürstin, beide in ihren mit kostbaren Stoffen belegten Sesseln, Frau Jutta neben ihnen sitzend, hochrot im Gesicht, und Kasimir von Oppeln – stehend hinter einem Stuhl, auf den er sich stützte.

Viola hatte zuvor kaum je mit dem Herzog von Oppeln gesprochen. Sie hatte ihn zwar mehrmals gesehen, aber ihn nicht wahrgenommen. Der Herzog war ein unscheinbarer Mann. Schmächtig und leicht gebeugt, als trüge er eine große Last auf seinen hochgezogenen Schultern. Und er erschien ihr ziemlich alt.

Viola verneigte sich höfisch und murmelte eine Begrüßungsformel. Die Herzogin ergriff das Wort: »Mein Kind, der Herzog von Oppeln und Ratibor, Kasimir, unser lieber Verwandter und Freund, hat um deine Hand angehalten. Wir haben deine Mutter gefragt, jetzt fragen wir dich: Willst du die Gemahlin des Herzogs Kasimir von Oppeln und Ratibor werden?«

Viola sah zu ihrer Mutter hinüber und sah ihr Nicken, also nickte sie ebenfalls ohne zu zögern. Ihre Mutter hatte entschieden. So sollte es sein. Sie würde heiraten. Das war das Los eines Weibes, wollte es nicht ins Kloster gehen.

Von Liebe wusste sie nichts. Heiraten. Warum nicht? Sie wollte heiraten, denn ins Kloster wollte sie nicht. Heiraten? Einen Fürsten? Umso besser. Sie war sicher, so, wie ihre Mutter entschieden hatte, war es gut für sie.

Kasimir trat an sie heran, nahm ihre herabhängende Hand, die sie ihm überließ, ohne ihn anzusehen, und küsste sie hastig. Er war fast einen Kopf kleiner als sie. Danach zog er sich wieder hinter seinen Stuhl zurück. Die Fürstin, die die Verwirrung der beiden sah, sagte: »Du kannst gehen, mein Kind, wir werden die Einzelheiten des bevorstehenden Ereignisses besprechen.«

Fortab strahlte Frau Jutta unaufhörlich. So ein Glück! Sie hatte zwar gebetet. Jeden Tag hatte sie gebetet, dass ihre Kinder ein schönes Leben haben möchten. Das ist wahr. Ihr Sohn war ein gelehrter Herr. Darüber war sie froh. Aber dass ihre Tochter eine Fürstin sein würde! Und dazu eine Piastenfürstin! So vermessene Wünsche hatte sie nie gehabt. Nein, so anmaßend war sie nicht gewesen. Frau Jutta dankte Gott und der Gottesmutter für das Glück ihrer Kinder.

Erst im Nachhinein erfuhr Viola, dass Kasimir von Oppeln bereits vor drei Jahren bei Herzogin Hedwig um sie nachgefragt hatte. Die Kleine sei ihm ins Auge gefallen, soll er gesagt haben. Herzogin Hedwig aber habe ihn damals beschieden, sich zu gedulden. Sie hatte etwas gegen zu frühe Ehen, weil sie selbst als Kind verheiratet worden war. Herzogin Hedwig schien überhaupt viel weniger angetan von dieser Ehe als ihre Mutter. Kasimir von Oppeln war kein Mann, der Frauenherzen höher schlagen ließ. Und an die zwanzig Jahre älter als seine Verlobte. Kein Herzensbrecher, das musste sogar Frau Jutta zugeben. Aber ein Fürst.

Kasimir war im gleichen Alter wie Heinrich von Schlesien, aber der Herr von Liegnitz und Breslau gefiel noch immer, auch jungen Frauen. Kasimir aber ...»Na und ...«, sagte Frau Jutta zu ihrer Tochter.»Schön oder nicht schön, von einer schönen Schüssel wirst du nicht satt. Dafür wird Kasimir nicht hinter anderen Weibern her sein. Was hast du von einem Schönen und Treulosen? Was hat sich Herzogin Hedwig ärgern müssen über ihren Mann. Jetzt darfst du es ja wissen: Herzog Heinrich war seiner Frau nicht treu. Anfangs ja. Freilich, anfangs haben sie sich sehr geliebt und gut verstanden. Ein Herz und eine Seele, wie man sagt. Aber später ... Nun ja, die Weiber waren hinter ihm her. Und auch ihm gefielen hübsche junge Mädchen. Dagegen kann man nichts machen.

Aber Herzogin Hedwig wandte sich von ihm ab. Sie zwang ihn, eheliche Enthaltsamkeit vor dem Bischof von Breslau zu geloben. Sie wollte, dass alle wussten, dass sie ihrem Gatten entsagt hatte. Sie war sehr stolz. Fortab war sie noch tugendhafter als zuvor. Es dauerte nicht lange, bis man erfuhr, dass Fürst Heinrich eine Konkubine hatte, ein junges Weib in Krossen, die Tochter des Kastellans. Die gebar ihm nach und nach drei Kinder.«

Viola war ungehalten über das andauernde Geplapper ihrer Mutter. Das wussten doch alle am Hofe, das Eheleben des Fürstenpaars, das war doch kein Geheimnis. Die lebten wie auf dem Präsentierteller.

Frau Jutta wischte sich Freudentränen aus den Augen. »Wenn das dein Vater wüsste! Unsere Tochter eine Piastenfürstin!« Damit rührte sie wiederum ihre Tochter, die ihren Vater kaum gekannt hatte. Viola umarmte ihre Mutter.

Die Hochzeit sollte in Kürze stattfinden. Kasimir von Oppeln und Ratibor reiste heim, nur um bald wiederzukommen. Und in der kleinen Burg zu Röchlitz begannen eifrige Vorbereitungen. Das Wichtigste war das Hochzeitskleid. Die Schneiderin Gundula wurde aus Liegnitz herbeigerufen. Katarina zeichnete Muster für die Stickereien und legte sie der Brautmutter vor. Nonnen sollten das Kleid besticken helfen, aber auch Mutter und Tochter beugten sich eifrig über ihre Stickrahmen.

Das Hochzeitskleid war himmelblau. Die Seide dazu war beim Juden in Breslau günstig erstanden worden. Besonders günstig, wie Frau Jutta stolz betonte. Hochgeschlossen sollte das Kleid sein, anliegend, lange schmale Ärmel. Die Schönheit der Braut sollte mehr verhüllt als gezeigt werden. Mutter Jutta wusste bestens, wie Schönheit zur Schau zu stellen war: durch geschicktes Verbergen, das neugierig machte.

Das hochgeschlossene Kleid und darüber das frische Gesicht mit den veilchenblauen Augen, umrahmt von Fluten dunkler Haare – Viola erschrak fast vor ihrem Bild im Spiegel. Sie hatte zuvor selten in einen Spiegel geblickt. Wie ein Schmuckstück sah ihr Gesicht aus. Ja, sie war schön. Es war ein gutes Gefühl, das zu spüren.

Über das Hochzeitskleid ihrer Tochter gebeugt, erzählte Frau Jutta von ihrer eigenen Kindheit, von ihrer Ankunft in Schlesien mit der Herzogin, der Hochzeit mit Radon von Nitsch, dem Weitgereisten, dem Abenteurer, wie manche sagten, und von der Geburt ihrer Kinder.

Jutta von Idolfingen stammte zwar aus einer geachteten adligen Familie im Reich, doch da sie früh ihre Eltern verloren hatte, galt es der Familie als gute Fügung, dass Herzogin Agnes von Andechs die Waise zu sich nahm. Sie hatte dafür dankbar zu sein, wurde ihr gesagt. Und sie war gehorsam, wie es sich geziemte.

Die Herrin, Agnes von Andechs, die junge zweite Frau des Herzogs von Andechs und Meranien, eine Wettinerin, ging fast ununterbrochen schwanger und brauchte Hilfe. Als ihre älteste Tochter Hedwig aus dem Ammenalter heraus war, gab man die Dreijährige in die Obhut der damals zwölfjährigen Jutta. Als dann das Mädchen Hedwig ins Kloster gegeben wurde, hatte Jutta als Kinderfräulein weiter zuhauf zu tun. Sieben Kinder der Andechser hatte sie betreut, Bischöfe und Fürsten, Königinnen und Äbtissinnen sind sie geworden. Hochwohlgeborene, und doch nicht alle glücklich in dieser Welt.

Als Hedwig von Andechs nach einigen Jahren plötzlich aus dem Kloster geholt wurde, weil man sie mit dem jungen Piasten Heinrich von Schlesien zu vermählen beabsichtigte, bot man Fräulein Jutta an, mit der jungen Herrin in das ferne Land an der Oder zu ziehen, von dem sie zuvor nie gehört hatte. Jung und neugierig, wie sie war, sagte sie gern zu.

Schlesien war für sie damals ein Land hinter sieben Bergen und sieben Wäldern gewesen. Man erzählte sich so manches über das Land: Nur Wälder solle es dort geben und gefährliche Sümpfe. Keine Straßen, kaum Wege und nur wenige Menschen, die in den Wäldern versteckt lebten. Anderseits wurde Schlesien als reiches Land gepriesen, wo Milch und Honig flossen.

Sie brachen auf mit vielen Wagen und zogen gemächlich über das Land. Sie kamen durch prächtige Städte und hielten sich längere Zeit in Bamberg auf, wo ein Andechser Bischof war. Sie machten längere Rast bei den Wettiner Verwandten in Thüringen und auf der Altenburg, wo die Piastenfamilie siebzehn Jahre gelebt hatte und die Großeltern des jungen Fürsten begraben waren. Von da aus war es nicht weit nach Liegnitz. Eine bescheidene Burg. Damals. Das sollte sich bald ändern.

Anfangs fiel es schwer, sich an das fremde Land zu gewöhnen. Aber bald gewannen beide, die Fürstin und ihre Dienerin, Schlesien lieb. Mit der Zeit war es ihre Heimat geworden, die sie für nichts mehr hergegeben hätten.

Das junge Paar – Hedwig, die Andechserin und Heinrich von Schlesien, der Piastenfürst – gewann rasch die Herzen der Untertanen. Bauern und Hirten waren es, friedliche Leute, die zumeist in den Wäldern in weit voneinander entlegenen kleinen Weilern lebten. Aber auch Adlige gab es unter ihnen, einheimische Ritter, wehrtüchtige Männer. Dazu polnische Ritter, die einst mit den Piasten aus Gnesen gekommen waren und hier ihre Kastellaneien errichteten. Und schließlich Böhmen aus dem Nachbarland. Die Handwerker und Kaufleute in den Vorburgen kamen meist aus deutschen Landen. Auch im fürstlichen Gefolge waren geistliche Herren, Mönche, Hofleute und Ritter vorwiegend aus Bayern und Thüringen nach Schlesien gekommen. Und wiederum Kaufleute und Handwerker.

Boleslaw der Heimkehrer hatte Mönche aus Pforta geholt und ihnen Land gegeben, damit sie es besiedelten. Die Siedler kamen aus Bayern, Thüringen und Franken und sogar vom Rhein. Sie kamen gern und vertrugen sich gut mit den Einheimischen. Gemeinsam rodeten sie Wälder und trockneten Sümpfe, legten Dörfer an und bauten Städte, Kirchen und Klöster.

Der Sitz der Fürsten war die Burg zu Liegnitz, die sie mit der Zeit prächtig herrichten ließen. Doch zum stillen Familiensitz hatte sich das junge Paar eine kleine, gut befestigte Burg im Walde erbaut, die Röchlitzer Burg.

Heinrich, der junge Fürst, stand lange seinem Vater zur Seite. Nach seinem Tode gab es für ihn und seine Frau viel zu tun. Sie wollten das Land nach ihren Vorstellungen gestalten. So wie im Reich sollte es sein. Das junge Fürstenpaar hatte lange zuvor beschlossen, aus Schlesien ein Land wie kein anderes zu machen, ihr Traumland. Stark und schön sollte es sein, von glücklichen Menschen bewohnt.

Das Land zu regieren, bedeutete reiten, denn es war überall nach dem Rechten zu sehen. Die Herzogin begleitete stets ihren Gemahl. So wollten es beide. Und Frau Jutta musste sich um alles in der kleinen Burg kümmern, um die Kinder, um die Garderobe, ja, um die Verabredungen ihrer Herrin, und sie stand der Hofhaltung vor. So war sie über dreißig Jahre alt geworden und hatte längst nicht mehr auf eine Ehe gehofft, als ein Ritter aus der Fremde um ihre Hand anhielt.

Radon von Nitsch, der Bulgare genannt, war ein weltgewandter, weitgereister Ritter, der rasch Herzog Heinrichs Zuneigung und Vertrauen gewonnen hatte, denn er verstand es zu erzählen. Abends beim Feuer hörten ihm alle zu. Und Radon erzählte gern von der Pracht der Fürstenhöfe, von Turnieren, Festen, Liebesabenteuern, Kriegen, Ungeheuern, von Seuchen und Hunger. Besonders aber seine Geschichten vom Kaiserhofe, wo einst auch der Piast Heinrich von Friedrich Barbarossa zum Ritter geschlagen wurde, hatten es dem Fürsten angetan.

Radons Haar lichtete sich bereits, sein Gesicht war von Narben entstellt und es fehlte ihm die linke Hand, doch er bestach durch höfisches Benehmen. Mit seiner Heiterkeit machte er sich bei allen beliebt. Auch bei dem spröden Fräulein. Der vertraute er sein frühes, trauriges Schicksal an und gewann damit ihr Herz, denn es war ähnlich wie ihres gewesen. Auch Radon war als verwaister Sprössling einer angesehenen bulgarischen Familie in den Dienst des ungarischen Königs Andreas gekommen, der mit Fürstin Hedwigs Schwester Gertrud verheiratet war. Dort hatte er zunächst Knappendienste versehen, wurde dann aber bald zum Ritter geschlagen.

Daraufhin hatte er für seinen Herrn in unzähligen Kämpfen das Schwert geschwungen gegen Kroaten, Bosnier und Dalmatier, die alle von den Madyaren unterworfen worden waren, und, mehrmals verwundet, war er im Dienste seines Herren ergraut.

Er war von seinem Herrn auserwählt worden, sich an der Spitze einer königlichen Gesandtschaft an den kaiserlichen Hof zu begeben, um Einzelheiten der Ansiedlung von Deutschen in Ungarn zu besprechen. Die Siedler sollten nicht nur das Land urbar machen, sondern auch Burgen und befestigte Ortschaften bauen, um das Land vor den ständig aus dem Osten einfallenden Völkern zu schützen. Dafür versprach König Andreas dem Kaiser Hilfe bei seinen Kämpfen in Italien.

Auf dem Rückweg erkrankte Radon in Prag an einem tückischen Fieber, das ihn für lange Wochen ans Lager fesselte. Er schickte einen Teil seines Gefolges zu seinem König zurück und wartete ungeduldig auf seine Genesung. Doch als er wieder auf die Beine kam und beim böhmischen König Ottokar seine Aufwartung zum Abschied machte, fragte ihn dieser höflich, ob er auf dem Weg in seine Heimat nicht einen kleinen Umweg nach Schlesien machen könnte, um den dortigen Fürsten, Boleslaw dem Langen und seinem Sohn Heinrich, seinen Verwandten, eine Botschaft zu überbringen. Radon sagte zu. Er kannte weder Schlesien noch Polen, doch war er stets begierig, Neues zu erkunden. Also beschloss er ohne zu zögern, nach Liegnitz zu reisen und sich von dort aus über Krakau nach Hause zu begeben.

Doch es kam anders. Radon erkrankte erneut in Liegnitz und von der Krankheit geschwächt, blieb er einige Zeit in Schlesien. Als dann die Stelle des Röchlitzer Kastellans frei wurde, bot ihm Herzog Heinrich diese an. Radon sagte kurz entschlossen zu. Und blieb. Und zwar fürs ganze Leben.

Der neue Burgvogt begann energisch in der kleinen Burg zu walten und begegnete immer wieder dem Fräulein, das in Vertretung der Herrin auftrat. Fräulein Jutta sah den Fremden anfangs etwas über die Schulter an, sie war stolz und wusste, was sich geziemte, doch der Ritter umgarnte sie auf liebenswürdige Weise, so dass sie bald von ihm angetan war. Sie hielt ihn schließlich für außerordentlich klug und lobte sein höfisches Benehmen. So ergab es sich, dass der fremde Ritter zuerst das errötende Fräulein selbst bat, ihn zu ehelichen und daraufhin die herzoglichen Herrschaften um ihre Hand ersuchte.

Herzogin Hedwig war diese Wendung des Schicksals ihrer Getreuen höchst willkommen, hatte sie sich doch längst Sorgen gemacht um ihre Freundin, die einem einsamen Alter entgegensah. Andererseits hätte sie ungern auf ihre Dienste verzichten wollen.

Mit dieser Heirat konnte beides vortrefflich verbunden werden – Jutta blieb im Dienste der Herrin und war gleichzeitig versorgt, wie es sich gehörte.

Herzog Heinrich belehnte den Bulgaren mit der Burg Röchlitz und schenkte ihm dazu einige zinspflichtige Dörfer. Und nach einer Hochzeit, die drei Tage dauerte, blieb alles wie zuvor. Jutta behielt die Aufsicht über die fürstlichen Kinder in der Burg, Radon von Nitsch und Röchlitz versah die Obliegenheiten des Kastellans.

Frau Jutta sah bald darauf Mutterfreuden entgegen und schenkte in kurzen Abständen zwei Kindern das Leben, einer Tochter und einem Sohn. Die Tochter kam mit großen blauen Augen zur Welt, zum Entzücken ihrer Mutter. In Anbetracht der veilchenblauen Augen des Mädchens kamen weder Rosamunde noch Kunegunde, weder Ludmilla und nicht einmal Beatrix als Name infrage. Viola sollte das Mädchen heißen. Viola, das Mädchen mit den veilchenblauen Augen. Der Vater hatte diesen Namen vorgeschlagen, einen Namen, wie ihn hierzulande noch niemand gehört hatte. Herzogin Hedwig zuckte mit den Schultern. Es war zwar kein heiliger Name, aber sie hatte nichts einzuwenden.

Als Radon wenige Jahre danach starb, brachte das kaum Verwirrung in Juttas Leben. Alles blieb, wie es war. Frau Jutta kleidete sich fortab in dunkle Farben. Sie war Witwe und Mutter und diente weiter ergeben und treu.

Alles, was ihre Mutter darüber erzählte, kannte Viola bereits allzu gut. Doch sie hörte zu, denn so schickte es sich. So verging die Zeit, während sie emsig nach Katarinas Vorlage kunstvolle Blumen in die knisternde Seide des Hochzeitskleides stickten.

Frau Jutta schwelgte wortgewandt in Erinnerungen an die Zeit, als ihre Kinder klein waren und sie zu schönsten Hoffnungen berechtigten. Die Tochter war hübsch, ihr Bruder ein lernfähiger Kopf, wie Herzog Heinrich, sein Pate, bald feststellte. Er versprach, ihn zum Advocatus ausbilden zu lassen und er entsandte

69

ihn auch zu einem Studium der Jurisprudentia in Bologne, Rom und Paris.

Auch an Belehrungen ließ es Frau Jutta, gebeugt über die blaue Seide, nicht fehlen. Denke daran, mein Kind, das Leben …

Doch nachhaltiger als die Reden ihrer Mutter beeindruckte Viola das Gespräch über die Ehe mit Herzogin Hedwig. Die Fürstin hatte sie in ihren Lieblingserker bestellt. Sie sah Viola an, schwieg eine Weile und lächelte, wie es so ihre Art war. Dann hob sie die Augenbrauen und sagte: »Mein Kind, du wirst durch deine Heirat Fürstin werden. Gott hat es so gewollt. Du wirst fortab meine nahe Verwandte sein, darüber freue ich mich. Du warst und bleibst mir wie eine Tochter.

Nun, du bist gut vorbereitet für diese Ehe. Deine Mutter hat dich gut erzogen. Sie ist eine kluge und liebevolle Frau, die dich bestens belehrt hat. Deiner Mutter Freude über dein Schicksal ist groß. Ich kann das verstehen. Ich aber sage dir: Nicht alles ist Gold, was glänzt. Fürstin zu sein, ist nicht leicht. Nimm dein Schicksal dankbar an, aber bedenke: Wem Gott mehr gibt, von dem verlangt er auch mehr.

Die Sorge um andere soll fortab dein wichtigstes Anliegen sein. Dazu hat dich Gott erhoben. Du wirst Diener und Dienerinnen haben, du aber sollst dich als erste Dienerin deiner Untertanen verstehen. Hüte dich vor Eigennutz, vor Eitelkeit und vor Stolz. Denke nie, dass du durch prächtige Kleider mehr wärest als die anderen.

Als Fürstin bist du nie allein und doch allein. Aller Augen werden sich stets auf dich richten. Denke daran: Nicht immer wohlwollende Augen. Die Blicke der Untertanen sind bewundernd, aber auch lauernd. Du stehst über ihnen und viele werden es dir neiden. So manche wird zu sich sagen: Warum wurde sie erhoben und nicht ich? Warum sitzt sie im Glanz und ich muss mich begnügen? Sie genießt Reichtum und Ehre und ich nicht. Warum? So sind die Menschen. Du darfst niemandem vertrauen. Du musst stark sein, willst du nicht untergehen. Hüte dich. Jeden Tag, jede

Stunde. Hüte dich besonders vor bösen Zungen. Gib nie Verleumdern Anlass, über dich berichten zu können. Bedenke: Jedes Wort von dir, jeder Blick, werden bemerkt. Schweige lieber, ehe du Unüberlegtes sagst.

Achte deinen Mann und sei ihm zu Willen. Er ist dein Herr und Gebieter. Hüte dich vor Streit mit deinem Mann. Dein Mann hat immer Recht. Auch wenn er nicht Recht hat. So gewinnst du ihn für dich. Denn nichts ist einem Mann verhasster als ein Weib, das Recht hat und darauf besteht. Besänftige ihn. Bezähme ihn. Beherrsche ihn, aber immer so, dass er es nicht bemerkt. Spiele dein Spiel, damit er dir nicht beweisen muss, dass er der Klügere ist. Aber: Tue das alles zu eurem gemeinsamen Wohl.

Und sei bescheiden. Wisse, das Eheleben bringt mehr Leid als Freude. Denn so ist das Leben. Fordere nicht mehr, als dir gewährt wird. Und sei dankbar. Das Leben ist ein Geschenk.

Hüte deinen guten Ruf, denn der ist das kostbarste Gut einer Frau. Werfe nie einem fremden Mann Blicke zu, die er zu seinen Gunsten deuten könnte. Der größte Feind eines Weibes ist der Mann, der seine Lust befriedigen möchte. Schlimm ergeht es der Ehefrau, auf die der Verdacht der Untreue fällt. So manche wurde von ihrem eifersüchtigen Mann verstoßen und vertrieben, oder gar getötet. Bedenke: Die Welt gibt immer dem Weibe die Schuld. Dem Mann wird alles nachgesehen.

Du sollst deinem Mann Kinder gebären. Erben. Das ist deine Aufgabe. Ein Weib kann nichts Besseres sein als eine gute Mutter und sie kann kaum etwas Schlechteres sein als eine schlechte Mutter. Der Sinn deines Lebens ist, Mutter zu sein. Mutter deiner Kinder. Deine Kinder werden über andere erhoben sein. Erziehe sie im Geiste der Verantwortung für andere. Und in Liebe. Das ist deine Aufgabe.

Vor allem aber bete. Nur im Gebet findest du Kraft, den Alltag zu ertragen.

Erflehe den Beistand der Gottesmutter. Die Gottesmutter kennt die Leiden eines Weibes.«

71

Die Herzogin erhob sich nach dieser Rede und küsste Viola auf die Stirn. Damit war Viola entlassen.

Über den Stickrahmen gebeugt hatte Frau Jutta ihrer Tochter auch noch einmal über ihre Geburt und ihre Kindheit erzählt. Ihr Geburtsjahr sei ein besonderes gewesen, es war das Jahr nach der Jahrhundertwende, die alle gefürchtet hatten. Sonnenfinsternis, Seuchen und Kriege sollten mit dem Jahrhundertwechsel kommen, das Ende des Säkulums würde das Ende der Welt mit sich bringen, fürchtete man. Große Angst herrschte unter den Menschen.

Die geistlichen Herren predigten die Prophezeiungen des Johannes von den Ambonen herab. Riesige Heuschrecken würden vom Himmel fallen, groß wie die Pferde, stark wie die Löwen und gefährlich wie die Skorpione. Engel mit feurigen Schwertern würden erscheinen. Feuer vom Himmel würde die Menschen vernichten und Fluten sie mitreißen, wenn sie nicht abließen von ihren Sünden. Nur Buße könne den Sündern helfen. Und immer wieder war vom fahlen Pferd mit seinem knöchernen Reiter – dem Tod – zu hören, der durch die Lüfte ritt und seine Beute nahm. Die Apokalyptischen Reiter würden sich am Himmel zeigen und mächtige Engel mit Schwertern und schrecklichen Posaunen das Jüngste Gericht verkünden.

Die einfachen Leute nahmen die Prophezeiungen begierig auf und fügten die alten Geschichten hinzu, die sie kannten, in denen von Feuer speienden Drachen und siegreichen Rittern die Rede war. Wanderpropheten schwangen sich auf den Märkten auf umgestülpte Fässer und verkündeten das Ende der Welt. Büßer durchzogen in Scharen das Land, dürftig gekleidet, mit entblößten Oberkörpern. Sie peitschten sich mit geknoteten Lederriemen die Rücken. »Das Ende der Welt naht!«, schrien sie und plärrten. Lärmend zogen sie von einem Ort zum anderen, fromme Verrückte und Verzückte.

Aber es geschah nichts. Still ging das Jahrhundert zu Ende und das neue brach an, ohne sich um die Vorhersagen zu kümmern.

Nur der Schnee lag besonders hoch und in einem Dorf war ein Kalb mit zwei Köpfen geboren worden. Man schlachtete es alsbald. Die verängstigten Menschen atmeten erleichtert auf. Manche dankten Gott. Die meisten aber trieben bald wieder ihr gottfernes Wesen.

Also war Anno Domini 1200 ein Jahr wie ein frisches Hemd. Im Sommer dieses Jahres kehrte in die kleine Röchlitzer Burg doppeltes Glück ein. Zwei glückliche Mütter, die Herzogin und ihre Vertraute Jutta, freuten sich über die Geburt ihrer Töchter.

Herzogin Hedwig hatte wenige Jahre zuvor zwei Mädchen an einer fiebrigen Erkältung verloren. So sah sie die Geburt einer Tochter als ein besonderes Geschenk Gottes an und als Antwort auf ihr beharrliches Gebet. Und auch die späte Mutter, Frau Jutta, war glücklich, denn sie hatte die Hoffnung, Mutter zu werden, bereits aufgegeben.

Frau Jutta nahm beide Mädchen in ihre Obhut. Denn die Fürstin begleitete ihren Mann bald wieder nach Liegnitz oder bei seinen Ausritten ins Land. Frau Jutta hatte auch die älteren Knaben des Fürstenpaares, Heinrich und Konrad, im Auge zu behalten, die zum Teil bereits unter der Aufsicht des vertrauten Ritters Peregrinus standen. Freilich standen ihr Ammen und Bedienstete zur Verfügung. Dennoch, es war nicht leicht. Mit der Zeit hatten sich nämlich noch drei weitere Mädchen in Röchlitz eingefunden, die im gleichen Alter waren und der Obhut der Fürstin übergeben worden waren, um die sich aber Frau Jutta zu kümmern hatte.

So zählte die Gruppe der Mädchen fünf hübsche Köpfchen. Ein reizender Blumenstrauß, wie manche höfischen Ritter bald bemerkten. Jedem der Mädchen wurde ein anderes Schicksal zuteil, und über jedes wäre eine Geschichte zu erzählen. Sie waren unterschiedlicher Herkunft und unterschiedlichen Standes. Das aber kümmerte sie zunächst gar nicht. Sie spielten zusammen mit denselben Puppen und wuchsen auf wie Schwestern.

73

Und als sie herangewachsen waren, da sah es jeder: Sie waren alle hübsch, jede auf ihre Art. Aber schön war nur Viola. Herzogin Hedwig sah dies nicht ohne Besorgnis.

Katarina, ein Prußenmädchen, das zwei Ritter von einem Feldzug der Herzogin mitgebracht hatten, besaß dunkles Haar und schwarze Augen. Sie lächelte kaum, aber wenn sie doch einmal lachte, blitzten ihre schneeweißen Zähne. Katarina war etwa drei Jahre alt gewesen, als sie nach Röchlitz gebracht wurde. Die Ritter erzählten, sie hätten das Mädchen vor dem sicheren Tode gerettet. Sie hatten die Kleine bei ihrer erschlagenen Mutter gefunden, der Prußenkönigin. Mit Gewalt habe man das Kind vom Leichnam ihrer Mutter losreißen müssen. Die kleine Wilde habe drei Tage und drei Nächte nur geschrien, um sich geschlagen und jeden, der sie anfassen wollte, gebissen, so dass sie ständig in Gefahr gewesen sei, von einem genervten Ritter getötet zu werden. Sie aber, die Retter, hätten sie ein ums andere Mal geschützt, ihr Mohn gegeben und sie so zum Schlafen gebracht. – Und die kleine Wilde schließlich zur mildtätigen Fürstin gebracht.

Herzogin Hedwig lobte ihre christliche Tat und belohnte sie reichlich. Sie war voller Mitgefühl für das arme Kind, das inzwischen matt und apathisch alles mit sich geschehen ließ. Herzogin Hedwig ordnete an, das Mädchen zu waschen und war selbst dabei, als es beköstigt und angekleidet wurde. In ihren Armen war die Kleine eingeschlafen. Katarina hielt Fürstin Hedwig ihr Leben lang für ihre Mutter. Sie wurde getauft und war stets still und brav, aber selten fröhlich wie die anderen. Berühmt wurde Katarina später durch ihre wunderbaren Stickereien. Sie zeichnete Blumen und Tiere, ja, sogar Menschen auf dünne Leinwand oder Seide, um sie dann mit bunten Seidenfäden in den Stoff zu zaubern. Herzogin Hedwig hatte sie zu Frau Juttas Nachfolgerin erkoren und mit Boguslaw von Schawoine, dem Verwalter, verheiratet. Nach dessen Tod verdiente Katarina ihr Geld mit ihren begehrten Stickereien.

Bald kam Ratzlawa dazu, Bischof Ratzlaws Töchterchen, die Frucht seiner Verfehlung, einer heißen Liebesaffäre. Ihre Mutter war plötzlich verstorben und der bekümmerte Vater bat die Herzogin, das Mädchen für das Klosterleben vorzubereiten. Doch der rotblonde Wuschelkopf mit den grün funkelnden Augen war fürs Klosterleben nicht geeignet. Ratzlawa kehrte aus dem Trebnitzer Kloster bald in die Burg zurück und wurde kurz darauf mit einem wohlhabenden Breslauer Goldschmied verheiratet.

Die Vornehmste unter den Mädchen war Anna, die Tochter des mächtigen Böhmenkönigs Ottokar, die achtjährig mit prunkvollem Geleite als Verlobte Heinrichs an den Liegnitzer Hof gebracht wurde. Doch gerade sie war ein stilles, bescheidenes Wesen, das für Herzogin Hedwig zeitlebens die tiefste, verehrungsvollste Liebe empfand. Sie spielte oft und gern mit Heinrich. Die beiden passten zusammen wie zwei Puppen aus einer Schachtel. Beide waren rundlich und lächelten gern.

Viola erinnerte sich, wie sich die Mädchen gegenseitig ihre schwellenden Brüste gezeigt hatten. Sie hatte dabei ein merkwürdiges Gefühl im Bauch gehabt, denn sie wusste, das war eine Sünde. Aber auch etwas von Ahnung war in diesem Spiel gewesen, eine Ahnung, dass die unbekümmerte Kindheit nun zu Ende gehe.

Ratzlawa hatte Violas Hemdchen gehoben und ihr kichernd ihre eigenen Tittchen zum Vergleich gezeigt. Dann fragte sie Anna, ob sie Heinrich erlaube, ihre Brüste zu berühren. Anna wandte sich beleidigt ab. Auch Katarina entblößte sich nicht.

Das bitterste Schicksal war der Fürstentochter Gertrud beschieden. Sie war ein zartes Wesen mit leicht gewelltem, aschblondem Haar und Mandelaugen, die sie von ihrem Vater geerbt hatte. Gertrud war mit acht Jahren mit einem glanzvollen Herrn verlobt worden. Ihr Onkel Ekbert, Bischof von Bamberg, ein um seine Familie stets besorgter geistlicher Herr, hatte diese Verbindung mit seinem früh verwitweten Freund, Otto von Wittelsbach, vermittelt. Dieser war zwar erheblich älter und als Hitzkopf bekannt, doch galt er auch als einer der mächtigsten Herren im Reich, war eng befreundet mit König Philipp von Schwaben und hochgeachtet am Kaiserhof. Herzogin Hedwig verbarg nicht, wie zufrieden sie war. Es schien ihr, als sollte sie selbst zurückkehren ins Reich und ein neues Leben im Glanze des kaiserlichen Hofes beginnen.

Die achtjährige Gertrud zeigte mit kindlichem Stolz das Konterfei ihres Verlobten, das sie in einem goldenen Medaillon an einem Halskettchen trug. Er gefiel den Mädchen. Ein stattlicher Herr, dieser Otto von Wittelsbach. Sie beneideten Gertrud.

Doch kaum war das Verlöbnis beschlossen, traf eine schreckliche Nachricht in Liegnitz ein. Otto von Wittelsbach war in die Reichsacht gefallen. Er hatte im Streit König Philipp von Schwaben ermordet, seinen Freund. Bischof Ekbert selbst sah sich dem Verdacht auf Beihilfe ausgesetzt. Bald vernahm man auch das Ende der Gräuel: Otto, mit der Acht belegt – also vogelfrei – wurde auf der Flucht unritterlich erschlagen. So war Gertrud zur Verlobten eines Verfemten geworden und verwitwet, ehe sie verheiratet war. Für ihre Mutter stand fest: Gertrud musste nun ins Kloster.

Gertrud verstand nicht viel von all dem. Aber sie weinte. Sie sah es an den bestürzten Gesichtern der Eltern, dass sie Grund hatte zu weinen, so, wie sie vorher offenbar Grund gehabt hatte, stolz und glücklich zu sein. Sie wurde ins Trebnitzer Kloster gebracht, wo die gute Freundin der Herzogin, Äbtissin Petrissa, sie freundlich aufnahm. Dennoch – Gertrud mochte das Klosterleben nicht. Erst nach dem Ableben der ehrwürdigen Petrissa, als sie selbst Äbtissin geworden war, nahm sie ihr Schicksal an. Aber sie blieb verschlossen und mürrisch.

Herzogin Hedwig hatte damals nicht wenig Zeit mit der hübschen Schar verbracht. Im kleinen Garten oder im Erker des Turmes, von wo aus man über die Wipfel der Bäume herabsehen konnte, saß sie mit den Mädchen zusammen und erzählte ihnen Geschichten oder las aus ihrem buntgemalten Psalter vor. Sie sangen zusammen und beteten. Die Herzogin konnte wunderschön erzählen. Ihre Geschichten hatten Flügel, bemerkte der Herzog, der manchmal vorbei kam, um zuzuhören.

Die Fürstin hatte sogar versucht, den Mädchen etwas Lesen und Schreiben beizubringen. Aber es war mühsam für die Kinder, sich die merkwürdigen Zeichen zu merken und sie den Lauten zuzuordnen, um sie zu Worten zusammenzufügen. Pfaffenkunst nannte es Fürst Heinrich verächtlich. Am Ende konnte jede ihren Namen schreiben. Und dabei blieb es.

Frau Jutta oblag es, den Mädchen die Dinge des Alltags beizubringen. Sie hielt das Grüppchen streng. Zu streng, fand besonders Viola. Bei Frau Jutta hieß es ohne Widerspruch zu gehorchen. Und nicht selten waren Strafen hinzunehmen, wie in der Ecke stehen oder das gefürchtete Auf-den-Erbsen-knien. Dabei ging es oft ungerecht zu und Viola musste öfter als Gertrud oder Anna büßen. Oder sogar an deren statt.

Frau Jutta hatte einen festen Lehrplan im Kopf. Höfisches Verhalten war zu üben: Nie sprechen, ohne gefragt zu sein; Haltung bewahren; den Rücken gerade halten und die Schultern zurücknehmen; lächeln mit gesenkten Augen. Ein Fräulein hatte ein schönes Bild zu bieten. Und zu schweigen. Vor allem aber schärfte Frau Jutta den Mädchen ein, wie sehr sie vor den jungen Herren auf der Hut sein müssten. Denn die seien die größte Gefahr für die Tugend eines Fräuleins. Sie dürften nie allein mit einem jungen Mann sprechen!

Die Mädchen kicherten hinter dem Rücken der strengen Mentorin und fragten sich, ob denn Brüder auch als gefährliche junge Herren anzusehen seien. Und die jungen Ritter in der Burg, durften die am Abend beim gemeinsamen Singen nicht angesehen werden? Und wie war es mit dem jungen Burgkaplan? Verdiente auch der kein Vertrauen?

Die Mädchen erfuhren von Frau Jutta, was eine Frau wissen sollte: Wie für Haus und Hof zu sorgen und mit Untergebenen umzugehen war; wie man Gäste empfing und wie Festmahle anzurichten waren. Vor allem musste auch der Umgang mit Spinnrock und Webstuhl gelernt werden. »Domiseda, lanifica«, sagte Herzogin Hedwig dazu. »Zu Hause sitzen und weben.

Das ist das Los eines jeden Weibes. Merkt es euch: domiseda, lanifica.«

Die Mädchen wiederholten den Spruch und lachten. Es klang so sonderbar. Domiseda, lanifica. – Fröhlich. Gar nicht nach zu Hause hocken und langweiligem Spinnen.

Die meiste Zeit verbrachten die Mädchen wie alle vornehmen Fräulein und Frauen mit ihrem Stickrahmen in der Hand. Die edle Kunst der Stickerei! Dafür kam eigens eine Trebnitzer Nonne nach Röchlitz. Doch keine war so begabt wie Katarina. Katarina zeichnete für alle Vorlagen – wunderschöne farbige Blumen und Vögel und Engelschwingen –, nach denen dann die Stickereien ausgeführt wurden. Sie bestickten Altardecken und Ornate, die der Kirche und dem Kloster geschenkt wurden, verzierten aber auch Kleider, Kissen und Decken. Stundenlang saßen sie und stichelten in Seide oder auf dünn gesponnenem Leinen. Oder sie sangen zusammen. Manchmal las ihnen auch ein junger Kleriker etwas aus der Heiligen Schrift vor.

Die musischen Künste wurden gepflegt, Gesang und Lautenspiel. Wohl der, die dazu Talent hatte, denn sie fand Beachtung in jeder Gesellschaft. Nichts aber führte an der Erkenntnis vorbei: Die eigentliche Aufgabe eines Fräuleins war – das Warten. Das Warten auf einen geeigneten Gemahl.

Kurz bevor Kasimir von Oppeln um Violas Hand anhielt, hatten Anna und Heinrich geheiratet. Die beiden waren ohnehin ständig Händchen haltend herumgesessen und zuletzt mit roten Köpfen. So hatte Herzogin Hedwig ihr Einverständnis für ihren Bund fürs Leben erteilt. Das war eine prächtige Hochzeit, eine wahrhaft fürstliche Hochzeit gewesen. Und sehr bald darauf feierte man Taufe.

Der Herzog von Oppeln und Ratibor kehrte drei Tage vor der angesagten Hochzeitsfeier nach Liegnitz zurück, begleitet von seinem Gefolge. Er suchte jedoch kaum die Gesellschaft seiner Verlobten. Anfallende Angelegenheiten besprach er mit Herzogin Hedwig und Frau Jutta.

Dem Zeremoniell der Vermählung am Pfingstmontag in der blumengeschmückten Halle der Liegnitzer Burg stand Herzog Heinrich vor, an Stelle des verstorbenen Vaters der Braut. Draußen war heller Tag, doch in der Halle mit den kleinen Fenstern hatte man die Kerzen in den beiden großen Kranzleuchtern angezündet, denn Kerzenglanz unterstrich die Festlichkeit des Tages. Die Braut aber überstrahlte alles in ihrem hellblauen Kleid aus knisternder Seide. Bunt bestickte Schuhe in der gleichen Farbe lugten darunter hervor. In den üppigen, dunklen Locken trug Viola ein zierliches, silbernes Diadem mit goldgelben Bernsteinen. Die Herzogin hatte es ihr selbst in den Haaren befestigt und ihr dabei ins Ohr geflüstert:»Bernstein hält das Böse fern!« An diesem Krönchen war ein weißer Schleier befestigt worden. Der kostbare, perlgraue Mantel mit Fehbesatz stammte aus den Beständen der Herzogin.

Viola war eine ungewöhnlich schöne Braut. Das mussten alle zugeben. Daran erinnerte sie sich noch als alte Frau gern. Sie fühlte sich damals wohl in ihrer Haut, aber sie wusste nicht, welche eine Macht die Schönheit eines jungen Weibes war, stärker als Macht und Gold der Fürsten. Erst später sah sie ein: Schönheit war ein Geschenk. Ein besonderes Geschenk des Lebens.

Aber wie sagte doch Äbtissin Margareta – Schönheit ist auch eine List der Natur, ein Lockmittel zur Paarung, zur Vermehrung der Menschheit und damit für ein Mädchen oft eine große Gefahr. Denn die unerfahrenen Lockvögel wussten nur selten mit dieser Gabe umzugehen und brachten sich durch Leichtsinn in Gefahr. Unzählige haben sich ihr Leben verdorben durch eine ungewollte Schwangerschaft, durch ein uneheliches Kind. Nicht wenige sind ins Wasser gegangen oder töteten aus Verzweiflung sich oder das Kind, allein gelassen von treulosen Männern.

Davor hatten die Mütter zu warnen und zu bewahren. Die Mädchen zu schützen war Aufgabe der Familie, aber auch die Kirche predigte Enthaltsamkeit vor der Ehe. Jungfräulichkeit war die wichtigste Tugend eines Mädchens. Unkeuschheit eine verabscheuungswürdige Sünde.

Herzog Heinrich, der sich gern reden hörte, sagte mit klangvoller Stimme, er füge zusammen, was Gott zusammen fügen wolle. Er gebe die edle und ehrbare Jungfrau Viola, die unter seinen Augen aufgewachsen sei, in die Obhut des Fürsten von Oppeln und Ratibor, seines lieben Vetters. Und er tue das mit großer Freude.

Kasimir steckte Viola einen kostbaren goldenen Ring mit einem Rubin an den Finger, ein Schmuckstück seiner verstorbenen Mutter Ludmilla. Er reckte sich ein wenig zu seiner Braut hoch und küsste sie auf beide Wangen, wie bei den Piasten üblich.

Herzog Heinrich legte die Hände des Brautpaares zusammen und erteilte seinen Segen. Erst nach ihm segnete der Hofkaplan das junge Paar in Gottes Namen. Der alte Herr kannte die Braut von Kindesbeinen an und war sehr gerührt. Dann traten beide Brautmütter – Herzogin Hedwig und Frau Jutta – an Viola heran und gaben ihrerseits der Rührung Ausdruck, Frau Jutta überaus tränenreich. Danach hielt Herzog Heinrich einen Sermon, wie es sich gehörte. Im Ton seiner Rede schwang etwas von der Überlegenheit des reicheren und mächtigeren Verwandten und etwas vom Neid eines alternden Mannes mit, der einem Gleichaltrigen ein junges Weib zu gönnen hatte. Aber das hörten nur die Frauen heraus, die ihn gut kannten.

Viola fühlte sich irgendwie der Wirklichkeit enthoben. Schwebend. War es Glück? Nein. Liebe? Nein. Von beidem wusste sie nichts. Sie war erhöht worden. Sie wurde wahrgenommen. Daran wollte sie sich gern gewöhnen. Das war ein schönes Gefühl. Sie spürte – es war gut so.

Nach dem kurzen Zeremoniell in der Burg begab sich die versammelte Gesellschaft in die Liebfrauenkirche vor den Toren der Burg. Bischof Lorenz von Breslau hielt einen feierlichen Gottesdienst ab. Auch dieses Gotteshaus war von vielen dicken Kerzen erhellt, Gold glänzte und der Weihrauch duftete feierlich. Der

Gesang der Leubusser Mönche und der Trebnitzer Nonnen klang wie Engelsgesang im hohen Raum. Der Bischof mahnte die Braut zu Gehorsam und beide Brautleute zur Liebe. »Bis auf dass der Tod euch scheide!«, sagte er. Von allen Seiten wünschte man Kindersegen und viele Hände mussten geschüttelt werden. Viola lächelte in Gesichter hinein, die sie zum ersten Mal sah – die Gesichter ihrer piastischen Verwandten.

Danach fand ein üppiges Mahl in der Halle der Liegnitzer Burg statt, wie es sich gehörte. Die Piasten aus Masowien, Großpolen und Krakau waren angereist. Eine Hochzeit war stets eine Gelegenheit zusammenzukommen, miteinander zu reden, sich zu beäugen, sich gegenseitig zu beneiden oder zu bemitleiden. Die Piasten waren dafür bekannt, dass sie gern feierten. Es war dennoch keine glanzvolle Hochzeit gewesen, kein Vergleich mit der Hochzeit Annas und Heinrichs. Und manche verhielten sich recht zurückhaltend. Erst später erfuhr Viola, dass nicht wenige verwundert gewesen sein sollen, ja, sogar empört waren über Kasimirs Wahl, über seine unstandesgemäße Heirat mit einem armen Mädchen. Denn auch Herzog Kasimir von Oppeln und Ratibor war arm. Freilich seine Armut war eine andere als die Violas. Er war arm, aber ein Fürst. Eigentlich war er ärmer als arm. Er hatte Schulden. Sogar bei den jüdischen Kaufleuten in Breslau. Sein Vater Mieschko, der Streitbare, hatte sein Land in Schulden gestürzt, weil er unermüdlich um die Erweiterung seines Besitzes gekämpft hatte und sich zuletzt in den Gedanken verbiss, in Krakau zu herrschen. Mieschko der Hinkende von Oppeln hatte eine Druschyna gehalten wie ein König. Kein Wunder also, dass die Schatullen seines kleinen Fürstentums leer waren.

Kasimir waren die Schulden für die kriegerischen Abenteuer seines Vaters geblieben. Das wussten die Verwandten. Und nun heiratete er auch noch ein armes Mädchen! Welch ein Leichtsinn! Hätte er sich doch lieber nach einem reichen Schwiegervater umgesehen. Fürstentöchter mit reichlicher Mitgift gab es zur Genüge. Und so steckten die lieben Verwandten die Köpfe zusammen und tuschelten und zischelten, und wetzten ihre Zungen hinter dem Rücken des frisch vermählten Paares, dem sie ins Gesicht lächelten.

Sie wussten: Viola von Röchlitz war zwar adliger Herkunft und mit den fürstlichen Kindern aufgewachsen, doch ihr Vater war nur ein herumziehender Ritter gewesen. Ein Bulgare, wie man sagt, aber wer war er wirklich? Das wusste niemand so genau. Treu wie Gold, wie Herzog Heinrich ihn eben gelobt hatte, dennoch nur ein Dienender am fürstlichen Hofe. Es war keine standesgemäße Heirat, die Kasimir einging. Ganz offensichtlich hatte er sich in ein hübsches Gesicht vergafft. Heirat aus Liebe! Leichtsinn in seiner Situation, urteilten die lieben Nächsten. Und: Wird das gut gehen, fragten sie, sie fast noch ein Kind, er ein alternder Mann? Purer Neid, meinte Frau Jutta.

An diesem Tag war Viola auch dem Mann begegnet, der sie von nun an stets begleiten sollte: Ein dunkel gekleideter Herr, dem Aussehen nach Kleriker und Ritter zugleich, den der Herzog als Magister Sebastianus anredete und den er seiner Verlobten als Kanzler, wichtigsten Berater und besten Freund vorstellte. Der Kanzler nahm ihre Hand in seine, verneigte sich höflich und sah ihr in die Augen. Viola spürte, wie sie unter seinem Blick heftig errötete und senkte den ihren. Sie hatte ein merkwürdiges Gefühl, als hätte sie ihn wiedererkannt. Sie begriff sofort die Gefahr: Das war das Gefühl, vor dem man sie gewarnt hatte, das blind und schwach machen sollte, und sie beschloss, ihn streng anzublicken. Doch als sie aufsah, hatte er seinen Blick bereits abgewandt. Er war ein gut aussehender Mann, dieser Kanzler, groß, schlank, dunkle Haare und blaue Augen mit langen Wimpern. Sie erschrak erneut. Er hatte dunkle Haare und blaue Augen – wie sie. Als wäre er ihr Bruder.

Kasimir war stolz auf seinen Kanzler. Er ließ ihn kaum von seiner Seite weichen. Viola erfuhr von ihm, dass der junge Mann ein Einheimischer aus guter Familie war, ein Schlesier, sein Onkel Domherr in Breslau. Er hatte in Paris und in Rom studiert, war dann aber doch in seine Heimat zurückgekehrt. Sebastianus hatten alle Türen und Tore offen gestanden, eine glänzende Laufbahn hatte ihn in Rom erwartet. Auch sein Onkel in Breslau wollte ihn behalten. Aber Sebastianus wollte seinem Fürsten in Oppeln dienen, scherzte Kasimir.

Sebastianus sagte ihr später dazu: »Ich wollte dort leben, wo ich geboren bin, dort, wo die Gräber meiner Vorfahren sind. Zu meiner Mutter bin ich heimgekehrt und zu meinem Bruder. Nach Hause. Hier gibt es genug zu tun für mich.«

Und Viola sah mit der Zeit, dass er sich um die Angelegenheiten seines Herrn kümmerte, als wären es seine eigenen. Er hatte etwas Gewinnendes in seinem Wesen. Ihr gegenüber blieb er jedoch zurückhaltend.

Der Brautzug bewegte sich langsam voran auf seinem Weg. Man ließ sich Zeit. So war es üblich. Vor dem Zug ritten Fahnenträger mit den Wappen des Herzogs von Oppeln und Ratibor und seiner Begleiter. Ihnen folgten Hofmusikanten mit Trommeln und Fanfaren. Nach ihnen kam die festliche Schar, an der Spitze das Brautpaar. Die vornehmsten Gäste folgten. Das waren die Liegnitzer Piasten, allen voran Herzog Heinrich von Liegnitz und Breslau und seine für ihre Klugheit und Frömmigkeit verehrte Gemahlin Hedwig. Heinrich der Jüngere und seine Frau Anna machten den Übergang zum jungen Volk. Die beiden ritten stets Pferd an Pferd. Und am liebsten noch hoch zu Ross Händchen haltend, spottete man.

Die piastische Familie aus Masowien und Großpolen hatte es eilig, nach Hause zu kommen. Es schickte sich nicht, dem ungleichen Brautpaar allzu viel Ehre zu erweisen. Nur die Krakauer ritten mit gen Oppeln, es lag auf ihrem Weg.

Viel Volk säumte die Wege. Man wollte die vornehmen Herrschaften sehen und das fürstliche Brautpaar bestaunen. Für manche war dieser Anblick das Erlebnis ihres Lebens, von dem sie später immer wieder erzählten und für das sie dankbare Hörer fanden. Eine Fürstenhochzeit! Ein Märchen! Ein bunter Traum, der in den

Erzählungen immer schöner und bunter wurde. Ein Trost für viele graue Tage. Das Leben, wie es sein könnte. Immerwährendes Glück. Die ganze Welt strahlte im frühlingsfrischen Glanz. Diese schönen Frauen! Diese glanzvollen Ritter! Die prachtvoll gezäumten Rosse und die Musik! Zurufe klangen auf, bewundernde Hochrufe. Händeklatschen. Kinder streuten Blumen auf den Weg. Hier und da erklang ein Liedchen.

Die prächtig gekleideten Reiter ritten stolz auf ihren edlen Rossen. Ihre Wämse waren farbenreich, die Mäntel mit Wappen geschmückt. Manche hatten Pfauenfedern an den Hüten. Der Ehrgeiz jedes jungen Herrn war es, ein besonders edles Ross zu reiten. Araber, feurige Rosse, Vorzeigpferde. Ganz andere Pferde als die zum Kampf. Und dazu die schmuckvolle Zäumung, hoch geschätztes Zaumzeug, oft aus dem Heiligen Land, von Kreuzzügen mitgebracht. Reich bestickte Wappendecken auf den Sätteln. Die Ritter konnten sich stundenlang über die Vorzüge dieses oder jenes Pferdes unterhalten, diese oder jene Rasse vor anderen loben und über das Zaumzeug Vergleiche anstrengen. Streiten über Pferde. Ja, Pferde, das war das Lieblingsthema der Herren.

Noch schöner anzusehen als die Herren waren die edlen Frauen und Fräulein. Wie himmlische Wesen oder prachtvolle Blumen saßen sie aufrecht und lächelnd auf weißen sanften Stuten. Sie stellten sich zur Schau und waren sich dessen wohl bewusst. Farbenfroh war ihre Kleidung, aus Samt und Seide. Bauschige, seidig knisternde Kleider und samtige Mäntel … Wehende Bänder … Schlanke, weiße Hälse und Arme mit Gold und Edelsteinen verziert, gelockte Haare, kunstvoll mit Reifen und Bändern zusammen gehalten – eine Pracht.

Dennoch fiel es Viola nicht schwer, sich als die Schönste hervorzuheben, wie es der Braut geziemte. Sie war es. Und sie durfte es an diesem Tag sein. Es galt als höfisch, der Braut diesen Vorrang zu lassen, denn es war ihre hohe Zeit. Die Braut trug eine Blütenkrone im Haar, an der ein heller Schleier befestigt war, ihr hellblaues Kleid strahlte wie der Frühlingshimmel. Und auch ihr milchweißes Pferd war reich geschmückt mit den schönsten Blumen.

Kasimir ritt zuweilen neben seiner Braut. Aber er sprach kaum mit ihr. Er hatte, sooft er Viola gegenüber trat, ein verlegenes, ja, fast unglückliches Gesicht. Einige Male errötete er sogar. Merkwürdig, dachte Viola, gar nicht wie ein großer Herr. Sie hatte den Eindruck, Kasimir ritt ungern an ihrer Seite. Wenn keine Leute am Wegesrand standen, blieb er zurück und suchte die Gesellschaft dieses oder jenes Herrn. Er hatte mit allen etwas zu besprechen. Am häufigsten aber ritt er neben dem Kanzler oder Heinrich. Mit denen sprach er angeregt und gern.

Violas Gespielinnen der Kindheit sollten dabei sein, so hatte sie es sich gewünscht. Aber Gertrud und Ratzlawa fehlten. Die eine, weil ihr die Klosterregel derartige Feste verbot, und die andere ließ sich entschuldigen, sie sei hochschwanger. Wieder einmal. Aber Katarina ritt mit, nunmehr erste Hoffrau der Fürstin an Stelle Frau Juttas, die mit ihrer Tochter nach Oppeln zog. Boguslaw von Schawoine ließ kein Auge von seiner spröden Verlobten.

Viola war froh, dass Konrad gekommen war, ihr Bruder. Freilich wie immer schweigsam, wie abwesend. Viola nahm an, dass er in Gedanken in der weiten Welt war. Die anderen hielten ihn für hochmütig. Sicherlich war er etwas eingebildet, wie die studierten und weitgereisten jungen Herren es zumeist waren. Ihm stand als Advocatus des Fürsten eine glanzvolle Zukunft am Hofe des Herzogs bevor. Aber ob er zurückkehren würde, das wusste man nicht. Viola befürchtete, er sei vielleicht nur ungern gekommen.

Man saß oft ab, um hier oder da mit den Leuten zu feiern und zu singen. Dem Tross der Berittenen, der von Liegnitz über Trebnitz nach Breslau zog und dann weiter gen Oppeln, folgten mehrere Wagen. Drei Kutschen für die älteren Herrschaften, andere fürs Gepäck, für Zelte. Die Brautmutter saß in der Kutsche, obwohl das als alles andere als angenehm galt. Sie fand es jedoch bequemer als das Reiten.

Bereits in Liegnitz hatte sich fahrendes Volk an die Fersen der fröhlichen Herrschaften gehängt: Sänger und Gaukler, Tänzerinnen und Gauner, arme Schlucker, unter ihnen Vaganten und Studenten, die nie ihr Studium beenden würden. Sie waren jederzeit bereit, mit Späßen und Possen zu unterhalten. Auch Hungerleider, die nach Almosen haschten. Sie hielten sich in gebotener Entfernung.

Nachdem der Brautzug zwei Tage im Kloster zu Trebnitz verbracht hatte, wo Bischof Lorenz noch einmal einen feierlichen Gottesdienst zu Ehren des junges Paares abhielt und Gertrud und Viola sich weinend in den Armen lagen – vielleicht ein Abschied für immer –, begab man sich nach Breslau. Herzogin Hedwig aber blieb in Trebnitz zurück, sie brauchte ihre stillen Tage, wie sie sagte, sie sei müde von all dem Trubel und sehne sich nach der Klosterstille. Zum Abschied versprach sie dem jung vermählten Paar, zur ersten Kindestaufe nach Oppeln zu kommen.

Der Tross traf am Abend im von Fackeln beleuchteten Hof der Breslauer Burg ein. Der Burgvogt machte einen unfreundlichen Eindruck, obwohl er sich höflich gab. Der alte Herzog nahm ihn unter den Arm und zog sich mit ihm zu Gesprächen zurück.

Als beide Herren zum Abendessen kamen, waren sie immer noch eifrig ins Gespräch vertieft. Herzog Heinrich entschuldigte sich und erklärte, am nächsten Tag solle ein Raubritter hingerichtet werden. Vor dem Rathaus. Sicherheitsvorkehrungen seien zu treffen. Die Drohungen der Kumpane des vielfachen Mörders und Diebes seien ernst zu nehmen. Sie hätten angekündigt, den Verurteilten mit Gewalt zu befreien. »Eine starke Bande. Alle früher Ritter gewesen und aus Not zu Raubrittern geworden«, sagte der Fürst mit Bedauern in der Stimme. »Aber«, fuhr er streng fort, »wir dürfen das Treiben der Räuber nicht dulden, sie verunsichern die Straßen und bringen das Land in Verruf.« Dann hob er den silbernen Pokal zum Wohl des jungen Paares.

Das Essen schmeckte nach dem anstrengenden Tag köstlich. Die Schüsseln leerten sich im Nu, beflissene Pagen reichten nach.

Nachdem die Tafel aufgehoben und die Körbe mit übrig geblie-
benem Essen den vor der Burg lungernden Bettlern gereicht worden waren, begann der Spielmann seine Laute zu zupfen und ein-
ladend zum Tanz den Takt mit dem Fuß zu klopfen. Die jungen
Leute waren zwar in der Halle geblieben, doch man sah ihnen an,
dass die letzten Tage auch für sie ermüdend gewesen waren. Sie
zogen es vor, sich am offenen Feuer zu versammeln, anstatt zu
tanzen.

Die Geschichte einer mächtigen Familie

Eine Bank wurde vor das Feuer gerückt, Schemel herbeigetragen. Einige hockten sich auf die Bärenfelle auf dem Boden. Es gab lederne und seidene Kissen zur größeren Bequemlichkeit. Wein wurde gereicht und Süßigkeiten wie üblich.

Heinrich der Jüngere, der in Abwesenheit seines Vaters die Rolle des Hausherrn übernahm, hob, wie erwartet, zu einer Rede an: »Hier in dieser finsteren Burg zu Breslau hat vor vielen Jahren die Geschichte meiner Familie begonnen, unserer Familie, Kasimir von Oppeln, die Geschichte der schlesischen Piasten, in die sich nun auch die edle Jungfrau Viola einreiht.« Er verneigte sich leicht vor Viola und Kasimir. »Unser gemeinsamer Urahn«, fuhr er fort, »der Piastenherzog Wladislaw, Herr von Schlesien und Krakau, von seinem Vater zum Senior von ganz Polen eingesetzt, hatte – nachdem er in Streit mit seinen Brüdern geraten war – mit seiner Familie in Breslau Zuflucht gesucht. Aber es war ihm kein friedlicher Aufenthalt beschieden, denn Wladislaw geriet auch hier in Streit – mit dem Statthalter und Burgkastellan Peter Wlast, dem Grafen, der im ganzen Lande großes Ansehen genoss und den Schlesiern als einheimischer Herrscher galt.«

Die meisten der Anwesenden kannten die Geschichte, aber alle hörten gern zu, denn wer mochte sie nicht, die alten Familiengeschichten, die man sich wieder und wieder erzählte. Als Heinrich die Aufmerksamkeit der Zuhörer gewonnen sah, wandte er sich lächelnd an Kasimir: »Heute aber seid Ihr, mein werter Onkel, an der Reihe mit dem Erzählen. Denn heute ist Euer Tag. Ich bitte Euch, gebt uns die Ehre und ergreift das Wort. Erzählt, wie es gewesen ist. Damit es uns allen zur Unterhaltung und Lehre gereiche.« So sprach Heinrich der Jüngere und lehnte sich erleichtert zurück. Er legte seinen Arm um die Schultern seiner Frau und sah sie zufrieden von der Seite an. Sie erwiderte seinen Blick liebevoll und beide strahlten vor Glück.

Kasimir erhob sich, verbeugte sich leicht nach allen Seiten und sagte, nachdem er sich geräuspert hatte: »Ich danke Euch für die Ehre, Heinrich von Schlesien, mein lieber Neffe, doch habe ich, wenn die Herrschaften erlauben, einen weiteren Vorschlag. Diese Familiengeschichte soll uns mein Kanzler, Herr Magister Sebastianus vortragen, ein gebildeter, weitgereister Herr, der für unsere Geschichte auch die richtigen Verknüpfungen mit dem Geschehen bei anderen Völkern finden wird. Er hat sogar einiges über die Vertreibung der Familie des Herzogs aus Schlesien und ihre Rückkehr aus dem Reich aufgeschrieben. Unser Kanzler wird mich also bestens vertreten. Ich bitte Euch, Magister Sebastianus, tut uns den Gefallen.« Und auch Kasimir setzte sich.

Der Kanzler erhob sich und begab sich mit seinem Schemel in der Hand vor den Kamin, von wo aus ihn alle sehen konnten. Alle Augen richteten sich nun auf den Kleriker, der sich höfisch verneigte und, nachdem er sich leicht geräuspert hatte, mit sicherer Stimme anhob:

»Schlesien war und ist noch heute ein Land, wo Milch und Honig fließen. Ein von Gott gesegnetes Land. Dennoch blieb auch unser Land von Unheil nicht verschont.

Es war vor langer Zeit. Man schrieb das Jahr 1146, als Wladislaw von Schlesien mit seiner Frau Agnes und seinen Kindern im strengen Winter aus seiner Heimat fliehen musste, vertrieben, verjagt von den eigenen Verwandten, den Krakauer Piasten. Sie flohen mit wenigen Wagen und hatten nicht viel bei sich außer Federbetten, Pelzen und Fellen. Die Frauen und Kinder, verängstigt und vermummt unter Planen, weinten und klagten. Die Herren und Ritter auf ihren Rossen blickten finster.

Wladislaw hatte sich in seiner Not um Hilfe und Zuflucht an den König der Deutschen Konrad den Dritten gewandt, durch seine Frau Agnes sein naher Verwandter. Von diesem wohlgesonnenen König war Wladislaw beschieden worden, er solle sich auf die Altenburg in Sachsen begeben, mit diesem Reichsgut vorlieb nehmen und dort, solang es ihm beliebe, mit seiner Familie verweilen.

Nachdem sich die unglückliche Familie von den Strapazen der fluchtartigen Reise auf der mächtigen Burg erholt hatte, begab sich Wladislaw mit seinen Söhnen Boleslaw und Mieschko nach Bamberg, wo der König gerade Hof hielt, um ihm Dankbarkeit und Ehrerbietung zu erweisen.

König Konrad versprach, nach seiner Rückkehr vom nächsten Kreuzzug in der Angelegenheit des Schlesiers gen Polen zu ziehen. Auch die Herren am Hofe zeigten den vertriebenen Verwandten des Königs – Herzogin Agnes von Schlesien war eine Babenbergerin und dessen Halbschwester – Mitgefühl und versicherten sie ihres Respektes und ihrer Freundschaft.

Wladislaw von Schlesien blieb bis zu seinem Lebensende auf der Altenburg, wo er über sein Unglück brütete. Er war und blieb ein gebrochener Mann. Seine Söhne aber genossen später auch am kaiserlichen Hofe des glanzvollen Friedrich Barbarossas, des Kaisers des Römischen Reiches Deutscher Nation, hohe Ehren. Sie begleiteten den Kaiser auf seinen Feldzügen nach Italien und ins Heilige Land.

Zur Altenburg gehörten genügend zinsende Dörfer, so dass die vertriebene Familie keinen Mangel leiden musste. Dazu erwiesen sich auch die Nachbarn auf den naheliegenden Burgen – Röchlitz und Groitsch – als überaus freundlich. Es waren Wettiner, die Familie, aus der die Mutter der späteren Herzogin von Schlesien, Hedwig von Andechs, stammte. Herzogin Agnes war glücklich, wieder unter den Ihrigen zu leben, doch der Kummer um ihr verlorenes Land plagte auch sie. Außerdem machte sie sich Sorgen um ihren Mann, der vor Ärger krank wurde und bald seine Kemenate gar nicht mehr verließ.

Die traurige Geschichte der Vertreibung der schlesischen Piasten hat wie jede Geschichte eine Vorgeschichte«, fuhr der Kanzler fort. »Es hätte, wie es kam, nicht kommen müssen. Die Zeit hält immer mehrere Möglichkeiten bereit und diese Geschichte hätte auch einen anderen Verlauf nehmen können. Eine friedliche Lösung hätte gefunden werden können. Es wäre anders gekommen … Wenn … Wenn nicht … Es ist schade, dass …«

Der redegewandte Kanzler geriet ins Stocken und sah fragend zu seinem Fürsten hinüber, der ihn sofort verstand. »Redet ruhig weiter, Herr Kanzler, erzählt die Geschichte. Wir wissen alle, dass nicht nur Rühmliches zu berichten ist. Aber es ist die Geschichte unserer Familie und sie ist allgemein bekannt.«

Heinrich der Jüngere unterstützte ihn eifrig. »Mein Onkel hat ganz Recht. So wie es war, muss es erzählt werden. Es gibt Grausames zu berichten, das wissen wir. Doch dürfen wir Grausamkeiten nicht nur unseren Feinden zuschreiben. Wer herrschen will, muss kämpfen, will er nicht untergehen. Wir dürfen nicht so zimperlich sein wie die Herren Kleriker. Mit Verlaub – Liebe den Nächsten … Schön wär's ja. Aber das ist nichts für uns Kämpfer. Leider. Erzählt, Herr Kanzler, wie es gewesen ist!«

Und so nahm der Kanzler den Faden wieder auf und leitete seine Rede ein, wie es sich für einen geistlichen Herrn schickte: »Das menschliche Leben ist mit Sünden behaftet. Doch unser Herrgott hat den Menschen mit freiem Willen ausgestattet. Es hätte anders kommen können, hätten die Beteiligten das christliche Gebot der Nächstenliebe beachtet.«

Und er fuhr fort zu erzählen und alle hörten ihm aufmerksam zu. Besonders die Frauen waren entzückt von dem Vortrag des gut aussehenden und redegewandten Mannes. Auch Viola vergaß ihre Müdigkeit und lauschte gebannt. Das Erzählte war für sie von besonderer Bedeutung, da es von der Familie der Piasten erzählte, der sie selbst bald angehören würde.

»Als der Senior der Piastenfamilie, Wladislaw, beschlossen hatte, sich in Breslau niederzulassen, verdrängte er ohne Skrupel seinen Statthalter, den Grafen Peter Wlast, aus der Burg, die dieser für seine Familie aufs Vortrefflichste hergerichtet hatte. Es war eine bequeme, prachtvolle Residenz, entsprechend dem Geschmack seiner im byzantinischen Luxus aufgewachsenen Ehefrau. Die Burg war zudem seit langer Zeit im unanfechtbaren Besitz der Familie Wlast gewesen.

Die Verdrängung des Grafen, der nicht nur den Bewohnern Schlesiens als rechtmäßiger Herr des Landes galt, war eine Entrechtung und Missachtung ohnegleichen, die viele empörte, auch kirchliche Herren. Peter Wlast war den Piasten zwar tributpflichtig, galt jedoch bislang als eigenständiger Herr, der allgemeine Achtung genoss. Die Erniedrigung traf den stolzen Mann besonders hart, auch weil er mit Maria, der Tochter des Warägerfürsten Oleg Schwentoslawowitsch von Tschernigow und der Byzantinerin Theophanu, verheiratet war, einer vornehmen Frau, hinter der mächtige Verwandte standen.

Doch der Statthalter musste sich seinem Herrn, Herzog Wladislaw von Polen, fügen. Er zog mit seiner Familie in die Burg in Ohlau, die ungleich bescheidener war. Zu diesem Ort hatte die Familie Wlast eine besondere Verbindung. In der Ohlauer Vorburg lebten Tuchmacher vom Rhein, die bereits der Vorvater Wlasts im zehnten Säkulum ins Land gebeten und ihnen besonders vorteilhafte Privilegien gewährt hatte. Die alte Siedlung Olawa dagegen, die an der Ohle lag, hatte Peter Wlast vor Jahren dem St.-Vinzenz-Stift zu Breslau geschenkt, mit dem er sich besonders herzlich verbunden fühlte.

Die Wlasts zogen also an einen ihnen vertrauten Ort, wo ihnen wohlgesonnene Menschen lebten, in eine Burg, die geschützt zwischen der Ohle und der Oder lag, an einem wichtigen Oderübergang und somit nicht aus der Welt. Doch die Burg war verfallen und feucht. Sie wies keinerlei der Bequemlichkeiten auf, an die Maria, die eine zarte Gesundheit besaß, gewöhnt war. So herrschten Jammer und Klage in der kleinen Burg.

Peter Wlast war verbittert und wartete auf seine Stunde. Und die kam. Alsbald verbündete er sich mit den Krakauer Brüdern gegen seinen Herrn. Das scheint Wladislaw nicht bemerkt zu haben, denn er vertraute ihm weiterhin. Ob aus Vertrauensseligkeit oder Gedankenlosigkeit, oder aber weil er keine andere Wahl hatte, weiß niemand zu sagen. Wladislaw sandte den weltgewandten und überall gern gesehenen Mann an seiner statt zum Fürstentag des Königs Konrad nach Magdeburg, den er in seinem Namen um Hilfe gegen die Krakauer Brüder angehen sollte.

Peter Wlast aber sprach vor dem König nicht für seinen Herrn, sondern für die Brüder, die ihm die Rückkehr in die Breslauer Burg, die Wiederherstellung aller verletzten Rechte sowie weitere Eigenständigkeit in Schlesien und dazu einen erheblichen Erlass des bisherigen Tributs versprochen hatten.

Herzog Wladislaw erfuhr davon, noch ehe der Gesandte wieder in Breslau eintraf. Er ließ den treulosen Grafen nach seiner Heimkehr gefangen nehmen, ihn in einem Wutanfall blenden und wollte ihn töten. Dazu kam es aber nicht. Gott schützte den Grafen. Der Bischof von Breslau mischte sich ein und verlangte energisch die Schonung des edlen Gefangenen. Auch Agnes, Wladislaws Frau, wandte sich gegen ihren Gatten. Und sogar die Getreuen des Fürsten, wenngleich zu Gehorsam verpflichtet, klopften missbilligend auf ihre hölzernen Schilder. So sah sich der Herzog zum Einlenken gezwungen. Er gab den gedemütigten und geblendeten Gefangenen frei. Die Augustinermönche nahmen ihn zu sich auf die Sandinsel und pflegten ihn gesund. Sein Augenlicht konnten sie ihm jedoch nicht wiedergeben.

Aber auch dem Herzog war nun nicht mehr zu helfen. Wlasts Frau Maria war mit ihren jüngeren Kindern zu ihren Brüdern nach Kiew geflohen. Die Krakauer Piastenbrüder verbündeten sich mit ihnen und sie rückten gemeinsam in Breslau ein, das ihnen ohne

Widerstand die Tore öffnete. Bald traf auch die Androhung des päpstlichen Bannes vom Gnesener Erzbischof ein. Wladislaw wurde mit den Seinen aus der Breslauer Burg vertrieben.

Siebzehn Jahre verbrachte die schlesische Piastenfamilie auf der Altenburg, wo Wladislaw in Verbitterung verstarb. Die jungen Piasten fühlten sich wohl im Reich, besonders im Glanz des Kaiserhofes Barbarossas. Sie zogen mit König Konrad und später dem Stauferkaiser nach Italien und nach Jerusalem und bewährten sich im Kampf. Besonders Boleslaws des Langen ritterliche Taten wurden von Troubadouren viel besungen. Sein siegreiches Turnier auf den Mauern von Mailand war in aller Munde. Auch Mieschko, der jüngere Bruder, war überall mit dabei. Die schlesischen Piasten, mit den Staufern verwandt, zählten zu den nobelsten Herren im Gefolge des Kaisers. Doch der Kaiser schätzte nicht nur die im Kampf tüchtigen Brüder, sondern verheiratete auch ihre schöne Schwester Richesa an den Kaiser von Spanien.«

»Dazu mochte ich bemerken«, warf Kasimir ein, »dass Richesa in späteren Jahren, als sie in Everstein als Witwe lebte, auch in Schlesien war. Sie kam nach Oppeln und war von den Plänen meines Vaters, des Herzogs Mieschko, begeistert, weil der nach der Vorherrschaft in Polen und nach der polnischen Krone für die schlesische Piastenfamilie strebte. Sie überließ ihm einen Teil ihrer Kleinodien, um ihn in seinen Plänen zu unterstützen.

Nach drei Jahren kehrte sie nach Everstein zurück, hinterließ aber in Oppeln eine Tochter, die den Namen der Mutter trägt – Richesa. Mit Verlaub – das Kind war die Frucht einer unstatthaften Liebschaft. Die kleine Richesa wuchs mit uns auf. Sie war mir wie eine Schwester. Richesa ist unverheiratet geblieben, wollte aber nicht ins Kloster gehen und lebt bis heute in der Oppelner Burg. Nach dem Tode der Herzogmutter Ludmilla wurde sie Herrin und Hausfrau der Burg. Eine gute Seele. Ihr werdet sie kennen und schätzen lernen«, wandte sich Kasimir an seine Braut Viola und nickte dann dem Kanzler zu. Dieser nahm seine Erzählung wieder auf:

»Es war Friedrich Barbarossa zu verdanken, dem ruhmreichen Kaiser, dass die schlesischen Piasten in ihr Erbe heimkehren durften. Zwei Mal hatte der Kaiser Kriegszüge gegen die polnischen Fürsten unternommen, um sie zur Rückgabe Schlesiens an die rechtmäßigen Erben zu zwingen und sie gleichzeitig zur Entrichtung ihrer Tributschulden zu nötigen.«

Heinrich unterbrach den Kanzler. »Hinzuzufügen wäre, dass Boleslaw, mein Großvater, nach seiner Heimkehr Liegnitz zum festen Familiensitz wählte, nicht aber Breslau, weil da noch immer die Wlasts saßen und auch heute noch wohnen. Auch der jetzige Burgkastellan ist ein Nachkomme des unglücklichen Peter. Boleslaw ließ sich mit seiner Frau Adelheid, den gemeinsamen Kindern und den Kindern aus seiner ersten Ehe, Jaroslaw und Olga, in Liegnitz nieder.

Später wollte mein Vater«, fuhr Heinrich fort, »bei Breslau eine neue Burg für seine Familie errichten, dort, wo später das Heinrichauer Kloster entstand, doch meine Mutter wollte in Liegnitz bleiben. So beschlossen sie, Liegnitz neu herzurichten. Und jetzt ist Liegnitz die stattlichste Burg weit und breit, eine Burg, die sich mit jeder im Westen messen kann. Und sie liegt am nächsten zu den Besitztümern der Wettiner, mit denen besonders meine Mutter stets enge Beziehungen pflegte. Meine Mutter, Herzogin Hedwig, die Unrecht nicht dulden mag, hat die Breslauer Burg nie betreten.

Aber erzählt weiter, Herr Kanzler. Wir bitten Euch. Ihr erzählt hervorragend. Wir hören Euch gerne zu. Erzählt!«

Magister Sebastianus räusperte sich geschmeichelt und fuhr fort:

»Herzog Mieschko aber zog mit seiner Familie weiter gen Ratibor. Auch dort gab es eine feste Burg und in der Vorburg nicht wenige Handwerker und Kaufleute aus dem Reich, die dort seit längerem ansässig waren. Auch in Rybnik und Teschen befanden sich feste Burgen, die ihm nun gehörten. Doch ... Die alten Geschichten warfen lange Schatten ...« Der Kanzler zögerte etwas.

»Das Geschehen nahm seinen Lauf, und leider wieder einen un-
guten ...«

Er hielt inne und blickte fragend zu Kasimir hinüber. »Nun, ich
will Euch helfen, Magister Sebastianus, ich sehe, Ihr tut Euch
schwer mit der Geschichte der Piasten. Ihr wollt, nehme ich an,
aus Respekt nicht alles erzählen. Aber so ist es nun einmal gewesen, es lässt sich nicht ändern: Ja, es gab wieder Streit in der Familie der Piasten.

Mit Boleslaw dem Langen, dem Freund Barbarossas, kehrte
auch Mieschko heim, mein Vater. Man nannte ihn den Humpelnden, seitdem er sich nach einer Verwundung im Kampf um Jerusalem mit einem steifen Knie herumplagen musste. Er war recht
unglücklich über sein Gebrechen und oft schlecht gelaunt, und
außerdem unzufrieden mit der Aufteilung des Landes. Es muss
hier leider gesagt werden: Herzog Boleslaw, dessen Verdiensten
im Gefolge Barbarossas und dessen Freundschaft mit dem Kaiser
die Rückkehr und der Rückgewinn des Eigentums der Familie zu
verdanken waren, Boleslaw, der obendrein als Ältester das Sagen
hatte, hatte sich fast des ganzen Landes bemächtigt und seinem
Bruder Mieschko recht spärlichen Besitz zugewiesen. Denn was
war das schon, dieses östlich an der Grenze zu Kleinpolen gele-
gene Herzogtum Ratibor mit Teschen und Rybnik. In Rybnik eine
halbverfallene Burg, ein spärliches Randstück vom Kuchen, nur ein
Scheibchen vom Ganzen. Boleslaws Teil Schlesiens dagegen war
der butterfette Kuchen selbst. Sein Gebiet umfasste das Land um
Liegnitz und Breslau bis zur Oder, im Süden bis zu den Berg-
kämmen, im Westen grenzte es an Thüringen und Sachsen. Dazu
verwaltete Boleslaw für Konrad das Glogauer, Saganer und Kros-
sener Land. Konrad, der jüngste der Brüder, in Deutschland geboren und von König Konrad aus der Taufe gehoben, verblieb
noch im Fuldaer Kloster, wo er sich für eine geistliche Laufbahn
vorbereiten wollte. Und da es als fraglich galt, ob er je nach Schlesien zurückkehren würde, waren auch diese Ländereien so gut wie
in Boleslaws Besitz.

Ihr erlaubt, werter Neffe, lieber Heinrich«, unterbrach sich Kasimir, »dass ich ausspreche, was alle dachten: Die ungleiche Aufteilung des Landes fiel auf. Die Ungerechtigkeit stach ins Auge. Mein Vater hielt die Hand am Schwert. Die Übernahme des Landes band zunächst seine Kräfte, doch Mieschko sann auf Abhilfe.«

»Auf Abhilfe? Auf Krieg sann er«, warf Heinrich lachend ein. »Das ist allgemein bekannt. Mieschko wollte Krieg, um mehr Land in Besitz zu nehmen, und suchte Verbündete. Und er fand sie leicht. Die piastischen Vettern in Krakau waren erbost über die aus dem Reich heimgekehrten Verwandten, die sie ums reiche Schlesien gebracht hatten. Mit denen verbündete sich Mieschko. Doch dieser Streit hat ein gutes Ende genommen.«

»Und das hat Eure Mutter bewirkt«, warf Kasimir ein. »Herzogin Hedwig war bereits als junge Frau von außerordentlicher Klugheit.«

»Und vorbildlicher christlicher Gesinnung«, ergänzte der Kanzler. Viola nickte freudig zustimmend.

Kasimir fuhr fort: »Man erwartete allgemein, dass sich Mieschko die sichtbare Ungerechtigkeit nicht gefallen lassen und mit dem Schwert in der Hand ein größeres Erbteil erstreiten würde. Und so kam es auch.

Mein Vater verbündete sich mit den polnischen Fürsten in Krakau und erhielt von ihnen die Gebiete um Beuthen, Auschwitz und Sewerien, womit er seinen Besitz verdoppelte. Aber auch das war ihm zu wenig. Viel zu wenig. Er wollte Oppeln. ›Ratibor und Oppeln gehören zusammen, wie eine Hand zur anderen‹, wiederholte er stets. Es sei ein Land, das spüre jeder. Er erzählte, Boleslaw habe ihm bereits im Reich und vor Barbarossa Ratibor mit Oppeln versprochen. Boleslaw aber wollte von all dem nichts hören.

Mieschkos Stunde kam, als Boleslaw starb. Er war überzeugt, der damals noch junge Fürst Heinrich, Euer Vater, lieber Neffe, werde ihm kurz nach seiner Machtübernahme seinen Besitz nicht verwehren können, um den Beginn seiner Regentschaft nicht zu belasten. Mieschko rechnete mit der Verunsicherung des jugendlichen Herzogs, denn es war bekannt, dass er Gegner genug ringsumher hatte, auch im eigenen Land.

Krieg hing wieder in der Luft. Bruderkrieg … Die polnischen Vettern hätten Mieschko sofort unterstützt im Kampf mit dem mächtigen Schlesier. Streit um Besitz gehört ja keineswegs zu den Seltenheiten in unserer unfriedlichen Zeit, auch zwischen engen Verwandten. Oder da erst recht. Niemanden hätte der neue Krieg verwundert.«

»Doch – mit Verlaub«, warf der Kanzler ein, »– es gilt als christlich, Krieg zu vermeiden und nach friedlichen Lösungen zu suchen. Guten Willen zu bekunden. In diesem Fall sollte sich zeigen, was vorbildliche christliche Gesinnung vermag.«

»So ist es, Herr Kanzler«, bestätigte Kasimir. »Es war beides möglich: Krieg oder Frieden. Am Tage des Begräbnisses fanden die entscheidenden Gespräche in der Liegnitzer Burg statt, eine Auseinandersetzung ums Erbe, sozusagen über der offenen Gruft. Ich war dabei. Ihr, Heinrich, seid als Kind bei Tisch zugegen gewesen.«

»Ja, ich erinnere mich.«

»Es begab sich wie folgt«, fuhr Kasimir fort. »Mein Vater Mieschko und ich waren mit großem Gefolge durch arge Schneewehen nach Liegnitz geritten, mehrmals von Wölfen bedroht. Im Winter reiten tut nicht gut, das weiß jeder, und wir kamen nur langsam voran. Wir hatten zwar Oppeln besetzt, strebten aber dennoch eine friedliche Lösung an. Sonst hätten wir ja in Oppeln auf den Angriff Herzog Heinrichs warten können. Wir suchten das Gespräch, aber erst nachdem wir zuvor vollendete Tatsachen geschaffen hatten.

Natürlich war die kluge Fürstin eingeweiht. Wir hatten zuvor vertrauliche Gespräche durch Vermittler mit ihr geführt. Sie hatte uns einen friedlichen Abzug von dem Familientreffen zugesichert, auch für den Fall, dass die Gespräche scheitern sollten. Sie versprach außerdem, sich für eine Lösung einzusetzen, mit der beide

Seiten zufrieden sein könnten. Wir wussten: Der Herzogin durfte man vertrauen.

Wir kamen an, als man in der Halle in Liegnitz zu Tisch saß. Die Zeremonie der Beisetzung war vorbei. Herzog Heinrich stand auf und begrüßte meinen Vater und mich höflich. Er schien uns fast übertrieben herzlich, denn wir hatten anderes erwartet. Doch mein Vater war kein Freund heuchlerischer Bekundungen. Er erklärte laut, damit es alle hörten, er habe soeben die Burg Oppeln besetzt und den Burgvogt festgenommen. Heinrich aber blieb scheinbar ungerührt. Seine Frau hatte beruhigend ihre Hand auf seinen Arm gelegt.

Man nötigte uns, die nassen Pelze und die Waffen abzulegen, lud uns ein, uns zu setzen und nach der langen beschwerlichen Reise zu stärken. Man reichte uns Speisen vom Besten und guten Wein und forderte uns höfisch zum Essen auf. Man gab sich freundlich, wie es üblich war gegenüber nahen Verwandten, die zu einem wichtigen Anlass zu Besuch kamen. Und erst nachdem die Tafel aufgehoben worden war, bot Herzog Heinrich meinem Vater und mir ein Gespräch im Nebenraum, in der Kemenate, an.

Mein Vater erklärte erneut, wenngleich bereits weniger kämpferisch, er halte Oppeln für seinen rechtmäßigen Besitz, weil diese Burg und das Land ihm noch auf der Altenburg zugesagt worden seien, was damals vor dem Kaiser bekräftigt worden sei, später aber von Boleslaw hinterlistig verweigert wurde. Er zählte Absprachen und mündliche Verträge auf, die geschlossen worden seien und die Boleslaw gebrochen habe. Boleslaw der Lange sei landein, landaus für seine Raffsucht bekannt gewesen. Gott schenke seiner Seele das ewige Heil, aber dass es so gewesen sei, müsse wohl sogar sein Sohn zugeben, sagte Mieschko. Es sei an der Zeit, die Sache zu bereinigen.«

»Mein Großvater war um ein starkes Land bemüht. Das war sein gutes Recht«, warf Heinrich ein.

Kasimir ließ sich davon nicht irritieren und fuhr fort: »Mieschko bot Heinrich Freundschaft an. Wenn ihm an einem Verbündeten

100

und nicht an einem Feind gelegen sei, biete er sich als treuer Freund und wohl gesonnener Verwandter an. Sie könnten gemeinsam ihre Interessen vertreten. ›Wir Schlesier‹, sagte er, ›gehören doch zusammen.‹ Und als er Zustimmung im Gesicht seines Gesprächspartners sah, fügte er listig hinzu: ›Aber dazu gehört auch eine Entschädigung für das jahrzehntelang vorenthaltene Erbe.‹

Daraufhin trat Stille ein. Heinrich nagte an seiner Unterlippe. Da sprang Herzogin Hedwig geschickt für ihn ein. Sie war eine bezaubernde Frau und sagte mit einem unwiderstehlichen Lächeln: ›Ich hoffe, Mieschko von Ratibor, Ihr behandelt Eure Gefangenen in Oppeln, insbesondere Winfried, unseren Freund und Kastellan, wie es sich für einen christlichen Fürsten gebührt. Unsere Freunde sind nicht Eure Feinde. Wir wünschen uns Frieden mit Euch.‹

Heinrich sah sie von der Seite an, schwieg noch einen Augenblick, hob aber dann seinen Kelch und wandte sich Mieschko zu. ›Also Friede, lieber Oheim‹, sagte er. Und fügte mit einiger Überwindung hinzu: ›Friede, Mieschko, Herr von Oppeln und Ratibor. Aber über die Einzelheiten müssen wir noch reden.‹

Sie stießen an. Auf die Verständigung. Auf Frieden. Frieden im Lande. Frieden in der Familie. Friede in Schlesien. Kostbarer Wein wurde in den gläsernen Kelchen gereicht, die Fürstin Hedwig als Brautgabe ins Land gebracht hatte, kostbare Stücke aus dem in Jerusalem eroberten Besitz Bertolds von Andechs. Die wurden in Liegnitz nur zu den feierlichsten Anlässen aus der Truhe geholt. Auch die weitere Unterhaltung verlief friedlich, wenngleich noch so manches zu klären blieb.

Als wir aus dem Raum zurück in die Halle traten, wo man uns mit Spannung erwartete, sahen alle, dass wir eine Einigung erreicht hatten und Erleichterung machte sich in der ganzen Burg breit. Die Luft war rein wie nach einem Gewitter.«

Und Heinrich der Jüngere fügte hinzu: »Ja, es ist gut gegangen damals. Und das für lange Zeit. Der Frieden hält. Gott sei Dank.

Kaum auszudenken, welch Unheil ein Krieg zwischen unseren Ländern angerichtet hätte.«

Kasimir nickte. »Herzog Heinrich, Euer Vater, damals nur wenig älter als Ihr heute, und Eure Mutter Hedwig, haben eine kluge Entscheidung getroffen. Sie hat sich bewährt. Mein Vater hatte bekommen, was er wollte. Er besaß fortab ein genügend großes Land für sich. Das tat ihm gut. Er fühlte sich nicht nur in seinen Besitzansprüchen, sondern auch in seinem Gerechtigkeitsgefühl bestätigt.«

Heinrich der Jüngere unterbrach ihn und sagte höflich: »Ihr habt Recht, Kasimir von Oppeln und Ratibor, aber auch mein Vater bekam, was er wollte: Frieden für sein Land und für das Siedlungswerk. Er wollte sein Land aufbauen und wirtschaftlich nach westlichem Vorbild gestalten. Aus Schlesien sollte ein fortschrittliches Land werden, das war sein Ziel. Er wollte keinen Krieg und war überzeugt, dass er zuerst das Land stärken müsse. Ungeduldig hatte er auf die Chance gewartet, die Besiedlung seines Landes, die von seinem Vater zögerlich begonnen worden war, durchgreifend vorantreiben zu können.«

Kasimir fügte, sich leicht gegen Heinrich verbeugend, hinzu: »Also erhielten beide durch die friedliche Einigung, was sie benötigten. Und sie vermieden, was ihnen beiden geschadet hätte – den Krieg. Fortab gingen beide Piastenfamilien Hand in Hand und unterstützten sich gegenseitig.«

Nach kurzem Zögern fügte Heinrich hinzu: »Es wundert mich eigentlich bis heute, dass mein Vater seinem Onkel Mieschko nicht nur Oppeln zugestanden, sondern ihm noch darüber hinaus tausend Silbermark gezahlt hat. Ich möchte das hier nicht ausführlicher ins Gespräch bringen, aber … entschuldigt … tausend Silbermark – das ist recht viel Geld. Wie kam das, warum wurde diese Absprache getroffen?«

»Mein Vater klagte darüber, große Verluste durch die Einbehaltung seines Erbteiles erlitten zu haben. Er hatte von seinem Advocatus ausrechnen lassen, wie viel ihm allein an Abgaben von den Landleuten entgangen war. Dazu kamen noch die Zinsen von den Vorburgen, vor allem von den Gasthäusern und Schänken in Oppeln, durch das rege benutzte Handelsstraßen führen.

Aber damit kam er gar nicht gut an. Herzog Heinrich zuckte verständnislos mit den Schultern. Und auch die Fürstin hielt sich zurück, sie fand diese Forderung überzogen. Als Mieschko jedoch auszuführen begann, dass er, so arm wie er sei, kein guter Verbündeter sein könne, denn er habe kein Geld, um eine kampffähige Ritterschaft auszurüsten und zu unterhalten, erklärte sich Heinrich zur Zahlung der verlangten Summe bereit. Denn sie hatten ja gemeinsame Ziele.

Darauf verfassten die Mönche ein Abkommen, in dem sich die beiden Unterstützung in den Kämpfen um die Senioratswürde versprachen, die Wladislaw von Schlesien verspielt hatte. Das war der alte Traum der schlesischen Piasten: Sie wollten die stärkste Macht in Polen sein. Sie träumten von der Krone Polens.«

Heinrich unterbrach ihn: »Wichtig war – der Friede zwischen den schlesischen Fürsten war erhalten geblieben. Und das zahlte sich aus mit der Zeit.«

»Ja. Der Verlauf der Dinge gab vor allem dem Fürsten von Liegnitz und Breslau recht. Sein Land blühte rasch auf, so dass wir in Oppeln nur staunend hinübersehen konnten. Heinrich holte Siedler ins Land. Aus Thüringen und Sachsen. Und aus Bayern. Tüchtige Leute. Ein wahres Siedlungsfieber hatte Schlesien erfasst. Mein Vater Mieschko dagegen«, sagte Kasimir nicht ohne Bitternis, »führte weiter Krieg. Er kämpfte sein Leben lang. Das kam ihn und sein Land teuer zu stehen. Bis zum letzten Atemzug stand er im Kampf um Krakau. Die dortigen deutschen Bürger unterstützten ihn. Aber wie Ihr wisst, ist Mieschko in Krakau auf bisher ungeklärte Weise ums Leben gekommen. Allerdings war er bereits alt und müde geworden.

Mir aber sind die Schulden für diese Kriege geblieben. Ritter kosten Geld, viel Geld. Die Rosse und ihr Zaumzeug, für die Ritter feste Kleidung, lederne Wämse und Hosen, feste Schuhe.

Dazu ein Helm, ein Schild und ein Schwert. Und wenn auch nicht alle ein Kettenhemd hatten und viele ihr Pferd und ihre Ausrüstung selbst stellten, kamen die Ritter, die Schlachta, den Herzog teuer zu stehen. Im Übrigen … Mieschko liebte seine Krieger und dachte nicht daran, an ihnen zu sparen. Dafür muss ich jetzt sparen.«

»Ach was«, sagte Heinrich, »auch bei Euch wird es bald aufwärts gehen. Wartet nur ab. Wenn die Neusiedler ihren Zins entrichten werden, wird Geld auch in Eure Schatullen fließen.«

»Vorläufig sind die Leute für einige Jahre von jeglichem Zins frei«, antwortete Kasimir. »Ihnen muss geholfen werden. Da muss erst reingesteckt werden, ehe man etwas herausholen kann. Aber ich gebe zu, mir macht das Besiedeln Spaß: Ein Land aufbauen. Neues errichten! Was kann es für einen Fürsten Schöneres geben? Ich bin kein Krieger. Ich will bauen. Unser Land soll wachsen und gedeihen nach dem Vorbild des Euren. Wir werden uns Eure Erfahrungen zu Eigen machen.«

»Ja, so könnt Ihr die Fehler vermeiden, die wir gemacht haben. Aber auch wir sind bei weitem noch nicht da, wo wir sein wollen. Es bleibt noch eine Menge zu tun.«

»Nun, in Oppeln werden wir Zeit haben, darüber zu reden«, sagte Kasimir. »Ich will Euch gern mein Land zeigen.«

Danach ergriff noch einmal Kanzler Sebastianus das Wort: »Wenn mir erlaubt sein dürfte, etwas hinzuzufügen, möchte ich auf das Belehrende dieser Geschichte aufmerksam machen. Denn wir sehen in ihr auf schönste Weise das christliche Gebot der Friedfertigkeit bestätigt: Liebe den Nächsten wie dich selbst, so wie es in der Bibel steht. Zumindest aber: Achte den Nächsten wie dich selbst. Denn daraus allein ergibt sich Frieden.

Wir können aus dem Ausgang dieser Geschichte, den wir nicht nur der Vernunft des Fürsten, sondern vor allem der Klugheit des Herzens der Herzogin Hedwig verdanken, viel lernen. Aus diesem friedlichen Ende eines Streites erwuchs ein neuer Anfang. Auf beiden Seiten der Oder lebte man in Frieden. So befreiten sich die Menschen aus finsterer Geschichte und hatten Hoffnung auf eine gute Zukunft ihres Landes.«

»Das war ein gutes Wort zum Abschluss, Herr Kanzler«, sagte Kasimir. »Habt Dank.«

Und Heinrich fügte hinzu: »Ja, habt Dank, Herr Kanzler. Es ist spät geworden. Es ist an der Zeit, sich ins Bett zu begeben. Morgen ist Markttag in Breslau, da wird es wohl nicht wenig zu sehen geben. Und dann ist ja auch noch diese Hinrichtung am Nachmittag«, fügte er unwirsch hinzu.

Man erhob sich, um sich in die Schlafgemächer zu begeben.

Viola stand unschlüssig da, benommen von den alten Geschichten, die fortab zu ihrem Leben gehören sollten. Ihre Mutter trat zu ihr. Aber auch sie sah sich ratlos um. Kasimir war in ein eifriges Gespräch mit Heinrich verwickelt und beachtete sie nicht. Das bemerkte der Kanzler, trat zu den Frauen und bot ihnen seine Begleitung an. Er winkte einen Knappen mit einer Leuchte herbei und führte sie zu ihren Gemächern. Er ging schweigend neben ihnen her und vor der Tür sprach er sein »Gott segne Euch, Herrinnen«. Sie dankten und zogen sich in ihre Gemächer zurück.

Viola konnte lange nicht einschlafen, sie hörte die Stimme des Kanzlers und sah sein ernstes Gesicht.

Die Hochzeit unter dem Piastenturm

Auf dem geräumigen Marktplatz zu Breslau drängte sich eine dichte Menschenmenge zwischen den Marktbuden und den Kaufmannsläden. Kasimir führte Viola in die Tuchhalle und erklärte ihr, dass sich darüber der Ratssaal befinde und in den Kellern ein Verlies für Übeltäter. Dieses Haus, Tuchhalle und Rathaus zugleich, sei wie eine Burg für die Bürger der Stadt.

In der langen Tuchhalle hatte man Waren aus aller Herren Länder ausgebreitet – feinste Seide aus dem Orient, flämisches Tuch, weiche Felle aus den Weiten der Rus. So viel Ware sehe man sonst nicht, sagte Kasimir. Höchstens in Krakau.

Viola war noch nie in einer so großen Stadt, in so verwirrend üppigen Tuchhallen gewesen. Kasimir führte sie von Stand zu Stand und freute sich über ihre großen Augen. Beim Goldschmied kaufte er seiner Braut eine der goldgelben Bernsteinketten, die in langen Reihen hingen. Viola strahlte.

Frau Jutta hatte ihre Einkäufe auf ein Wachstäfelchen geschrieben mit nur ihr bekannten Zeichen. Jetzt lief sie geschäftig hin und her und verglich die Preise. Sie feilschte lange, ehe sie etwas erstand.

Als sie aus den Hallen heraustraten, hörten sie von einer Ecke des Platzes her lautes Geschrei und Gelächter. »Dort ist der Pranger«, sagte Heinrich finster. »Weiß Gott, was da wieder los ist.« Er schickte den Hofmeister hin, damit er sich erkundige. Der kam bald zurück und berichtete mit betretener Miene, eine Ehebrecherin solle bestraft werden. Man habe das junge, übrigens hübsche Weib, mit entblößtem Oberkörper am Pranger angekettet. Man wolle es auspeitschen, obwohl es laut weinend seine Unschuld beteuere. Er habe den Gerichtsknecht angewiesen innezuhalten, der Herzog sei mit hohen Gästen in der Nähe.

»Sie bat ihre Blöße zu bedecken, betete zur Gottesmutter und flehte sie als Zeugin ihrer Unschuld an«, sagte der sichtlich berührte Mann. Anna begann zu schluchzen. Heinrich beruhigte sie und begab sich mit dem Hofmeister ins Gemenge, um den Vorfall selbst zu untersuchen. Es dauerte eine Weile, bis sie zurückkamen.

Er habe das Weib ins Rathaus abführen lassen, sagte Heinrich finster, ihm werde nichts geschehen. Es scheint unschuldig zu sein. Wie er hörte, habe der Ehemann sein Weib, die Mutter seiner Kinder, unter den Verdacht des Ehebruchs gestellt und ihre Auspeitschung verlangt. Nachbarn sagten, dass sich der Kerl, ein roher Fleischergesell und Trinker, einer anderen zugewandt habe und nun sein Weib in Verruf bringen wolle, um es loszuwerden. Zwei Nachbarinnen – scheußlich aussehende alte Weiber – sollen die Schuld des jungen Weibes bezeugt haben. »Die sollte man auspeitschen«, fügte er wütend hinzu. »Schuldig oder nicht, darüber haben die Schöffen zu beraten.«

»Aber das Weib hat zwei kleine Kinder!« Anna fing wieder an zu weinen und Tränen zu tupfen.

Heinrich legte den Arm um ihre Schultern. »Ihr wird nichts geschehen«, tröstete er sie. »Ich werde mich darum kümmern.«

Anna gab ihm einen Kuss und bat ihn zu erlauben, das arme Weib mit den Kindern nach Liegnitz zu holen. Eine Arbeit für sie würde sich schon finden. Er schwieg eine Weile nachdenklich. »Hm, das Recht dazu habe ich schließlich. Warum nicht?« Er wandte sich an Kasimir: »Ich werde Gnade sprechen lassen für dieses Weib – ich bin von seiner Unschuld überzeugt – und das soll unser Geschenk für das junge Paar sein. Ein solcher Vorfall soll nicht Eure freudige Stimmung trüben. Ich werde mit meinem Vater reden und lasse das Weib mit Kindern und Hausrat nach

Liegnitz bringen. Geht noch einmal hin, Herr Hofmeister, und sagt das den Herren vom Rat. Sie sollen das Weib gut behandeln.« Kasimir bedankte sich auch in Violas Namen.

Dennoch – die heitere Stimmung war verflogen. Man brach früher auf als geplant. Der herzogliche Tross verließ die Stadt durch das Neißer Tor. Man wollte vor dem Abend Ohlau erreichen.

Der Tross ritt bei herrlichem Sonnenschein durchs Land, die berühmte hohe Straße entlang, die von weit her kam und weit weg führte. Von einem Ende der Welt ans andere, wie der Kanzler sagte, von Ost nach West, von West nach Ost. Jedenfalls war diese Straße, die von Breslau bis nach Oppeln immer an der Oder entlangführte, dann gen Krakau bis nach Kiew lief und noch viel weiter bis nach China, eine Straße, die durch das ganze Christenreich führte, von Rom bis nach Asien. Man nannte sie auch die Seidenstraße. In Breslau kreuzte sie sich mit einer anderen wichtigen Route, der Bernsteinstraße von Nord nach Süd und umgekehrt.

Nach den Erzählungen am Vorabend vermutete man in Ohlau einen trübseligen, ja, vielleicht sogar schaurigen Ort. Doch an diesem späten Frühlingsabend, vergoldet von der untergehenden Sonne, machte die kleine, aus Lärchenholz errichtete Burg einen einladenden Eindruck. Sie wirkte wie ein bequemes Wohnhaus, umgeben von einem neuen Palisadenzaun. Die Räume waren nicht groß, aber hell und sauber. Das Abendmahl war in der Halle angerichtet worden. Im Kamin prasselte ein helles Feuer. Keine Spur von Düsternis und tragischem Geschehen. Dennoch begab sich die Gesellschaft diesmal bald zur Ruhe. Man war müde und hatte noch einiges vor sich.

Am nächsten Morgen sah man sich im Ort um. Hübsche, ordentliche Häuser. Tuchweber lebten hier, die das begehrte flandrische Tuch herzustellen verstanden. Es waren Rheinländer und Wallonen, zuverlässige und fleißige Leute. Tüchtige und fromme Menschen, wie Heinrich lobte. Die Tuchweber versorgten ganz Schlesien mit bestem Tuch. Sie nannten sich Gallier und führten den Hahn im Wappen. Eine Kirche im Ort war dem heiligen Blasius, dem Patron der Tuchweber, gewidmet, aber es gab außerdem noch eine zweite, von Peter Wlast errichtete Kirche, die Kirche des heiligen Swarhard. Eine Seltenheit – zwei Kirchen an einem so kleinen Ort.

Emsiges Treiben herrschte unter den vorgezogenen Dächern der Häuser am Ring und in den dahinter liegenden Höfen. Die hohen Gäste waren erwartet worden und sahen sich alsbald von fröhlichem Volk umringt und vom Vogt in die große Stube des Wirtshauses eingeladen.

Nach der Bewirtung brach man am frühen Nachmittag gen Brieg auf.

Die Brieger Burg, ebenso hölzern wie die Ohlauer, schien baufällig, obwohl um sie herum eine wirkliche Mauer stand. Diese bröckelte jedoch auseinander. Niemand kümmerte sich mehr um den alten Bau, denn auf dem gegenüberliegenden Ufer entstand eine neue Siedlung, auf dem hohen Ufer, von den Einheimischen Wysoki Breg genannt. »Wysoki Breg oder alta Ripa«, spöttelte der Kanzler, »alte Rippe, nun ja – hohes Ufer.«

»An dieser Stelle haben die Bewohner eines Fischerdörfchens ihre Hütten verlassen müssen. Das geschah nicht ohne Geschrei«, erklärte Heinrich. »Die meisten sind aber in der neuen Siedlung geblieben, haben sich mit den Neusiedlern zusammengetan und wie diese neue Häuser gebaut. Manche aber zogen vor, unweit von hier ein eigenes Dorf zu errichten. Denn sie wollten weiter Fischer bleiben und unter sich leben. Alle haben gleiche Abfindungen ausgezahlt bekommen. Die alte Burg aber soll bald abgerissen und an ihrer Stelle eine neue aus Steinen errichtet werden. Aus gebrannten Steinen, aus Ziegeln.« Er zeigte mit der Hand auf einen Haufen gestapelter Steine.

Der lange Ritt war anstrengend und Viola fühlte sich ziemlich erschöpft. In Schurgast sei man schon zu Hause, sagte Kasimir mit sichtbarer Erleichterung, als sie gen Abend in der Herberge eintrafen, wo die Nachtquartiere vorbereitet worden waren. Zusammen mit den die Herberge betreibenden Mönchen hatte Kasimirs

Hofmarschall die Vorbereitungen in der bescheidenen Unterkunft bestens getroffen. Es waren Prämonstratenser aus Tscharnowons, die in Schurgast das Hospital und die dazugehörende Herberge betreuten. Das Gebäude war für die Ankunft der hohen Gäste gründlich erneuert worden, die Innenwände frisch geweißt und die Böden aus hellem Holz mit Sand bestreut. Es duftete nach Frische und frischem Kuchen.

Am nächsten Tag wurde die Hochzeitsgesellschaft mit großem Pomp in Neiße begrüßt, in der prächtigen Bischofsstadt, die im freien Feld gegründet worden war. Hier lebten vor allem Neusiedler aus dem Reich und man sah viele Kleriker auf den Straßen.

Beim Klang der großen Glocken zogen das herzogliche Paar, seine Gäste und das gesamte Gefolge in die Jakobuskirche ein. Während der feierlichen Messe strahlten wiederum unzählige Kerzen und vortrefflicher Gesang erfreute die Gläubigen.

Nach dem Gottesdienst wurde die neu errichtete Pfarrschule besichtigt, der Stolz des Pfarrers. Ähnliche gab es bisher nur in Breslau und Liegnitz. In Neiße wirkten gelehrte Kleriker, die fromme Lieder schrieben und vertonten, und dazu weltliche Werke der Minnesänger abschrieben und verbreiteten. Sogar ein Leben Christi wurde hier in deutscher Sprache verfasst, das der Erbauung der Bürger dienen sollte. Die Neißer Bürger waren wissbegierig und hatten auch reichlich für die Schule gespendet, zu der nicht nur zukünftige Kleriker Zugang haben sollten, sondern auch die Kinder der Bürger, zukünftige Kaufleute und Handwerker.

Herzog Kasimir ließ sich mit Vogt Walter in ein angeregtes Gespräch ein, denn auch er beabsichtigte, eine Schule in Oppeln einzurichten. Die Heiligen-Kreuz-Kirche sollte bald zur Kollegiatskirche erhoben werden, da war eine Schule vonnöten. Walter bekundete zu Kasimirs Zufriedenheit, dass ihn der Bischof von Breslau mit der Stadtgründung von Ujest betrauen wollte, so dass er in Kasimirs nächster Umgebung leben und ihm bei der Errichtung einer Schule in Oppeln beistehen könnte.

111

Am Nachmittag des nächsten Tages hielt Kasimir den Zug an. Vor den Reisenden lag die Oppelner Burg: Einige Gebäude um einen Turm geschart, umgeben von zwei Flussarmen, glänzend in der Sonne. Der steinerne Turm überragte alles und stach in den blauen Himmel. Hinter dem glitzernden Wasser der Oder zeichneten sich die Umrisse der Kirche ab. Alle bewunderten das schöne Bild. Frau Jutta verkündete begeistert, dass ein so wunderschöner Sonnenschein zur Begrüßung nur ein gutes Zeichen sein könne.

Vom Turm tönte die Trompete, die Ankunft des Herzogs verkündend. Auf einer Brücke überquerte der Zug die Oder und gelangte auf die Burginsel. Sie ritten an einem Erdwall mit einem verwitterten Palisadenzaun entlang und durch ein Tor, das eigentlich keines mehr war, denn die eisernen Beschläge hielten nur noch einige morsche Bretter zusammen. Sie kamen an armseligen, allem Anschein nach nicht mehr bewohnten Hütten vorbei und näherten sich dem runden Steinturm, der ebenfalls einen verfallenen Eindruck machte und umgeben war von frisch geweißten Gebäuden.

Als der Zug auf dem Platz vor dem Turm angelangt war, hatten sich bereits viele Leute versammelt, andere kamen noch herbeigeeilt, festlich gekleidet waren sie alle. Sie hatten lange auf ihren Fürsten gewartet und waren neugierig auf die neue Herrin.

Als die Herrschaften einritten, klopften die Ritter freudig mit den Schwertern auf ihre hölzernen Schilder. Kasimir hob die Hand und gebot Stille. Er rief den Männern etwas zu, was rau klang und bellend, auf das sofort mit ähnlichem Bellen geantwortet wurde. Der übliche Kampfgruß. Man saß ab. Pagen halfen den Frauen von ihren Rossen und führten die müden Tiere ab.

Kasimirs Ritter standen in einem geordneten Haufen, Schilder und Schwerter vor sich haltend. Sie waren in Festkleidung, manche in glänzenden Kettenhemden. Alle trugen verzierte Helme. Der Schweiß lief ihnen über die geröteten Gesichter. Fahnenträger hielten die bunten Fahnen.

Kasimir nahm Viola an die Hand und näherte sich seinen Rittern und Mannen. Ein älterer Ritter und neben ihm ein junger traten dem Fürsten entgegen. Es waren Zbroslaw, der alte Burgkastellan und Ruprecht, ein Ritter aus dem Westen. Kasimir schüttelte ihnen die Hände und stellte sie Viola vor. Den Gesichtern der Wojen sah man an, dass ihnen die junge hübsche Frau neben ihrem Herrn gefiel. Sie grinsten zufrieden. Viola lächelte zurück, wie es ihr aufgetragen wurde.

»Meine Schlachta«, sagte Kasimir zu Viola fast gerührt und zeigte auf seine Ritter. »Alles vorzügliche Geschlechter. Wojen, Krieger ... Ich bin kein Krieger, aber ich brauche Krieger. Zum Schutz des Landes.«

»Civis pacem parabellum«, murmelte der Kanzler hinter ihr.

Zbroslaw war rund wie ein Kürbis, eigentlich zwei Kürbisse aufeinander, dachte sie. Ein kleinerer Kürbis der Kopf – kahlköpfig rund und glänzend gelbrötlich – und darunter der dicke Bauch im braunen Lederwams auf dünnen Beinen in grünen Strümpfen. Er trug einen großen Bund Schlüssel am Gürtel – kein kriegerischer Anblick trotz Kettenhemd und Helm. Eher ein Mundschenk als der Anführer eines bewaffneten Haufens. Und so war es in der Tat. Kasimir schätzte vor allem Zbroslaws Dienste als Truchsess und Verwalter. Der eigentliche Anführer der Druschyna war Ruprecht, ein gut aussehender junger Mann mit fröhlichem Blick, der mit den Wojen das Kämpfen übte, wie im Westen üblich.

Zbroslaw haspelte eine Begrüßung auf Polnisch, in der Sprache der piastischen Herren, die auch seine Sprache war. Ruprecht sagte kurz etwas in Deutsch. Nach ihnen begrüßte der weißhaarige, etwas zittrige Hofkaplan das Herzogspaar mit leiser, singender Stimme. Niemand verstand, was und wie er sprach. Er reichte dem jungen Paar ein silbernes Kreuz zum Begrüßungskuss. Ihm zur Seite stand ein merkwürdiges Wesen in grauer, wenngleich vornehmer Frauenkleidung, mit einem perlengeschmückten Kreuz auf der eingefallenen Brust – Fräulein Richesa.

Fräulein Richesa trat auf Kasimir zu und begrüßte ihn herzlich. Viola war ein wenig erschrocken, man hatte ihr nicht gesagt, dass Richesa bucklig war und klein, fast eine Zwergin. Das kleine Fräulein wandte sich rasch Viola zu und blickte sie mit großen, dunklen Augen an. Ihr zartes, von Leid gezeichnetes Gesicht strahlte von herzlichem Wohlwollen. Sie sagte etwas und es klang liebenswürdig. Viola empfand Zuneigung zu dem ältlichen, kleinen Fräulein und neigte sich lächelnd herab. Es war, als ob die schöne Mutter, deren Liebesabenteuer Troubadoure besungen hatten, alle Schönheit für sich beansprucht hätte und für die Tochter keine mehr übrig geblieben war.

Dann trat Klemens heran, der Lokator und Vogt der Oppelner Vorburg, die bald zur Stadt erhoben werden sollte. Er wurde begleitet von einer Gruppe vornehmer Bürger. Klemens war ein hagerer, streng blickender Mann. Viola hatte von ihm gehört. Er galt als tüchtiger Vogt, von allen gefürchtet und geachtet und war ein hervorragender Organisator. Ein wahrer Herr, meinte Kasimir. Vogt Klemens, Bierbrauer von Beruf und ein reicher Bürger, hatte die erste Gruppe der Kaufleute und Handwerker angeführt, die vor wenigen Jahren nach Oppeln gekommen waren. »Ein Thüringer«, bemerkte Kasimir leise.

Als der Vogt zur Seite getreten war, knickste ein junges Mädchen in der Festtracht der Einheimischen und entbot, das hübsche, runde Gesicht Viola zugewandt, der Herzogin und dem Herzog den Gruß der dörflichen Bevölkerung in der weichen, nuscheligen Sprache des einheimischen Volkes. Sie überreichte der Herrin, von der sie ihren bewundernden Blick nicht abwandte, Brot und Salz auf einem bunt bemalten, irdenen Teller.

Danach wurden Hofleute und Adlige begrüßt. Alle hielten es für eine Ehre, dem Fürstenpaar die Hand reichen zu dürfen. Und alle waren begierig, die neue Herrin zu sehen. Viola reichte unzählige Male lächelnd ihre Hand und gab es bald auf, sich Gesichter und Namen einzuprägen. Sie lächelte, obwohl es sie anstrengte.

An langen Tischen unter Planen war angerichtet worden. Richesa drängte: Das Essen durfte nicht warten.

Viola spürte, dass sie den Leuten gefiel, dass Kasimir und vor allem ihre Mutter zufrieden waren mit ihr. Freude über die junge, hübsche Herrin hatte sich in den Blicken ausgedrückt. Doch sie selbst war benommen von den vielen neuen Eindrücken. Sie fühlte sich wie eine Puppe im Guckkasten, bei der jemand anderer die Fäden zog. Doch sie wusste – das war ihr neues Leben, so würde es fortan sein. Sie hatte nichts dagegen. Im Gegenteil. Es war angenehm, von allen beachtet zu werden, im Mittelpunkt zu stehen. Aber es war auch ermüdend. Sie wusste, sie würde sich Mühe geben müssen.

Die Tische waren mit gebleichten Leinentüchern gedeckt, darauf bunt bemalte Schüsseln und Becher, Blumen zwischen den Schüsseln. Wie in Liegnitz, stellte Viola zufrieden fest. Vor Kasimirs und Heinrichs Gedeck standen silberne Kelche.

Erst jetzt konnte Viola aufatmen, sich umsehen. Den steinernen Turm aus der Nähe betrachten. Ein runder Turm aus Bruchsteinen, sichtbar alt, aber ansehnlich, die neu errichteten Holzhäuser um ihn herum sauber geweißt, mit Stroh gedeckt. Bauernhütten ähnlicher als einer fürstlichen Residenz. Blühende Kastanienbäume umrahmten den Platz. Dahinter die alten Holzhütten, die einen unbewohnten Eindruck machten.

Ein üppiges Mahl war angerichtet worden. Mit einer fetten Fleischbrühe. Danach Mehlklöße, und Grütze zur Auswahl, vielerlei Fleisch, Geflügel und Wild, dazu Gemüse, Kraut mit Rüben. Und als Nachtisch Erdbeeren mit Sahne. Streuselkuchen stand bereit und süße Plätzchen. Wein wurde gereicht, Wein mit Wasser, Bier, aber auch der hierzulande beliebte Honigmet. Der war aber nur für die Herren.

Viola kam kaum zum Essen. Sie musste Kasimir zuhören, denn so schickte es sich, hatte ihr die Mutter aufgetragen, und sie sollte sich dabei bemühen, ihn freundlich anzusehen. Kasimir aber fand, es sei seine Pflicht, sie zu unterhalten und er tat es eifrig.

115

»Der Turm«, sagte Kasimir, als er ihren Blick bemerkte, »der ist alt. Sie nennen ihn den Piastenturm. Aber der Turm war längst da, als die Piasten ins Land kamen. Der Turm steht da, wo er steht und so soll es bleiben. Ich werde ihn neu herrichten lassen. – Die Leiter, verdammt nochmal«, knurrte er, »die hat wohl wieder jemand stehen gelassen. Den Leuten hier muss man alles zehnmal sagen! Dusseliges Volk.« Er erhob sich, winkte dann aber ab und setzte sich wieder. »Lassen wir das heute. Also – der Turm stand schon da, als die Piasten nach Oppeln kamen. Man erzählt sich so manches darüber.«

»Mein Vater weiß einiges davon«, warf Heinrich ein, »er hat es von seiner Großmutter Agnes erfahren, die gern alte Geschichten erzählt hat. Sie erzählte auch von einem Volk, das früher hier gelebt hat, bevor es weiterzog. Die Geschichten haben ihr Zurückgebliebene erzählt, die eine ähnliche Sprache wie meine Großmutter hatten. Sie nannten sich Silinger. Bis nach Afrika sollen sie gewandert sein. Dort bekamen sie Land vom Kaiser von Rom. Diese Silinger sollen den Turm gebaut haben. Gute Arbeit, der Turm. Einen runden Turm zu bauen, ist nicht leicht. Das gilt für den Turm in Liegnitz, versteht sich, aber auch für den hiesigen.«

»Wie das bei uns in Oppeln war mit dem Turm, werden wohl die Mönche aufgeschrieben haben. Wir werden unsern Kanzler fragen. Der weiß alles. Jedenfalls ist es ein fester Turm. Stein auf Stein gebaut.Die Altvorderen haben ihn in Ehren gehalten. So soll es bleiben. Den machen wir wieder neu. Der soll uns überdauern.« Kasimir lachte stolz. »Den werden noch unsere Nachkommen bewundern. Ein Turm ist da, um ins Land zu schauen, um zu sehen, wer da kommt. Freund oder Feind. Dazu ist der Turm da. Für den Überblick. Den Blick füs Ganze.

Alles, was da hinten herumsteht, diese Holzbuden, das kommt alles weg.« Er machte eine wegwerfende Handbewegung. »Weg mit dem Alten! Da kommt Neues hin! Neue Zeiten, neue Häuser! In diesen Holzhütten, in denen haben einst die Ritter der herzoglichen Druschyna mit ihren Familien gewohnt. Vor langer

Zeit. An die hundert Hütten sollen es gewesen sein, für jede Familie eine. Eine starke Siedlung auf der Insel. Mehrmals abgebrannt und immer aufs Neue aufgebaut.

Als die Piasten mit ihren Wojen aus Gnesen nach Oppeln kamen, stand der Turm auf der Insel und sie bauten ihre Hütten daneben. Feste Hütten, ein fester Zaun, ein guter Platz, geschützt auf der Insel, mitten im Fluss. Jetzt sind die Leute in die neue Siedlung gezogen, auf der anderen Oderseite. Denn ich will hier eine große Burg bauen und die Siedlung der Leute soll auf dem anderen Ufer sein. Das neue Oppeln. Das soll eine Stadt werden! Ja, diese Stadt soll eine Stadt sein wie Breslau, wie Liegnitz, wie die Städte im Westen, im Reich! Meine Herren! Ratibor! Oppeln! Das ist die Zukunft! So wird es aussehen, morgen … Morgen ist auch noch ein Tag … ja … morgen will ich Euch Oppeln zeigen. Die Stadt …« Kasimir unterdrückte einen Rülpser. Er trank zu viel von dem süßen Honigmet. Heinrich blickte besorgt zu ihm hin, aber es schickte sich nicht, ihn zurechtzuweisen. Viola hörte dem trinkenden und unaufhörlich redenden Fürsten zu und lächelte angestrengt. Sie begann zu zweifeln, ob sie ihren Aufgaben gewachsen war. Braut zu sein, Fürstin zu sein, war nicht leicht.

»Also, der Turm bleibt! Wir machen ihn neu und … denn ein Turm … ein alter Turm … Alt und fest! Hohoho! Alt, aber hoho!«, kicherte er. »Nicht wahr, Heinrichen, der Turm! Aber wir brauchen auch eine feste Burg und eine Mauer. Ein Haus für mein Weib und meine Familie. Ein festes Haus aus Holz und Stein, wie es sich gehört, Halle und Schlafkammern.

Der Turm ist gut, aber eine feste Burg mit Mauern ist besser. Du wirst sehen, mein Kind, es wird schön sein hier. Du sollst es schön haben wie eine Königin. Eine Burg mit Fenstern aus Glas! Denn du bist meine Königin.« Kasimir nahm Violas Hand und küsste sie linkisch.

Das wurde bemerkt und einige begannen mit den Fäusten auf den Tisch zu trommeln, andere riefen: »Küssen, küssen! Drei Mal küssen!« Und so küsste Kasimir seine junge Frau zum ersten Mal, aufgefordert durch seine Gäste. Viola spürte seine feuchten Lippen. Er roch nach Met. Sie errötete, rückte ihren Kranz zurecht, wandte sich aber wieder Kasimir zu, der weiter auf sie einredete. Viola erinnerte sich an ihre Pflicht und lächelte.

»Also, der Turm. Früher war ein Turm auch Schutz vor dem Feind. Aber heute ... Heute braucht man eine Mauer. Eine Mauer ist wie ein großer Turm. Eine Mauer ist ein Turm für alle.

Früher. Der Turm! Stellt Euch vor – Krieg! Mehrere Tage in einem Turm. Alle zusammen, die Familie und die Wojen. Aber wie viele Menschen haben Platz in einem Turm? Höchstens zehn Mann.« Kasimir hob beschwörend seine beiden Hände und spreizte die Finger. »Zehn Mann! Und wo bleibt die Familie? Und die Pferde? Kaum was zu beißen, kaum Wasser, kaum Luft zum Atmen. Wie lange schützt ein Turm? Ein Turm ist für zwei Tage gut, höchstens drei. Die Ritter, ohne Knechte und Pferde. Und was ist ein Reiter ohne Pferd! Wehrlos wie ein Bauer. Wie ein Hase.

Heute taugt der Turm nur noch als Ausguck, als Wahrzeichen! Aber er bietet keinen Schutz. Nur eine Mauer schützt alle. Eine Mauer für den Fürsten, seine Familie, die Ritter, die Leute, die Pferde, das Vieh und die notwendigen Vorräte. Und ein Brunnen.«

»Und ein Fass Bier«, spöttelte Heinrich. »Von Met ganz zu schweigen«, fügte er mit einem Blick auf Kasimirs Becher hinzu. »Aber was redet Ihr da von Krieg, Onkelchen? Weit und breit ist kein Feind in Sicht. Wir vertragen uns mit allen Nachbarn.«

»Ja, ja«, sagte Kasimir, fuhr aber ungerührt fort: »Eine Mauer. Also – hinter einer festen Mauer kann man lange standhalten. Wie lange, sagt, werter Neffe, wie lange halte ich hinter einer Mauer aus, sagt! Ich und die Meinen, Ross und Mann. Wie lange halt ich stand? Mit wie viel Leuten, sagt!«

»Ach was, Mauer!« antwortete Heinrich. »Auch eine Mauer schützt vor Feinden nicht. Aber wir haben ja Frieden im Lande. Kein Krieg weit und breit. Ihr werdet schon zu Eurer Mauer in Oppeln kommen, eine Mauer aus Stein bauen. Ein Turm ist zu eng, da habt Ihr Recht. Und ein Holzzaun hält nicht viel, der ist allenfalls gut gegen Wegelagerer.«

»Ja, richtig«, pflichtete ihm Kasimir bei. »Gegen Wegelagerer und Wölfe.«

»Oder Hasen«, spöttelte Heinrich.

Kasimir beugte sich zu ihm. »Also, ich will eine Mauer. Aber woher nehme ich das Geld?«

»Ach was!«, sagte Heinrich, »Geld wird sich finden, Onkelchen. Klemens von Oppeln, der Bierbrauer, schwimmt im Geld und die anderen Bürger auch. Wart nur ab, bis die anfangen, ordentlich zu zinsen. Dann bist du ein reicher Mann. Die Ratiborer haben sich schon zusammengetan und bauen eine Mauer.«

»Ja, die Ratiborer, mit ihrem Vogt aus Köln, dem Kollin«, sagte Kasimir. Er schien plötzlich nüchtern. »Dieser Kollin … Der ist tüchtig. Und die Ratiborer sind reich. Die sind schon lange im Lande. Mein Vater baute die Burg Ratibor aus. Die Burg in Ratibor hat eine feste Mauer.«

Heinrich, der gerade damit beschäftigt war, seiner Frau das Knie zu streicheln, wiederholte nur, die Oppelner würden es schon schaffen.

Kasimir blieb beharrlich beim Thema. »Die Oppelner streiten mit mir über die Mauer. Sie wollen die Stadtmauer bezahlen, aber die Burgmauer nicht. Die Burgmauer soll ich bezahlen.«

Da Heinrich ihm nicht zuhörte, wandte er sich erneut an Viola. »Der Turm ist besser als gar kein Schutz in der Not. Aber wir brauchen eine Mauer. Gebäude aus Holz und Stein. Neben dem Turm. Für meine Familie. Da werden wir wohnen. Eine Burg aus Steinen. Und eine Mauer ringsherum, die Burgmauer. Wall und Mauer. Der beste Schutz. Und Tore aus Eichenbohlen mit Eisenbeschlägen und eisernen Riegeln. Sieht gut aus und ist haltbar. Aber teuer. Ein festes Tor kostet Geld. Und ich habe kein Geld. Also erst mal ein Wall und ein hoher Palisadenzaun, neu und fest, und starke Tore dazu. Vorläufig. Muss reichen. Sparen, ich muss sparen. Wir müssen sparen. Nur ein Zaun. Aber ein fester, aus festem Holz. Eiche. Vorläufig. Ein Zaun – wie die Bauern.« Er hob sichtlich betrübt seinen silbernen Becher. Und trank.

»Sparen, sparen, sparen … Immer nur sparen, weil mein Väterchen Kriege führte. Nichts wie Kriege.« Kasimir trank den Becher bis zur Neige aus, wischte danach mit der Hand die Tropfen vom spärlichen Bart und lehnte sich zurück. »Kriege … Wenn man siegt, kommt Geld rein, verliert man, geht das Geld aus. Leere Truhen.« Er neigte sich trübselig über seinen Teller. Langte dann wieder nach seinem Becher. Doch der war leer. Kasimir starrte trübselig vor sich hin.

Viola atmete auf. Ihr Essen war bereits kalt geworden. Sie hatte kaum einen Bissen genommen. Aber Kasimir begann alsbald aufs Neue zu reden und sie musste ihm weiter zuhören.

»Die Siedler«, fuhr Kasimir fort, »die Siedler aus dem Westen in der Vorburg, die haben Geld. Die sind tüchtig. Die Stadt wird ihre Mauern haben. Eher als ich die Burg. Die Stadt braucht die Mauer, die Stadt ist ungeschützt. Anders die Burg. Die liegt wie ein Kind in den Armen der Oder. Nicht wahr, Violinchen? Die Vorburg aber – ungeschützt. Ringsumher Wald. Von einer Seite der Fluss, die Oder. Aber von der anderen Seite offen. Wiesen. Wälder. Wölfe in den Wäldern, Wegelagerer, Raubritter, Räuber als Nachbarn, von überall droht Gefahr. Also sollen sie ihre Mauer bauen. Und wir einen Zaun. Vorläufig. Aber später …

Die Leute aus dem Westen … die wissen Bescheid. Das sind Könner. Unsere machen es ihnen nach, auch gut.«

Kasimir rülpste. Seine anfängliche Befangenheit gegenüber Viola war gewichen und er tätschelte ihre Hand. »Also, mach dir keine Sorgen, mein Violinchen. Auch wir werden unser Mäuerchen haben. Der Vogt, dieser Klemens!« Er richtete sich plötzlich auf. »Ich werde ihm sagen: Klemens, du sollst mir eine Mauer bauen! Um die Burg herum eine feste Mauer. Ringsum. Rundum, ringsum, ringsumher. Jawohl. Das werde ich ihm sagen: Klemens, eine Mauer für deinen Herrn! Und mach es gut. Mäuerchen gut, alles gut.« Er kicherte.

»Wasser«, sagte er zum Truchsess und fuhr ein wenig ernüchtert fort: »Aber du mach dir keine Sorgen, mein Violinchen – Mauer hin, Klemens her, dir kann nichts passieren. Hierzulande gibt es keinen Krieg. Wir wollen keinen Streit mit niemandem. So wollen wir es halten.« Und er wandte sich seinem Neffen zu und legte seine Hand auf seine. »Nicht wahr, Heinrichen, wir Schlesier sind friedliche Leut', wir wollen keinen Krieg.«

Heinrich lächelte abwesend, er war mit dem Streicheln des Knies seiner Ehefrau erheblich weiter gekommen. Anna saß steif und andächtig lächelnd neben ihm.

»Bauen«, fuhr Kasimir fort, »bauen. Nur kein Krieg. Krieg bringt nichts. Nur Verluste. Das Land ausbauen, aufbauen, das bringt Gewinn. Den Leuten ein gutes Leben … Leben geben … Bauen. Nicht hauen. Sich mit allen gut vertragen.« Er lachte. Bauen, nicht hauen. Das Kinn fiel ihm auf die Brust.

Viola wusste nicht, was sie tun sollte, was sich für sie schickte. Der Mann an ihrer Seite hatte einen roten Kopf und stierte mit glänzenden Augen vor sich hin.

Kasimir schüttelte sich und rülpste und begann wieder zu brabbeln. »Mein Vater … Mieschko, der Alte … Väterchen Mieschko … Uh, der war streng … Nur Schulden, Krieg und leere Schatullen … Leere Schatullen … Leere … – Der hat gebrüllt: ›Die Krone Polens für die Schlesier!‹ Schön wär's … aber teuer … Nicht zu bezahlen … Erst Krakau, dann ganz Polen … Und alle Piasten huldigen dem Schlesier aus Oppeln. Erst Mieschko und dann seinem Sohn Kasimir. Das heißt mir. Mir die Krone! Das war Väterchen Mieschkos Traum … Aber nicht meiner … Ich will bauen, ich will kein fremdes Land. Keinen Krieg. Ich will bauen, Siedler holen … Die sollen zusammen bauen – die Unsrigen und die Neuen. Die sollen heiraten miteinander. Heiraten tut gut. Die vertragen sich. Die einen friedlich, die anderen tüchtig. Die lernen voneinander. Mühlen bauen, Bier brauen, drei Felder be-be-bauen

121

... Dreifelder ... nicht wahr, Heinrichen ... Drei Felder Wirtschaft ...«

»Ja, Onkelchen«, sagte Heinrich, »die Dreifelderwirtschaft, ein Vogt in jedem Dorf.«

»Ja, drei Felder ... Wirtschaft ... ein Vogt ... und Zinsen, viele Zinsen, nicht wahr, Heinrichen? Zinsen in meine Schatulle ... Geld, viel Geld ... Einnahmen. Und ... und die Schatullen voll ... Kisten und Kasten voll ... – Hoho, Violinchen! Geld und Gold für mein Weibchen!« Er drohte ihr scherzhaft mit dem Finger. »Sollst eine reiche Fürstin sein, mein Violinchen.«

Viola lächelte verlegen und nickte unsicher. Die Mutter hatte ihr aufgetragen zu lächeln, dem Mann aufmerksam zuzuhören. Aber was sie tun sollte, wenn dieser Mann, ein Herzog, wie ein Bauer rülpste und den Kopf auf den Tisch legte und sogar zu schnarchen begann, das hatte ihr Frau Jutta nicht beigebracht. Sie sah ratlos und Hilfe suchend zu Heinrich und Anna hinüber. Heinrich nickte ihr zu, flüsterte seiner Frau etwas ins Ohr, stand auf, nahm seinen Onkel unter den Arm. »So, Onkelchen, jetzt gehen wir aber schlafen. Es ist Zeit.«

»Zeit? Fest zu Ende?«, fragte Kasimir. »Wo ist mein Weib? ... Wann bekomme ich mein Weibchen ins Bett? ... Mein Violinchen ...«

Heinrich beschwichtigte ihn und führte ihn ab.

Als Frau Jutta bemerkte, dass der Platz neben Viola leer war, unterbrach sie die lebhafte Unterhaltung mit Fräulein Richesa und kam zu ihrer Tochter herüber. Zusammen mit Anna verließen sie fast unbemerkt die angeheiterte Runde. Sie begaben sich in eines der neuen Häuser, wo Viola noch immer neben ihrer Mutter schlief. Obwohl niemand etwas dagegen gehabt hätte, wenn es anders gewesen wäre.

Doch das Fest der Segnung des Lagers, die letzte Zeremonie einer jeden feierlichen Hochzeit, sollte erst drei Tage nach der Ankunft in Oppeln begangen werden – so hatte es Frau Jutta mit Kasimir zuvor vereinbart. Man sollte sich für alles Zeit lassen, darauf hatte Frau Jutta Kasimir gegenüber bestanden. Besonders für wichtige Angelegenheiten. Eile ist des Teufels, bemerkte sie dazu auf Schlesisch – co nogle, to po dioble.

Vor dem Schlafengehen sagte Frau Jutta zu ihrer Tochter: »Mein Kind, du musst trotz allem Haltung bewahren. Den Rücken gerade halten. Und lächeln. Denn wie Herzogin Hedwig sagte – sehr schön hat sie das gesagt: ›ein grader Rücken macht fröhlich und schön. Stelle dir vor‹, pflegte sie zu sagen, ›du wärst ein Engel. Schwere Flügel hängen an deinen Schultern und ziehen sie nach hinten. Auf dem Kopf trägst du ein goldenes Krönchen, das du vor dem Herabfallen bewahren musst. So bleibt der Rücken gerade im Sitzen und im Stehen. Und das Lächeln kommt von alleine. Eine Frau kann nur schön sein, wenn sie Haltung bewahrt und lächelt.‹«

Viola nickte müde. Was sollte sie darauf antworten?

Drei Tage nach der Ankunft Violas in Oppeln wurde also noch einmal gefeiert. Die Tische unter den hölzernen Schutzdächern wurden erneut mit weißen Tüchern gedeckt und mit frischen Blumen geschmückt. Ein Mahl war vorbereitet worden, wie es sich gehörte. Nichts durfte fehlen. Dafür hatten Fräulein Richesa und Mutter Jutta in bemerkenswerter Übereinstimmung gesorgt. Eine hölzerne Tanzfläche war neben dem Turm errichtet worden. Auch sie war überdacht.

Bevor aber das Fest im Burghof begann, begab sich die gesamte Gesellschaft zur Kirche, um nochmals an der Segnung des fürstlichen Paares und an einem festlichen Gottesdienst teilzunehmen.

Die Sonne spiegelte sich im klaren Wasser der Oder, als man die hölzerne Brücke überschritt, was Frau Jutta zu einem guten Zeichen von oben erklärte. Kein Wölkchen am Himmel! Wenn das nicht das Beste erhoffen ließe. Man sehe die Englein auf den hellen Wolken musizieren, fügte sie leiser hinzu. Doch Viola wusste: Hätte es geregnet, hätte ihre Mutter behauptet, der Regen sei ein besonderes Zeichen der Fruchtbarkeit und gebe somit zu den besten Hoffnungen Anlass.

Für den Fall, dass es regnen würde, war ohnehin Vorsorge getroffen worden. Man hatte auf dem Burghof einen Baldachin für das Hochzeitspaar und die vornehmsten Gäste bereitgestellt.

Dem Zug zur Kirche schritten wie gewohnt Trompeter und Trommler voran, lauter bunt gekleidete Knappen. Ihnen folgten die vornehmen Fräulein mit Blumenkränzen in den Haaren. Kinder streuten Blumen vor dem fürstlichen Paar. Seidene Fahnen in den Farben der Piasten flatterten im Wind.

Für die Neubürger war es ein besonderes Fest, das größte, das sie bisher an ihrer neuen Stätte erlebt hatten. Sie drängten sich auf beiden Seiten des Weges und kamen auf ihre Kosten, denn es gab nicht wenig zu sehen. Es war ein Fest für die Augen, von dem man noch lange danach erzählen konnte. Den Leuten tat der prachtvolle Anblick wohl: Ein reiches Land, das den Herrschern erlaubte, solch einen Reichtum zur Schau zu stellen. Das war für sie ein Zeichen, das sie zuversichtlich stimmte.

Das herzogliche Brautpaar mit seinem Gefolge durchschritt das hohe Portal der noch im Bau befindlichen Kirche. Archidiakon Reginaldis trat ihnen zur Begrüßung entgegen. Das Innere der Kirche, ein achteckiger Raum mit hohen spitzen Fenstern, war erleuchtet. Am hellsten leuchtete der Altar, denn dort befand sich die ehrwürdigste Reliquie des Landes – ein Splitter vom Heiligen Kreuz.

Während des feierlichen Gottesdienstes saß Viola neben Kasimir auf einem mit kostbaren Teppichen belegten Podest neben dem Altar, sichtbar für alle: das fürstliche Paar dem Volke zur Schau dargeboten.

Ihre Sitze waren mit feinen Stoffen belegt. Ein Baldachin aus gelber Seide war über ihren Köpfen aufgespannt, glänzend wie die Sonne. Im Hintergrund das Wappen der Oppelner Piasten – ein halber Adler und ein halbes Kreuz – auf gelber und blauer Seide. Ihnen zur Seite die seidenen Fahnen in den Farben der Piasten, gelb und blau, von Pagen getragen.

Viola hatte sich bereits daran gewöhnt, im Mittelpunkt zu stehen und bewundert zu werden. Doch so viele Menschen, die alle nur sie anblickten, lösten in ihr wieder dieses Gefühl des Schwebens aus, das sie bereits kannte, das Gefühl, den Boden unter den Füßen zu verlieren. Alles erschien ihr mit einem Male so unwirklich.

Über ihrem hellblauen Brautkleid trug sie diesmal einen dunkelroten Samtmantel, dessen Ränder dicht mit bunten Blumen bestickt waren. Ein wahrlich fürstliches Geschenk Fräulein Richesas. An dem Mantel hatte die bucklige Fürstentochter jahrelang gestickt, ohne eigentlich zu wissen, wozu. Freilich hatte sie stets an eine zukünftige Fürstin von Oppeln, an die Frau Kasimirs gedacht, den sie wie einen Bruder liebte. Aber vielleicht hatte sie auch manchmal ihre eigene bucklige Gestalt in diesen Mantel hineingeträumt. Sie hatte ihn Viola mit einem ergebenen und zärtlichen Lächeln überreicht.

Viola gab sich alle Mühe, das Geschehen in der Kirche deutlich wahrzunehmen und wach zu bleiben in dieser unwirklichen Wirklichkeit. Sie versuchte zu beten. Doch sogar das gewohnte Vaterunser rang sie sich nur mit Mühe ab. Sie betete, wiederholte die vertrauten Worte. Aber es blieben Worte. Die Anrufung der Gottesmutter fiel ihr leichter. Sie bat die Himmelskönigin um ein gutes Leben. Sie bat um ihren Segen und darum, ein gehorsames Eheweib zu sein. Sie wollte an ein glückliches Leben mit Fürst Kasimir glauben. Sie wollte glauben, dass es ein Leichtes sein würde, ihrem fürstlichen Gemahl treu zu sein und gehorsam, wie man es von ihr verlangte.

Als sie sich vom Altar weg dem Raum zuwandte, blickte sie in unzählige Gesichter. Sie aber nahm nur eins wahr – das des Kanzlers. Es schien ihr ungewöhnlich blass, noch blasser als sonst und sein Blick war regungslos auf sie geheftet. Etwas zog sich in ihr zusammen. Sie verdrängte das vage Gefühl, das in ihr hochkam, und verbat sich, an diesen Mann zu denken.

Der Brautzug bewegte sich langsam durch die freudig erregte

Menge in die Burg. Viola schüttelte unzähligen Menschen die Hände. Viele wollten Blumen überreichen oder zumindest ihr Kleid berühren, denn das sollte Glück bringen. Diejenigen, die weiter weg standen, riefen Hoch und Heil, Mütter hoben ihre Kinder hoch, damit sie die Erwählte sehen konnten. Viola war zur Märchenprinzessin geworden. Das machte ihr Freude.

Um das Brückentor und das hölzerne Geländer der Oderbrücke wanden sich grüne Girlanden. Auf der einen Seite hatten junge Burschen eine blumenbekränzte Barriere errichtet und forderten scherzhaft Lösegeld vom Hochzeitspaar. Auf der anderen taten die Knappen das Gleiche. Brautzoll nannte man diesen Brauch.

Auf der Burginsel angelangt, begab sich der Brautzug in das Gebäude, in dem sich der Schlafraum des Brautpaares befand. In diesem neu errichteten Haus neben dem Turm bedachte Archidiakon Reginaldis das blumengeschmückte Lager nochmals mit dem Segen der Kirche. Die Vermählten mussten sich vor aller Augen aufs Lager legen – eine symbolische Handlung und eine erneute Zurschaustellung. Sie küssten sich und die Anwesenden klatschten in die Hände. Danach begab man sich zu Tisch.

Herzog Kasimir hob seinen silbernen Kelch und hielt eine Rede voll wohltönenden Lobes und voller Danksagungen, die ihm der Kanzler aufgesetzt hatte. Er trank zuerst seinem vornehmsten Gast zu, Herzog Heinrich von Breslau und Liegnitz. Kasimir strahlte, weil er glücklich war. Auch die anderen hoben ihre Kelche und Becher und tranken dem Brautpaar zu, während die Pagen die Speisen auftrugen.

Das Mahl war üppig, wie es sich gehörte. Allein sieben Wildferkel waren zerteilt worden. Rehrücken in saurer Sahnesoße wurden gereicht. Fasanen und sonstiges Geflügel, Krebse und Forellen. Dazu fettes Kraut und Rüben, locker gekochte Grütze in Schüsseln und knuspriges Weizenbrot. Zum Abschluss Leckereien, süße Speisen aus Milch und Honig mit Früchten und orientalischen Gewürzen zubereitet. Erdbeeren mit Schlagsahne, der

Jahreszeit gemäß. Und Streuselkuchen, der in Schlesien bei keiner Hochzeit fehlen durfte.

Die Gäste genossen das Mahl und gaben sich höfisch. Die Vornehmen wussten sehr wohl um die Regeln des Verhaltens bei Tisch und hielten sie ein, denn das unterschied sie vom einfachen Volke.

Herzog Kasimir hielt sich zunächst mit Trinken zurück, so hatte er es sich vorgenommen. Bald aber vergaß er seine guten Vorsätze, becherte wieder und redete ununterbrochen. Er legte seine Hand auf Violas Hand und tätschelte sie, er versuchte sogar ihr Knie zu streicheln und so war sie erleichtert, als die Fiedeln zum Tanz aufspielten.

Herzog Kasimir führte seine junge Frau stolz auf das hölzerne Podest. Der erste Tanz gehörte dem Brautpaar. Nach dem Brauttanz begannen auch die anderen Gäste zu tanzen. Herzog Heinrich führte die Brautmutter. Frau Jutta war noch immer eine beschwingte Tänzerin. Bald begann es lebhafter zu werden, die Musik wurde lauter und der Tanz schneller. Die Älteren kehrten an die Tische zurück zu ihren Schüsseln und Bechern und Gesprächen. Auch Kasimir. Nicht aber Viola. Sie tanzte allzu gern. Doch bald bedeutete ihr die Mutter, sich zu ihrem Gemahl zu begeben.

Nachdem die Fackeln angezündet worden waren, strömten junge Leute aus der Vorburg herbei, die sich die Gelegenheit zum Tanz nicht entgehen lassen wollten. Auch Dorfbewohner kamen herbei. Alle waren willkommen an diesem Tag, nicht nur Edelleute, sondern auch Bürger und Bauern. Es wurde gefiedelt, gejuchzt, getanzt und gestampft, dass es weit umher zu hören war. Das Fest dauerte bis zum Morgengrauen und dann noch drei Tage lang.

Die Neuvermählten aber begaben sich nach Mitternacht auf Drängen der Brautmutter in ihr gemeinsames Schlafgemach. Violas Mutter hatte ihr diese Nacht als die wichtigste im Leben eines Weibes angepriesen. Eine Wundernacht sollte es sein. Ihre Mutter hatte viel darum herum geredet, gesagt aber hatte sie ihr wenig. Viola ahnte, warum. Die Mutter befürchtete wohl, es könnte auch eine Nacht der Enttäuschung sein. Viola hatte sich nicht getraut, zu fragen, wie es denn sein würde. Wie sie wirklich sein würde, diese Brautnacht ohne Liebe.

Die heftigen Umarmungen Kasimirs, der üppig vom Wein und Met genossen hatte, durfte sie nicht zurückweisen. Viola hätte sich gern abgewandt von ihm, war ihm aber zu Willen. Sie ließ es mit sich geschehen. Sie duldete den männlichen Körper, der sich an ihren drängte und ertrug ergeben das Eindringen dieses Mannes, den sie kaum kannte. Sie wusste, es war ihre Pflicht, sein Weib zu werden. Sie war ihm angetraut worden. Also geschah, was geschehen sollte und was man von ihr erwartete.

Doch als Kasimir abließ von ihr und sofort einschlief und schnarchte, überkam sie eine große Traurigkeit, die sie im ganzen Körper spürte. Sie zitterte und kämpfte mit Tränen, die sich nicht zurückhalten ließen. Sie fühlte sich verlassen und um etwas betrogen, obwohl sie eigentlich gar nicht wusste, worum. Warum war sie traurig? Sie weinte. Der Mann an ihrer Seite schlief und schnarchte mit offenem Munde. Er hatte bekommen, was er wollte: ein hübsches junges Weib. Er war satt.

Ehe sie einschlief, spürte Viola das blasse Gesicht des Kanzlers über sich. Seine Augen. Der blasse Mann sah sie streng an, dann küsste er sie auf die Stirn, legte beruhigend seine Wange an ihre. So schlief sie ein.

Morgens erwachte sie neben ihrem Gatten, der mit gerötetem Gesicht und offenem Munde weiterschlief. Sie lag reglos neben ihm und erinnerte sich an ihren Traum: Sie saß in einer dunklen Kutsche neben dem Kanzler in ihrem himmelblauen Kleid. Ihr weißer Schleier wehte aus dem Fenster der Kutsche. Sie schwiegen beide. Vier Schimmel waren vor die Kutsche gespannt. Auf dem Kutschbock saß zu ihrem Erschrecken Kasimir. Die Kutsche fuhr durch einen dunklen Wald, der ohne Ende schien. Plötzlich gelangten sie auf eine Lichtung und stiegen aus. Der Kanzler fasste sie bei der Hand und sie gingen bis ans Ende der Lichtung. Dort tat sich vor ihnen eine tiefe Schlucht auf, ein Abgrund, der sie zu verschlingen drohte. Doch sie hielten sich an den Händen und bemerkten: Ihnen waren Flügel gewachsen. Sie schwebten über den Abgrund hinweg. Ihr langer weißer Schleier wehte wie Nebel über der Tiefe. Doch auf der anderen Seite fanden sie sich getrennt wieder, jeder auf einem anderen Stein. Sie sahen sich, sie hätten sich rufen und hören können, aber sie blieben stumm. Versteinert.

Am Morgen begegnete Viola dem Kanzler in der Halle. Sie spürte seinen Blick, aber sie sah nicht auf. Als sie sich ihm dennoch aus Höflichkeit zuwenden wollte, hatte er sich bereits abgewandt und den Raum verlassen.

Frau Jutta trat zu ihr und sah sie aufmerksam an. Sie fragte nicht, sie sah alles und lächelte zufrieden. Sie hatte gesehen, was für sie das Wichtigste war: Viola war Kasimirs Weib geworden in dieser Nacht. So sollte es sein. Das genügte der Mutter.

AB URBE CONDITA — WIE DIE STADT
OPPELN ENTSTEHT

Als die Sonne bereits hoch stand, fand sich die Gesellschaft allmählich wieder im Wohnraum neben der Küche zusammen. Die Gäste gähnten, rieben sich die Augen. Für die, die in der Nacht zu viel getrunken, zu viel getanzt hatten oder beides, war auch der späte Vormittag zu früh.

Herzog Kasimir hatte am Vorabend die Besichtigung der neu entstehenden Siedlung am anderen Ufer der Oder angekündigt. Er hatte seine Gäste eingeladen, ja, aufgefordert, mitzukommen, denn er war begierig, ihnen die voranschreitenden Arbeiten zu zeigen, damit sie sähen, wie sich der Fortschritt auch in seinem Land auszubreiten begann. Es wäre unschicklich gewesen, dieser dringlichen Einladung nicht zu folgen. So schloss man sich der Besichtigung an, aus Neugierde oder Höflichkeit. Bei strahlendem Sonnenschein versammelten sich alle auf dem Hof: Heinrich der Jüngere und seine Frau Anna, wie immer eng an seinen Arm geschmiegt; Mutter Jutta selbstverständlich. Richesa jedoch blieb zu Hause, sie hatte zu tun. Noch nie zuvor hatte sie so viele Gäste in der Burg versorgen müssen.

Inmitten des bunten Haufens fiel die schwarz gekleidete Gestalt des Kanzlers Sebastianus auf wie eine Krähe im Tulpenbeet. Diesmal hielt er sich fern von seinem Herrn, fern von der fröhlichen Gesellschaft.

Er mischte sich unter die Alten, die sich am Ende des Zuges hielten. Kasimir von Oppeln schritt an der Spitze und hielt stolz sein junges Weib an der Hand. Er reckte sich hoch, um nicht zu klein neben ihr zu erscheinen.

Zu Fuß begab man sich über die hölzerne Brücke über das glitzernde Wasser der Oder zur neuen Siedlung. Auf dem Strom schaukelten Fischerboote. Weiber schlugen Wäsche diesseits und jenseits des Wassers, auf dem Enten trieben. Kühe weideten auf den Wiesen am Ufer, Gänse schnatterten. Hier und da sah man Angler sitzen.

Am anderen Ufer entstand ein großes Gebäude, ein Speicher für reisende Kaufleute, aber auch für die Hiesigen. Die Arbeiter bewegten sich geschickt auf Leitern hinauf und hinab, schleppten auf dem Rücken Balken und Bretter. Der untere Teil des Gebäudes war aus Hausteinen und gebrannten Ziegeln gefügt. Oben festes Fachwerk. Munteres Rufen klang in der klaren Luft.

Viola gähnte verstohlen.

Vogt Klemens hatte von dem geplanten Besuch gewusst, er war auf ihn vorbereitet. Er hatte auch einen Pagen in die Burg entsandt, damit er ihn benachrichtige, wenn sich die Herrschaften in Bewegung setzten. Und so stand er mit seinen Begleitern zur rechten Zeit auf der anderen Seite der Brücke, im festlichen Gewand aus feinem, dunklem Tuch mit einer dicken silbernen Kette auf der Brust, an der das kunstvoll in Silber gearbeitete Wappen der Stadt hing – der halbe Adler mit dem halben Kreuz.

Man erging sich zunächst in den üblichen Verbeugungen und Höflichkeitsreden, ehe man sich zum Marktplatz begab, einem Platz, den man überall in Schlesien Ring nannte und der fast immer viereckig war. Von hier aus gingen nach allen Seiten Straßen ab. Der Ring war eine große Baustelle. Hämmern, Sägen, Rufe hallten über den Platz. Allem Anschein nach war den Leuten befohlen worden, ihre Tätigkeiten nicht zu unterbrechen, um sich bei der Arbeit zu zeigen. Dennoch hatten sich nicht wenige Neugierige eingefunden, die die hohen Herrschaften nun umringten. Ritter Ruprecht als Hofmarschall hatte die Aufgabe, allzu Zudringliche zurückzuhalten. Wenn nötig, auch mit hartem Griff.

Vogt Klemens hielt vor dem größten eingerüsteten Gebäude in der Mitte des Ringes und verneigte sich nochmals tief vor seinem Herrn. Seine Verbeugung knickte ihn derart, dass seine Nase fast seine Knie berührte und Viola ein Kichern zurückhalten musste, denn ihr kam der Gedanke, die lange dürre Gestalt könnte in der Mitte auseinander brechen. Doch der Mann richtete sich schnell auf, wies mit breiter Geste auf das geschäftige Treiben: »So entsteht unsere Stadt. Die Stadt Oppeln.«

Dann wandte er sich mit quäkender Stimme zuerst an den mächtigen Piastenfürsten Kasimir von Oppeln, den Herrn und Wohltäter des Landes, und danach an die ihn begleitenden, glanzvollen Personen. Er begrüßte die hohen Gäste aufs höflichste in der Stadt, obwohl es noch keine Stadt war, wie er nicht versäumte hinzuzufügen. Insbesondere den Fürsten von Liegnitz und Breslau. Seine besondere Ehrerbietung erbot er jedoch der jungen Herrin, da sie der eigentliche Anlass sei, der ihm ermögliche, die Stadt so hochwohlgeborenen Herrschaften vorstellen zu dürfen.

Der Vogt begann mit einem Lob der jungen Herrin, wie es nur ein Kleriker aus alten Schriften für ihn herausgeschrieben haben konnte. Nicht nur der Fürst, sagte Vogt Klemens, das ganze Land wäre beglückt durch den Anblick einer derartigen Schönheit, die alle in Verzücken versetze. Und es folgten Vergleiche mit Morgenröte und blühenden Rosen. Mit Venus und der schönen Helena. Viola spürte, dass sie errötete und blickte verstohlen zu Kanzler Sebastianus hin, der sie jedoch nicht ansah.

Die mit Anerkennung sehr sparsam haushaltende Frau Jutta hielt fortab den Vogt für einen höfischen Mann und gestand ihm ohne Vorbehalte nicht nur die Attribute der Tüchtigkeit und Redlichkeit zu, sondern auch die der Vornehmheit und Höflichkeit.

Er werde, erklärte Vogt Klemens, seinen hohen Gästen zuerst den Stand und Fortschritt der Bebauungen am Ring zeigen, dann in der Ratsstube die Pläne für den Ausbau der Stadt vorlegen und danach die Ehre haben, zu einem bescheidenen Mittagsmahl einzuladen.

Mit sichtbarem Stolz wies der Vogt auf die entstehenden Häuser und stellte fest, dass an dieser Stelle zuvor eine Wiese gewesen sei, über die nur ein schmaler Weg von der Burg zur Kirche auf dem Berg, der Bergelkirche, geführt hätte. Die neuen Häuser sahen schmuck aus, das mussten alle zugeben und sie bekräftigten es mit anerkennenden Blicken und kleinen höflichen Ausrufen. Manche der Häuser waren nur aus Holz gefügt, andere aus Fachwerk, das heißt Holz und Lehm. Hier und da sah man sogar eine Untermauerung aus gebrannten Steinen. Fast alle Gebäude waren frisch mit Stroh gedeckt. Sie standen in gleichmäßigen Abständen nebeneinander, wie es sich gehörte. Man sah, hier wurde nach Plan gebaut. Die meisten Häuser am Ring hatten ein vorgeschobenes Obergeschoss, das sich auf hölzerne Säulen stützte, die hier und da bereits mit Schnitzereien verziert waren, andere besaßen nur eine hölzerne Überdachung der Eingangstür. Hier und da eine Bank vor dem Haus.

Die hölzernen Fensterläden standen überall weit offen. Davor hatte man auf aufgeklappten Tischen Waren zur Schau ausgelegt. An einem sonnigen Tag wie diesem arbeitete wer konnte bei offenen Fenstern und Türen, oder im Freien vor dem Haus oder auch im Hof. So bot sich den Betrachtern das heitere Bild eines regen Schaffens.

Herzog Kasimir rieb sich die Hände. Es wurde gebaut. Es ging voran. Das sah er gern. Er blickte seine Gäste an wie ein Kind, das sein neues Spielzeug vorzeigt. Vor allem wartete er auf das Lob seines Neffen Heinrich.

»Alle Achtung!«, sagte Herzog Heinrich. Er wusste, was man von ihm, dem mächtigeren Verwandten, erwartete: freundliche Worte, Lob. Sein Lob und sein Erstaunen klangen ehrlich. »Hier hat sich so manches getan, seitdem ich das letzte Mal hier war«, sagte er mit Anerkennung. »Hier ist nichts geblieben, wie es gewesen ist. Eine Freude, das zu sehen«, bekundete der Fürst. »Ihr habt tüchtige Leute, werter Onkel.«

Kasimir bedankte sich strahlend. Der Vogt sah sich gleichermaßen wie der Fürst gelobt und bemerkte zufrieden: »Allerdings, Herr! Meine Leute sind tüchtig, das habt Ihr zutreffend bemerkt. Sehr tüchtig sogar. Sie arbeiten unermüdlich den ganzen Tag. Aber abends nehmen sie sich Zeit. Sie sitzen unter den Vordächern und den Lauben zusammen, um auszuruhen, ein Schwätzchen zu halten oder um gemeinsam zu singen. Gesang klingt hier jeden Abend über den Ring. Nicht selten wird auch gefeiert, gefiedelt, geflötet und getanzt. Am Ring gibt es eine alte und eine neue Schänke, die beide guten Zuspruch haben und in denen es freilich auch manchmal zu übermäßigem Genuss von Bier oder Met kommt«, sagte er schmunzelnd, denn als Bierbrauer konnte er sich nicht allzu sehr über das beklagen, was er als Vogt und Bürgermeister nicht loben durfte. »Hervorragendes Bier gibt es in der neuen Schänke, nach Schweidnitzer Rezeptur gebraut.« Die Gelegenheit, für seine Erzeugnisse und seine Schänke zu werben, konnte er sich doch nicht verkneifen. »Schlägereien dulden wir nicht. Wenn jemand zu viel getrunken hat, kommt er ins Verlies zum Ausnüchtern oder er muss Strafe zahlen.«

Wenngleich für diesen besonderen Tag sogar die Hunde an den Ketten geblieben waren, drang ihr lautes Gekläff bis auf die Straße, dazu das Gackern und Schnattern des Federviehs und das Grunzen der Schweine.

»Das sonst frei auf den Straßen herumlaufende Kleinvieh hat schon manchen zum Stolpern oder zumindest zum Fluchen gebracht«, bemerkte der Vogt. »Heute wurde alles eingesperrt. Ich werde anordnen, dass es täglich so sein soll. Denn hier soll Ordnung herrschen. Den Ring«, fuhr er fort, »wollen wir mit Steinen pflastern. Das gibt es auch nicht in jeder Stadt im Reich. Aber wir wollen es hier sauber haben. Und schön! Besonders das Rathaus soll schön, ja, prächtig sein. Denn ein Rathaus ist für den Bürger das, was dem Herrn seine Burg«, sagte der Vogt stolz. »Das Rathaus ist ein Zufluchtsort für alle und ein Ort der Rechtsprechung. Der Rat der Bürger kommt im Rathaus zusammen, um wichtige Angelegenheiten der Gemeinschaft zu besprechen und Beschlüsse zum allgemeinen Wohl zu fassen. Im unteren Geschoss des Rathauses befinden sich die Tuchhallen – ein Ort, wo der Handel und damit der Wohlstand blüht. Es ist die Halle der Kaufleute. Vor allem durchreisende Tuchhändler werden da ihre Waren anbieten. Auch Schmuck und Gewürze, Salz, Bernstein. Wie in Breslau und Krakau. Und auch unsere Handwerker. Schneider und Schuhmacher werden da ihre Stände haben. Die Halle wird über Nacht geschlossen und bewacht sein. Das Rathaus mit den Tuchhallen wird unser größtes und schönstes Haus sein.«

Das in der Tat mächtige Gebäude inmitten des Ringes war rundum breit angelegt aus gebrannten Steinen. Es reichte vorerst nur zum ersten Geschoss, doch die hochgezogenen Gerüste versprachen einen Bau, der den Plänen des Vogts wohl entsprechen würde.

Und der fuhr fort: »Das Rathaus steht für den Zusammenhalt der Bürger. Es soll den Stürmen der Zeiten standhalten und das Wahrzeichen der Stadt sein. Daher wird hier nicht gespart. Jeder Bewohner der Stadt trägt so viel zum Bau bei, wie er kann. Vorläufig steht nur das Erdgeschoss. Noch ist deshalb die kleine Ratsstube für alles da, ein bescheidener Anfang. Aber der Ratssaal darüber soll prächtig werden. Im Keller des Rathauses«, fügte Klemens mit Schmunzeln hinzu, »wird noch eine Schänke sein – für vornehme Gäste, vorwiegend für Ratsherren.«

»Noch eine Schänke!«, stöhnte Kasimir. »Ist das nicht zu viel? Eine Schänke neben der anderen?« Woraufhin ihn Klemens von der Seite anblickte, sich räusperte und fortfuhr: »Wir errichten nicht nur Schänken, gnädiger Herr, wir denken auch an anderes, wie Ihr wisst. Wir spenden auch reichlich für die Kirche. Und für die Bedürftigen. Den Armen und Kranken haben wir auch ein Haus errichtet. Vor den Toren der Stadt.«

»Und wo habt ihr euren Pranger?«, fragte Herzog Heinrich.

»Einen Pranger«, antwortete der Vogt stolz, »hatten wir bisher nicht nötig und wir wollen auch keinen. Wir sind eine kleine Gemeinschaft. Alle kennen sich. Alles ordentliche Leute.

Keine Diebe, keine ehebrecherischen Weiber. Alle haben den guten Willen, friedlich miteinander zu leben. Und wenn etwas vorkommen sollte ... Na, dann werden wir sehen. Übeltäter, Dieb oder Hexe – hoffentlich verschont uns solches Gesindel. Und ob man solche dann einsperrt oder sie der Stadt verweist – für die höhere Gerichtsbarkeit ist ohnehin der Herzog zuständig. Und wir wissen, dass unser Herzog kein Freund allzu strenger Strafen ist.«

Alle Blicke richteten sich auf Fürst Kasimir. »Tja«, sagte Kasimir, »also ... Ein Galgen ist für mich ein scheußlicher Anblick! Hände abhacken oder Augen ausstechen sind mir zuwider. Wie sollen die Leute danach weiterleben? Und das Auspeitschen, das kann ich nicht mit ansehen. Wozu auch? Wenn nötig, weisen wir die Leute aus und erlauben ihnen nicht, wiederzukehren. Strafe genug, meine ich. Darin sind wir einer Meinung, Herr Vogt.«

Viola blickte ihn von der Seite an, als nehme sie ihn zum ersten Mal wahr. Er scheint ein gutes Herz zu haben, dachte sie.

Der Kanzler wandte ein: »Dennoch sollte besonders an Markttagen, an denen viel fremdes Volk in die Stadt kommt, auf Wahrung der Ordnung und des Rechtes geachtet werden. Es sollten immer genügend bewaffnete Leute anwesend sein.«

»Aber ja!«, warf der Vogt eilig ein. »Auch geringer Unfriede soll streng geahndet werden – Betrug, Hehlerei, Schlägereien. Für Zank und Streit werden Geldstrafen erhoben oder Verlies bei Wasser und Brot verordnet. Uns steht dafür der Turm zu Verfügung. Später werden wir ein eigenes Verlies haben, im Keller des Rathauses. Die Leute müssen lernen, die Ordnung aufrechtzuerhalten, zu ihrem eigenen Wohl. Friedliche Leute haben ihr verbrieftes Recht auf Schutz.«

Man wollte nun ins Rathaus eintreten, aber die Leute, die bisher die Herrschaften geduldig umringt hatten, ließen das nicht zu. Auch sie wollten zu Wort kommen. Die meisten aber wollten vor allem die neue Herrin aus der Nähe sehen und – wenn möglich – ihr die Hand drücken.

Kasimir redete die Leute mal deutsch, mal schlesisch, mal polnisch an, je nachdem, mit wem er meinte, es zu tun zu haben. Viola reichte freundlich lächelnd ihre Hand. Unzählige Male. Auch sie kannte die Sprache der Einheimischen, in der Umgebung von Liegnitz wurde nicht anders gesprochen als hier, obwohl am Liegnitzer Hofe noch mehr als in Oppeln das Deutsche galt.

»Wie Ihr hört«, sagte Kasimir zu Heinrich gewandt, »sind auch zu uns Leute aus allen Landen gekommen, die meisten wie bei Euch aus Thüringen und Sachsen, viele aus Bayern, aber auch Rheinländer sind unter ihnen. Dazu leben hier die Familien der Wojen, die zuvor in der Siedlung auf der Insel ihre Hütten hatten. Andere kommen aus den umliegenden Dörfern. Die Leute sprechen verschiedene Sprachen, aber alle verstehen sich untereinander.«

»Und dazu noch die geistlichen Herren, die sich lateinisch unterhalten, damit sie niemand versteht«, sagte Herzog Heinrich zu Kanzler Sebastianus gewandt. Der aber überhörte den leicht spöttischen Ton und antwortete: »Allerdings, in Schlesien geht es zu wie beim Turmbau zu Babel. Jeder spricht seine Sprache und dennoch verstehen sich alle.«

Und Kasimir fügte hinzu: »So ist es. Die einen lernen von den anderen. Aber die Landleute, die sollen in ihren Dörfern sitzen bleiben und nicht in die Stadt ziehen. Sie sollen lieber ihre Dörfer hochbringen. Wir haben zwar kein Niederlassungsverbot für sie erlassen, wie die Herren von Krakau, aber privilegieren wollen wir sie auch nicht. Sie sollen bleiben, wo sie sind. Dort werden sie gebraucht. Wir brauchen gut zinsende Dörfer nach neuem Recht. Überall muss sich der Fortschritt vollziehen. Nicht nur in der Stadt, auch auf den Dörfern.«

»Ja«, bekräftigte der Vogt. »Was wäre eine Stadt ohne Bauern ringsumher? Erst eine Stadt mit ihren Dörfern ist ein Ganzes, in dem sich leben lässt. Die Bauern aus der ganzen Umgebung kommen am Markttag zu uns und kaufen bei uns ein. Unter ihnen sind auch viele Neusiedler. Und«, fuhr er fort, »die Landleute bringen an Markttagen alles hierher, was wir brauchen: Felle und Getreide. Flachs, Leinen, Honig und Bienenwachs, Beeren und Pilze, Kraut und Rüben, Milch, Käse, Butter und Eier. Alles, was der Bewohner einer Stadt braucht, der ja nur einen schmalen Hof und ein Stückchen Garten hat, also nur etwas Federvieh und nur wenige Schweine oder Ziegen halten kann. Selten auch mal eine Kuh. In den Gärten wachsen Gemüse, Beeren und unsere Weiber sind gute Wirtschafterinnen. Aber was uns fehlt, beziehen wir vom Lande. Die Bauern wiederum kaufen am hiesigen Markt alles Nützliche und Notwendige für ihren Alltag ein: scharfe Messer, Gerätschaften, tönernes Geschirr, das in Oppeln in hervorragender Güte gefertigt wird, eiserne Kochtöpfe, Tuch und Schuhwerk. Auch Salz und Gewürze. Alles, was unsere Handwerker herstellen oder Kaufleute aus der Ferne bringen. Sogar die neuen eisernen Pflüge werden bei uns zum Verkauf angeboten. Obwohl die Einheimischen noch immer die hölzernen Haken- oder Steinpflüge gebrauchen. Der eiserne Pflug ist teuer und so können sich ihn nur die leisten, die nach deutschem Recht zinsen und somit etwas für sich erwirtschaften können. Die meisten Einheimischen aber leben noch nach polnischem Recht, von dem ihre Herren nicht lassen wollen, weil sie davon ihren Vorteil haben. Aber die Bauern wissen, wie brauchbar ein eiserner Pflug ist, wie viel leichter die Arbeit mit ihm vonstatten geht und wie viel mehr man aus dem tief umgepflügten Boden ernten kann. Der eiserne Pflug, das ist der Fortschritt auf dem Lande. Der Pferdehandel aber, der Kuhmarkt, der ganze Viehhandel, der so viel Schmutz hinterlässt, wird an anderen Plätzen betrieben. Das gehört nicht auf den Ring.«

Und Herzog Kasimir setzte hinzu: »An manchen Markttagen ist bei uns auch ein ansehnlicher Stand mit allem Zubehör für Ross und Reiter. Da gehen einem die Augen über! Der Händler ist ein weltgewandter Breslauer. Seine Leute reisen überall herum. Meine Leute, die von der Burg und die Adligen aus der Umgebung, die kaufen fleißig bei ihm ein. Ich sah so manches pralle

Geldsäckchen sich leeren an diesem Wagen. Und was es da alles gibt!« Er geriet ins Schwärmen. »Herrliches Zaumzeug für Kampf- und Turnierpferde mit bunten Seidenfäden, gold- und silberbestickte Halfter und Sättel, versilberte und verzierte Sporen, die begehrten Kettenhemden, ja, sogar modische Brustpanzer, kunstvoll verzierte Schwerter aus damaszenischem Stahl, Schilder und Helme, die auf Wunsch mit den Wappen und Farben der Herren bemalt und mit Zimier dekoriert werden. Und daneben Tuch vom Feinsten für die bunten Mäntel.«

»Mit einem Wort: Auf unserem Markt stehen Waren aus aller Welt für Ritter und Herren bereit. Und auch für die edlen Frauen und unsere Mädchen und Weiber gibt es jede Menge Versuchungen, die für einen sparsamen Mann meist unerschwinglich sind«, ergänzte Vogt Klemens. Mit unüberhörbarem Neid in der Stimme fügte er hinzu: »Die Herren Schlachta aus der Umgebung, die lassen ihr Geld springen. Die können sich leisten, wovon wir nur träumen. Die treiben das Geld von ihren Bauern ein. Wir aber müssen arbeiten und sparen.

Aber an Markttagen geht es oft aufregend zu. Weitgereiste berichten, was sich in der Welt ereignet. Besonders Pilger, die behaupten in Rom gewesen zu sein, oder Kreuzfahrer, die im Heiligen Land waren, in Palästina, in Bethlehem, in Nazareth, – denen hört man gern zu. Aber auch wandernde Erzähler finden ihre Zuhörer. Die Erzähler schwingen sich auf ein umgestülptes Fass und sammeln viel Volk um sich. Oft haben sie auch eine Fiedel dabei, um sich Gehör zu verschaffen oder in Reimen zu singen. Die Leute lieben ihre Geschichten über Abenteuer, Turniere, Kriege, über Helden und das Liebesleid schöner Frauen. Freilich wird viel gelogen dabei. Oder Schausteller legen Bretter über zwei Fässer und führen ihre Possen auf. Da gibt es was zu lachen.«

»Arme Schlucker sind das«, bemerkte der Kanzler. »Die wandernden Erzähler und Schausteller haben ein unstetes Leben. Manche treibt es rastlos herum, manchmal das ganze Leben lang.

Viele werden später in Klöstern versorgt. Andere sterben vor Hunger und Kälte auf den Straßen. Sie sind auf milde Gaben angewiesen und wissen oft nicht, wo sie die nächste Nacht verbringen und ob sie am Morgen etwas zu beißen haben werden. Sie sammeln dankbar jede Münze ein, die man ihnen hinwirft und verachten auch keine noch so kleine Gabe. Auch Scholaren sind oft unter den Fahrenden. Diese aber finden stets besondere Unterstützung in Kirchen und Klöstern.«

»Unsere Handwerksburschen gehen auch auf Wanderschaft«, nahm Vogt Klemens den Faden auf, »aber sie begeben sich in fremden Städten zu den Meistern ihrer Zunft und dürfen überall und immer mit Hilfe rechnen. In jungen Jahren zu wandern, hat noch niemandem geschadet. Danach weiß man die Sesshaftigkeit besser zu schätzen. Doch die Streuner, Landstreicher, Obdachlosen, Hungerleider und all die Fremden, oft auch Diebe, die muss man im Auge behalten. Für die haben wir die Herberge vor dem Tor eingerichtet.«

Im kühlen Raum der Ratsstube angelangt, atmeten alle auf. Der Lärm drang zwar noch gedämpft durch die offenen Fenster, aber man wurde nicht mehr von Neugierigen bedrängt. Vogt Klemens lud die Herrschaften zum Sitzen um den großen Tisch ein, auf dem in bunt bemalten tönernen Bechern das viel gelobte Bier nach Schweidnitzer Rezept gereicht wurde. Für die Frauen gab es Malzbier. »Süß wie eine Maiennacht«, lobte der Bierbrauer Klemens sein Produkt. Dazu servierte man zierlich geformtes Gebäck auf bemalten Schälchen.

Nachdem sich die Herrschaften ein wenig gestärkt hatten, bat sie Vogt Klemens, vor die Wand zu treten, an der auf Holz gespannt eine bunte Zeichnung hing. Der Piastenturm war darauf zu erkennen und die Burg, die es noch nicht gab, zwischen den Armen der Oder. Zwei Brücken führten von dieser Insel in die Stadt. Man sah das Rathaus inmitten des Ringes, vom Ring aus Straßen und Gassen, Häuser. Alles, was bereits erbaut worden war und was noch entstehen sollte, war auf der Karte zu sehen.

»Das ist das Bild unserer Stadt, wie sie einst sein wird«, erklärte dazu Vogt Klemens stolz. »Ein kundiger Mönch hat das gezeichnet. Auf Per-ga-mont. Die Mönche von Tscharnowons kennen sich aus in der Herstellung dieses ... Pergamants.«

»Pergament«, half ihm der Kanzler. »Pergament macht man aus Tierhäuten. Ein Mönch aus Magdeburg hat diese Kunst nach Tscharnowons gebracht. Man weicht Kalbs- oder Ziegenhäute einige Tage in Kalklauge ein, danach werden sie auf einen Rahmen gespannt und dünn und glatt geschabt. Dabei ist Vorsicht geboten, denn die Haut reißt schnell. Dann muss die Haut getrocknet und geschnitten werden. Das ist viel Arbeit. Die meisten Bücher, die man heute in den Klosterbibliotheken findet, sind aus Pergament. Das Herstellen von Büchern ist ...« Der Kanzler sah sich um. »Doch darüber vielleicht ein anderes Mal ...«

Vogt Klemens wandte sich, dankbar für die Hilfe und erleichtert über die nur kurz geratene Unterbrechung, erneut der Stadt, seiner Stadt zu. Er nahm ein Stöckchen in die Hand und erläuterte das Bild. »Die Kirche steht etwas abseits, denn die braucht Stille. In der Mitte des Rings befindet sich das Rathaus mit der Tuchhalle. Darum herum geräumige Bürgerhäuser, stattliche Häuser. Unseren Leuten soll es gut gehen. Vom Ring aus führen Gassen zu den Toren. Derer sind fünf. Die Goslawitzer Gasse führt zum Goslawitzer Tor, auch Bergtor genannt, die Groschowitzer Gasse zum Ausgang nach Groschowitz und weiter nach Beuthen und Krakau. Hinter der Kirche das Bischofstor in Richtung Norden. Da hinaus soll der heilige Adalbert nach Gnesen geritten sein. Die Gasse, die zu dem Tor führt und zur neuen Kirche, nennt man die Heiligenkreuzgasse. Nach Nordwest geht es durch das Neißer Tor über die Oder nach Neiße bis nach Breslau. Das Schlosstor im Südwesten endet mit einer Brücke über den Fluss. Die Brücke ist leicht gebaut, aus Holz. Sie kann also in Gefahr vernichtet werden und ist ein Schutz für die Burg, nicht jedoch für die Stadt. Bislang sind wir in der Stadt nur durch einen festen Palisadenzaun geschützt. Auch die Tore sind aus Holz, aber mit eisernen Beschlägen. Wir schließen die Tore bei Nacht und auch des Tags werden sie stets bewacht. Fremde müssen beweisen, dass sie in freundlicher Absicht zu uns kommen. Neben den Toren befinden sich die Herbergen der Gastwirte. Sie haben in ihren Höfen genügend Platz für Pferde und Wagen. Die Tuchmacher haben ihre eigene Gasse, die zum Fluss führt, denn sie brauchen ständig viel Wasser. Auch die Juden wohnen zusammen in einer eigenen Gasse. Es gibt auch eine Rosengasse mit vielen blühenden Gärten – am Rande der Siedlung. Neben der Kreuzkirche sollen vorzeigbare Residenzen entstehen, die des Archidiakons und die der anderen geistlichen Herren, Dekane, Vikare und Kanoniker. Auch die Schule soll da ihren Platz finden. In der Nacht gehen Wächter in der Stadt umher, um, wenn nötig, Alarm zu schlagen und so Unheil abzuwenden. Eine starke Mauer rund um die Stadt, das ist jetzt das Wichtigste für uns«, sagte der Vogt eindringlich.

»Der Zaun und die Tore, die wir haben, erlauben uns, Zoll zu erheben von Durchreisenden, aber schützen kann so ein Zaun kaum. Er hält Tiere ab, Räuber vielleicht, aber keine bewaffnete Schar.« Er ließ den Stock noch einmal auf der Zeichnung kreisen. »Die Mauer soll alles umfassen. Vierzehn Wehrtürme soll sie haben.«

»Eine Mauer muss sein«, bestätigte Herzog Kasimir. »Ich brauche auch eine Mauer um die Burg. Aber eine Mauer ist teuer.«

Vogt Klemens erwiderte: »Alle Bewohner der Stadt müssen dazu beitragen. Aber wir brauchen Einnahmen.«

»Das ist richtig!«, rief Herzog Kasimir. »Einnahmen brauchen wir alle!«

»Eine rasche Bestätigung der Stadtrechte würde uns zu Einnahmen verhelfen ...«, fuhr der Vogt fort und Vorwurf schwang in seiner Stimme mit.

Der Herzog unterbrach ihn: »Ihr sollt sie haben, Eure Rechte! Ihr bekommt die Bestätigung aller Rechte, Herr Vogt. Ganz bestimmt. Versprochen ist versprochen. Der Herr Kanzler muss nur noch einiges klären. Geduldet Euch.«

Man sah, Klemens würde gern noch etwas dazu sagen, aber er hielt sich zurück. Er wandte sich noch einmal der bunten Zeichnung zu. »Für den Bau der Kirche, der Mauer und für andere wichtige Bauvorhaben haben wir eine Ziegelbrennerei hinter dem Groschowitzer Tor errichten lassen. Dort stehen Öfen, in denen Ziegel, aber auch Gefäße gebrannt werden, Krüge und Töpfe, Becher und Schalen. Sie werden von den Hiesigen seit eh und je weithin verkauft. Wir haben Kalkstein in der Nähe, doch Steine zu brechen ist oft noch schwieriger als die mühselige Arbeit des Steinebrennens. Alles, was nicht in die Siedlung gehört oder stören würde, bleibt draußen: die Mühlen und das Schlachthaus. Ebenso die Färbereien und Gerbereien, die außerdem am Fluss stehen müssen, weil sie viel Schmutz und Gestank verursachen. Dagegen liegen die Badestuben gleich hinter dem Ring, mitten in der Siedlung, für jeden zugänglich. Alle Bewohner sollen mindestens einmal in der Woche baden. Das muss sein. Die Meister haben sich verpflichtet, für die Sauberkeit ihres Gesindes zu sorgen. Die meisten baden ohnehin sehr gern, denn wir haben hübsche Bademädchen.« Der Vogt grinste und der Kanzler räusperte sich.

Herzog Kasimir ermahnte ihn. »Denkt an unsere edlen Frauen, Herr Vogt!«

»Ich bitte um Entschuldigung«, sagte Vogt Klemens und fuhr fort: »Für die Wasserversorgung haben wir einen erfahrenen Wasserführer angeworben, der auch in Zukunft für die Zufuhr des Wassers und den Abfluss der Unreinheiten sorgen wird. Dieser Mann, Henko genannt, ist auch Eigentümer des Badehauses. Wo Wasser fehlt, kann man nicht leben. Deshalb gibt es bei uns nicht nur am Ring einen Brunnen. Manche sind im Hof auf eigene Quellen gestoßen und haben selbst Brunnen ausgehoben. Dort, wo Wasser fehlt, wird es in Röhren zugeführt.«

Vogt Klemens legte eine Pause ein, als erwarte er Fragen oder Bemerkungen. Doch da keine Fragen kamen, fuhr er alsbald fort: »Unsere Siedlung wurde nach deutschem Recht angelegt und wir halten uns daran. Das deutsche Recht ordnet das Leben in der Stadt und sichert den Bewohnern Frieden und Sicherheit. Der Fürst von Oppeln und Ratibor verbürgt sich für unsere Sicherheit.« Er verneigte sich leicht in der Richtung des Herzogs. »Der Rat hält regelmäßig Versammlungen ab. Den Rat haben die Bürger selbst gewählt. Auch ihre Schöffen. Da ich als Lokator die Gruppe zu ihrer Zufriedenheit hierher geführt habe, bin ich als Vogt bestätigt worden und stehe dem Rat vor«, sagte Klemens selbstgefällig. »Und ich darf mich Bürgermeister nennen, aus Gnaden unseres Herrn Kasimir von Oppeln und Ratibor.« Er verneigte sich erneut. »Was die Gerichtsbarkeit anbelangt: Kleinere Streitigkeiten werden von unseren Schöffen geschlichtet. Unser Herzog ist der oberste Richter. Ihm steht es zu, Gericht zu halten. Kapitale Verbrechen wie Mord und Totschlag gab es bei uns bisher nicht. Die Kaufleute haben sich in ihren Gilden zusammengeschlossen. Handwerker halten in ihren Zünften zusammen. Beide Vereinigungen betreuen ihre Leute und auch deren Witwen und Waisen. Zünfte und Gilden verpflichten ihre Mitglieder zu Leistungen für das allgemeine Wohl und verlangen von allen Redlichkeit und Fleiß. Dafür genießen die Mitglieder den Schutz der Gemeinschaft. Zinsen und Abgaben müssen regelmäßig entrichtet werden, sowohl dem Herzog wie auch dem Schatzmeister der Stadt. Die Höhe der Einkünfte bestimmt die Abgaben, daher müssen die Einnahmen gewährleistet sein.« Die Stimme des Vogts blieb bedeutsam in der Luft hängen, er räusperte sich. »Deutsches Recht ist uns versprochen worden. Und nach deutschem Recht ...«

Der Herzog unterbrach ihn und wandte sich an den Kanzler: »Herr Kanzler, das deutsche Recht – wir bitten Euch, erklärt noch einmal, was das deutsche Recht für eine Siedlung bedeutet, für eine Stadt, für ein Dorf, aber so, dass auch unsere edlen Frauen es verstehen und Herr Klemens begreift, dass wir ihm nichts Übles wollen, im Gegenteil: Wir achten das Recht. Wir werden alles regeln. Zu seiner und unserer Zufriedenheit.«

145

Der Kanzler rieb sich die Stirn und begann zögernd seine Erklärung: »Das hierzulande geltende deutsche Recht ist Siedlerrecht. Es bietet den Siedlern nicht wenige Vorteile. Siedlerrecht ist günstiger, als es die Siedler in der alten Heimat hatten, doch besonders günstig ist es dort, wo zuvor das polnische Recht herrschte, nach dem die Leute glebae ad scriptus und zu Fron verpflichtet sind und ihr Herr nach Gutdünken über Leben und Tod entscheiden darf. Siedler dagegen sind freie Leute und verfügen über ihren Besitz. Dazu werden sie einige Jahre von jeglichen Abgaben freigestellt. Wie lange, hängt von der Mühe ab, die ihnen der neue Platz auferlegt. Müssen sie roden, Sümpfe trocknen und ihre Stätte auf bisher nicht bewohntem Boden errichten, bleiben sie länger von Abgaben verschont und brauchen auch später längere Zeit nur geringen Zins entrichten. Zudem wird ihnen meistens vom Herzog unter die Arme gegriffen. In Oppeln gilt das gleiche Recht wie in Krakau und Breslau: das Magdeburger Recht, im schlesischen Neumarkt für uns bearbeitet. Das Magdeburger Recht stützt sich auf den Sachsenspiegel, enthält aber auch besondere Rechte und Privilegien für Neusiedler, die überall in den östlichen Siedlungsgebieten gelten. Wie lang im Fall der Stadt Oppeln die Siedler von festen Zinsen befreit bleiben sollen, bleibt zu entscheiden. Wir haben in dieser Angelegenheit nach Magdeburg geschrieben. Die Frage ist: Wurde Oppeln neu errichtet oder ist es aufgrund der alten Siedlung in einer günstigeren Lage, die eine frühere Steuerabgabe berechtigt? Das wird sich bald klären. Dem Herzog vorbehalten bleiben die Zollrechte an den Toren«, sagte der Kanzler und machte eine Pause, denn auch das Zollrecht war ein Streitpunkt zwischen Herzog und Vogt. »Auch die Schänken sind verpflichtet, dem Herrn zu zinsen. Überall dort, wo klar Gewinn gemacht wird, müssen auch Abgaben für den Herzog fließen.«

Da der Herzog und der Bürgermeister die Gelegenheit zu streiten nicht ergriffen hatten, obwohl sich beide durch die unklare Lage beeinträchtigt glaubten, fuhr der Kanzler erleichtert fort: »Die Bürger dieser Stadt werden sogar ihre Söhne in die Schule schicken können. Archidiakon Reginaldis hat versprochen, auch Kaufmanns- und Handwerkersöhne in seine Schule aufzunehmen. Denn heutzutage muss ein Kaufmann auch lesen und schreiben können und vor allem rechnen. Auch das kostet Geld.«

»Ich habe es mir selbst beibringen müssen«, brummte Vogt Klemens. »Aber es ist gut so, dass jetzt die Herren Schulmeister den Jungen das Notwendige einbläuen. Heutzutage müssen die Jungen schlauer sein als die Alten. Die Zeiten haben sich geändert.«

»Für die Schule zahlen die Kirche, der Herzog und die Bürger«, warf der Kanzler ein.

»Aber wie sollen wir die Schule bezahlen«, empörte sich Vogt Klemens, »wenn wir nur wenig Einnahmen, dafür aber große Ausgaben haben? Wir brauchen Geld.«

»Auch wir brauchen Geld«, erwiderte Herzog Kasimir leicht gereizt. »Alle brauchen Geld. – Nur Geduld. Kommt Zeit, kommt Rat, lieber Herr Vogt.«

»Und außerdem – wo bleibt die christliche Bescheidenheit?«, mahnte der Kanzler. »Jeder möchte so schnell wie möglich reich werden und wird ungeduldig, wenn sich dieser Wunsch nicht sofort erfüllt. Und dann will sich einer vor den andern setzen und protzen.«

»Aber Herr Kanzler«, beschwichtigte ihn der Herzog, »so sind die Menschen. Wir müssen froh sein, dass sie strebsam und tüchtig sind. Das hat seinen Preis. Wer wollte ihnen ihren Eigennutz verdenken.« Und er fügte grinsend hinzu: »Wir müssen ihren Eigennutz zu unseren Gunsten nutzen. Die Untugenden zu Tugenden ummünzen – das ist die Aufgabe eines klugen Herrn.«

»Sehr richtig!«, bekräftigte Herzog Heinrich. »Wir müssen ihre Einnahmen zu unseren Einnahmen machen. Wenn alle profitieren, ist die Welt heil. Auf Euer Wohl! Auf Eure neue Stadt, Herzog Kasimir! Zum Wohl, Herr Vogt!«

»Non olet pecunia. Und so sind alle bald des Teufels«, murmelte der Kanzler hinter Viola, die es nicht wagte, sich nach ihm umzusehen. Die unaufhörlichen Gespräche und die eintönigen Ausführungen des Vogtes beschwerten ihren Kopf. Immer musste man aufmerksam sein und stand ständig unter Beobachtung. Es war nicht leicht, das Leben einer Fürstin. Herzogin Hedwig hatte Recht. Viola hoffte, sich daran zu gewöhnen, aber sie war froh, als man die Gesellschaft zu Tisch bat.

NICHT ALLES IST GOLD, WAS GLÄNZT

Nach dem üppigen Mahl mit Sauerbraten, Knödeln und Kraut begab man sich zur Kirche. »Früher«, sagte Kasimir unterwegs zu Heinrich, »reichte das Kirchlein auf dem Berg aus für alle Gläubigen. Seitdem aber so viele Siedler zu uns gekommen sind – und es werden noch viele mehr kommen –, ist es zu klein geworden. Wir brauchen eine neue große Kirche für alle Gläubigen, und nun wird sie gebaut. Die neue Kirche soll für tausend Gläubige reichen. Wie die kundigen Mönche ausgerechnet haben, hat sich in den letzten Jahren die Bevölkerung zumindest verdoppelt. Aber sie kann sich in den nächsten Jahren verfünf- oder verzehnfachen. Wer weiß?«

»Das wolltet Ihr doch«, sagte Heinrich, »das ist doch Euer Streben: Die neuen Zeiten! Es soll alles größer werden und es wird gebaut. Also ist alles in Ordnung, nicht wahr?«

»Da habt Ihr Recht, lieber Neffe«, antwortete Kasimir. »Früher ging man zu Fuß von der Burg hin zur Kirche auf dem Bergel. Es lohnte sich nicht, die Pferde zu besteigen oder gar die Kutsche anzuspannen. Ich kann mich noch gut erinnern. Als ich Kind war, gingen wir alle, die ganze Familie und das Gesinde zu diesem Kirchlein, auch im Winter durch den hohen Schnee. Die Leute hatten den Weg frei geschaufelt. Für uns Kleine waren die Schneehaufen Berge, weiße Berge zu beiden Seiten des Weges. Es war anstrengend und schön, durch den Schnee zu laufen. Danach schmeckte das Essen besonders gut. Aber es sind neue Zeiten angebrochen, da reicht ein Holzkirchlein nicht aus, auch wenn es noch so schön gelegen, noch so ehrwürdig ist. Denn dass das Kirchlein am Berg durch die Anwesenheit des heiligen Adalbert gewürdigt wurde, wisst Ihr mit Sicherheit. Noch früher soll es auch auf der Insel neben dem Turm noch eine Kapelle gegeben haben, die der Heiligen Gottesmutter geweiht war. Aber ich habe sie nicht mehr gesehen. Nach der Übernahme von Oppeln hat mein Vater Mieschko mit dem Bau der neuen Kirche begonnen. Der Bischof von Breslau hatte auf eine neue Kirche in Oppeln gedrängt, weil der Ort, wo der heilige Adalbert einst weilte, großes Ansehen genoss. Der Heilige, der überall in der christlichen Welt als Märtyrer bekannt ist, sollte hier besonders geehrt werden. Daher unterstützte der Bischof den Bau sogar aus seinen Mitteln.«

Unter diesen Worten waren sie bei der Kirche angekommen. Im Kirchenportal begrüßte der Archidiakon, Magister Reginaldis, die hohen Gäste, ein freundlich lächelnder Mann mit einem Gesicht wie ein rundes Milchbrötchen.

Im schimmernden Halbdunkel des großen achteckigen Raumes, der spärlich von schmalen Rundbogenfenstern erhellt wurde, leuchteten nur das ewige Licht vor dem Altar und zwei armdicke Kerzen daneben. Der Kranz des Kerzenleuchters hing unbeleuchtet von der Decke herab.

Der Archidiakon führte die Herrschaften vor den Altar, wo sich die größte Kostbarkeit der Kirche befand – ein glänzendes, goldenes Kreuz, in dem sich in einem milchig schimmernden Beryll ein Splitter des heiligen Kreuzes von Golgotha verbarg. Die Besucher sanken alle in die Knie vor der verehrungswürdigen Reliquie und der Archidiakon begann ein Vaterunser zu beten, in das alle einstimmten. Danach wandte sich Magister Reginaldis seinen Gästen zu und begann mit gedämpfter Stimme zu erzählen, wie diese Kostbarkeit, ein Splitter vom Kreuz Christi, in dieses Gotteshaus gelangt war. Eine außerordentliche und seltene Kostbarkeit, denn welche Kirche könne sich einer ähnlichen rühmen? Er bekreuzigte sich und die Gäste taten es ihm gleich.

Die Reliquie war vor zweihundert Jahren vom Breslauer Bischof Clemens der Kirche in Oppeln überbracht worden. Allerdings damals noch der kleinen Kirche auf dem Berg, die dem heiligen Adalbert gewidmet war. Denn Adalbert, Bischof von Prag, zu dessen Sprengel Oppeln zuvor gehört hatte, hatte an dieser Stelle gepredigt, ehe er weiter nach Gnesen gezogen war, von wo aus er zu seiner Missionsreise ins Land der heidnischen Prußen aufbrach. Als dann nach einer größeren Kirche verlangt wurde, hatte man anfangs an die Erweiterung des Gotteshauses auf dem Berg gedacht, doch dafür erwies sich der Platz als zu klein. So war alsbald die Wahl auf eine andere Stelle gefallen, nahe des Zusammenflusses der Oderarme, wo sich zuvor eine heidnische Kultstätte befunden hatte. Man einigte sich rasch auf diesen Platz, der auch sonst in jeder Hinsicht eine vorzügliche Lage besaß: nahe der Burg gelegen, nahe der geplanten Stadt in gebührender Entfernung vom Ring und dennoch leicht in Stadtbefestigungen einzubeziehen.

Mit dem Bau dieses Gotteshauses sei vor längerer Zeit begonnen worden. Aber es gehe nicht so recht voran, klagte der Archidiakon.

»Auch Rom wurde nicht an einem Tag erbaut«, warf der Kanzler ein.

»So ist es, Herr«, bekräftigte der Archidiakon und fuhr fort: »Als das Dach der Kirche fertig gestellt war, kam Bischof Lorenz aus Breslau angereist, um sie einzuweihen und ihr den Namen des heiligen Kreuzes zu verleihen – nach der Reliquie, die hier ihren würdigen Rahmen gefunden hatte. Der Bischof hatte es eilig, denn von höherer Stelle wurde gewünscht, Oppeln hervorzuheben und hier so schnell wie möglich die lang geplante Kollegiatseinrichtung zu schaffen. Aber auch dabei sind wieder Verzögerungen zu beklagen«, fügte der Archidiakon mit einem Seitenblick auf seinen Herzog hinzu, denn es ging wieder einmal um Geld.

Der Archidiakon bot seinen Gästen an, die Geschichte der Reliquie des heiligen Kreuzes zu erzählen. Das unterstützte Herzog

Kasimir nachdrücklich, denn er wollte seiner Braut und den ehrwürdigen Gästen so viel Wissenswertes wie möglich über sein Herzogtum zukommen lassen. Und die Geschichte dieser kostbaren Reliquie war zweifellos von größter Bedeutung für die Stadt Oppeln. Sie begaben sich also in des Archidiakons Haus, ein ordentlich gefügtes Fachwerkhaus, wo sie wieder bewirtet wurden.

Der Archidiakon wies auf das silberne Medaillon hin, das Vogt Klemens an der Kette auf seiner Brust trug und sagte: »Auch dieses Wappenbild stellt die Reliquie des heiligen Kreuzes dar, verbunden mit dem piastischen Adler. Seht: ein halber Adler und ein halbes Kreuz.« Und er fuhr fort: »Seit der Zeit, als der verehrungswürdige Märtyrer, der heilige Adalbertus, sein Leben bei der Bekehrung der Heiden verloren hatte, war die Reliquie des heiligen Kreuzes in den Händen des Gnesener Erzbischofs. Gnesen verdankte diesem Heiligen seine Erhebung zur Kirchenmetropole. Und wie das kam, ist eine wahrhaft erzählenswerte Geschichte. Bischof Adalbert, ein frommer Sprössling des ruhmreichen Geschlechts der Slawnikiden, der Herren auf der Burg Libice, verzichtete auf den Prager Bischofssitz, weil er, vom edlen Missionseifer ergriffen, Ungläubige dem Licht des Glaubens zuführen wollte. Deshalb reiste er von Böhmen über Schlesien zum Fürsten der Polanen, um sich von da aus in das Land der heidnischen Prußen zu begeben. Unterwegs verkündete er überall das Wort Gottes. Denn damals, vor mehr als zweihundert Jahren, war auch in unserem Lande der Glaube nicht allzu gefestigt. Nicht alle hatten sich dem Christentum zugewandt und der Glaube der Christen schwankte oft. Dem klugen und redegewandten Bischof strömten von überall her unzählige Menschen zu, um die Lehre Christi zu vernehmen. Besonders in Oppeln soll der Missionar begeisterte Zuhörer gewonnen haben.

Adalbert von Prag predigte auf dem Berg vor der kleinen Kirche, die viel zu klein war, um alle aufzunehmen, die gekommen waren, um dem frommen Mann zuzuhören, der schon damals im Rufe eines Heiligen stand. Es war Sommer und heiß. Als den Prediger und seine Zuhörer Durst zu plagen begann, schlug der Verkünder des Gotteswortes mit seinem Stab Wasser aus einem Felsen. Das galt allen, die dabei waren, als überzeugendes Wunder und ein Zeichen für die Wahrhaftigkeit seiner Botschaft. Sie labten sich am kühlen Wasser und viele ließen sich damit taufen. Den hölzernen Brunnen, den man um die frische Quelle baute, zeigt man noch heute. Doch bald zog der fromme Mann weiter gen Norden und nach einem Aufenthalt in Gnesen brach er von der Burg Danzig ins Samland auf. Dort begann er die Botschaft der Liebe, die Lehre unseres Herrn Jesu Christi unter den heidnischen Prußen zu verkünden.« Der Archidiakon bekreuzigte sich. »Doch es war – wie es in der Bibel heißt – als werfe er Perlen vor die Säue. Die Prußen witterten in dem Prediger, der mit dem Polanenherzog in Gnesen verbunden war, ihren Feind und ermordeten den schutz- und waffenlosen Mann. Gott möge sie bestrafen«, sagte Reginaldis mit großer Überzeugung. Der Kanzler aber warf ein, diese Heiden seien unwissend und man müsse mit den Worten des Herrn dazu sagen: ›Gott vergib ihnen, denn sie wissen nicht, was sie tun.‹ Zudem bestraften sie sich selbst, wenn sie auf ihrer Verblendung beharrten.

Reginaldis nickte beifällig mit dem Kopf. »Ihr redet wie ein guter Christ, Herr Kanzler. Anders aber dachte der Gnesener Fürst, der in Adalbert seinen Freund betrauerte. Er schwor Rache. Zunächst aber kaufte er den Heiden den Leib des Märtyrers ab. Er soll so viele Kostbarkeiten – Gold und Edelsteine – auf eine Schale der Waage gelegt haben, dass sie den Leib des Predigers auf der anderen Schale aufwogen. Der Ruf vom Opfertod des Adalbert von Prag verbreitete sich rasch in der gesamten Christenheit. Der Märtyrer des Glaubens wurde bald als Heiliger verehrt. Seine Grabstätte wurde zum Wallfahrtsort und bereits zwei Jahre nach seinem Tode sprach ihn die Kirche heilig.«

Archidiakon Reginaldis bat den Kanzler, von dem er wusste, dass er die Umstände der Geschichte besser kannte, weiter zu erzählen. Der Kanzler zierte sich nicht und begann:

»Der Herzog der Polen, Boleslaw, der im Flussgebiet der Warthe regierte, hatte zuvor den berühmten Missionar in der Hoffnung zu sich gerufen, dass mit der Bekehrung seiner Nachbarn, der heidnischen Prußen, ihre Überfälle auf sein Land aufhören würden. Aber auch er war dem Zauber des großen Predigers und klugen Mannes erlegen und betrauerte, als er umgebracht wurde, seinen Tod aufrichtig.

Er errichtete ihm eine prächtige Grabstätte in seinem Fürstensitz Gnesen und beauftragte den Bruder des Märtyrers, Radim Gaudentius, sich darum zu kümmern. Pilger begannen an das Grab des Märtyrers zu strömen. Und als dann der Märtyrer zum Heiligen der Kirche erkoren wurde, wurde Gnesen zur Pilgerstätte frommer Christen aus der gesamten Christenheit. Drei Jahre nach Adalberts Tod pilgerte auch der damalige römische Kaiser deutscher Nation, Otto, den man später den Großen nannte, zum Grab des heiligen Märtyrers, der sein Freund gewesen war. Man schrieb das Jahr 1000. Zu jener Zeit war der Kaiser befugt, nach Absprache mit dem Papst wichtige kirchliche Entscheidungen zu treffen. So konnte er dem langjährigen Anliegen des Polenfürsten Boleslaw entsprechen und ihm die Erlaubnis erteilen, in Gnesen eine eigenständige Kirchenprovinz zu errichten. Zum ersten Kirchenfürsten des neu errichteten Erzbistums Gnesen wurde Radim Gaudentius ernannt. Bei dieser Gelegenheit beschenkten sich die beiden Herrscher gegenseitig reichlich wie üblich. Kaiser Otto erhielt vom Gnesener Fürsten einen Teil der Gebeine des heiligen Märtyrers und andere Kostbarkeiten.

Herzog Boleslaw aber empfing von seinem hohen Gast nicht minder wertvolle Gaben. Es handelte sich dabei ebenfalls um Reliquien, unter anderen um eine Nachbildung der Lanze des heiligen Mauritius, die als Symbol des Kampfes mit den Heiden gilt, und dazu den Splitter des heiligen Kreuzes. Dieser kostbare Splitter vom heiligen Kreuz wurde vom Gnesener Metropoliten an den Breslauer Bischof weitergereicht, mit der Bitte, ihn dort unterzubringen, wo der heilige Adalbert besonders erfolgreich gepredigt und sich wohl gefühlt hatte – in Oppeln.

Beide Herrscher – den Kaiser und den Polenfürsten – verband die Liebe zu einem guten Freund und Heiligen, aber auch politisches Kalkül. Boleslaw festigte durch die Errichtung eines Erzbistums in Gnesen sein Reich. Kaiser Otto schwebte der Gedanke an ein nach Osten ausgedehntes Kaiserreich vor. Er strebte nach einer engeren Einbeziehung der Slawen in seinen Herrschaftsbereich.«

Kanzler Sebastianus hob eine Miniatur aus Elfenbein, die Reginaldis mitgebracht hatte, in die Höhe. »Auf diesem Bild ist Kaiser Otto zu sehen, dem die Gestalten der Galia, der Romania, der Germania und der Slavia huldigen.« Er reichte das kleine Bild herum und die kostbare Arbeit wurde gebührend bewundert und der Kanzler fuhr fort: »Kaiser Otto trachtete nach der Renovatio Imperii Romanorum, der Wiederherstellung des Römischen Reiches. Sein Ziel war der Zusammenschluss von Italien mit den deutschen Ländern und den slawischen Völkern. Otto der Dritte, der als Vierzehnjähriger zu regieren begann, nachdem zuvor seine Mutter Theophanu für ihn die Regentschaft ausgeübt und die Stellung des Reiches gefestigt hatte, war von der Idee der Christianisierung der Westslawen begeistert. Unter der Herrschaft Theophanus hatten die Herzöge von Böhmen und Polen 996 die Reichshoheit anerkannt. Kaiser Ottos Sympathie zu den slawischen Völkern ging vor allem auf seine Freundschaft mit Adalbert zurück. Großen Einfluss auf ihn hatte aber auch sein Lehrer und Freund, der Gelehrte Gerbert, der später als Papst den Namen Silvester annahm. Kaiser Otto und der Polenfürst Boleslaw kamen sich also auf halbem Wege in ihren Absichten entgegen. Ottos Politik im Osten des Reiches fand jedoch nicht bei allen Beifall. Im Gegenteil. Die Errichtung von Erzbistümern in Gnesen und im ungarischen Gran löste vor allem heftige Proteste von Seiten des Magdeburger Erzbischofs aus, der bisher für alle östlichen Provinzen zuständig gewesen war und es auch bleiben wollte.

Leider starb Otto früh, zu früh, um sein Werk reifen zu sehen. Wenige Jahre nach seinem Besuch in Gnesen erlag er, kaum 21 Jahre alt, auf der Burg Paterno nördlich von Rom einer schweren Hautkrankheit.

Die Trauer um den großen Herrscher und jugendlichen Helden war groß, er wurde in der gesamten Christenheit beweint. Man schrieb, er sei so schön und so klug gewesen, dass man ihn als Mirabilia mundi bezeichnete, als Weltwunder. Allerdings soll er, wie manche Chronisten schrieben, Verrätern gegenüber grausam und in seiner Hofhaltung byzantinischem Prachtaufwand verfallen gewesen sein. Ich habe gehört, man will die Ereignisse von Anno Domini 1000 mit Bildern auf dem Portal des Gnesener Domes verewigen und ist auf der Suche nach einem begabten Künstler.«

Dieser Kanzler erzählt, als wäre er dabei gewesen und dabei sind das Geschichten von vor zweihundert Jahren, wunderte sich Viola. Ihr schien, als gäbe es nichts, wonach man ihn nicht fragen konnte. Der Mann wusste alles.

Am nächsten Tag fanden sich die edlen Familien des Landes an der Oder in der Burg ein, um sich vor der jungen Ehefrau des Landesfürsten zu verneigen. Die meisten hatten in wappengeschmückten Zelten auf der Insel übernachtet. Nur die Familien aus der nächsten Umgebung waren morgens angeritten.

Es war üblich, dieses Zeremoniell feierlich abzuhalten. In diesem Fall aber sollte es noch feierlicher sein als sonst. Die Huldigung der neuen Herrin war besonders wichtig. Wichtiger als üblich. Verneigen sollten sie sich, die Herren und ihre Frauen, vor der, die fortab die erste und edelste unter den edlen Frauen im Lande sein sollte. Das Knie beugen sollten sie und der Frau des Herzogs huldigen. Denn Kasimir wusste, dass diese Verbeugung nicht allen leicht fiel. Dass die Erwählte des Herzogs keine Fürstentochter war, hielt man für wenig ehrenvoll. Eine Braut aus vornehmem Geschlecht hätte dem ganzen Lande mehr Ehre gebracht. Und man hätte hoffen können – auch mehr Reichtum.

Frau Jutta und Fräulein Richesa aber wussten mehr. Sie hörten, ohne dass man es ihnen sagte, dass viele der Meinung waren, wenn der Fürst schon keine fürstliche Braut gewählt hatte, hätte er sich doch unter den zahlreichen Schönheiten im eigenen Lande umsehen sollen. So viele schöne Mädchen wie in diesem Lande gab es nirgendwo. Das fanden besonders die Mütter heiratsfähiger Töchter. Warum also dieses Mädchen aus dem Liegnitzer Land?

Also galt es, jedem Anflug von Missachtung entgegenzutreten. Und zwar entschieden.

Viola zeigte wenig Interesse für das, was hinter ihrem Rücken vorging. Sie betrachtete sich im Spiegel. Eigentlich hätte ihr das blauseidene Hochzeitskleid genügt, sie war nicht verwöhnt. Doch Jutta und Richesa meinten, dass nichts unterlassen werden dürfe, die hohe Stellung der Fürstin zu unterstreichen. Auch durch ein neues, prachtvolles Kleid. Also konnte sich Viola über ein neues, hübsches Kleid freuen. Und sie freute sich wie ein Kind. Das neue Kleid war wirklich prächtig. Darin könne sie sich selbst am kaiserlichen Hofe blicken lassen, schmunzelte Richesa. Es war Sorge getragen worden, dass das Kleid den im Lande üblichen Gepflogenheiten entsprach. Also war es zwar anliegend und betonte die schlanke Figur der jungen Frau, hatte aber nicht die lang herabhängenden Ärmel, für die Herzogin Hedwig eine Vorliebe hatte. Hierzulande waren sie nicht gern gesehen, man hielt sie für burgundischen Schnickschnack. Das Kleid war aus schilfgrüner Seide und Viola drehte sich zufrieden vor dem Spiegel. Mit diesem Kleid und dem prächtigen dunkelroten Mantel, den Richesa ihr geschenkt hatte, fühlte sie sich wie eine wahre Fürstin. Kasimir strahlte, als er sie erblickte. Er küsste ihr die Hand. Er war glücklich.

Für die Feierlichkeiten war ein Podest unter dem gelben Baldachin vor dem Turm errichtet worden. Es war mit kostbaren Teppichen belegt, auf denen Holzsessel standen, die mit prächtigen Stoffen aus dem Orient bedeckt waren. Im Hintergrund das Wappen des Herzogs von Oppeln und Ratibor – schwarze Adler auf gelbblaue Seide gestickt.

Wieder saß Viola neben ihrem fürstlichen Gemahl, erhoben über die anderen, die gekommen waren, um sich vor ihr zu verneigen und ihr zu huldigen. Sie erinnerte sich, Herzogin Hedwig so an Feiertagen erlebt zu haben. Ein unvergessliches Bild. Ein Bild zum Betrachten. Jetzt gab sie selbst das Bild einer Herrscherin ab. Also nahm sie die Huldigungen entgegen, wie es sich gehörte, mit freundlichem Lächeln.

Die Herren und ihre Frauen sanken vor der neuen Herrin auf die Knie. Alle knieten sie vor ihr, jung und alt, Menschen, die ihrem Herzog Gehorsam gelobt hatten und fortab auch ihr Respekt und Hochachtung schuldig waren. Viola durchschaute die Falschheit dieses Spiels. Sie wusste, dass viele von denen, die hier unterwürfig und lammfromm ihre Knie beugten, eine ganz andere Gesinnung hatten. Und sie wusste auch, dass diese Leute, die sich hier so höfisch zeigten, zu Hause ihre Leute schlugen, um von ihnen Gehorsam zu erzwingen und roh waren in ihrem Verhalten. Sie kannte die Regeln dieser Gesellschaft seit ihrer Kindheit. Diese Regeln sollten ihr Leben von nun ab mehr denn je beherrschen. Sie wusste, der Herzog war der Herr, die ihm huldigenden Herren waren ihrerseits die Herren ihrer Untertanen. Das war die Ordnung der Welt. Sie hatte das nie in Frage gestellt. Auch die Kirche unterstützte und achtete auf die Einhaltung der Ordnung, in der sie fortab eine hohe Stellung einnahm.

Der Fürst wurde als der von Gott eingesetzte Vater seiner Untertanen betrachtet. Er hatte das Recht zu belohnen und zu strafen. Ihm gehörte das Land und die Untertanen schuldeten ihm Abgaben und Gehorsam. Der Fürst aber war verpflichtet, gerecht und freigebig zu sein. Er verteilte Boden und ehrenvolle Titel. Das hielt seine Leute in Gehorsam. Für sie, die junge Fürstin, sahen die Regeln dieses Spiels vorerst nur eins vor: Sie hatte ein Schmuckstück ihres Herrn zu sein. Sie musste sich zeigen, schön sein und lächeln.

Doch Viola wollte mehr sein als eine Schaupuppe. Sie hatte beschlossen, die Leute kennen zu lernen, sie wollte versuchen, sich Gesichter und Namen zu merken. Sie wollte Anteil nehmen am Leben des Landes, am Leben der Leute. Sie hatte sich von Fräulein Richesa erzählen lassen, wer sie waren, die Familien, die in ihrem Land das Sagen hatten und sich vor ihr verneigen sollten. Und Fräulein Richesa wusste alles: woher die Leute stammten, wer mit wem verwandt oder befreundet war; wie viele zinsende Dörfer diesem oder jenem gehörten und ob er Kinder hatte und wie viele, ob es gute Kinder oder missratene Kinder waren. Richesa wusste um die ruhmreichen und um die anrüchigen Taten in den Familien und auch, wer dem Fürsten treu diente oder von wem vielleicht Ungutes zu befürchten war.

Am vornehmsten von allen waren die von Odrowons, oder Odrowonsch, die Odrowonser, die Oppeln am nächsten saßen, ein altes Geschlecht, mit vornehmen Familien in Böhmen und Polen verwandt. Sie bewohnten ein steinernes Haus mitten im Walde, eine kleine Burg mit Fenstern aus Glas, warm im Winter, kühl im Sommer. Mit einem starken Palisadenzaun rundherum.

Richesa kannte die Burg zu Stein sehr wohl, war sie doch als Kind oft bei den Kindern der Odrowonser zu Gast gewesen. Neben dem Haus befand sich eine Höhle, in der soll einst ein gefährlicher Drache gelebt haben. Die Kinder waren vor der Höhle gewarnt worden, es war ihnen verboten, in der Nähe zu spielen. Sie könnten sonst auf Nimmerwiedersehn verschwinden, hatte man ihnen gesagt. Die Amme der Odrowonser Kinder hatte dazu stets die Geschichte des Drachentöters erzählt, der von weit her gekommen sein soll, aus dem Norden, und hier geblieben war zum Schutz der Bewohner. Die Odrowonser trugen nach diesem Drachentöter ihren Namen, der so viel bedeutete wie Oderwurm-Bezwinger oder Oderdrachen-Töter.

Die Odrowonser, erzählte Richesa respektvoll, seien mit den Slavnikiden in Böhmen verwandt, dem Geschlecht, dem auch der heilige Adalbert entstammte. Beatrix, die Ehefrau des Herrn Eustachius von Odrowonsch, stammte aus dem berühmten Geschlecht der Greifen aus Kleinpolen. Viele berühmte Männer gab es in dieser Familie. Unter den Berühmten galt Hyazinth, ein frommer Dominikaner und Heidenbekehrer, als der berühmteste. Richesa hatte Hyazinth als Kind gut gekannt. Die Familie hatte ihn Jatzko genannt. Er sei ein kluges Bürschlein gewesen. Richesa konnte sich erinnern, wie er auf Bäume geklettert war und sich auf einen dicken Ast gesetzt hatte, um den rotznäsigen Kindern aus dem Dorfe eine Predigt zu halten.

Die Kinder aus dem Dorf hätten ihm mit offenem Munde zugehört und ihm ›Bischof! Bischof!‹ nachgerufen. Aber sie hätten ihn respektiert, obwohl er schwächer gewesen sei als andere. Schwächer, aber klüger. »Listig konnte der sein als Kind! Und redegewandt wie keiner. Ja, reden konnte der ... Auch sich herausreden, wenn's sein musste«, schmunzelte das Fräulein. »Aber er trat auch für andere ein. Und Geschichten erzählen konnte der ... was der sich alles ausdachte! Und er war eifrig im Gebet, unübertroffen im Lernen. Er konnte fast die ganze Bibel lateinisch auswendig rezitieren. Damit hat er alle verblüfft.« Das alte Fräulein geriet ins Schwärmen, wenn sie von Jatzko erzählte, der Latein so leicht gelernt hatte wie andere Abzählreime. Kein Wunder, dass Hyazinths Onkel Ivo, der damals in Krakau als Kanonikus lebte und später Bischof wurde, Hyazinth bald zu sich nahm. Später studierte Hyazinth in Rom und in Paris, aber seine Eltern kam er immer wieder besuchen. »Und wie schön Hyazinth als junger Mann gewesen ist!«, schwärmte Richesa. »Groß und schlank, blondgelockte Haare. Wie der Erzengel Gabriel sah er aus. Seine sanften Augen waren taubengrau und konnten oft so scharf blicken. Ach, und seine schöne Stimme! ...«

Der Kanzler, der dazu getreten war, schmunzelte über den herzlichen Eifer des Fräuleins. Sie aber wandte sich ihm zu und bat: »Sagt doch, lieber Herr Kanzler, auch Ihr kennt Hyazinth gut – ist er nicht ein ungewöhnlicher Mann?«

Und der Kanzler bestätigte es ihr. »Freilich, freilich, Hyazinth von Odrowons ist ein treuer Diener der Kirche, einer der eifrigsten und verdienstvollsten. In Rom ist er Dominikus von Caleruega begegnet und seinem Orden beigetreten. Dominikus, der die erste Niederlassung seines Ordens in Toulouse errichtet hat und damals schon im Ruf der Heiligkeit stand, trug ihm die Organisation neuer Klöster in Deutschland und in Polen auf. Hyazinth wirkte daraufhin eine Zeit lang in Freisach. Später bereiste er im Auftrag seines Ordens die östlichen Regionen und veranlasste Klostergründungen in Wien, Olmütz, Troppau und bei uns in Ratibor. Er gilt als der eigentliche Gründer der Dominikanerprovinzen in Deutschland und in Polen und ist ein berühmter Prediger. Hyazinth von Odrowonsch ist auch als unermüdlicher Heidenbekehrer an den östlichen Rändern Polens tätig. Er errichtete sogar in Kiew ein Kloster seines Ordens. Dort lebt er zurzeit. Es wird erwartet, dass auch er einst als Heiliger zu Ehren kommen wird.

Übrigens – sein seltener Name, ein Blumenname wie Eurer, Herrin«, der Kanzler verneigte sich leicht vor Viola, »gibt Rätsel auf. Es ist ein unüblicher Name. Bei den alten griechischen Autoren liest man über die Herkunft dieses Namens, dass die heidnische Gottheit Apollon den schönen Jüngling Hyazinth aus Versehen beim Jagen tötete und daraufhin aus seinem Blut die duftende Hyazinthblume sprießen ließ. Wissenswert ist außerdem, dass zur Familie der von Odrowons auch der Breslauer Kanonikus Tscheslaw und die mildtätige Bronislawa, Äbtissin in Krakau, gehören.«

Richesa klatschte in die Hände. »Wir danken Euch, Herr Kanzler, Ihr wisst auch wirklich alles. Euch zu fragen, lohnt sich immer.« Und zu Viola gewandt sagte sie: »Unser Kanzler ist der klügste Mann weit und breit und dazu ein Vorbild an Frömmigkeit. Er wird auch Euch treu dienen. Ihr solltet ihn Euch als Freund gewinnen.«

Die Eltern des berühmten Hyazinth von Odrowonsch waren als erste zur Huldigung zugelassen worden. Eustachius von Odrowonsch hatte schneeweiße Haare, eine Adlernase und scharf blickende Augen. Er war ein ansehnlicher, groß gewachsener und breitschultriger Mann. Die ehrwürdige grauhaarige Matrone ihm zur Seite war klein und rund, hatte ein rotes Gesicht wie eine Pfingstrose und fleischige Hände mit vielen goldenen Ringen. Ehe sich die beiden verneigen konnten, hatte sich Viola erhoben und war zu ihnen herabgestiegen, um ihnen beiden die Hand zu reichen. Man wunderte sich, denn das war nicht üblich, aber es gefiel allen. Kasimir legte stolz seine Hand auf die Hand seiner Ehefrau.

Nach denen von Odrowonsch traten die anderen Herrschaften an, die von Pogorell, die Greifen, die Herren von Zirowa, die Michalauer, die Koseler, die von Goslawitz, von Strehlen und viele andere. Die Herren zeigten sich sehr angetan von der Schönheit der jungen Frau. Einige ihrer Frauen dagegen blickten recht unwirsch und neidisch.

Frau Jutta, Fräulein Richesa und nicht zuletzt Kasimir waren mit Viola zufrieden. Sie aber war nach der Zeremonie müde. In ihrem Kopf wirbelten Gesichter, Gestalten, Namen durcheinander, alles das, was sie sich eigentlich merken wollte. All das viele Gerede! Wieder überkamen sie Zweifel, ob sie ihren Aufgaben würde genügen können. Wenn sie doch mit diesem Kanzler reden, sich bei ihm Rat holen könnte. Aber dieser Kleriker sollte sie nicht für ungebildet halten. Das durfte sie nie zulassen. Schließlich war sie die Herzogin und somit auch seine Herrin. Zum Beichtvater würde sie besser Archidiakon Reginaldis wählen. Das war zweifellos die richtige Entscheidung. Archidiakon Reginaldis kann sie gern beichten. Sie lächelte. Ja, Reginaldis, der war harmlos und ungefährlich …

Im Kokon der Mütterlichkeit

Als das Krächzen der Krähen den nahenden Winter ankündigte, merkte die junge Herzogin, dass sie schwanger war. Die Blutungen blieben zweimal aus und ihr war ständig übel. Allein vom Geruch einer Zwiebelsuppe drehte sich ihr der Magen um. Sie fühlte sich unwohl. Mit Unbehagen sah sie sich gezwungen, ihren Gürtel weiter zu schnallen. Sie verdeckte die schwellenden Brüste mit einem Schal.

Doch ihrer Mutter entging das nicht. Na endlich! Ihre Tochter war schwanger! Jetzt durfte sie sich endgültig am Ziel ihrer Träume sehen. Ein Kind, ein Sohn hoffentlich, das würde ihren Stand festigen. Ihre Tochter würde Piastensöhne gebären. Das würde ihr Achtung und Respekt sichern, komme was da wolle. Sie wird Mutter von Fürstenkindern sein und das allein zählte und sonst nichts. Ihr Mann würde sie als Mutter seiner Kinder achten sein Leben lang. Auch der Kirche war der Schutz der Mütter ein großes Anliegen.

Frau Jutta, die Erfahrene, wusste Bescheid: Erst mit einem Kind erfüllte ein Weib seinen Auftrag. Ein Kind sicherte seine Position in der Ehe für immer. Denn jeder Mann war auf Nachfolger bedacht, in denen er sein Leben verlängert sah. Umso mehr ein Fürst, der einiges zu vererben hatte. Das Geschlecht musste bewahrt, das Land unter seiner Herrschaft weiter geführt werden.

Ein Fürst war dringend auf einen Erben angewiesen. Der

Mensch lebte kurz, doch in seinen Kindern und Kindeskindern lebte er für immer weiter.

Frau Jutta hatte die ganze Zeit gebangt – und gebetet, denn man konnte nie wissen. Kasimir war nicht mehr der Jüngste. Schuld wäre jedoch sein Weib gewesen, wenn der Kindersegen ausgeblieben wäre. Der Herzog hätte eine Ehefrau, die ihm keine Nachkommen schenkte, mit gutem Recht verstoßen dürfen.

Aber es hätte auch noch ganz anders kommen können. Kasimir war ein älterer und nicht gerade anziehender Mann, Viola eine blühende Schönheit und ein Kindskopf. Sie hätte sich in einen hübschen Ritter vergaffen können. Eine unstatthafte Liebschaft – auch das hätte Verstoßung oder gar Tod nach sich ziehen können. Viola wäre womöglich ins Nichts zurückgefallen und damit auch ihre Mutter, denn sie besaßen keine vornehme Familie, die die Verstoßenen aufgenommen hätte oder gar für ihre Rechte eingetreten wäre. Nur der Bestand dieser Ehe sicherte ihnen beiden ein gutes Auskommen, ein glückliches Leben.

Eine verstoßene Ehefrau – ein schlimmeres Schicksal konnte sich Jutta kaum ausmalen. Aber es kam vor. Frau Jutta hatte nicht wenig gehört und gesehen. Sie hatte auch dies und jenes ihrer Tochter erzählt, von Weibern und edlen Frauen, die den Unwillen ihres Gemahls auf sich gezogen hatten und ein elendiges oder gar grausames Ende fanden. Aber hört so ein junges Ding überhaupt zu, wenn man ihm solche Geschichten erzählt? Junge Mädchen hatten doch nichts als Träumereien im Kopf.

Aber jetzt wurde Viola Mutter. Gott sei Dank! Sie würde den Ernst des Lebens zu spüren bekommen. Ein Kind band die Mutter unlöslich an den Vater und ihn an sie. Und damit geriet ihr Leben in sichere Bahnen.

Wenn es nur ein Sohn werden würde! Dafür musste sie jetzt beten. Und sie begann sofort damit. Frau Jutta ließ eifrig die Perlen des Rosenkranzes durch ihre Finger gleiten: »Gegrüßet seist du Maria!« Sie betete eifrig. Denn sie fühlte sich durch den bisherigen Lauf der Dinge in der Wirksamkeit ihres Gebetes bestätigt. Hatte sie doch gebetet, täglich zweimal die Gottesmutter um Hilfe angerufen und sie angefleht, ihren Kindern Glück und Segen zu schenken. Jetzt konnte sie aufatmen. Aber sie durfte sich nicht einfach zurücklehnen und ihr Glück genießen.

Kasimir betrachtete den sich rundenden Bauch seines jungen Weibes mit Scheu und Dankbarkeit. Er hatte geheiratet, um Nachkommen zu haben. Also war er froh, dass er einen Sohn haben würde. Dass ihm sein junges Weib Kinder gebären würde, hatte er als selbstverständlich angesehen. Er wollte viele Kinder. Söhne. Dass sein Erstgeborenes ein Sohn sein würde, davon war er überzeugt.

Allerdings verdiente Kasimir das Misstrauen seiner Schwiegermutter nicht. Er war seinem schönen, jungen Weibe verfallen. Er liebte Viola auf seine Art, er begehrte den Leib seiner jungen Frau und empfand dankbare Zärtlichkeit für sie. Er fühlte sich beschenkt durch dieses junge, schöne Weib, das ihm zu Willen war. Er hätte nicht daran gedacht, sie zu verstoßen, auch wenn sie ihm keine Kinder geboren hätte. Kasimir war kein Denker und kein Beter, aber er war ein guter Mensch. Doch war er sehr zufrieden darüber, dass seine Frau schwanger war. Durch einen Sohn würde sein Glück rund wie die Sonne sein. Es war fast zu viel des Glücks. Also beschloss auch er zu beten. Nur war er oft zu müde dafür.

Fräulein Richesa dagegen sagte nichts. Sie betrachtete den sich rundenden Bauch der jungen Frau und spürte ehrfurchtsvolle Scheu. Sie hatte die junge Frau vom ersten Augenblick an gemocht, fortab liebte sie sie abgöttisch. Denn sie liebte den ungeborenen Piasten in ihrem Bauch.

Viola aber ließ mit sich geschehen. Es war, wie es sein sollte. Sie war gesegneten Leibes. Alle freuten sich darüber. Also auch sie fiel in eine weiche Zufriedenheit. Fräulein Richesa und Frau Jutta umgaben die werdende Mutter mit einer Fürsorge, die ihr bald lästig wurde. Frau Jutta, die sich ständig auf ihre Erfahrungen berief, erteilte Anweisungen und Verbote: Du sollst, du sollst nicht, du darfst, du darfst nicht, so hieß es ununterbrochen.

Viola widersetzte sich nur schwach. Sie fühlte sich wohl, doch mit der zunehmenden Schwerfälligkeit ihres Körpers nahm auch ihre Trägheit zu. Manchmal schien es ihr, als sei sie sich nur ein Anhängsel ihres wachsenden Bauches.

Die Tscharnowonser Äbtissin Margareta wurde herbeigerufen, die im Ruf einer vorzüglichen Heilerin stand. Fräulein Richesa hatte darauf gedrängt, sich rechtzeitig den Beistand der klugen Frau zu sichern. Die Äbtissin sollte den Gesundheitszustand der werdenden Mutter untersuchen, fortab überwachen und bei der Entbindung dabei sein. Die Ehrwürdige Mutter zu Tscharnowons galt allgemein als klug und gebildet und war nach dem Tod der alten Äbtissin einstimmig vom Konvent zur Äbtissin gewählt worden. Niemand hatte etwas dagegen einzuwenden gehabt, obwohl es Nonnen vornehmerer Herkunft im Kloster gab.

Viola war erfreut, als sie die fromme Frau erblickte: Die Äbtissin war jung und hübsch. Sie lächelte und zwinkerte ihr zu – alles in Ordnung. Sie begaben sich in ein Nebengemach, um ungestört zu sein. Die Äbtissin sah Viola in die Augen, hieß ihr die Zunge zeigen und betrachtete sie aufmerksam. Sie betastete ihren Bauch, sah sie nochmals an und äußerte sich lobend über ihre frische Gesichtsfarbe. Alles in bester Ordnung.

Den im anderen Raum harrenden Frauen erklärte sie, die junge Mutter sei kerngesund und solle sich so wie immer verhalten. Bewegung tue gut. Sie riet, nicht zu viel zu essen und für einen guten Stuhlgang zu sorgen. Milch trinken, Äpfel essen, genügend Schlaf und Bewegung an der frischen Luft. »Wir haben Zeit«, sagte sie und lächelte. Viola lächelte zurück. Sie fühlte sich erleichtert. Sie hatte Vertrauen gefasst zu dieser Frau.

Die vernünftigen Ratschläge der ehrwürdigen Klosterfrau änderten jedoch wenig an der übertriebenen Fürsorglichkeit Frau Juttas und Fräulein Richesas. Viola wurde wie eine Bruthenne auf einem goldenen Ei behandelt. Beide Frauen scheuten keine Mühe, ihr jede Unbequemlichkeit abzunehmen. Sie behielten sie unaufhörlich im Auge. Sie brauchte sich nur vom Stuhl zu erheben, schon erhob sich auch eine von ihnen, um ihr behilflich zu sein.

Hemdchen, Jäckchen und Häubchen wurden genäht und gehäkelt und mit Stickereien verziert. Ja sogar die Windeln wurden mit dem Wappen der Piasten versehen. Diese Freuden der Anteilnahme gönnte Viola den beiden Frauen, die außerdem das ganze Haus in Unruhe versetzten. Auch die Schwangere durfte sticken, um sich ihre Langeweile zu vertreiben. Ansonsten hatte sie auf ihre große Stunde zu warten. Geschichten über Kindesgeburten wurden erzählt, denn nichts anderes war für sie wichtig in dieser Zeit.

Kasimir blieb zwar in der gemeinsamen Schlafkammer, hielt sich jedoch des Nachts von seinem schwangeren Weibe fern. Das sich in ihrem Leibe einnistende Leben erfüllte ihn mit ehrfürchtiger Scheu. Dafür bedachte er sie öfter als gewöhnlich mit seiner unbeholfenen Zärtlichkeit. Im Übrigen hatte Kasimir wenig Zeit für sein Weib. Er hatte seine Aufgaben, denen er sich jetzt umso eifriger widmen musste. Er bereiste sein Land und war wenig zu Hause. Seitdem er wusste, dass er Vater wurde, bewegte sich auch sein Leben in den gewünschten Bahnen. Kasimir hatte fortab ein klares Ziel vor den Augen: seinen Erben ein gut bewirtschaftetes Land zu hinterlassen. Seinem Sohn, seinen Söhnen und Töchtern eine reiche Erbschaft zu sichern. Denn er zweifelte nicht daran, noch viele Kinder zu zeugen. Freudige Kraft erfüllte den zukünftigen Vater. Kasimir war voller Pläne.

Die Besiedlung des Landes musste vorangetrieben werden, Dörfer und Städte waren zu errichten. Der Ausbau der Burg stand an. An die Mauer war zu denken. Jetzt war es nötiger denn je, ein festes Haus auf der Insel zu bauen, eine Burg für seine Familie. Eine wahre Burg, nein, ein Schloss sollte es sein. Und dazu eine Mauer um die Burg. Eine feste Mauer. Das war ihm ein großes Anliegen.

Er hatte Pläne und redete darüber mit seinem Kanzler, nicht aber mit seinem Weib. Er und der Kanzler waren unzertrennlich. Sie arbeiteten Hand in Hand. Kasimir hatte die Macht, der Kanzler den

167

überlegenen Verstand. Der Kanzler dachte nach und der Herzog führte das Ausgedachte aus. Sie hatten zueinander Vertrauen. Und zu zweit – das wussten sie – brachten sie das Land voran.

Der Kanzler behielt vor allem das Spiel mit den fürstlichen Nachbarn im Auge, er knüpfte die richtigen Verbindungen und hielt die notwendigen aufrecht. Er beriet den Herzog bei wichtigen Entscheidungen und spielte das politische Spiel wie eine Schachpartie. Und man sah, dass es ihm Spaß machte. Er sagte einmal in Violas Anwesenheit, es sei seine christliche Pflicht, dem Herzog und dem Land zu dienen. Ansonsten sprachen die beiden Männer kaum mit ihr.

Lange vor der Geburt stand die Wiege bereit. Fräulein Richesa hatte die Wiege der Piasten in der Ratiborer Burg suchen lassen. Und man hatte sie auch gefunden. Sie war verstaubt und unansehnlich geworden, während sie im dortigen Turm gelegen hatte unter altem Gerümpel, von Spinnweben bedeckt, in denen Mäusekot hing. Das Fräulein ließ sie nach Oppeln bringen. Richesa, auf die Wahrung der Familientradition bedacht, freute sich unsäglich über die Wiege. War es doch die Wiege, in der Kasimir und seine Geschwister die ersten Stunden ihres Erdendaseins verbracht hatten. Jetzt wurde die kostbare Wiege sorgfältig gereinigt und instand gesetzt. Einer der besten Schreiner im Land war mit dieser Aufgabe betraut worden. Und er hatte sie bestens erfüllt.

Frau Jutta und Fräulein Richesa erinnerten sich an Geschichten über alte Wiegen, die oft über viele Generationen hinweg einer Familie dienten. Sie beschrieben diese und jene und wer in ihnen gelegen hatte. Aber auch von Kindern, die früh verstorben waren, erzählten sie. Denn Säuglinge starben oft. Eine gute Wiege schütze ein Kind, meinten die Frauen. Die Wiegen müssten leicht und leise gehen, das Holz gesund sein, die Bemalung schön. Manche malten versteckte Zauberzeichen auf die Wangen der Wiege. Auch der Vorhang sei wichtig. Ein Vorhang müsse ein luftdurchlässiger Schutz sein.

Unter dem wachsamen Auge des bucklingen Fräuleins war die alte Wiege erneut zu einem wahren Schmuckstück geworden. Jetzt konnte es jeder sehen: Die Wiege der Piasten von Oppeln und Ratibor war eine außerordentlich schöne Wiege. Mit Schnitzereien verziert und hatte schwarze Piastenadler im blau-gelben Blumengeranke an den Seiten. Über der Wiege befand sich eine hölzerne Stange für reich bestickte Vorhänge, die sie zum Kinderhimmel machten.

Die Geburt verlief fast schmerzlos. Äbtissin Margareta war rechtzeitig gerufen worden. Die Frauen nahmen sich des Neugeborenen an, legten das gewaschene und in weiße Spitzen gekleidete Kind in die Arme der Mutter, die ebenfalls nach der Mühe der Geburt gewaschen worden war und erschöpft, aber glücklich in einem feinen weißen Hemd und weißen Spitzenkissen lag.

Kasimir strahlte: ein Junge! Ein gesundes Kind! Er küsste der jungen Mutter die Hände, das Kind auf die rosige Stirn und strahlte. Ein ganz neues Glücksgefühl durchströmte ihn. Er hatte sein Weib immer geliebt, jetzt liebte er es umso mehr. »Mieschko«, entrang es sich ihm. »Mieschko soll er heißen. Mein Sohn soll den Namen seines Großvaters tragen. Einen stolzen Namen. Der Alte war ein großer Herr und mein Sohn soll ihm ähnlich werden. Mein Sohn Mieschko!«

Kasimir freute sich, lief aber sofort weg, umarmte den Kanzler in der Halle und stürmte dann zu seinen Wojen. Er betrank sich vor Freude und kam schwankend und leise singend nach Hause.

Der Kanzler machte sich an die Arbeit. Er sandte Boten zu den Kirchen, damit die Glocken läuteten. Er benachrichtigte eilig, wen es sofort zu benachrichtigen galt. Auch er war zufrieden. Die Dinge nahmen ihren guten Lauf. Der Kanzler war auch der erste Mann, der nach dem Vater Zugang zu Mutter und Kind fand. Er trat verlegen in den Raum und sagte nach dem sich für einen geistlichen Herrn schicklichen ›Gloria Patri et Filio et Spiritui sancto‹ etwas, das wie so oft bei ihm nach einem sorgfältig einstudierten Spruch klang: »Im Gesicht eines über ihr Kind geneigten Weibes spiegelt sich der Himmel.« Als er sich aber über den Winzling beugte, ihm seinen kleinen Finger hinstreckte und dieser ihn mit seiner kleinen Faust ergriff und gluckste, war er sichtlich gerührt. Der ernsthafte Kanzler hielt seinen Finger still und andächtig hin. In seinem Blick lag etwas, das Viola zutiefst berührte. Mein Kind hat einen zweiten Vater, dachte sie.

Viola lehnte sich zurück. Sie hatte vollbracht, was man von ihr erwartet hatte. Es war ein schönes Gefühl, ein gesundes Neugeborenes im Arm zu halten. »Ein Wunder des Lebens«, sagte die Äbtissin andächtig, als sehe sie das erste Neugeborene in ihrem Leben. »Jedes Kind ist das Versprechen eines vollkommenen Menschen«, fügte sie gerührt hinzu.

Violas schmerzende Brüste überliefen von Milch. Aber sie dachte nicht daran, das Kind einer Amme zu überlassen. Und diesmal waren alle drei Frauen einverstanden damit. Mit der Taufe wollte man sich Zeit lassen. Der Meinung waren alle. Die Mutter sollte genesen, um die Feier und die Aufwartungen der Gäste genießen zu können. Die Gäste mussten benachrichtigt und eingeladen werden. Das übernahm Fräulein Richesa nach Absprache mit dem Kanzler. Boten begaben sich auf Reisen.

Äbtissin Margareta blieb noch einige Tage auf der Burg und kehrte dann ins Kloster zurück. Sie hatte Viola in Kinderpflege unterwiesen, mit den Frauen Rücksprache gehalten und war, nachdem man ihr das Versprechen abgenommen hatte, bald wiederzukehren, in einer herzoglichen Kutsche nach Tscharnowons gebracht worden.

Am dritten Tag durften die Hofleute das Kind betrachten kommen. Und auch Vogt Klemens mit seinen wichtigsten Begleitmännern wurde ins Gemach der Fürstin eingelassen. Die Geburt eines Nachfolgers des Herzogs war ein freudiges Ereignis für alle Untertanen. Für das ganze Land.

Zum Fest der Taufe belebte sich der Burghof erneut. Unter den Holzdächern wurden wieder die Tische mit gebleichten Leinentüchern gedeckt. Ein üppiges Mahl wurde gerichtet mit reichlich

170

Honigmet und Bier. Es war schönste Sommerzeit und heiß. Die Piastenverwandtschaft war angereist. Die schlesischen und die polnischen Piasten. Sie waren bekannt dafür, dass sie gern feierten. Fortab gehörte die junge Frau des Oppelner Piasten zur Familie. Man hatte ihr ihre niedrige Herkunft verziehen. Auch die adeligen Familien aus der Nachbarschaft kamen mit Glückwünschen, nunmehr versöhnt mit der jungen Frau, der Mutter des Nachfolgers. Und auch Vertreter der Bürger mit Vogt Klemens waren eingeladen.

Viola hatte sich Anna, ihre Jugendgespielin, zur Taufpatin gewünscht. Anna hatte dankend angenommen, obwohl sie selbst wieder schwanger war. Kasimir hatte Leschek den Weißen von Krakau als Taufen gebeten. Das war eine politische Wahl.

Archidiakon Reginaldis, der die Taufe in der Heiligen-Kreuz-Kirche vornahm, hielt eine bewegende Predigt, in der viel von Engeln die Rede war, von Kindern, die Abbilder der Engel seien und von Kindern, die von Engeln behütet über schwankende Brücken wandelten. Er sprach über von Gott mit Kindern gesegnete Familien und dem Bestand eines Fürstentums, das nur durch Erben gewährleistet sei. Dann betete der ehrwürdige Mann auf den Knien um Gottes Segen für den Nachfolger der Piasten im Fürstentum Oppeln und Ratibor.

Der Archidiakon war aufrichtig gerührt, aber auch sichtbar durch die Anwesenheit hoher Zuhörerschaft befangen. Denn Hedwig, die Herzogin von Schlesien, war zur Taufe angereist, wie sie es ihrer Ziehtochter Viola zuvor versprochen hatte. Und auch ihr Gemahl Heinrich war dabei. Heinrich der Jüngere begleitete ohnehin seine Frau Anna. Die große Herzogin küsste Viola auf die Stirn und wünschte Gottes Segen. Sie sah, hier war ein Bund geglückt.

Für Viola brach die Zeit der Mutterschaft an. Kaum war ein Kind abgestillt, spürte sie das nächste unter ihrem Herzen. Sie liebte ihre Kinder, aber es war ermüdend für sie. Ihre Tage verliefen eintönig. Kasimir war tagsüber abwesend, und abends beriet er sich mit seinem Kanzler oder ging zu seinen Rittern zechen. Er hatte keine Zeit für sein Weib. Doch im Bett blieb er ein eifriger Liebhaber. Und sie war ihm zunehmend gern zu Willen.

Nach Mieschko kam Wienceslawa zur Welt, die sie Slawka nannten. Nach einer Fehlgeburt wurde Wladislaw geboren, Wladko genannt, und nach einem früh verstorbenen Kind erblickte Eufrosina – Ofka – das Licht der Welt, kurz nachdem ihr Vater gestorben war.

Viola war eine besorgte Mutter, doch ihr wurde fast alles Bemühen um die Kinder abgenommen und die Leere, die dadurch entstand, wusste sie nicht zu füllen. Sie sah ihren Kindern gern beim Spielen zu und freute sich über ihre ersten Worte, ihre ersten Schritte. Sie umarmte sie oft und zärtlich. Sie hatte keine Mühe mit ihnen, denn alle Mühe wurde ihr von Bediensteten abgenommen. Es war ein Leben wie in einer hellen, warmen Wolke, wie in einem seidenen luftigen Zelt. Dennoch fühlte sie sich allein gelassen. Mit Kasimir sprach sie darüber nicht. Er hätte sie nicht verstanden. Er war beschäftigt. Mit seinen Gedanken beim Wirtschaften, Besiedeln, Schlichten und Richten.

Viola wurde träge und begann an Kopfschmerzen zu leiden. Sie war oft gereizt und neigte zu Ausbrüchen, die sie nur mit Mühe zurückhalten konnte. Sie hielt ihr Unwohlsein für ihre eigene Schuld und beichtete ihre, wie sie meinte, Undankbarkeit. Hatte sie nicht allen Grund, glücklich und zufrieden zu sein? Der Archidiakon legte ihr milde Buße auf.

Kasimir bemerkte von all dem nichts. Er war seiner Überzeugung nach der beste Ehemann, den sich ein Weib wünschen konnte. Er liebte seine Gattin, auch wenn er keine Zeit hatte für sie. Er meinte, ihr jeden Wunsch von den Augen abzulesen. Aber worüber sollte er mit ihr reden? Sie hatte ihren Weiberkram, ihre Kinder. Er verrichtete seine Geschäfte im Lande. Tat er das nicht auch für sie und vor allem für die Kinder?

Viola hatte Kasimir anfangs gebeten, ihn auf seinen Ausritten begleiten zu dürfen, sie in die Angelegenheiten des Landes einzubeziehen. Sie hatte das Beispiel der großen Herzogin von Schlesien vor Augen, die mit ihrem Mann das Land regierte. Auch sie hätte gern Anteil an dem Geschehen im Lande genommen. Doch Kasimir wollte davon nichts hören. Wozu, fragte er unwillig. Und die Kinder? Habe sie nicht genug zu tun?

Sie widersetzte sich nicht, fragte sich, aber, warum sie sich nur mit dem Kindergebären begnügen sollte, wenn die andere Frau neben ihrem Mann stehen durfte und im Rat große Achtung mit ihren Worten fand. Sie dachte darüber nach. Zugegeben – Hedwig von Schlesien war eine ungewöhnliche Frau. Aber auch Heinrich war ein besonders kluger Herrscher. Sie war sich sicher, dass Kasimir ihren Rat gut hätte brauchen können. Sie grübelte und es fiel ihr nicht schwer herauszufinden, dass ihre niedrige Herkunft wohl die Ursache war. Herzogin Hedwig war als Tochter eines mächtigen Fürsten nach Schlesien gekommen und hatte eine große Mitgift mitgebracht. Ihre Familie hatte hohes Ansehen im Reich und durch sie konnte Heinrich einiges bewirken. Herzogin Hedwig war mächtig durch ihre hohe Geburt. Sie aber war ihrer Schönheit wegen geheiratet worden und sollte als Liebchen und als Bruthenne dienen. Sie spürte Unbehagen, als sie das dachte. Verweigerte ihr Mann ihr deshalb seine Wertschätzung? Oder war noch anderes im Spiel? Hielt er sie für zu jung und einfältig? Traute er ihr nicht? Sie sprach nicht mit ihm darüber. Sie verstand es nicht, ihre Gedanken zum Ausdruck zu bringen. Sie konnte sich nicht durchsetzen, denn das hatte sie nicht gelernt.

Sie hatte aber auch bemerkt, dass Kasimir sich nicht wohl fühlte neben ihr in der Öffentlichkeit, weil sie alle Blicke auf sich zog und die Freundlichkeit der Menschen sich auf sie richtete. Er mochte es nicht, wenn man sich an sie wandte und ihn, der neben ihr stand, übersah.

Mit der Zeit gab sie das Grübeln und Bitten auf. Sie ergab sich der Eintönigkeit ihrer Tage. Sie habe genug mit den Kindern zu tun, tröstete sie sich. Sie ließ sich vom Zuckerbäcker von Oppeln immer öfter Nüsse mit Zuckerguss, Marzipankringel und andere

Leckereien holen. Sie knabberte ständig an etwas Süßem herum und wurde immer fülliger.

Manchmal fuhren sie zu Bekannten in der Umgebung, die sie zu Hochzeiten, Kindstaufen oder Trauerfeiern eingeladen hatten. Besonders mit denen von Odrowonsch pflegte man Umgang. Doch auch das war selten und nicht besonders unterhaltsam für sie.

Die einzige regelmäßige Abwechslung war für sie, wie auch für alle ihre Untertanen, der sonntägliche Besuch in der Kirche. Die herzogliche Familie fuhr meistens in einer offenen Kutsche, um sich den Leuten zu zeigen, sich zur Schau zu stellen. Nicht nur Kasimir legte großen Wert darauf, auch alle anderen fanden es unerlässlich. Die Kirche war streng darauf bedacht, dass sich alle Gläubigen am Sonntag zum Gottesdienst vereinten. Und die Fürstenfamilie hatte auch dabei ein deutliches Beispiel zu geben. Den Leuten tat der Anblick der herzoglichen Familie gut. Man war bestrebt, etwas von den Insassen der Kutsche zu erblicken und dann darüber zu reden.

Das sonn- und feiertägliche Zurschaustellen der herzoglichen Familie war wie ein Bilderbuch für das Volk. Auch in der Kirche saßen sie in ihrem Gestühl neben dem Altar gut sichtbar für alle. Doch das eigentliche Schauspiel war das Hochamt in der Heiligen-Kreuz-Kirche und die Teilnahme am feierlichen Gottesdienst. Allein die Pracht und die Größe des Kirchenraums versetzte die Gläubigen in andächtiges Staunen. Und wenn dann die vielen Kerzen leuchteten, die Ministranten ihre Weihrauchfässchen schwangen, der Weihrauchduft die Gläubigen umhüllte und dazu der Chor der Mönche und Nonnen ihr »Salve Regina« oder »Gloria in exelsis« anstimmten, verwandelte sich die Kirche in einen serafinischen Raum, in dem man die Anwesenheit der Engel spürte. Die Menschen fühlten sich in eine andere Dimension versetzt. So mancher simple Kerl wähnte sich in solchen Augenblicken in der Kirche wie im Himmel. Vor allem aber beteten die Weiber gern und eifrig und oft unter Tränen.

Nach diesem sonntäglichen Besuch in einer höheren, schöneren Welt fiel es allen leichter, sich mit ihren grauen Tagen und ihrem kargen mühsamen Dasein zu begnügen und zufrieden zu sein. Besonders aber auch, weil ihnen in der Kirche gesagt wurde, dass die Ordnung der Welt mit dem Reichtum der Oberen und der Armut des niederen Volkes eine gottgewollte war. Sie nahmen es hin und begehrten nicht auf. Und sogar die Bettler, die Krüppel und Aussätzigen, die nach dem Gottesdienst auf Almosen warteten, fühlten sich mit einbezogen in die Feierlichkeit, der sie durch die offene Tür zusehen durften.

Manchmal hielt der Kanzler das lang währende Hochamt ab, besonders wenn Reginaldis aus Altersgründen unpässlich war. Und Viola betrachtete diesen Mann gern, der mit großer Hingabe die Messe zelebrierte und manchmal wie entrückt und verklärt wirkte. Besonders wenn er die goldleuchtende mit Edelsteinen verzierte Monstranz hochhielt und die Glöckchen dazu bimmelten, sah er in den Weihrauchwölkchen aus wie ein Seraphin. Violas Herz klopfte. Sie wandte keinen Blick von dem gut aussehenden Kleriker und ihre Gedanken begannen, um ihn zu kreisen. Je mehr sie an ihn dachte, desto mehr begehrte sie seine Nähe. Sie sträubte sich innerlich gegen dieses Gefühl. Dennoch machte sie es sich zur Gewohnheit, sich in seine Arme zu träumen. Auch wenn sie in den Armen ihres Mannes lag.

Sie wusste, dass ihr derartige Gedanken und Gefühle streng verboten waren und sie beichtete es dem Archidiakon Reginaldis, dessen Ohren sich unter den spärlichen weißen Haaren röteten und der ihr eine doppelte Buße auferlegte. Dennoch konnte sie nicht aufhören, an den Kanzler zu denken. Sie nahm sich vor, ihn nichts von ihrer Hingezogenheit merken zu lassen und freundlich, aber kühl zu sein zu diesem Mann, der nur ein Befehlsempfänger ihres Mannes war. Und dazu ein Kleriker. Doch sie begann seine Nähe zu suchen, so wie sie ihn zuvor absichtlich gemieden hatte.

Obwohl sie wirklich an verschiedenen Unpässlichkeiten litt und sich langweilte, hätte sie sich nie beklagt darüber. Das sei nicht schicklich, hatte ihr die Mutter beigebracht. Jetzt aber ließ sie in Anwesenheit des Kanzlers Bemerkungen über ihr Unwohlsein und ihr Unbehagen fallen. Und als er höflich nachfragte, begann sie über die Eintönigkeit ihrer Tage zu klagen. Sie erzählte ihm von ihrer ständigen Mattheit und ihren Kopfschmerzen. Und merkte auch einiges über das schweigsame Verhalten ihres Ehemannes an, der sie wohl nur zum Kindergebären für fähig halte. Und dabei wüsste sie doch gern mehr über die große, weite Welt. Mag sein, dass diese Wissbegier Sünde sei, aber … »Erzählt mir doch, Herr, wie es in anderen Ländern zugeht. Wie die Menschen woanders leben.«

Der Kanzler war zunächst erstaunt, dann nachdenklich. Schließlich antwortete er streng, das Leben sei überall das Gleiche und ihr sei viel Glück im Leben zugefallen. Sie habe, mit Verlaub, wirklich nur Grund zur Dankbarkeit, sie habe einen ihr ergebenen Mann und gesunde Kinder. Ihr sei die ehrenvolle Aufgabe zugefallen, Mutter zu sein, Mutter fürstlicher Kinder. Sie sei vor Gott verpflichtet, Dienerin ihrer Familie zu sein. Und das sei gut so, besser könne es nicht sein, denn sie sei Herrin im blühenden Garten des Lebens. Sie sei Gott zu Dank verpflichtet, ereiferte er sich und riet ihr öfter zu beten. »Betet, Herrin, beten hilft!«

Dennoch begann er seitdem, ihr zuweilen Gesellschaft zu leisten. Er erkundigte sich öfter nach ihrem Befinden und Viola erzählte ihm über alltägliche Begebenheiten und heitere Kleinigkeiten aus dem Leben der Kinder. Sie fasste Vertrauen zu ihm und fragte ihn um Rat. Aber bald begann sie auch wieder ihre Fragen nach dem Leben in der weiten Welt zu stellen und über ihr kleines beschränktes Leben zu klagen. »Dieses Leben«, fragte sie, »muss Leben so sein? Ist das alles, nur diese eintönigen Tage? Die Welt ist so groß und ich habe nichts von ihr gesehen. Aber Ihr, Herr, Ihr habt Rom gesehen, Euch vor dem Papst verneigt. Ihr wart am Hofe des Kaisers und habt dort viele kluge Männer und schöne Frauen gesehen. Erzählt mir von Euren Reisen.«

Der Kanzler schüttelte den Kopf, fühlte sich aber geschmeichelt. Er betrachtete es nunmehr als seine Pflicht, der Herrin Gesellschaft zu leisten, um ihren Trübsinn zu vertreiben. Bald aber leistete er ihr nur allzu gern Gesellschaft. Sie schmeichelte ihm und hörte ihm eifrig zu. Beide fanden Gefallen an ihren Gesprächen und saßen oft zusammen. Dieser steife Kleriker konnte sogar witzig sein! Und er, der Weitgereiste, hatte viel zu erzählen. Auch tat es ihr gut, dass dieser von allen geschätzte Mann das Gespräch mit ihr nicht mied.

Sie staunte aufrichtig über die Geschichten, die er über die große weite Welt erzählte. Aber immer wieder kam sie auf ihre Einsamkeit zurück und wiederholte ihre Klagen. Sie fühle sich wie ein Vogel im Käfig oder eine Gefangene hinter Mauern.

Bei ihren Klagen zog der Kanzler stets die Brauen hoch und nahm einen gestrengen Ton an: »Aber Herrin, bedenkt, die meisten Menschen kommen nie vom Fleck, sie werden an einem Ort geboren und sterben dort. Oft kennen sie nicht einmal das nächste Dorf. Und sie sind zufrieden. Wir alle sind Gefangene unseres Lebens. Niemand kann aus seinem Leben heraus. Wir müssen uns fügen und begnügen und Gott danken für das, was er uns schenkt. Er schenkt uns unendlich viel: das Leben. Ist das nicht genug? Und ein Weib ist nun mal für seine Kinder da. Ihr seid behütet und geschützt, Herrin. Ihr habt außerordentliches Glück gehabt. Seid Ihr doch durch Euren Mann so hoch erhoben worden.«

Am nächsten Tag schenkte der Kanzler seiner Herrin, wie er betonte, einen Rosenkranz aus dem Heiligen Land, aus Jerusalem und wies sie erneut an, zu beten. Sie sah ihn an und schwieg. Sie trug den Rosenkranz fortab stets in ihrer Rocktasche. Aber das ständige Beten überließ sie doch lieber den alten Frauen und den Heiligen.

Kasimir baute ein festes Haus für seine Familie. Ein Wohnhaus aus Stein, ein bequemes und schönes Haus sollte es sein. Eine Burg, wenn nicht gar ein Schloss hätte er gern gehabt, doch schon ein steinernes Haus kostete Geld, viel Geld. Und in Kasimirs Fürstentum hieß es noch immer: Sparen! Das Haus wurde neben dem ausgebesserten Turm, der wie neu aussah, gebaut und ein neuer Palisadenzaun anstelle des alten errichtet. Ein festes Tor führte in den Bereich der Burg. Aber die schützende Mauer aus Stein blieb ein Traum für die Zukunft. Kasimirs Traum, der sich für ihn nicht mehr erfüllen sollte.

Doch das Haus war groß und schön geworden. Viola war begeistert und begann mit Eifer die Räume auszustatten. Besonders prächtig war die Halle mit dem großen Kamin, in der die Leute empfangen werden konnten und Gespräche stattfinden sollten. In der Halle standen geschnitzte Stühle für den Fürsten und seine Gemahlin, auf denen bunt gewebte Decken lagen. Es gab genügend Platz für einen aufstellbaren Tisch zum Feiern in der Mitte und für mit Fellen bedeckten Bänke an den Wänden. Neben dem Eingang befanden sich Halterungen für Schilder und Schwerte.

Für die Fenster in der Halle und den Nebengemächern hatte Kasimir Glas aus Breslau besorgen lassen. Glas wurde in den schlesischen Bergen von Glasmachern aus Thüringen geblasen. Viola bewunderte die Scheiben, die rund wie Schüsseln waren, aber durchsichtig wie die Luft, und die mit Bleifassungen zu größeren Flächen verbunden worden waren. Kleine Wunder von Menschenhand. Aber ein teurer Ankauf. Die anderen Fenster wurden wie üblich nur mit Tierhäuten bespannt und abends mit Holzläden verschlossen.

Viola hatte es sich in einem der Nebengemächer mit einer weichen Sitzgelegenheit bequem gemacht, die sich auch für ein kleines Schläfchen eignete. Sie hatte ihren Spinnrock hineinstellen lassen, obwohl sie ungern an ihm saß und dazu ihre verschiedenen Stickrahmen.

Kasimir beauftragte Henko, den Wasserführer, eine Badestube neben dem Wohnhaus zu errichten. Es schickte sich nicht, dass die herzogliche Familie die Badestube in der Stadt besuchte oder sich mit einer engen Kammer begnügte. Rund um das Haus ließ der besorgte Vater bequeme Kieswege anlegen und an deren Rand hier und da hölzerne Bänke im Schatten hinstellen. So konnte die Fürstin mit den Ammen und Kinderfräulein die frische Luft am Fluss genießen. Damit hatte er Viola überrascht, denn sie hatte an solche Bequemlichkeiten nicht gedacht. Aber vielleicht hatte eine der alten Frauen ihm dergleichen nahe gelegt.

So vergingen Tage und Jahre in ruhiger Einförmigkeit, unterbrochen nur von den Krankheiten der Kinder. Eine Fehlgeburt und ein früh verstorbenes Kind betrübten nicht nur die Fürstin.

Eines Tages, als Viola im Schatten einer Kastanie auf einer Bank saß, vernahm sie Geschrei vom Fluss und stürzte hin. Da kam ihr bereits Bartko, der Page mit Mieschko auf dem Arm entgegen, das Kind war beim Forellenfangen im Wasser ausgeglitten, unters Wasser geraten, von der Strömung mitgerissen worden und konnte erst nach einigen Minuten gerettet werden. Es war bewusstlos. Viola legte den Kleinen mit dem Gesicht nach unten auf ihre Knie und klopfte ihn auf den Rücken. Er begann zu husten und Wasser zu spucken. Weinend richtete er sich von alleine wieder auf. Viola merkte erst jetzt, dass ihre Knie wie im Schüttelfrost zitterten. Sie hatte das Richtige getan, aber woher hatte sie das gewusst? Sie herzte das Kind und schalt Bartko und das Kinderfräulein aus.

Mieschko war ein lebhaftes Kind, das gut behütet werden musste. Aber zu viel Fürsorge sei auch nicht gut, mahnte die herbeigerufene Äbtissin. Mieschko hatte sich bereits als Fünfjähriger ein Schwert und ein Schild als Weihnachtsgeschenk gewünscht. Sein Vater nahm ihn aufs Knie und erzählte ihm, wie einem Ritter das Schwert verliehen wurde. Aber darauf müsse er noch lange warten. Daraufhin begann der Knabe eifrig das Fechten zu üben. Er träumte davon, von Onkel Heinrich von Breslau zum Ritter geschlagen zu werden.

Slawka dagegen war ein Mädchen, das kaum jemand bemerkte. Auch der Vater nicht. Sie saß oft und gern neben ihrer Mutter und spielte immer mit derselben Puppe. Am liebsten aber weilte sie bei ihrer Großmutter und Fräulein Richesa.

Fräulein Richesa und Frau Jutta waren zusammen in ein für sie errichtetes Häuschen gezogen. Jede hatte da ihre Stube. Eine Magd versorgte die beiden alternden Frauen. So lange sie stark genug waren, waren sie tätig und hilfsbereit, aber leider brauchten sie selbst bald Hilfe. Zuerst starb Fräulein Richesa, umsorgt von Jutta und Viola. Bald darauf hielt Viola auch ihrer Mutter die Hand in ihrer letzten Stunde. Fürstin Viola sorgte für eine feierliche Beisetzung der beiden Frauen in der Tscharnowonser Krypta.

EINE REGENTIN ENTDECKT IHRE STÄRKE

Nach einer starken Erkältung begann Kasimir, der immer eine schwache Gesundheit gehabt hatte, zu kränkeln. Er war ein alter Mann und schonte sich nicht. Er kurierte die Erkältung nicht aus und hüstelte ständig, auch im Sommer. Sein Atem wurde kurz und immer mühsamer. Als er anfing, Blut zu spucken, begriffen er und seine Frau, dass mit den Kräutertränken der Tscharnowonser Nonnen nicht mehr viel auszurichten war. Das bestätigte auch die Ehrwürdige Mutter mit besorgter Miene. Im Winter darauf wurde Kasimir bettlägrig und stand nicht mehr auf. Viola und Kasimir stellten sich auf den Abschied für die Ewigkeit ein. Kasimir sah gefasst seinem Tod ins Auge. Doch er machte sich Sorgen um seine Familie und um sein Land. Wie würde es weitergehen ohne ihn?

Jetzt erst begann Kasimir sein Weib neben sich wahrzunehmen. Erst in der Not besann er sich darauf, dass er sie zur Seite hatte, Viola, seine Frau, einen Freund fürs Leben. Erst jetzt betrachtete er sie so, wie sie es sich immer gewünscht hatte: nicht nur als Bettschatz und Mutter seiner Kinder, sondern als Lebensgefährtin und Mitgestalterin des Lebens und – als Mitregentin. Als seine consors regni, wie der Kanzler sagte.

Kasimir war in Anbetracht seines Todes gezwungen, in seiner Frau seine Nachfolgerin zu sehen. Die Kinder waren noch klein, der Älteste, Mieschko, kaum sechs Jahre alt. Viola musste darauf vorbereitet sein, längere Zeit für ihre Söhne zu regieren. Bis zur

Volljährigkeit des Älteren. Das würde dauern, zehn Jahre oder mehr.

Das Fürstenpaar begann, miteinander zu reden. Sie flüsterten oft bis in die Nacht. Erst jetzt, in dieser traurigen Lage, fanden sie auch in Gesprächen zueinander. Kasimir grämte sich, aber in Viola wuchs Zuversicht. Sie war voller Eifer für ihre neuen Aufgaben. Sie spürte neue Kräfte in sich und versicherte Kasimir mit Überzeugung: »Ich schaffe es. Ich werde alles tun für unsere Kinder und unser Land. Du kannst dich auf mich verlassen.«

Der Kanzler war Kasimirs Hoffnung. Er, der stets seine Stütze gewesen war, sollte nun Violas Stütze sein. Sebastianus versprach, der Fürstin zu dienen wie zuvor seinem Herrn. Und er versprach es gern. »Es ist unser Land, es soll Euren Söhnen erhalten bleiben. Ich werde dafür sorgen«, beteuerte er. Und sie konnten dem Getreuen vertrauen.

Jetzt wäre die Mauer dringender denn je notwendig gewesen. Frau und Kinder mit der Mauer zu schützen, das war jetzt Kasimirs größter Wunsch. Der Kanzler versprach, alles Nötige zu tun, um den Bau einer Mauer voranzutreiben. Auch Viola versprach es ihm. »Du darfst beruhigt sein. Wir werden die Mauer bald errichten.«

Die Gespräche des Kanzlers mit der Herzogin kreisten jetzt um die Zukunft des Landes. Viola durfte endlich Fragen stellen, die nun auch ernsthaft beantwortet wurden. Der Kanzler war bemüht, ihr alles beizubringen, was sie als Regentin wissen musste. Er führte sie in die Verhältnisse und die Angelegenheiten des Landes ein. Er sprach über die Landbevölkerung, ihre Abgaben, die Adeligen und ihr Verhalten den Bauern gegenüber, die Lage der Neubürger, über die Stadt und ihre Rechte. Er erklärte ihr die Rechtslage, das deutsche und das polnische Recht, und die Unterschiede zwischen den beiden Rechtssystemen, wo und wann polnisches oder deutsches Recht anzuwenden sei. Viola hörte zu und begriff mit Leichtigkeit. Sie stellte Fragen, die den Kanzler verblüfften und gab Antworten, die klar und überlegt waren.

Die Finanzen – das war ein schwieriges Thema für sie. Der Kanzler versprach für diesen Bereich zu sorgen und dafür einzustehen, dass alle Abgaben rechtzeitig entrichtet wurden. Aber auch dass die Vasallen belohnt wurden, wie es sich gehörte. Alles nach den bisherigen Gepflogenheiten. »Was gut war, soll auch bleiben«, meinte Viola. Kasimir habe alles bestens eingerichtet.

Schwierig war es, die benachbarten Fürsten einzuschätzen. Wer war Verbündeter, wer Freund und wer Feind? Wer würde versuchen, die Lage im Oppelner und Ratiborer Land zu seinen eigenen Gunsten auszunutzen und womöglich das Land zu überfallen? Wem konnte man vertrauen? Und wem nicht? Auch bisher hatte diese Angelegenheiten eher der Kanzler in der Hand als der Herzog. Er beruhigte die Fürstin. Es sei friedlich zur Zeit und keine Bedrohung in Sicht. »Wir sind stark genug, uns zu wehren und das wissen alle.«

»Selbst die Verwandten sind wie gierige Füchse«, hielt Kasimir dagegen und hüstelte und atmete schwer. »Vertrauen darf man niemandem. Jeder sieht nur nach dem eigenen Vorteil. Nur Heinrich von Schlesien, der ist ein ehrenwerter Mann. Dem alten und dem jungen Fürsten kann man trauen. Beide sind ritterliche und redliche Männer. Und dazu bürgt Herzogin Hedwig für christliche Gesinnung. Kriege zu vermeiden, das ist das Wichtigste!«, wiederholte Kasimir. »Nur kein Krieg! Krieg ist immer ein Unglück und bringt nur Verlust.«

Diese Meinung teilte der Kanzler. »Kriege sind unchristlich. Aber einer Herausforderung muss man sich stellen. Wir werden uns an den Papst um Obhut wenden, wenn wir in Bedrängnis geraten sollten. Die Kirche schützt Witwen und Waisen.«

Viola bedrückte das Leiden ihres Mannes, aber die Aufgaben, die sie vor sich sah, beflügelten sie. Die Schwere all der trägen Jahre fiel von ihr ab. Zweifel durfte sie keine haben, sie musste kämpfen. Sie hatte keine Angst vor der Herausforderung und war entschlossen, zur Zufriedenheit aller zu regieren und das Erbe ihrer Söhne bestens zu bewahren. Kasimir solle sich keine Sorgen machen, versicherte sie ein ums andere Mal.

»Das Geld!«, stöhnte Kasimir. »Die Nachbarn! Wenn nur die Mauer da wäre!«

Irgendwann sagte Viola zu Kasimir: »Schade, dass es erst jetzt so ist zwischen uns, dass wir erst jetzt miteinander reden. Erst jetzt weiß ich, wie sehr ich gelitten habe, nur als Geliebte und Mutter angesehen zu werden. Ich habe mich immer mit dir um die Angelegenheiten des Landes kümmern wollen.« Kasimir schüttelte verwundert den Kopf. Daran habe er nie gedacht, er habe sie geliebt und wollte ihr die Härte des Lebens ersparen. Viola küsste ihn auf die Stirn.

Kasimirs letzte Worte waren: »Meine Söhne ...« Viola hielt seine Hand in ihrer, als er starb. Sie drückte ihm unter Tränen die Augen zu. Die Glocken aller Kirchen läuteten im Lande. Die Tscharnowonser Mönche schrieben in ihre Annalen: 6. Mai 1230 obiit Kasimirus venerabilis dux de Opol et Ratibor. Kasimirs Leichnam wurde, gewaschen und prächtig gekleidet, für drei Tage in der Halle der Burg aufgebahrt, deren Wände Piastenfahnen, zwischen denen schwarze Seidentücher hingen, schmückten. Der Duft von Weihrauch und Blumen lag schwer im verdunkelten Raum, den nur Kerzenschimmer erhellte.

Die Untertanen zogen am Leichnam des Fürsten vorbei. Die Weiber schluchzten, ein so guter Herr und nun war er tot! Und man erinnerte an alle seine vorzüglichen Taten. Danach wurden die sterblichen Reste des Herzogs in einem festen Eichensarg – einem Geschenk des Oppelner Schreinermeisters Konrad – in feierlichem Zug mit wehenden schwarzen und blau-gelben Fahnen in die Heiligen-Kreuz-Kirche getragen, wo der Archidiakon Reginaldis den Trauergottesdienst hielt.

Zur Trauerfeier hatte sich wieder die Familie der Piasten aus allen polnischen Ländern eingefunden. Auch Heinrich von Schlesien und seine Gemahlin sowie sein Sohn waren angereist. Die Liegnitzer setzten sich nach den Feierlichkeiten mit Viola und dem Kanzler zusammen. Sie versicherten die Regentin ihrer unverbrüchlichen Freundschaft und versprachen, stets mit Rat und Hilfe bereitzustehen.

Herzogin Hedwig stellte Viola, als sie allein waren, einige Fragen. Sie erkundigte sich vorsichtig nach der Vertrauenswürdigkeit des Kanzlers. Viola aber bestätigte den Eindruck der alten Fürstin und versicherte, der Kanzler sei ein kluger Mann und ein treuer Freund. Sie selbst sei zuversichtlich und werde ihre Aufgaben erfüllen. Die alte Fürstin bemerkte, dass Violas Eifer, die neuen Aufgaben zu bewältigen, ihre Trauer überwog.

Die Huldigung der neuen Herrin fand kurz nach der Trauerfeier statt, um sie in Anwesenheit möglichst vieler wichtiger Herrschaften feierlich zu begehen. Vor allem wollte Heinrich von Schlesien dabei sei, um mit seinem Ansehen die Regentin zu stützen. Doch der erfahrene Fürst warnte sie, dass es Schwierigkeiten geben würde. Eine Regentin gelte allgemein als schwach. Es werde also auch in Zukunft notwendig sein, die Nachbarn im Auge zu behalten und im eigenen Lande um die Unterstützung der Untertanen zu werben. Man werde mit manchen reden, wenn nötig besondere Privilegen gewähren müssen. Vor allem müsse sie den Leuten die Gewissheit geben, es habe sich nichts geändert und es werde sich nichts ändern. Vertrauen sei das Wichtigste, sagte der Fürst. Auch deshalb sollte die Zeremonie der Huldigung möglichst feierlich sein.

Der kleine Mieschko saß neben seiner Mutter auf seines Vaters Stuhl und schaukelte mit seinen kurzen Beinchen. Aber auf einen unwilligen Blick seiner Mutter hin hielt er sofort still und saß mit ernsthafter Miene bis zum Ende der Zeremonie. Viola strich ihm über die Stirn. Geboren zum Herrscher, dachte sie.

Heinrich von Schlesien stand hinter der Regentin, neben ihm Archidiakon Reginaldis und Kanzler Sebastianus. Die Verwandten aus Groß- und Kleinpolen, aus Kujawien und Masowien, aus Gnesen, Plock und Krakau saßen in der Halle und sahen zu, wie die Vertreter der adligen Geschlechter des Fürstentums Oppeln und

Ratibor ihre Knie vor der Herzogin und Regentin beugten. Viola, schwarz gekleidet, im Witwenschleier, nahm würdevoll ihre Treueschwüre entgegen.

Herzogin Hedwig war sichtbar in die Jahre gekommen. Ihr Gesicht war mager und blass, sie lächelte dünnlippig und unter der Haube kamen graue Haare zum Vorschein. Doch ihre Augen strahlten wie früher und wer sie sah, wusste, dass sie trotz ihrer schlichten Kleidung eine große Herrin war. Die alte Fürstin äußerte den Wunsch, sich auf den Oderberg zu begeben, wo – wie sie gehört habe – ein frommer Einsiedler und weiser Mann lebe. Es war anzunehmen, dass sie vor allem einige Zeit ungestört mit Viola zusammen sein wollte, um sich anzuhören, wie sie für ihre schwierige Regentschaft vorbereitet sei und wie sie ihr helfen könne. Unterwegs würde sich dazu die beste Gelegenheit bieten.

Die alte Fürstin wollte reiten. Es war Frühling, eine schöne Zeit und der Kanzler ließ zwei sanfte und besonders bequem gesattelte Stuten vorführen. Beide Frauen saßen auf und nahmen die Zügel in die Hand.

Der Kanzler ließ es sich nicht nehmen, sie zu begleiten. Dabei erzählte er kenntnisreich über das Land, wie es so seine Art war. Er wies darauf hin, dass man den Oderberg auch Helmberg nenne, weil er wie ein verlorener Helm inmitten des ansonsten flachen Landes liege. »Die alten Heiden, die hier früher gelebt haben, hielten die Anhöhe für einen Mutterbauch. Sie glaubten, dass unter dem Hügel Ungeborene und Verstorbene vereint seien. Sie glaubten an eine göttliche Mutter für alle, für alles Lebende und nicht Lebende. Das war ihr Glaube.«

»Ein schöner Glaube«, sagte Fürstin Hedwig, »wenn auch ein falscher. Der Berg sieht übrigens ähnlich aus wie der Zobten.«

»Ja«, sagte der Kanzler. »Das Volk an der Oder hatte auch dort den gleichen Glauben. Die christlichen Missionare aber errichteten auf diesem Berg ein Kirchlein, das man dem heiligen Georg widmete, dem Drachentöter. Denn es sollen viele Drachen in den Höhlen des Berges gelebt haben.«

»Soso«, sagte die alte Fürstin. »Ein Kirchlein für den Drachentöter. Ob das das richtige für die Hiesigen ist? Die Menschen hier sind doch wie Kinder. Sie brauchen das Gefühl der Geborgenheit, das ihnen eine mütterliche Göttin schenkt, wie sie sie in ihrem alten Glauben hatten. Man hätte das Kirchlein auf dem Berg der Gottesmutter weihen sollen, oder aber St. Anna, der mütterlichsten aller Heiligen. Denn man sollte niemals den Menschen ihren alten Glauben rauben oder ihn gar zerstören, sondern den neuen Glauben auf dem alten aufbauen und den Menschen möglichst viel vom Gewohnten lassen, denn jeder Glaube enthält einen göttlichen Funken und die Sehnsucht nach Gott. Woher wollen wir wissen, dass die Wege der Heiden nicht auch von Gott gewollte Wege sind? Irrwege, vielleicht. Aber vielleicht notwendige. Denn wichtig ist doch, dass der Mensch Gott sucht. Man sollte den Heiden den Weg des einzig richtigen Glaubens weisen, sie aber nicht zwingen, an Christus zu glauben. Das hätte Christus nie gewollt. Ich habe oft mit meinem Mann gestritten, wenn er mit den anderen Fürsten gegen die heidnischen Prußen zog wie zur Jagd. Es ist nicht christlich, Krieg zu führen in Glaubenssachen.«

Der Kanzler erwiderte: »Ihr habt Recht, Herrin. War aber nicht sogar Bernhard von Clairvaux für den Krieg gegen die Heiden? Predigte er doch für die Kreuzzüge gegen Ungläubige. Und er war zweifellos ein frommer, ja, ein heiliger Mann.«

»Allerdings«, sagte die Fürstin. »Ich bin dennoch der Auffassung, dass es gegen den Auftrag Christi ist, den Menschen die Botschaft der Liebe mit dem Schwert zu bringen. Gewalt und Krieg widersprechen dem Gebot der Liebe, die der Auftrag der Christen ist. Das Kreuz, nicht das Schwert, gehört in die Hand des christlichen Missionars.«

Der Kanzler schwieg dazu. Obwohl er hätte antworten wollen, dass die Wirklichkeit doch eine andere Sprache spreche. In einer Welt, in der Gewalt herrsche, müsse auch das Gute mit Gewalt herbeigeführt werden. Er schwieg, denn er wusste, die Herzogin mochte nicht, dass man ihr widersprach.

Am frühen Nachmittag kamen sie in Leschnitz an, in einer neu gegründeten Siedlung, deren Lokatoren Kanzler Sebastianus und sein Bruder Gregor waren. Hier hatte ein Teil der Ritterschaft des Herzogs ihren Wohnsitz genommen. Ritter aus dem Reich waren es, die dem Oppelner Fürsten dienten. Gregor hatte die Aufgaben des Vogtes in der Siedlung übernommen. Die Freude der Bewohner, der Neusiedler wie der Alteingesessenen, über den hohen fürstlichen Besuch war groß. Im Haus des Vogtes war ein üppiges Mahl angerichtet und auch alles für die Übernachtungen vorbereitet worden.

Am nächsten Morgen ritt man auf den Berg, wo sich die Herzogin vor dem frommen Einsiedler verneigen wollte. Der alte Mann lebte in einer Grotte. Man nannte ihn den heiligen Mann vom Berg. Und man erzählte sich wahre Wunder von seiner Frömmigkeit und der Strenge, die sich der Mann selbst auferlegte.

Vor der Grotte des Einsiedlers war ein großes Holzkreuz errichtet worden, vor dem die Pilger beteten und unter dem sie dem Einsiedler ihre Gaben darbrachten: Speise und Trank, manchmal eine Kerze oder ein Stück Tuch. Auch Schuhe, obwohl der Asket diese bald wieder verschenkte. Denn er zog es vor, auch im Winter barfuß zu gehen. Seine Grotte war durchaus keine bequeme Bleibe, dunkel und feucht. Nur ein Bretterzaun schützte den Schlafenden vor wilden Tieren.

Der Einsiedler schien von dem hohen Besuch unterrichtet worden zu sein. Er stand vor der Höhle. Ein hagerer Mann mit kahlem Kopf, bekleidet nur mit einem Stück grobem Leinen, das ein Hanfstrick zusammenhielt. Die Fürstin faltete die Hände und verneigte sich, sie tat eine Bewegung, als wolle sie sich dem Alten zu Füßen werfen, doch er hielt sie auf und ließ sich selbst auf die Knie fallen. Nun war es die Herzogin, die ihn aufforderte, sich zu erheben und ihm dazu die Hand reichte. Der Alte erhob sich und lächelte mit zahnlosem Mund im zerknitterten Gesicht: »Herrin, ich habe viel gehört von Euch. Euer Besuch ist für mich eine große Ehre.«

Nach einer Weile frommer Unterhaltung fragte der Einsiedler, ob er eine Bitte äußern dürfe. Die Fürstin willigte gern ein. Der alte Mann erzählte daraufhin die Leidensgeschichte eines Mädchens aus der Umgebung, das von Zeit zu Zeit vom bösen Geist geplagt werde und dringend Heilung benötige. Ihre Eltern hätten von der Ankunft der wundertätigen Fürstin gehört und setzten nun ihre ganze Hoffnung auf sie.

Herzogin Hedwig erklärte sich bereit, mit dem Mädchen zu beten. Heilung zu versprechen, lehnte sie ab. Heilung sei, wenn sie gelinge, stets ein Werk Gottes, nie ihr Verdienst.

Der Alte winkte die Eltern mit ihrer Tochter herbei und die Herzogin ermunterte sie, über das Leiden ihrer Tochter zu berichten. Da fingen die Alten an zu reden, unbeholfen und sich ins Wort fallend, bis sich das Mädchen selbst einmischte, sich für ihre Eltern entschuldigte und erstaunlich gescheit seine Leidensgeschichte erzählte.

Es sei seit Jahren mit einer entsetzlichen Krankheit geschlagen, die es manchmal fast umbrachte. Das Schlimmste dabei aber sei, dass die Leute im Dorfe meinten, es sei vom Teufel besessen. Die Eltern waren verzweifelt. Sie versuchten, die Krankheit ihres einzigen Kindes vor den Menschen zu verbergen. Aber sie hätten auch nach Hilfe gesucht. Und so hätten sie eines Tages den Weg zur Einsiedelei gefunden. »Der fromme Mann«, sagte die Kranke, »betete mit uns. Besonders oft betete er mit mir. Er unterrichtete mich in Sachen des Glaubens und sang mit mir fromme Lieder. Dennoch kommt es immer wieder zu Anfällen des Leidens.« Das Mädchen stockte betrübt. Da sprang der Einsiedler ein und erklärte: »Das Kind weiß nicht, wie ihm geschieht. Das Böse wirft es zu Boden, wo es sich in wilden Zuckungen windet, die Augen verdreht, Schaum auf den Lippen und manchmal mit weit heraushängender Zunge. Ein schlimmer Anblick für alle, die das sehen. Danach ist das Mädchen steif am ganzen Körper, wie tot, ehe es allmählich wieder zu sich kommt, erschöpft wie nach einer langen Krankheit.«

Das Mädchen hob den Blick und sagte, es sei dem Einsiedler zu großem Dank verpflichtet. Er habe sich Zeit genommen für sie. Er habe ihr Geschichten über den Erlöser Jesu Christ und die mildtätige Gottesmutter erzählt. Aber auch die Geschichte vom geplagten Hiob, einem Leidenden, dessen sich Gott doch noch erbarmt habe.

Die Fürstin hörte aufmerksam zu, neigte sich herab zu dem Kind, das vertrauensvoll zu ihr aufblickte. Sie bat den Einsiedler, ihr und dem Mädchen für eine Weile die Höhle zu überlassen. Der enge Raum, in dem nur ein Bretterlager mit Fellen und ein grober Tisch mit einem Holzklotz als Schemel standen, lag im Halbdunkel. Ein kleines Holzkreuz hing an der Wand, unter dem ein Öllämpchen brannte. Die Herzogin sprach mit dem Mädchen und fragte nach Einzelheiten seines Leidens. Dann legte sie ihre Hände auf den Kopf der Kranken, sah aufmerksam in ihre Augen, betastete bedächtig ihren Rücken und redete beruhigend auf sie ein. Dann knieten sie vor dem hölzernen Kruzifix nieder und beteten zusammen.

Nach einer Weile stand die Fürstin auf und forderte die Kranke auf, sich vor sie zu stellen. Sie legte ihr die Hände auf den Kopf. Die Herzogin hatte ungewöhnlich weiße, weiche Hände. Von diesen Händen ging Wärme aus, das spürte die Kranke. Angenehme Wärme. Helle und Licht durchdrangen das Kind. Die Fürstin betete lange, berührte und streichelte den Kopf und den Rücken der Kranken und diese hielt andächtig still. Dann küsste sie das Kind leicht auf die Stirn und sagte: »Vertraue auf Gott und bete. Vertraue auch auf die Mutter Gottes und bete zu ihr.«

Das Kind trat benommen aus der Höhle. Ohne Worte knieten alle Anwesenden vor dem großen Holzkreuz nieder und beteten. Dann stimmte der Einsiedler ein Marienlied an, das alle laut mitsangen. Danach vergingen Jahre und das Mädchen blieb gesund. Die Krankheit kehrte nie wieder. Doch es hielt sich weiter gern von Menschen fern. Nur der alte Einsiedler auf dem heiligen Berg blieb sein Freund und Vertrauter bis zu seinem Tode. Und der alte Mann legte ihm nahe, ins Kloster einzutreten.

Mit diesem Anliegen wandte sich die Geheilte nach einigen Jahren an den Kanzler in Leschnitz. Sie fragte ihn, ob ein einfaches Mädchen wie sie im Kloster Aufnahme finden könne, wie der Einsiedler meinte. Der Kanzler versprach, sich dafür zu verwenden. Denn er freute sich, er sah darin einen würdigen Abschluss der Wunderheilung auf dem Berg.

Herzogin Viola sorgte für die Unterbringung der wunderbar Geheilten im Tscharnowonser Kloster, obwohl sie ihr gern davon abgeraten hätte. So ein hübsches Mädchen, dachte sie, sollte doch lieber heiraten und Kinder gebären.

Aber das Mädchen, das im Kloster Anna genannt wurde, fühlte sich dort wohl, sie wurde eine geschätzte Cantrix, die mit ihrer hellen Stimme alle anderen übertönte und bald selbst den Klosterchor leiten durfte. Die junge Nonne war im Auswendiglernen von Liedertexten und Melodien unübertroffen. Sie erlernte sogar die schwierige Kunst des Lesens und Schreibens. Abt Martinus schrieb die Geschichte auf.

Herzogin Viola war nach Kasimirs Tod nicht einsamer als zuvor. Sie hatte ihre Kinder. Und Kanzler Sebastianus. Ihre neuen Aufgaben nahmen sie sehr in Anspruch: Tägliches Ausreiten. Gespräche. Entscheidungen. Oft Nachdenken bis spät in die Nacht. Ihr schien es, als hätte ihr Leben noch einmal begonnen. Die Leute verneigten sich tief vor ihr. Und sie trat unter sie, als wäre sie zum Herrschen geboren.

Für Ofka, die einige Monate nach ihres Vaters Tode geboren wurde, hatte sie kaum Zeit. Sie überließ das Kind einer Amme. Jetzt hätte sie die Frau Jutta und Fräulein Richesa brauchen können, aber auch sie waren tot. Dennoch wuchs Ofka gesund auf und wurde ein außerordentlich hübsches und fröhliches Mädchen.

Viola war bereit, jede Mühe auf sich zu nehmen, um das Land stark zu machen und es zu erhalten für ihre Söhne. Sie sprach die Leute freundlich an und bat sie um Beistand. Sie unterstrich oft und gern, dass sie für ihre Söhne regiere. Und damit gewann sie die Herzen der Menschen. Doch man sah ihr zunehmend an, dass sie gern das Sagen hatte. Sie leitete die anfallenden Beratungen und der Kanzler stand neben ihr wie zuvor neben Kasimir. Sie zeigte keine Spur von Unsicherheit. Im Gegenteil. Sie drückte ihr eigenes Siegel mit Nachdruck in das weiche Wachs der Urkunden. Auf diesem Siegel, das sie gern betrachtete, war sie sitzend zu sehen, ihr zur Seite die beiden Söhne. Ein deutliches Zeichen ihrer Macht. Sigill von Viola ducissa de Opole – stand um das Oval herum.

Viola war schlanker geworden und sah wieder gern in den Spiegel. Sie warf bewusst auch ihr Aussehen in die Waagschale – den Leuten war es wichtig, dass ihre Herrin eine schöne Frau war. Sie trug den dunklen Witwenschleier befestigt mit einem silbern durchwirkten Band. Er sollte ihr dichtes, dunkles Haar nicht völlig verbergen.

Schwierig war für Fürstin Viola die Rechtsprechung, denn dabei hätte sie oft lieber dem Herzen gehorcht als dem Verstand. Aber sie hörte den Rat des Kanzlers, der meinte, Gerechtigkeit gehe vor. Es war ihr wichtig, dass der Kanzler stets für sie da war. Sie holte Ratschläge bei ihm ein, aber die Entscheidungen fällte sie selbst. So ließ sie oft ihren gesunden Menschenverstand walten. Besonders in Klagen um Familienzwistigkeiten und um Besitzstreit. Die Fürstin war mehr als üblich auf das Wohl der Weiber bedacht. Ein sein Weib prügelnder Ehemann fand keine Gnade bei ihr. Und es kam vor, dass ein solcher drei Tage und drei Nächte bei Wasser und Brot im Turm verbringen musste.

Einmal brachte ein Ritter ein weinendes junges Mädchen zu ihr, das er vor dem Tod in den Fluten des Flusses gerettet hatte. Die Unglückliche wollte sich töten, weil sie von ihren Eltern aus dem Hause getrieben worden war. Sie war schwanger und der Bursche, dem sie sich nicht verweigert hatte, wollte sie nicht heiraten. Die Fürstin behielt das arme Ding im Schloss und ließ die Eltern der beiden jungen Leute und den Burschen zum nächsten Gerichtstag erscheinen, um eine Einigung herbeizuführen. Da ihr aber der junge Mann ein übler Kerl schien, drang sie nicht auf einen Bund fürs Leben. Sie ließ das Mädchen in ihre Dienerschaft aufnehmen und für sie und ihr Kind sorgen.

Dass die Fürstin ein besonderes Verständnis für in Not geratene Weiber und Mädchen zeigte, sprach sich herum. Bald meldeten sich bei ihr zuhauf geprügelte und verlassene Ehefrauen, geschwängerte und sitzen gelassene Mädchen und sogar alte Eltern, für die die Kinder nicht sorgen wollten.

Eines Tages kam auch eine Magd, die Badende im Badehaus zu bedienen hatte, zu ihr und führte Klage, sie sei schwanger. Aber sie wusste den Vater ihres Kindes nicht zu nennen. Es stellte sich heraus, dass mehrere Männer ihre unzüchtigen Dienste in den schummrigen Ecken der Badestube in Anspruch genommen hatten, Familienväter, ehrbare Bürger.

Viola war empört. Sie ließ Vogt Klemens und den Bademeister Henko zu sich kommen. Klemens zuckte die Achseln und grinste, so sei es doch überall üblich. Es sei doch bekannt, dass nicht alle Männer mit ihren Eheweibern zufrieden wären und da ergebe sich eben dieses oder jenes. Die Badestuben boten dafür gute Gelegenheit. Der Kanzler verbot ihm solche Reden in Anwesenheit der Herzogin.

Viola war wütend. Sie wandte sich an Henko und befahl ihm strengstens, für Ordnung zu sorgen. Ansonsten drohe ihm eine hohe Geldstrafe oder der Entzug der Erlaubnis, das Badehaus zu führen. Der Mann bekam einen roten Kopf und versprach auf den Knien, alles zu tun, was die Herzogin wünschte. Das schwangere Weib schickte die Herzogin zu ihren Eltern aufs Dorf und verbot ihr, je wieder in die Stadt zurückzukehren.

Mit dem Kanzler begab sie sich zum Ort des unschicklichen Treibens. Das Badehaus bestand aus zwei Räumen. In dem größeren standen mehrere Bottiche aus Holz, die für die Badenden mit warmen Wasser gefüllt wurden. Im anderen Raum wurde wie bei den Slawen üblich gebadet. Es war eine kleine, hölzerne Stube, deren Ritzen sorgfältig mit Moos verstopft waren. In einer Ecke wurden Steine erhitzt, auf die man Wasser goss. Die Badenden schwitzten im Dampf, schlugen sich mit Reisigbesen und wurden danach mit kaltem Wasser begossen. Im Sommer durften auch Bottiche, die im Hof hinter dem Badehaus standen, benutzt werden.

Baden war teuer. Für ihre Leute zahlten die Gilden und Zünfte ein wöchentliches Bad, zu dem jeder Geselle und Lehrling, jeder Verkäufer und jeder Bedienstete verpflichtet war.

Die Fürstin sah sich im Badehaus um, fand alles sauber und ordnete daraufhin an, dass Männer und Frauen getrennt zu baden hätten. Ein Plan für die einzelnen Badetage wurde erstellt und ein Badetag für die Familien eingeräumt. Die Herzogin befahl vor allem strengstens, beim Baden der Männer dürfe nur der Bademeister zugegen sein, bei den Weibern eine Magd, wenn möglich im gesetzten Alter.

Henko kam für diesmal mit einer Zurechtweisung davon. Eine Strafe ereilte ihn dennoch dafür, dass er unzüchtiges Treiben im Badehaus geduldet hatte. So jedenfalls sahen es die schadenfreudigen Mitbürger. Eines Tages nämlich war der tüchtige Wassermeister in eine der vielen Sickergruben, die er hatte anlegen lassen, hineingefallen. Wenn nicht sein Hund durch wildes Gebell an der Grube Hilfe herbeigerufen hätte, wäre er schmählichst im Unrat ertrunken. So aber stank er nur mehrere Tage, obwohl man ihn sorgfältig in seinen Badestuben gesäubert hatte. Henko kränkelte daraufhin monatelang. Der Hund durfte fortab neben seinem Bett schlafen.

Die Fürstin begab sich gern unter das Volk. Sie ging jedoch nur in Begleitung ihrer Dienerin und eines Pagen auf den Markt. Dort sah sie den Handwerkern und Kaufleuten zu. Unerkannt konnte sie sich nicht unter die Leute mischen, aber man gewöhnte sich bald an ihre häufige Anwesenheit und es ging nun christlicher zu, meinte sie zumindest. Die mit ihren Gewichten betrügenden Händler wurden vorsichtiger, seitdem sie bei einigen die Gewichte gelegentlich nachprüfen ließ. Hohe Geldstrafen waren die Folge von Betrug und deshalb mischten auch die Fleischhauer seltener Knochen unter das verkaufte Fleisch. Die an Markttagen vorfahrenden Kaufleute beäugte Viola aufmerksam. Manchmal genügte ein strenger Blick, um unredlichen Handel zu unterbinden.

Bettler sollte es auf den Straßen nicht geben, wünschte sich die Herrin. Sie besprach sich mit der Tscharnowonser Äbtissin, was für die Armen und Kranken zu tun sei. Viola stattete Besuche im Hospital ab, das vor der Stadt lag. Dort hausten die Ärmsten der Armen, ebenfalls von den Tscharnowonser Nonnen betreut. Es kostete die Fürstin einige Überwindung, in die Hospitäler zu gehen, denn die meisten Krankheiten waren unheilbar und die Kranken boten einen betrüblichen Anblick. Sie jammerten und klagten zum Erbarmen, besonders weil man ihnen nur wenig Linderung ihrer Leiden verschaffen konnte. Es gab keine Hoffnung für sie. Das Hospital war auch Herberge für Obdachlose. Das Essen sei mager, klagten die Insassen. Die Herzogin ordnete an, fortab die Insassen aus der Burgküche zu speisen.

Darüber hinaus richtete die Herzogin in der Stadt ein Haus für elternlose Kinder ein, die bei Verwandten oder Ersatzfamilien keine Aufnahme fanden. Die Waisen von Kaufleuten und Handwerkern wurden fast alle bei Familien der Zunft oder der Gilde untergebracht. So war es in allen westlichen Städten üblich und so hielt man es auch in Oppeln. Wer einmal in einer Gilde oder einer Zunft war, der konnte sicher sein, dass ihn die Gemeinschaft im Notfall nicht im Stich lassen würde. Doch es gab Kinder, die ohne Betreuung blieben und für die musste gesorgt werden. Margareta beorderte hierzu eine ältere vertrauenswürdige Nonne in die Stadt. Das Waisenhaus verblieb unter der Obhut des Archidiakons, später eigentlich des Kanzlers, der immer öfter den alten Herrn zu vertreten hatte. Auch die Fürstin schaute ständig vorbei.

Neun Jahre nach Kasimirs Tod wurde die Heiligen-Kreuz-Kirche zur Kollegiatskirche erhoben und alles, was es in Schlesien an geistlicher Prominenz gab, fand sich ein. Vor allem Bischof Thomas aus Breslau kam mit großem Pomp angereist, begleitet von einem päpstlichen Legaten. Kanzler Sebastianus, der Weltgewandte, war vom altersschwachen Reginaldis gebeten worden, die Gäste zu empfangen und zu betreuen. In den Ansprachen wurden die Verdienste des Herzogs Kasimir und die jahrelangen Bemühungen des Bischofs Lorenz um die Erhebung der Oppelner Kirche gewürdigt. Auch die seit einigen Jahren bestehende Schule wurde feierlich gesegnet und ihre Erweiterung beschlossen.

Herzogin Viola verstand sich als Landesmutter. Sie erhielt unzählige Einladungen zu verschiedenen Anlässen, die sie bestrebt war, gewissenhaft wahrzunehmen. Sie fand sich ein zur Verleihung von Stadtrechten, zur Begrüßung von Trecks mit Neusiedlern, zu Richtfesten und Einweihungen, ja, sogar zu Kindstaufen wurde sie gebeten. Die häufigen Ausritte in die entlegenen Orte des Landes waren anstrengend, aber sie schlug selten eine Einladung aus.

So ritt sie auch eines Tages mit dem Kanzler und einem Tross nach Ratibor, wohin Vogt Kollin zur Taufe seines vierzehnten Kindes eingeladen hatte. Er hatte vor kurzer Zeit ein drittes Mal geheiratet, ein blutjunges Weib, eine Einheimische. Und die hatte ihm ihr drittes Kind geboren. »Tüchtig in allem, dieser Kollinus«, spöttelte der Kanzler.

In Oppeln pries man die Ratiborer stets über den grünen Klee. In Ratibor sei alles besser, war zu hören. Die Herzogin wollte sich deshalb noch einmal alles genau ansehen. Wie machte es dieser Kollin, dass in seiner Stadt alles so vortrefflich lief? Die Antwort war bald gefunden. Die Ratiborer hatten einige Jahre eher als die Oppelner Bürger mit dem Bau ihrer Stadt begonnen und sie hatten das Glück, in Vogt Kollin einen hervorragenden Stadtvater zu haben.

Der Vogt hatte zur Taufe ein Fest für alle Bewohner auf dem Ring der Stadt vorbereitet, mit Würstchen und Bier. Die Ehrengäste empfing er mit großem Pomp in der Ratsstube. Seine älteren Kinder waren alle dabei. Sein junges Weib, rundlich und von rosiger Gesichtsfarbe, sah ebenfalls wie seine Tochter aus.

Nach dem Empfang zeigte der Vogt seiner Fürstin, für die er große Verehrung an den Tag legte, die Stadt und ihre eben zu Ende geführte Befestigung. Uneinnehmbar, versicherte er. Alle haben dazu beigetragen, jeder wie er konnte. Die Bürger Ratibors, sagte Kollin auf die Anfrage der Fürstin, seien so sehr mit ihrer Arbeit beschäftigt, dass sie keine Zeit hätten für Streitigkeiten. Jeder bemühte sich, voranzukommen. So sah man nur zufriedene Gesichter ringsumher. Aber vielleicht schien es nur so, weil der Tag ein besonderer war.

Auf dem Rückweg von Ratibor übernachtete man wie üblich in Leschnitz und vormittags begab sich der fürstliche Tross weiter gen Ujest, wo man Vogt Walter und den bischöflichen Prokurator Konrad besuchen wollte. Die Fähre über die Oder war zuvor bestellt worden und der Tross überquerte mit Ross und Reiter den träge fließenden Strom.

Ujest war eine bischöfliche Stadt, 1223 ausgesetzt, in der der bischöfliche Prokurator für die bischöflichen Einnahmen sorgte, insbesondere für den lukrativen Zehnten, der von den unter polnischem Recht lebenden Bewohnern eingetrieben wurde. Auch hier, wie in den dazugehörenden Dörfern, fand die Herzogin alles in bester Ordnung.

Am nächsten Tag ritt der herzogliche Tross nach Oppeln zurück. Der Weg führte durch dichte Wälder, an saftigen Wiesen vorbei, oft auf unwegsamen Pfaden durch ein fast menschenleeres Land. Die Fürstin kehrte zufrieden in ihre Burg zurück. Neben ihr der Kanzler. Immer an ihrer Seite.

Eines Tages erhielt sie eine vertrauliche Botschaft von Heinrich von Schlesien, der ihr ankündigte, das Land um Kalisch und Ruda in ihren Besitz zu übergeben. Er werde ihr demnächst eine Schenkungsurkunde zukommen lassen. Sie soll sich Herrin von Kalisch und Ruda nennen dürfen, unter der Bedingung, dass ihr Sohn Wladislaw zum Erben der Ländereien eingesetzt werde. Der alte Herzog ließ nachfragen, ob sie die Schenkung annehme.

Viola war erstaunt, sie hatte zwar Heinrich in seinen Kämpfen gegen Wladislaw Odonitsch, dem Odosohn, Unterstützung gewährt und ihm eine tüchtige Schar Berittener zukommen lassen, aber die Schenkung übertraf bei weitem den Wert des Waffenbeistandes, zu dem sie sich ohnehin verpflichtet gesehen hatte. Sie fragte den Kanzler, was das wohl bedeuten solle.

Der Kanzler schmunzelte, immerhin könnt Ihr, Herrin, fortab auch noch territoriale Eroberungen zu Euren Gunsten verbuchen. Viola antwortete darauf, dass friedliche Landnahme gestattet sei. Aber warum dieses Geschenk? Der Kanzler erklärte ihr, dass diese Schenkung ein geschickter Schachzug des großen Fürsten sei, der, weil er mit der mächtigen Kirche im Streit liege, das umstrittene Gebiet ihr übertrage und ihrem noch für längere Zeit unmündigen Sohne. Da sie als Witwe und Regentin unter dem besonderen Schutz des Papstes stehe, würde niemand es wagen, sie dieses Gebietes zu berauben. Viola lachte auf. »Klug ausgedacht«, sagte sie. Und fügte ernst hinzu: »Ein klarer Beweis verwandtschaftlichen Vertrauens.« Sie nahm die Schenkung im Namen ihres Sohnes dankend an. Der Kanzler setzte ein entsprechendes Schriftstück auf und sandte einen Boten zum Fürsten mit einer Danksagung. Viola fügte eine von ihr bunt bestickte Geldbörse als Geschenk bei. Sie stammte aus den Tagen, als sie noch Zeit hatte zu sticken.

Herzogin Viola fand kaum Ruhe, aber sie war zufrieden mit ihrem Leben. Der Kanzler sah das und sagte: »Herrin, Ihr seid von einer guten Situation in eine andere, noch bessere für Euch geraten. Ihr seid ein Sonnenkind, Herrin.«

»Aber nein«, antwortete Viola, »ich bin nicht am Sonntag geboren.«

»Am Sonntag nicht«, erwiderte der Kanzler, »aber in einem von der Sonne begünstigten Monat. Und in einem guten Jahr.«

»Woher wollt Ihr das wissen?«

»Es gibt ein altes Wissen, die Sternenkunde, die sich mit dem Einfluss der Sterne auf unser Leben befasst. Das wird von der Kirche nicht gern gesehen, aber selbst die Päpste holen ihre Horoskope bei den Astrologen ein.«

»Astrologen, Horoskope?«, fragte sie verwundert. »Kennt Ihr Euch auch noch in der Sternenkunde aus, Herr?«

»Ich sehe das als Spielerei. Aber anderseits ist es doch mehr. Der Gedanke an des Menschen Zugehörigkeit zum Kosmos hat Sinn, wenn man das Universum als Gottes Stätte betrachtet. Es hat etwas Tröstendes, sich als einen kleinen Teil des großen Ganzen zu empfinden.«

Viola hätte gern um nähere Erläuterungen gebeten, fragte aber nur: »Und was ist ein Horoskop?«

»Herrin, ein Horoskop ist eine Zeichnung des Himmels, die für einen bestimmten Zeitpunkt und einen bestimmten Stand der Gestirne berechnet ist. Bereits in Babylon war diese Sternenkunde bekannt. Und auch heute meinen viele, dass der Mensch in seinen Anlagen und seinem Schicksal in die Schwingungen der Gestirne mit einbezogen ist und durch sie eine glückliche oder weniger günstige Beeinflussung erfährt. Doch die Kirche hat Bedenken und fürchtet für den wahren Glauben. Der Mensch soll sich als in Gottes Hand geborgen empfinden und nicht als Kind der Sterne, wie es die Heiden dachten. Für Euer Lebensglück gibt es aber auch andere Erklärungen. Ich meine, der Segen Eures früh verschiedenen Vaters ruht auf Euch, oder der Geist Eures verstorbenen Gemahls trifft Euch. Wie dem auch sei, Gottes Segen scheint auf Eurem Leben zu liegen und Ihr habt allen Grund, dankbar zu sein.«

»Ich bin es«, antwortete Viola mit Überzeugung.

Eines Tages trat der Kanzler in Fürstin Violas Kemenate neben der Halle, als sie am Fenster über eine Stickerei gebeugt saß. Sie sah, er war mit einem ungewöhnlichen Anliegen gekommen. Er war blasser als sonst und seine Haltung drückte eine bei diesem stolzen Mann ungewöhnliche Verunsicherung aus.

»Nehmt Platz, Herr Kanzler«, lud ihn Viola ein. Und er setzte sich wie üblich auf den Stuhl ihr gegenüber. Er schwieg betreten. Dann begann er hastig:

»Herrin, ich habe eine Bitte an Euch. Eine ungewöhnliche Bitte. Eine persönliche Bitte. Herrin ...« Und stockte wieder.

»Ich will Euch gern zuhören, Herr«, sagte sie erstaunt und legte ihre Arbeit beiseite, denn der Ton des sonst so redegewandten Mannes war ungewöhnlich.

Der Kanzler rang nach Worten, doch schließlich brachte er es heraus: »Herrin, ich brauche Eure Hilfe. In einer Angelegenheit ... in einer Angelegenheit, die mich betrifft. Die mich persönlich betrifft. «

»Die Euch betrifft? Herr, Ihr beunruhigt mich, Ihr wisst, dass ich Euch zu großem Dank verpflichtet bin. Ihr dient mir und unserem Lande in treuer Freundschaft. Womit kann ich Euch also helfen?«

Der Kanzler blickte verlegen zu Boden, rieb sich das Kinn und sagte mit einem schwachen Lächeln: »Herrin, ich muss Euch zu meiner Beichtmutter machen, leider ... Wie soll ich es Euch sagen?«

»Also bitte, beichtet einfach.« Viola versuchte einen leichten Ton anzuschlagen. »Ihr habt gesündigt?«

»Ich habe gefehlt«, sagte er. »Ich habe einem Mädchen ein Kind gemacht. Einem unschuldigen Kind ein Kind. Ich bitte Euch, Ihr müsst Euch der Angelegenheit annehmen.«

Viola spürte, wie sich in ihr etwas schmerzhaft zusammenzog, aber sie blieb beherrscht. »Euer Vertrauen ehrt mich, Herr. Ich bin bereit, was nötig ist zu tun.« Während sie das sagte, spürte sie, wie etwas in ihr auseinander brach, wie ihr ein Gefühl der Sicherheit und Geborgenheit entglitt. Sie schwieg. Wie sollte das enden? Würde er mit dem Mädchen hier leben wollen? Sie womöglich ehelichen? Oder das Schicksal des Mädchens ihr überlassen?

Sie wartete ab, was er weiter sagen würde und der Kanzler sagte nach einer Weile: »Herrin, ich möchte, dass Ihr das Mädchen verheiratet.«

»Ich? Verheiraten? Das Mädchen?«, fragte Viola erstaunt. »Mit wem? Wollt Ihr etwa das Mädchen ehelichen?«, entfuhr es ihr.

»Nein, nein, um Himmels willen! Nicht ich.« Er wirkte noch verlegener. »Der Sohn des Bäckers, der Rothaarige, den sie Fuchs nennen, war hinter ihr her.«

Viola dachte, mein Gott, welch eine Sprache führt dieser Mann plötzlich.

»Ich denke, er wird sie auch schwanger nehmen«, fuhr der Kanzler fort, »vorausgesetzt, dass er reichlich Mitgift dafür bekommt.«

»Erlaubt, dass ich mich damit befasse«, sagte Viola hastig. »Bringt das Mädchen zu mir. Ich will mit ihm reden. Ich werde alles in die Wege leiten. Ihr könnt mir vertrauen.«

»Es ist fast noch ein Kind«, sagte der Kanzler.

»Ja, ja, Herr Kanzler. Ich werde für das Kind sorgen. Und für Euer Kind.« Und sie dachte verwirrt: Als wäre es meines. Sie fasste sich und fragte: »Aber warum soll dieser rothaarige Kerl, der Bäckersohn, sie heiraten? Ist der Bäckersohn der geeignete Mann für ein Weib, das die Mutter Eures Kindes ist? Und wer sind ihre Eltern, wissen die davon?«

»Einfache, aber ehrbare Leute. Die Mutter klagt still und weint«, antwortete der Kanzler. »Sie hat bei mir Ordnung gehalten und geputzt. Die Kleine kam manchmal mit, um zu helfen, manchmal kam sie auch allein anstelle der Mutter. Der Vater ist ein Fischer und ein roher Mann. Ein Trinker. Das Mädchen hat Angst vor der Prügel des Vaters und will nicht nach Hause. Sie schläft bei mir. Ihr müsst mir helfen, Herrin, ehe ein Unglück geschieht.«

»Ihr habt Recht – ehe ein Unglück … ein größeres Unglück womöglich … – So lasst das Mädchen kommen. Sie soll hier wohnen. Ehe wir sie verheiraten mit dem Bäckersohn.«

»Herrin, ich wusste, dass Ihr mir helfen würdet. Ich danke Euch. Wollt Ihr nicht wissen ... Den Sünder anhören? Wie es kam ...«

»Zur Beichtmutter eigne ich mich schlecht«, antwortete sie hastig. »Warum solltet nur Ihr vor Sünde gefeit sein. Wir sind alle Menschen. Das habt Ihr mir doch unzählige Male gesagt.«

Doch der Kanzler fuhr unbeirrt fort, als drängte es ihn, sich ihr anzuvertrauen. »Ihr habt das Recht zu fragen, warum. Ja, es ist richtig, auch ich bin ein fehlbarer Mensch«, sagte er, ohne dass ihm wirklich Reue anzumerken gewesen wäre. Im Gegenteil, er blickte auf, sah sie an und fuhr fort: »Das Entsagen ... Der Verzicht ist oft zu schwer zu ertragen. Es war für mich nicht immer leicht, die Gelübde zu halten. Nein, Kleriker zu sein, ist nicht leicht.« Sie schwiegen, dann sagte er: »Die Kleine kam eines Tages für ihre Mutter putzen und ließ einen gläsernen Kelch fallen, eine Kostbarkeit. Der Kelch zerbrach. Das Mädchen weinte und wollte sich mir zu Füßen werfen. Ich fing es auf und hielt es in den Armen. Es zitterte wie ein Vöglein. Das Kind war so warm, seine Haut so zart. Und mit mir geschah etwas, was ich nicht wollte. Ich war nicht stark genug, dem zu widerstehen. Wir waren nachher viele Male zusammen. Es war wie ein Fieber, das ich nicht beherrschen konnte, ein Rausch, den ich nur vom Hörensagen und aus Büchern kannte. Bis sich der sich rundende Bauch des Mädchens nicht mehr verbergen ließ und mich zur Besinnung brachte.«

Der Kanzler schwieg und fügte nach einer Weile hinzu: »Ich war auch ein uneheliches Kind. Aber in dem Fall war die Geschichte anders. Meine Mutter Bozechna war eine gestandene Frau, eine Witwe, die ihre Güter selbst verwaltete, mein Vater aber ein Kleriker, der bei ihr Unterschlupf gefunden hatte, lateinische Gedichte schrieb und außerdem lebensuntüchtig war. Er nahm das Gelöbnis der Keuschheit nicht ernst, wie viele damals. Die Kirche sah dergleichen Verbindungen ungern, duldete sie aber. Meine Mutter war vermögend und spendenfreudig. Die Kirche hatte nicht zu klagen. Außerdem war ihr Bruder in Breslau ein einflussreicher Domherr. Herr Martinus, mein Onkel, war mir wie ein Vater. Er war ein gottesfürchtiger Mann und hat mich gefördert und unterstützt. Ihm verdanke ich meine Bildung, mein Studium. Trotzdem habe auch ich unter dem Makel der unehelichen Geburt gelitten. Meine Herkunft hat mein Leben bestimmt. Das Leben eines Klerikers. Wenn es ein Sohn wird ... Ich werde auf jeden Fall für das Kind sorgen.«

»Ihr könnt beruhigt sein, Herr«, sagte Viola. »Ich werde mich der Angelegenheit annehmen.«

»Ich danke Euch, Herrin!« Er küsste ihr die Hände.

Die kleine Maria wurde mit dem rothaarigen Peter verheiratet, aber glücklich sind sie beide nicht geworden. Der Bäcker schämte sich für die unehrenhafte Braut und sah seinen unehelichen Sohn nicht gern. Das Wort Bankert kam ihm leicht von den Lippen. Sein Weib stand verhärmt in der Verkaufsstube und brachte Brot und Semmeln in die Burg.

Doch das Kuckucksei erwies sich für den Bäcker als Goldei. Er konnte für Marias Mitgift, die die Herzogin gestiftet hatte, eine Mühle in der Nähe der Stadt erwerben und weil er fleißig und tüchtig war, wurde er bald ein reicher Mann. Der Sohn des Kanzlers blieb das einzige Kind des Paares. Der Kanzler, der das Kind und seine Mutter nicht aus den Augen ließ, brachte den Jungen so bald wie möglich in ein Kloster bei Breslau. Er wollte aus ihm einen gebildeten Mann machen und ihn dem Einfluss seines Stiefvaters entziehen. Sein Sohn sollte ein Kleriker werden wie er selbst. Maria starb bald darauf, aus Kummer, wie man sagte. Der Bäckermeister und inzwischen auch Ratsherr Peter Fuchs heiratete noch zweimal und zeugte viele Kinder.

Viola hatte dem Kanzler ohne Zögern geholfen. Sie war freundlich zu der Schwangeren gewesen und hatte ihr eine reichliche Ausstattung geschenkt. Doch die Angelegenheit hatte sie selbst in tiefe Verwirrung gestürzt. Der Vorfall zwang sie, auch ihr Leben noch einmal zu überdenken. Die Zuneigung des Kanzlers war für sie zeitlebens eine Selbstverständlichkeit gewesen. Vom ersten Tag ihrer Bekanntschaft an hatte sie seine Ergebenheit als selbstverständlich betrachtet. Aber konnte Zuneigung je selbstverständlich sein? Und dauerhaft? Hatte sie ihm je ihre Zuneigung gezeigt? Nein. Denn sie durfte es nicht.

Jetzt musste sie sich eingestehen, dass sie ihn geliebt hatte. Ja, sie hatte ihn geliebt. Und, doch, sie hatte es zuweilen auch gezeigt. Hatte sie nicht immer wieder das Gespräch mit ihm gesucht? Und er? Er war darauf eingegangen. Nur aus Pflichtbewusstsein seiner Herrin gegenüber? Er war immer da für sie. Das ist wahr. Diente er nur seiner Herrin, oder dachte er auch in anderer Weise an sie? Und sie selbst, hatte sie sich ihm je zu erkennen gegeben? Für sie war es ein schwieriges Spiel gewesen. Sie war gehalten, ihm die Höflichkeit entgegenzubringen, die ihm als Kanzler gebührte. Doch jeder Anflug von Herzlichkeit musste vermieden werden. Sie hatte gelächelt, ihm zugelächelt. Aber es durfte nur ein höfliches Lächeln sein. Ihre Gefühle hatte sie immer verbergen müssen. Jedes Lächeln zu viel, jede zweifelhafte Geste, jeder zu persönliche Ton waren zu vermeiden. Ein anstrengendes Spiel. Aber sie gehorchte den Regeln, die man sie gelehrt hatte. Und er? Sie wusste nichts über ihn.

Ihr wurde jetzt bewusst, dass sie trotzdem immer überzeugt gewesen war, dass auch er sie liebte, dass er ihr aus Liebe treu diente. Sie hatte seine Liebe für einen festen Bestandteil ihres Lebens gehalten. Seine Liebe, seine treue Ergebenheit hatten ihr Kraft gegeben. Aber was wusste sie von ihm? Nichts! Hatte sie je nach seinem Befinden, nach seinen Gefühlen gefragt? Oder ihn über sich reden lassen, so, wie sie ihm ihr Unbehagen, ihr Gefühl des Ungenügens anvertraut hatte? Auch von seiner Seite war nie ein Wort, nie ein Blick über das Erlaubte hinaus gekommen. Zwischen ihnen war eine Glaswand. Beide wussten, es gab keine Möglichkeit, diese Liebe zu leben. Und doch hatte ihr die verdrängte und verborgene Vertrautheit immer geholfen zu sein. So zu sein, wie sie war.

Jetzt war er, der scheinbar Unfehlbare, einer Versuchung erlegen.Aber was bedeutete es schon, dass er mit einem Mädchen ge-

schlafen hatte. Es war keine Abkehr von ihr, kein Treuebruch. –
Ein Kind mit einem Fischermädchen. Was änderte dieser
Zwischenfall zwischen ihnen? Nichts.

Und doch – alles hatte sich geändert. Es war müßig, das Ge-
schehene hin und her zu wenden. Viola fühlte sich plötzlich sehr
einsam. Sie wusste jetzt besser als je zuvor: Kein Mensch war ihr
lieber und vertrauter gewesen als dieser. Seine Nähe hatte ihr gut
getan, hatte ihr geholfen, sich so zu geben, wie sie war, weil er sie
geschützt hatte. Das Vertrauen, das sie zu ihm haben durfte, hatte
sie gestärkt. Wie oft hatten sie sich ohne Worte verstanden, sich
nur mit Blicken zu verständigen gewusst.

Nach diesem Gespräch, dem einzigen persönlichen Gespräch
in ihrem langen gemeinsamen Leben, hatte sie einen Traum. Sie
sah sich auf einer sonnigen Wiese voller Blumen und bunter
Schmetterlinge. Sie fühlte sich leicht in einem hellen seidenen
Kleid. Da erblickte sie die dunkle Gestalt des Kanzlers. Der
strenge Mann näherte sich ihr und als er vor ihr stand, warf er
plötzlich den dunklen Mantel ab und stand da in einem weißen
Hemd und bunten Beinkleidern, wie sie die Gaukler trugen, ein
Beinkleid rot, das andere grün. Er schüttelte lange blonde Locken,
wie sie sie nie bei ihm gesehen hatte. Unbändig lachend fasste er
ihre beiden Hände und begann mit ihr zu tanzen. Sie schwebten
über der Blumenwiese. Schwerelos glücklich im Sonnenschein.
Sie umarmten und küssten sich. Sie spürte, das war die Liebe, von
der die Minnesänger schwärmten. Sie schwebten und unter ihren
Füßen blühten Blumen, in denen Kinder wuchsen, ihre und des
Kanzlers Kinder. Doch Wolken zogen auf und das Bild verdüs-
terte sich. Regen begann zu rieseln, kalter Regen, Schnee. Der
Wind sprang sie von allen Seiten an. Sie ließen ab voneinander,
hüllten sich in Mönchskutten und zogen die Kapuzen über ihre
Köpfe. Vermummt und einsam saß jeder auf seinem Stein. Zwei
frierende Gestalten, die allmählich erstarrten.

Ratibor hält den Mongolen stand

Das Leben im Fürstentum Oppeln und Ratibor nahm seinen gewohnten Lauf und Herzogin Viola konnte eines Tages feierlich und unter Tränen der Rührung ihrem Erstgeborenen die Herrschaft übergeben: Mieschko war volljährig geworden! Sie hatte ihre Aufgabe erfüllt. Sie konnte mit sich zufrieden sein. Auch der Kanzler war gerührt und zufrieden, denn er liebte Mieschko wie seinen eigenen Sohn.

Doch kurz nachdem Mieschko die Herrschaft angetreten hatte, erreichten böse Gerüchte die Oppelner Burg. Ein Krieg bedrohe das Land, hieß es.

Ein Krieg? Mitten im Frieden? Viola begriff das nicht. Man hatte doch mit keinem Nachbarn Streit. Wer wollte einen Krieg übers Land bringen? Doch allmählich wurde die Bedrohung deutlich. Flüchtlinge aus der Rus brachten die Nachricht. Ein grausames, kriegerisches Volk hatte ihr Land überfallen. Heiden waren es, Tataren, Mongolen, fremde Menschen von weit her, aus den Weiten Asiens.

Die Flüchtlinge berichteten von fremd aussehenden Menschen und ihrer außergewöhnlichen Grausamkeit. Von tausenden Bewohnern der prächtigen Stadt Kiew sollen nur dreißig überlebt haben. Kein Stein soll auf dem andern geblieben sein in dieser Stadt, die man die goldene nannte. Die Völker der mächtigen Rus waren von den Tataren unterworfen worden. Aber den Tataren genüge das nicht. Sie wollten weiter gen Westen ziehen. Diese

Heiden hätten Krieg gegen die Christenheit geschworen. So berichteten die Flüchtlinge.

»Aber wir wollen keinen Krieg!«, wandte sich die Herzogin empört an den Kanzler und ihren Sohn. »Herzog Kasimir wollte keinen Krieg, er wollte den Frieden erhalten um jeden Preis, um sein Land aufzubauen. Der Fürst von Liegnitz und Breslau ist der gleichen Meinung. Wozu Krieg? Können wir nicht mit den Tataren verhandeln?«

Der Kanzler zuckte die Achseln. »Die Tataren sind Heiden, sie wollen Krieg. Sie verhandeln nicht über Krieg oder Frieden. Krieg ist ihr Ziel, Raub und Zerstörung, Unterwerfung der Völker. Aber macht Euch keine Sorgen, Herrin. Noch sind sie weit von uns entfernt. Die Gefahr ist gering«, beschwichtigte sie der Kanzler. »Es wird nötig sein, alle Kräfte aus Schlesien, Polen und Böhmen zu sammeln, um den Eindringlingen Einhalt zu gebieten. Wenn sie denn kommen. Auch Herzog Heinrich der Jüngere weiß um die Gefahr. Er schickte breits eine Botschaft, er werde – wenn nötig – sich den Tataren entgegenstellen.«

Mieschko war so jung, gerade erst Fürst geworden und nun drohte schon so große Gefahr! Die Mutter war entsetzt.

»Wir müssen beten, dass wir verschont bleiben«, sagte der Kanzler. »Aber wir werden auch Vorbereitungen treffen.«

Viola schüttelte den Kopf. »Kasimir hat es geahnt: die Mauer! Wir haben noch immer keine wehrhafte Befestigung in Oppeln.«

»Wenn es zum Schlimmsten kommen sollte, werdet Ihr den Sturm in Ratibor überstehen. Die Ratiborer haben eine starke Mauer. Macht Euch keine Sorgen, Herrin. Noch ist dieser Krieg wie ein Gewitter in der Ferne. Er kommt oder er kommt nicht. Wozu sollten die Tataren so weit in die christlichen Länder eindringen? Ein Teil ihrer Kräfte soll sich ja bereits wieder zurückgezogen haben.«

Und um die Herrin abzulenken und ihre trüben Gedanken zu vertreiben, schlug er ihr vor, eine alte Geschichte zu erzählen, die er von Abt Martinus gehört hatte. Über den Kampf mit einem

Schrecken erregenden Drachen, der hierzulande sein Unwesen getrieben haben soll.

»Denn wisset, Herrin: Bedrohungen gab es immer und überall. Immer mussten Menschen um ihr Leben kämpfen. Krieg gab es immer und wird es immer geben. Krieg gehört zur Natur des Menschen. Denn der Mensch ist grausam nach seiner Natur, als wäre er noch halb Tier. Hört zu, Herrin, wie es sich hierzulande ereignet haben soll vor vielen Jahren, vor langer Zeit.«

»Erzählt also, Herr Kanzler«, lächelte Viola traurig. »Was bleibt uns noch als Trost – nur Märchen.«

»Märchen oder nicht Märchen, ein wahrer Kern steckt in jeder Geschichte. Die Drachen gab es hier wirklich.«

»Das habe ich auch von Abt Martinus gehört«, sagte die Fürstin.

»Ja, den Abt beschäftigt das Thema sehr. Bei Tscharnowons sollen besonders viele Drachen genistet haben. Und auch am Helmberg. Er will sogar riesige Drachenknochen gesehen haben, die Bauern beim Pflügen gefunden hatten.« Sie saßen vor dem Kamin, der Schimmer des Feuers huschte über ihre Gesichter und der Kanzler begann:

»Wie sich die Hiesigen erzählen, soll im Land an der Oder in alten Zeiten ein Drache gelebt haben, der Angst und Schrecken unter den Menschen verbreitete. Der letzte seiner Art. Der gefährliche Unhold raubte nicht nur Schafe von der Weide, sondern brachte oft auch Menschen zu Schaden. Einsame Wanderer waren stets in Gefahr. Alte Weiblein, die mit ihren Reisighucken, Beeren- oder Pilzkörben an Waldrändern rasteten, wurden von ihm gepackt und trotz Geschrei in die Höhle des Tieres verschleppt. Später wurde vielleicht ein Korb irgendwo aufgefunden, ein Holzschuh, ein Tuch oder dergleichen. Ja sogar Bauern wurden unversehens bei ihrer Arbeit überrascht und konnten sich nicht immer des Unholds erwehren. Doch am häufigsten verschwanden Kinder, zum Jammer und Gram ihrer Eltern. Das erboste die Menschen am heftigsten.

Junge Burschen versuchten, dem Drachen beizukommen. Sie wagten sich an seine Höhle heran, warfen brennendes Stroh hinein, um ihn herauszutreiben und ihn mit Steinen zu erschlagen. Doch kaum erschien der Drache, jagte er sie in die Flucht mit seinem Gebrüll und seinem stinkenden Atem, so dass sie heilfroh waren, mit dem Leben davongekommen zu sein. Doch die Angst blieb und man konnte nicht aufhören, auf Abwehr zu sinnen.

Die alten Männer kamen in der Hütte des Ältesten zusammen, um zu beraten. Sie saßen auf Holzbänken um einen großen Tisch und tranken aus tönernen Bechern Met. Das flackernde Feuer im Kamin und Kienspäne an der Wand beleuchteten den Raum. Die alten Männer saßen und dachten nach. Aber das Nachdenken fiel ihnen schwer. Und so begannen sie zu reden.

Einer hob an und erzählte die neueste Gräueltat des Unholds, die alle kannten. Die anderen nickten mit den Köpfen und fügten andere Untaten hinzu. Bald hatte jeder etwas zu berichten. Die Geschichten reihten sich wie die Messer in der Holzwand eine an die andere. Und wer nichts mehr zu berichten hatte, dachte sich etwas aus. Schließlich wurde das neueste Ereignis noch einmal erzählt. Da wurden sie laut, schlugen mit den Fäusten auf den Tisch und riefen: ›Genug! Wir haben genug. Wir lassen uns das nicht mehr gefallen! Wir müssen den Unhold töten!‹

Aber wie? Etwas musste geschehen! Dessen waren sich alle alten Männer sicher. Aber was? Wie war dem Drachen beizukommen? Was war zu tun, um ihn loszuwerden?

Von Sensen und Messern, von Feuer und Schleudern war die Rede, von Stricken und Fallgruben. Doch wer sollte das tun? – Junge Männer mit starken Fäusten.

Die alten Männer redeten und redeten, bis ihnen die Zungen schwer wurden vom Met, bis sie anfingen zu lallen und ihre Köpfe auf den Tisch sanken, und einer nach dem anderen in seine Hütte wankte. Auf dem Weg rief der eine oder andere ins Dunkel hinein: ›He, he, wo ist er, der Unhold? Soll er doch kommen! He, he, ho, ho! Wir werden es ihm zeigen!‹ Aber nur die Köter bellten ihnen Antwort. Und auf so manchen wartete in der Hütte ein über die späte Heimkehr erbostes Weib – ihr hauseigener Drache.

Als wieder einmal ein Gänse hütendes Bürschlein geraubt worden war, kamen sie wieder zusammen, um auf den Ärger süßen Honigmet zu trinken und wie üblich heftig nach Taten zu verlangen. Da ergriff der Ratsälteste das Wort, kratzte sich am Kopf und kraulte seinen Bart. Er fühlte sich in die Pflicht genommen und sagte laut: ›So geht es nicht weiter! Wir müssen etwas tun.‹

›Aber was?‹, tönte es ihm entgegen.

›Ich habe nachgedacht‹, sagte er und lehnte sich über den Tisch. ›Tag und Nacht gedacht. Ich konnte nicht mehr schlafen vor lauter Denken.‹

Die Alten wandten ihm ihre Köpfe zu. ›Und was? Und wie?‹, sprachen sie durcheinander.

›Ruhe!‹, rief der Älteste und räusperte sich. ›Also, wenn wir den Unhold nicht bekämpfen können, müssen wir ihn friedlich stimmen.‹

Die Alten stierten ihn an.

›Wir sollten uns den Unhold zum Freund machen.‹

›Ja, ja‹, sagten sie. ›Schon richtig. Aber wie?‹

Und der Älteste fuhr fort: ›Wir müssen uns versöhnen mit ihm. Also – wir müssen ihm Opfer bringen.‹

›Ja, ja‹, sagten sie, ›Opfer bringen. Richtig. Ja, ja, wir haben ihm lange kein Schaf gebracht. Kein Lamm. Stimmt. Also opfern. Ein Lämmchen. Oder zwei.‹

›Ja nun‹, sagte der Älteste. ›Schafsopfer … Lammopfer … – Ein Lamm oder ein Schaf kann er sich selber holen.‹

›Ja, ja‹, sagten sie, ›richtig, aber was denn sonst?‹

Der Älteste schüttelte den Kopf. ›Opfer ist Opfer. Etwas Kostbares muss es sein. Wie früher …‹ Der Alte stockte. ›Wie früher … In großer Not, in dunklen Zeiten, als hier alle noch Heiden waren. Ich meine, wir sollten das tun, was früher die Alten taten.‹

Das tun, was die Alten taten? Da schwiegen sie. Denn alle wussten, was damit gemeint war.

›Ja, ja, aber …‹, sagten die einen, weil etwas gesagt werden musste. ›Aber wen?‹

›Richtig‹, sagte der Älteste mit listigem Grinsen. ›Wen – das meine ich.‹

›Ja, ja‹, sagten sie plötzlich bekümmert, kraulten sich die Bärte, kratzten sich an den Köpfen und tranken Met, der ihnen gar nicht mehr schmecken wollte. Ja, wen denn? Sie schwiegen. Der Älteste rieb sich die Stirn und schwieg ebenfalls.

›Kostbares. Ja, ja, aber …‹, sagte einer.

›Früher war früher …‹, ein anderer. ›Und damals war damals. Aber heute – Wir sind Christen!‹

›Opfer ist Opfer‹, beharrte der Alte. ›Die Christen opfern auch.‹

Einer bekreuzigte sich und sagte: ›Was ihr da für einen Unsinn redet, Väterchen.‹

Der Alte aber blieb stur und wiederholte: ›Opfer ist Opfer. Einen Menschen müssen wir opfern, wie es die Alten taten. Wir sind in Not.‹

Und nach einer Pause fügte er hinzu: ›Einen schönen jungen Menschen müssen wir opfern. Einen besonders schönen Menschen. Ein schönes junges Mädchen. Denn was gibt es Schöneres als ein schönes junges Mädchen‹, sagte der zahnlose Älteste grinsend.

›Ja, ja, das ist wahr‹, bestätigten die alten Männer und grinsten mit ihren zahnlosen Mündern zurück. ›Das Schönste von allem ist ein junges Mädchen. Ein junges Mädchen muss das Opfer sein!‹

Doch dann schwiegen die Alten wieder, entsetzt über das, was sie gesagt hatten. Sie schüttelten die Köpfe. ›Ja, ja, nein, nein‹, murmelten sie, denn sie besannen sich: Sie hatten Töchter und Enkeltöchter. ›Aber‹, sagten sie, ›wir sind Christen. Keine Heiden. Unsere Weiber … Die Weiber werden das nicht zulassen. Das geht nicht.‹ Und damit gingen sie kopfschüttelnd nach Hause, schwankend vom süßen Met.

Als das Gerede der alten Männer in den Hütten bekannt wurde, entstand wütendes Geschrei, Gezeter. Blanke Empörung schlug den alten Männern entgegen. Sie wurden von ihren Weibern als Säufer und Nichtsnutze beschimpft, denen nichts Vernünftiges einfallen würde, nur Dummheiten. Manche liefen danach mit zerkratzten Gesichtern herum.

Ja, so sind sie, die Weiber an der Oder! Gegen die kommt kein Mann an. Keine Mutter würde je ihre Tochter hergeben. ›Ja, sollen sie nur kommen! Die dummen alten Säcke. Die alten Säufer. Mörder! Mistgabeln gibt es in jedem Haus! Und wenn das nicht reicht, holen wir die Messer von der Wand.‹

Die Weiber brachten ihre Männer von dem dummen Gedanken ab und wiegelten sie gegen den Ältesten auf. Bald waren alle gegen den Alten, der ja nur das Beste gewollt hatte. Die Weiber forderten, sofort einen anderen zum Ältesten zu wählen. Da rief der Älteste eiligst noch einmal die alten Männer zusammen und verkündete, man werde ein Mädchen zum Opfer wählen, das ohne Eltern aufgewachsen sei, ein Waisenkind. Die Leute wussten sofort, wer damit gemeint war. Denn das schönste Mädchen weit und breit war wirklich ein Waisenkind und wurde von seiner Großmutter aufgezogen.

Aber hier traf die Axt auf den Stein. Die Alte liebte ihre Enkelin mehr als eine Mutter. Und – sie war ein weises Weib, für ihre Zaubersprüche und Wundermittel geschätzt und gefürchtet. Sie trippelte hurtig in die Hütte des Ältesten, stellte sich vor ihn hin und sah ihn an. Das genügte. Der Alte krümmte sich zusammen, so dass seine Nase das Knie berührte und konnte sich nicht mehr aufrichten. Er stöhnte vor Schmerz und fiel auf die Ofenbank. Die Alte lachte höhnisch, drohte mit Schlimmerem und trippelte in ihre Hütte zurück.

Am nächsten Tag kam der Älteste gebückt und stöhnend zur Alten in die Hütte gekrochen, verlacht von allen, die ihm auf dem Wege begegneten. Er schwor, nie mehr dergleichen zu sagen, nie mehr jemandem Ähnliches zu raten und bat die Alte um Vergebung und um Rettung aus seiner Not. Er wimmerte und flehte. Das alte Weib betrachtete ihn höhnisch und ließ ihn noch etwas stöhnen. Dann bot es ihm ein Schälchen an. Der Alte schlürfte den bitter-süßen Trunk nicht ohne Angst, wagte aber nicht, sich zu widersetzen. Und siehe da – der Schmerz verschwand. Der Mann war nur noch ein wenig krumm. Und dabei blieb es.

Aber die Ratlosigkeit in Anbetracht des Unholds blieb auch. So traf es sich gut, dass bald darauf ein fremder Ritter mit einem kleinen, aber gut gerüsteten Gefolge an der Tür des Ältesten klopfte, um Speise und Trank und ein Nachtlager für sich und seine Leute bat, sowie um die Versorgung der Pferde. Der Alte hieß die unerwarteten Gäste willkommen, rieb sich die Hände und holte den süßesten Honigmet aus dem Versteck, ließ eilig ein Ferkel schlachten und verwöhnte die Ritter mit einem üppigen Abendmahl.

Nachdem sich der Ritter und die Seinen gesättigt hatten, lehnte sich der Gast zurück, streckte seine langen Beine weit von sich, rülpste und dankte höflich für die Gastfreundschaft. Er begann die Gegend und ihre Bewohner zu loben und die Gastgeber nach ihrem Befinden zu fragen, um bald darauf auf seine zahlreichen Reisen und Abenteuer hinzuweisen. Er ließ sich nicht lange bitten und begann zu erzählen.

Der Ritter erzählte, er sei zu Land und auf Meeren unterwegs gewesen und habe dabei nicht wenige Abenteuer bestanden.

Ob er auch Drachen begegnet sei in der weiten Welt, fragte ihn listig der Alte. Auch gegen Drachen habe er gekämpft, antwortete der Ritter stolz.

Der Alte zeigte Interesse und ließ ihn weiter reden, nickte zu allem, und erst als der Gast seine Geschichten beendet hatte, ergriff er das Wort und begann über die Plage zu klagen, der die Menschen in dieser Gegend ausgesetzt waren. Über den Drachen, den Kinder raubenden Unhold.

Der Ritter hörte aufmerksam zu und bemerkte: ›Ein Wasserdrache. Eindeutig ein Wasserdrache.‹ Über Flussdrachen, Wasserunholde und andere Monster wisse er bestens Bescheid. Er stamme aus einem an Gewässern reichen Lande.

Der Alte bat um Hilfe und der Ritter versprach, sich der Not der Leute anzunehmen. Heiden oder Drachen, jeder Feind sei ihm willkommen. Kampf sei Kampf. Zum Kämpfen sei ein Ritter schließlich da. Und in Not zu helfen sei die Pflicht eines christlichen Ritters. Am nächsten Tag verbreitete sich die gute Nachricht vom Retter in der Not rasch in den Hütten.

Die Zeit des Kampfes sollten, wie üblich, die weisen Weiber, die Babas, bestimmen. Der Ritter wollte die Umgebung, wo der Drache hauste, vorher besichtigen. Die Burschen führten ihn und seine Mannen zur Höhle des Drachen. Aus sicherer Entfernung, von hohen Bäumen herab, betrachtete man die Höhle und ihre Umgebung. Aber der Unhold zeigte sich nicht. Zurück im Dorf beriet sich der Ritter mit seinen Leuten und mit den Burschen aus der Umgebung.

Am verabredeten Tag erschien der Ritter hoch zu Ross, im glänzenden Harnisch mit bunt bemaltem Schild und mit blitzendem Schwert gerüstet, vor der versammelten Gemeinschaft, was besonders bei den Mädchen unendliche Bewunderung auslöste. Ihm folgten seine zehn Begleiter auf ihren Pferden, in Leder gekleidet, die Köpfe mit eisernen Helmen bedeckt. Auch sie mit Schildern, Schwertern und langen Lanzen und Speeren versehen. Die Burschen waren mit Knüppeln, Äxten, eisernen Stangen und selbst gemachten Armbrüsten zur Stelle. Sie hatten Strohbündel und Feuersteine mitgebracht.

Die Gruppe brach mit Gesang oder besser gesagt mit einem Geschrei, das ihnen Mut machen sollte, zur Höhle des Drachen auf. Dort angelangt, erinnerte der Ritter noch einmal an den Plan und teilte die Aufgaben zu. Zuerst warfen die Burschen brennende Strohbündel in die Höhle. Schwer atmend kroch das schlammgraue, schuppige Tier aus seiner Höhle heraus, reckte sich hoch und stieß einen wütenden Schrei aus. Der Gestank nach Urin, Kot und Fäulnis drehte den Männern den Magen um. Auf dem langen Hals des Tieres saß ein riesiges Maul. Die schlamm-farbigen Glubschaugen glotzten umher. Der riesige Leib bewegte sich unbeholfen.

Der Ritter erteilte laut seine Befehle und einige seiner Leute gingen das Tier von hinten an. Sie warfen Speere und trafen den langen schuppigen Schwanz. Der Drache brüllte und wandte sich ihnen zu, doch da trafen ihn Speere von vorne. Das Tier wollte in seine Höhle zurück, doch dort brannte Feuer und qualmte Rauch. Es wandte ratlos den Kopf und glotzte umher. Da traf ihn einer der Speere am Hals. Dickes, schwarzes Blut quoll zwischen den Schuppen hervor. Der Drache wankte und brüllte. Ein Wurf und noch einer. Das Tier taumelte, röchelte und fiel. Jetzt trat der glanzvoll gerüstete Ritter hinzu und trennte mit einem wuchtigen Hieb seines Schwertes den Kopf des Unholds vom Leibe. Er hatte den Drachen getötet.

Die Männer kehrten mit dem aufgespießten Drachenkopf zu den Hütten zurück. An der Spitze des Zuges der Ritter, ihm folgten seine stolzen Getreuen zu Pferd. Die Burschen trotteten hinterher. Einige schleppten den schuppigen Leib des Unholds.

Im Dorf wurden der siegreiche Drachentöter und seine Schar jubelnd empfangen. Ein frohes Fest begann. Tische und Bänke wurden auf dem Anger unter der Linde aufgestellt. Die Mädchen, festlich herausgeputzt, traten zum Tanzen an. Das alte Weib, das unter den Ihrigen das Sagen hatte, ermunterte den Ritter, sich die Schönste zum Weibe auszusuchen. Er aber hatte bereits die Schönste ausgespäht. Er hatte seine Wahl getroffen. Es war die Enkelin der Alten, die zuvor dem Drachen geopfert werden sollte. Sie wurde sein Weib. Auch die Begleiter des Ritters nahmen die hübschen einheimischen Mädchen in ihre schnell errichteten Hütten und blieben im Lande.

Der Ritter ließ für sich und sein Weib einen steinernen Turm errichten und für das Versprechen, die Leute in Gefahr zu schützen, verpflichtete er sie, Abgaben zu entrichten. Das Recht dazu ließ er sich vom Herzog bestätigen.

So nahm diese Geschichte ein gutes Ende. Das getötete Untier könnte der Drache gewesen sein, von dem die Odrowonser erzählen. Oder ein Drache von Tscharnowons.«

Die Fürstin lächelte. »Ich danke Euch, Herr Kanzler, für diese Mär.«

»Es ist keine Mär, Herrin, so könnte es gewesen sein. Vielleicht nicht genau so, aber ähnlich auf jeden Fall.«

Sie sahen beide noch eine Weile stumm ins glimmende Feuer. Und beide dachten das Gleiche. Sie dachten an die sich ihnen nähernde Gefahr.

Bereits in den nächsten Tagen trafen Boten von Heinrich aus Liegnitz ein, mit schlechten Nachrichten. Die Botschaft war an Mieschko gerichtet. Der Kanzler las sie vor. Sie berieten zu dritt in der Halle vor dem Feuer.

Man schrieb das Jahr 1241, kurz nach der Jahreswende. Draußen lag hoher Schnee. Wie es hieß, waren die Tataren mit einer neuen Macht in der Rus erschienen und hatten sich von da aus gen Ungarn gewandt. König Bela sandte Hilfebriefe. »Und der Kaiser? König Bela ist ein Verbündeter des Reiches«, erregte sich Viola. »Und was ist mit dem Papst? Sieht er nicht die Bedrohung des Christentums? Wollen sie das Abendland dem Untergang preisgeben? Was sollen wir tun?«

Die beiden Männer schwiegen. Dann sagte der Kanzler: »Herrin, macht Euch keine Sorgen, wir werden Euch schützen.«

»Mich«, entgegnete Viola, »aber was wird aus unserem Land?«

»Wir müssen beten und unser Gottvertrauen stärken.«

Mieschko sagte: »Ich habe Herzog Heinrich versprochen, nach Liegnitz zu kommen. Wir müssen hier rasch alles Notwendige klären, ehe ich aufbreche. Was können wir also tun?«

»Starke Burgen«, sagte der Kanzler nachdenklich. »Starke Burgen können den Heiden manchmal widerstehen. Allerdings nicht immer, nur wenn sie es eilig haben. Aber auch die Wälder bieten guten Schutz. Die Tataren, die in waldlosen Steppen zu Hause sind, fürchten die Wälder. Sie fürchten Dämonen im dunklen

Wald. Auch sie müssen im Wald langsam reiten und sind vor Überfällen aus dem Hinterhalt nicht sicher. Also meiden sie die Wälder. Für das Volk wäre es am sichersten, sich im Wald zu verbergen.«

»Meine Mutter möge sich nach Ratibor begeben«, sagte Mieschko. »Das wird das Beste sein für sie. Ratibor hat starke Mauern. Und Euch, Herr Kanzler, bitte ich, sie zu begleiten. Die Tataren sind noch entfernt von uns. Es bleibt uns noch etwas Zeit, aber nicht viel. Wir müssen uns sputen«, fügte Mieschko hinzu.

Alle sprachen von der drohenden Gefahr. Alle waren ratlos. Niemand wusste, wie sie abzuwenden wäre. »Abwarten und beten«, riet der Kanzler. Sie saßen am Feuer und die Herzogin bat ihn: »Erzählt, Herr, was Ihr über die Tataren wisst. Was ist das für ein Volk, wer sind die Tataren? Warum suchen sie Krieg mit der Rus, mit Ungarn? Was wollen sie in Polen, Böhmen und Schlesien?«

»Was sie bei uns wollen, weiß niemand zu sagen«, antwortete der Kanzler. »Die Mongolen, auch Tataren genannt, sind ein heidnisches Hirtenvolk aus den Weiten Asiens. Sie sind unter ihrem König Temudschin, den man zum Dschingis Chan ernannt hatte, zu einem mächtigen Kriegervolk geworden, das bald durch seine ungewöhnlichen Eroberungen bekannt wurde und als sehr grausam gilt. Man erzählt sich, der Chan, durch seinen Erfolg zum frevelhaften Übermut getrieben, habe sogar den römischen Kaiser deutscher Nation aufgefordert, sich ihm zu unterwerfen. Durch einen Gesandten habe er ihm das Amt des Truchsess an seinem Hofe angeboten. Kaiser Friedrich, der Nachkomme Friedrich Barbarossas, der ständig in Sizilien weilte und in Italien in Kämpfe mit dem Papst verwickelt war, soll herzlich darüber gelacht haben. Friedrich war ein Mann des Südens, er fühlte sich in Sizilien zu Hause, er war Herrscher in Italien. In Deutschland war es ihm zu kalt. Er hatte sich sogar zum König von Jerusalem krönen lassen. Ganz anders als Barbarossa, der sich um die östlichen Marken und die östlichen Nachbarn des Reiches gekümmert hatte, waren seinem Enkel die östlichen Länder aus den Augen geraten. Zur Hilfe gegen die Mongolen war dieser Kaiser nicht bereit.« Kanzler Sebastianus gab zu, dass auch der Papst die Gefahr, die der gesamten Christenheit drohe, nicht zu bemerken schien.

Am nächsten Abend rollte der Kanzler ein Stück Pergament auf dem Tisch aus und beschwerte es mit Steinen. Er fuhr mit einem Stöckchen über die bunte Zeichnung und erläuterte, wo Asien lag, wo China, Persien, die Rus, und anderseits Rom, Italien, Sizilien, Jerusalem. »Hier, das ist das Heilige Römische Reich Deutscher Nation und zwischen dem deutschen Reich und Polen seht Ihr Schlesien.« Schlesien war nur ein kleines Fleckchen auf diesem Pergament. Unfassbar klein. Die Fürstin erschrak. Schlesien, Silesia. Und ihr Fürstentum, das Herzogtum Oppeln und Ratibor, ein Teil, ein Teilchen, ein winziges Teilchen davon. »Silesia Superior«, lächelte der Kanzler. So groß war die Welt, wunderten sich die Fürstin und Mieschko. So unendlich groß. Und ihr Land so klein!

Der Kanzler, der lange Jahre in Rom geweilt und an den Universitäten in Italien studiert hatte, war sogar im Heiligen Land, in Jerusalem gewesen. Aber nicht in Asien. Er seufzte: »Überall ist es schön, aber in Schlesien am schönsten. Doch habe ich einen Mönch in Rom gekannt, der bei den Tataren gewesen ist. Dieser fromme Mann hatte sich vor Jahren zu den Tataren begeben, um ihnen das Wort Christi zu verkünden. Leider vergeblich. Der Mönch war mit zwei Brüdern, alle drei Männer ohne Waffen, aufgebrochen und bis nach Karakorum gelangt, einer Stadt aus Marmor und Gold, die der Sitz des Chans war und Umschlagplatz für unzählige Karawanen. Dort hat er vieles gesehen und gehört und nach der Rückkehr erzählt, ja, sogar aufgeschrieben. Die Tataren oder Mongolen leben im Sommer in Zelten. Ihre Frauen und Kinder, ihre gesamte Habe führen sie auf Wagen mit sich. Sie sind Nomaden, die in der warmen Jahreszeit durch die Steppen streifen auf der Suche nach Weiden für ihre zahlreichen Herden, die vor allem aus Pferden und Ziegen bestehen. Nur im strengen Winter ziehen sie sich in Siedlungen und Städte zurück.

Der Mönch und seine Begleiter – Friedfertigkeit bekundende Männer – sind in die Filzzelte der Tataren, Jurten genannt, eingeladen worden. Im Hauptzelt, das innen von Gold und Edelsteinen funkelte, saßen die Häuptlinge mit unterschlagenen Beinen auf weichen Lagern, schlitzäugig mit spitzen Bärten, zwischen denen weiße Zähne blitzten, in seidene Gewänder und Pelze gehüllt. Neben ihnen saßen ihre prächtig gekleideten Weiber. Sie verbrachten die Zeit mit üppigen Gelagen. Mongolen nähren sich vom Fleisch ihrer Tiere und von Stutenmilch, aus der sie Butter und Käse und auch schmackhafte Getränke zubereiten. Mit Vorliebe Kumyss, ein berauschendes Getränk aus Stutenmilch. An Übersetzern hat es dort nicht gefehlt, denn viele christliche Menschen, die in Gefangenschaft geraten waren, dienten bei ihnen. Der Mönch erzählte, man habe die friedlichen Gesandten eines fremden Gottes freundlich behandelt, ja, sie zum Disput eingeladen. Überzeugen hätten sich die Mongolen jedoch nicht lassen. Sie schickten die Mönche heim mit freundlichen Worten und gutem Geleit. Ja, man hatte ihnen sogar Seide und Gold als Geschenke angeboten, die sie aber zum großen Erstaunen der Gastgeber nicht angenommen hatten. Nur zu einem Mantel aus ganz besonders weicher Ziegenwolle hat sich der Mönch überreden lassen und er erzählte, dass er ihn nach all den Jahren immer noch trage und bis zu seinem Tode tragen werde. Ich habe den außerordentlich leichten und warmen Mantel befühlen dürfen. Das wäre etwas für Euch, Herrin. Leicht und warm zugleich«, schwärmte Sebastianus.

»Der Mönch erzählte mir auch, dass die Tataren zwar fremde Völker aufs Grausamste unterwarfen, die Unterworfenen aber zu Freunden erklärten. Sämtliche Ämter und Würden im Tatarenreich standen auch den Besiegten offen. Die Mongolen nahmen oft Wissen und Schriften von den Unterworfenen an und sollen sogar den Namen ihres Reiches von einem der besiegten Völker übernommen haben.

Der Mönch erzählte außerdem, dass die eigentliche Gründerin des starken Reiches der Tataren eine Frau gewesen sei. Höhelün oder Höelün genannt. Sie habe ihren Sohn Temudschin, das heißt Schmied, für das höchste Amt und die größte Würde im Tatarenreich, zum Chan erzogen, in der festen Überzeugung, er werde der glanzvollste Herrscher aller Zeiten sein. Und er wurde zum Dschingis Chan gewählt, und zum Begründer der Tatarenmacht. Er soll seiner Mutter zeitlebens dankbar gewesen sein und sie mit größter Achtung behandelt und mit großem Prunk umgeben haben.« Damit schloss der Kanzler seine Geschichte. Viola dankte ihm lächelnd. Sie glaubte ihm die Geschichte, aber sie wusste, der Kanzler schmückte sie aus, um sie zu beruhigen.

Bald aber war niemandem mehr nach Geschichten zumute. Der Sturm näherte sich. Jetzt ging auch im Volk die Angst um. »Die Tattern!«, sagten die Leute. »Die Tattern kommen! Die Strafe Gottes bricht über uns herein. Wegen all unserer Sünden … heilige Gottesmutter hilf!«

Als der Schnee zu schmelzen begann, meldeten Boten, ein Teil der mongolischen Kriegsmacht habe sich bereits gen Polen und Schlesien gewandt. Boten ritten eilig zwischen Liegnitz und Oppeln hin und her.

Die Fürsten von Polen, Schlesien und Böhmen hatten Heinrich von Schlesien, den Mächtigsten unter ihnen, erwählt und beauftragt, ein Heer gegen die Mongolen aufzustellen und anzuführen. Heinrich hatte Absprachen mit Verbündeten und Freunden getroffen und hielt die Fäden in der Hand. Jetzt war die Zeit gekommen, sich zu sammeln.

Plötzlich traf eine unerwartete Nachricht in der Oppelner Burg ein! Ein atemloser Berittener aus Ratibor meldete einen Angriff der Mongolen auf Ratibor. Sie seien über Nacht angeritten und im Morgengrauen vor den Toren Ratibors aus dem Nebel aufgetaucht. Ihre Pferde dampften vom schnellen Ritt. Sie hatten sich still genähert. Dennoch hatte man sie erspäht. Die Türme waren bewacht und die Tore geschlossen. Die Glocken begannen Sturm zu läuten. Erst als sie sich bemerkt wussten, gaben die Tataren schrille Töne von sich. Ihre Anführer pfiffen zum Angriff.

Die Ratiborer Männer eilten zu den Mauern. Jeder auf seinen Platz. Wie zuvor geübt. Vogt Kollin leitete die Abwehr.

Vor dem Schwarm der mongolischen Pfeile ging man in Deckung. Es war bekannt: Die Mongolenpfeile waren giftig und ein Ritz genügte, um zu töten, wenngleich oft erst später, nach schleichendem Siechtum. Feuer flammte über die Mauer. Es konnte gelöscht werden. Doch kein Ansturm erfolgte, keine Leitern wurden angelegt. Und ehe man sich versah, waren die Tataren wieder verschwunden. Man rätselte. Hatten sie wirklich aufgegeben? Bei denen wusste man nie.

Die Heiden waren gen Osten geritten, also zurück. Trotzdem gab es keine Entwarnung, verspürte man keine Erleichterung. Die Bedrückung im Lande hielt an, ja, verstärkte sich. Man blieb achtsam. Die Tataren waren zwar rasch verschwunden, dennoch waren Verluste zu beklagen. Überall, wo sie durchgezogen waren, hatten sie gemordet und gebrandschatzt.

Herzogin Viola und der Kanzler saßen wie versteinert in der Halle. »Spähtrupps«, beschwichtigte der Kanzler, »Spähtrupps halten sich nicht auf. Das sind nur Kundschafter, Vorboten. Sie wüten und zerstören im Vorbeireiten, aber sie halten sich nicht auf. Eine wehrlose Stadt hätten sie gebrandschatzt. Aber Ratibor war geschützt und wachsam. Ratibor hat eben die besten Mauern im Lande und wachsame Männer.«

Was der Kanzler wusste, aber verschwieg, war, dass die Tataren, wenn sie eine Stadt wirklich einnehmen wollten, mit Ochsengespannen Belagerungsmaschinen heranfuhren, deren Wucht sich kaum eine Mauer zu erwehren vermochte. Aber das Anfahren dieser Maschinen kostete Zeit und man hatte in diesem Feldzug nichts von ihrem Einsatz erfahren. Wie man hörte, führten sie nur Leitern und Feuer schleudernde Maschinen mit sich. In der Schlacht kämpften sie mit jeder nur erdenklichen List.

Bald ging es Schlag auf Schlag, die Nachrichten wurden immer bedrohlicher: Sandomir gefallen. Bei Chmielnik die polnische Ritterschaft geschlagen. Krakau gebrandschatzt. Der Rest der polnischen Ritter war auf der Flucht nach Liegnitz. Es gab keinen Zweifel, jeden Tag, ja, fast jede Stunde konnten die Tataren in Oppeln sein.

Mieschko brach mit dem größten Teil seiner Ritter nach Liegnitz auf. Er befahl zuvor, die Stadt zu räumen und Zuflucht im Walde zu suchen. Einen Teil der Ritterschaft hinterließ er in der Burg, eine andere Schar sollte seine Mutter und den Kanzler nach Ratibor begleiten. Mieschko ordnete außerdem an: Dort, wo die Befestigungen versprachen standzuhalten, hinter neuerrichteten Mauern, sollte man sich verteidigen. Nicht gesicherte Orte sollten aufgegeben werden, die Bevölkerung im Wald Zuflucht suchen. Mieschko verließ sein Land nur schweren Herzens, doch man hatte aus den Niederlagen der russischen und polnischen Fürsten gelernt, dass man sich nur gemeinsam dieser Feinde erwehren konnte.

Viola hatte bereits zuvor zwei Wagen mit Hausrat nach Ratibor geschickt. Sie nahm Abschied von ihrem Zuhause. Sie weinte. Wenn Kasimir das wüsste! Die Mauer. Er hatte immer von der Mauer gesprochen, sie für unerlässlich gehalten. Sie hatte es ihm auf dem Sterbebett versprochen, aber nur ein Teil der Mauer war errichtet worden. Die Männer, die in der Burg blieben, sollten bei Gefahr Schutz im Turm suchen. Auch die neue Stadt war nicht genügend befestigt worden. Und jetzt nahte das Unglück, das niemand so erwartet hatte, niemand erahnen konnte. Krieg aus den Weiten Asiens. Auch die Bewohner Oppelns sollten die Stadt verlassen und in die Wälder ziehen. Ob sich alle dieser Anordnung beugen würden? Und was würde aus den Alten, den Kranken? Sollte man sich entschließen, die Stadt anzuzünden, wie manche vorschlugen? Beklommen bestieg die Herzogin ihr Pferd. Mieschko begleitete sie ein Stück des Weges. Es war ein Abschied wie für immer.

Mieschko war überzeugt: Sicherer als in Ratibor konnte die Herzoginmutter nirgendwo sein. Wenn es überhaupt noch Sicherheit gab, dann in dieser Stadt, die bereits einen Angriff überstanden hatte. Herzog Mieschko von Oppeln und Ratibor hoffte wie viele, Herzog Heinrich von Schlesien werde mit einem großen Aufgebot den Mongolen standhalten. Herzog Heinrich hatte entschlossen bekundet, er halte es für seine ritterliche Pflicht, sein Land und das christliche Abendland mit aller Kraft vor den Heiden zu verteidigen. Seine Mutter, Herzogin Hedwig, stand hinter ihrem Sohn und hieß sein tapferes Ansinnen gut. Heinrich wusste: das Kräfteverhältnis der Heerscharen war ungleich. Man schätzte, dass auf einen christlichen Ritter mehrere mongolische Reiter kamen. Da half nur Gottvertrauen.

Unter Schlesiens Fahne strömten unzählige Verbündete zusammen. Sie sammelten sich in einer Zeltstadt vor den Toren der Liegnitzer Burg, allen voran die schlesischen Herren und Ritter, dazu die zur Verteidigung des Glaubens verpflichteten Ritterorden aus Schlesien und dem Kulmer Land; außerdem die tapferen Ritter des Deutschen Ordens, die man auch Kreuzritter nannte und die Johanniter und Templer mit ihren Kampfknechten. Ritter und Knappen, Bürger und Bauern standen zum Schutz ihres Landes bereit. Auch die Goldberger Knappen unter ihrem tüchtigen Vogt Thomas. Mit großen Scharen waren Mieschko von Oppeln und Boleslaw von Mähren eingetroffen. Herren und Ritter aus Großpolen waren zur Stelle. Dazu stießen bald die Reste der Verteidiger aus Krakau und anderen polnischen Fürstentümern, die unter dem Woiwoden Suliwoj kämpfen sollten, der seinen Bruder bei Krakau verloren hatte.

Ungeduldig erwartete man den Böhmenherzog Wenzel. Wenzel verfügte über eine starke Ritterschaft, die stärkste weit und breit. Doch Wenzel ließ auf sich warten. Boten ritten hin und her. Wenzel kam nicht. Zögerte er, weil er glaubte, sein Land sei auch von der anderen Seite bedroht? Fürchtete er den Kampf mit dem überlegenen Feind? War Wenzel feige? War der Bruder von Fürstin Anna wortbrüchig, nicht zur Solidarität bereit?

In Ratibor indes vertraute man den bewährten Mauern. Die Anwesenheit der Fürstin stärkte die Leute und man vertraute auf

Vogt Kollin. Er hatte für alles gesorgt und bewies einmal mehr, welch ein kluger Kopf und guter Organisator er war. Vorräte waren herangeschafft worden, jede Stelle der Mauer geprüft, die Gräben vertieft worden. Die Leute wussten, was sie zu tun hatten bei Gefahr. Man durfte hoffen, dass Ratibor standhalten würde. Doch hinter der Hoffnung lauerte die Angst. In der Kirche versammelten sich die Verängstigten zum Gebet und baten die Heilige Gottesmutter um Hilfe!

Schlimm war der Anblick des Volkes vor den Mauern, das vergeblich Einlass begehrte. Sein Jammern klang die Mauern hoch. Doch eine übervölkerte Burg wäre nicht haltbar, das wussten alle. Man rief den Leuten zu, sie sollten sich in die Wälder begeben. Viele kehrten verzweifelt zurück in ihre Hütten und das konnte den sicheren Tod bedeuten. Andere verhungerten im Walde.

Viola weinte ratlos und verbarg ihre Tränen. Ihr Volk fürchtete sich und litt, und sie, die Fürstin saß geschützt hinter der Mauer! War sie nicht für ihr Volk da, fragte sie sich. Hatte sie nicht gelobt, als Fürstin ihr Volk zu schützen? Durfte sie als Herzogin sich selbst in Sicherheit bringen, wenn doch ... Aber – wie sollte sie helfen?

So sei das Leben, tröstete sie der Kanzler mit betretener Miene, die einen geschützt, die anderen dem Verderben ausgeliefert. Das sei vielleicht nicht christlich, aber ...

»Heilige Gottesmutter, verzeih uns unsere Sünden!« und »Gottes Wille geschehe«, betete der Kanzler laut vor dem Altar. »Heilige Gottesmutter hilf!«, beteten die Fürstin und das Volk.

Schließlich kamen sie, die Tataren. Die Tattern. Die Mongolen. Die Heiden ... Diesmal rückten sie bei Tage an mit Geschrei, Gejohle, gellenden Pfiffen. Pfeile surrten über die Mauern hinweg, prasselten auf die Steine, prallten ab von den Mauern. Pfeile mit handbreiten, eisernen Spitzen, die wie kleine Schwerter waren. Weh dem, der einen Pfeil nicht rechtzeitig bemerkte oder keinen Schutz mehr fand.

Brandsätze, schwarze Fettklumpen flogen über die Mauer und brannten lichterloh. Es war nicht leicht, sie zu löschen. Dann legten die Angreifer Stangen und Leitern an. Doch die Verteidigung stand bereit. Der Auftrag war klar: Die Angreifer nicht über die Mauer lassen!

Vogt Kollin stand auf der Mauer. Umsichtig. Erteilte Befehle. Schrie. Feuerte die Männer an. Es galt, die an den Mauern lehnenden Leitern und Stangen umzustürzen und keinen Feind über die Mauer zu lassen. Schwerter und Äxte schlugen auf Mongolenköpfe ein, die sich über den Mauerrand wagten, Hände, die sich anklammerten, wurden abgehackt. Schreiend fielen unzählige Angreifer herab. Vereinzelt gelang der Sprung über die Mauer. Aber er führte in den sicheren Tod. Es war ein einziges Stechen und Hauen, überall spritzte Blut. Ein fiebriger Rausch erfasste die Verteidiger. Sie kämpften verbissen. Weiber hatten in großen Kesseln Brei gekocht und gossen ihn brühend heiß auf die Tatarenköpfe herab. Sie schleppten siedendes Wasser herbei, reichten den kämpfenden Männern brennende, mit Pech getränkte Strohbündel und trugen zusammen mit Halbwüchsigen Steine zum Herabschleudern heran. Der Kampf auf Leben und Tod hatte in allen unvermutete Kräfte geweckt. Sie wussten, sie kämpften um ihr Leben. Um das Leben der Stadt. Um ihr Land.

Viola stand hinter der Mauer, mitten im Geschehen. Sie sah die Angreifer aus der Nähe: kampfwütige, gelbe Gesichter, mordsüchtige schwarze Schlitzaugen. Die kleinen Männer waren nur in Leder gekleidet und auch auf den Köpfen trugen sie Lederkappen. Keine beschwerliche Rüstung wie die christlichen Krieger, deshalb waren sie behende wie Katzen.

Auch Sebastianus, Kleriker und Ritter zugleich, hatte zum Schwert gegriffen und stand wachsam der Herzogin zur Seite. Mit ihm einige Ritter. Als Viola bemerkte, dass sie durch ihre Anwesenheit Kämpfer von ihren Aufgaben abhielt, begab sie sich in den Turm. Von da aus sah sie das Kampfgetümmel nur von weitem und war geschützt. An der Mauer dauerte das mörderische Hauen und

226

Stechen, Rufen und Stöhnen an. Klirren der Schwerter. Blut, Blut überall.

Und dann! Plötzlich! Mitten im Kampf gellende Pfiffe! Man traute den Augen nicht. Die Tataren zogen die Leitern ein, rotteten sich zusammen und stoben davon. Dann Stille. Stille ringsumher. In dieser Stille vernahm man jetzt das Stöhnen der Verwundeten. Aber die Tataren, die Tattern, die Heiden waren weg! Diesmal waren sie gen Westen gezogen und das bedeutete, dass die Gefahr noch nicht zu Ende war. Doch Ratibor war gerettet. Gottlob! Gerettet! Wirklich gerettet? Wer weiß?

Die Verteidiger standen auf den Mauern. Atemlos. Fassungslos. Ein Wunder, ein Wunder war geschehen! Ratibor war ein zweites Mal vor dem Untergang bewahrt worden! Dann aber sahen sie sich um. Es gab zu tun. Verletzte waren zu versorgen, Tote zu bergen, kleinere und größere Brandherde zu löschen. Giftige Pfeile waren einzusammeln und zu vernichten.

Vogt Kollin ordnete eine Wache auf der Mauer an und zog mit der Menge in die Kirche, wo ein Tedeum laudam angestimmt wurde aus dankbaren Kehlen. Ihre Stadt hatte sich der Feinde erwehrt und nun dankten alle Gott dem Herrn dafür. Aus vollem Herzen. Man betete auch darum, weiterhin verschont zu bleiben vor Hunger, Feuer und Schwert. Ave Maria.

Danach begab man sich erneut an die Arbeit, denn es gab viel zu tun.

Die Ratiborer waren stolz. Ihre Mauern hatten sich bewährt. Die Bürger dankten Vogt Kollin, ihrem Vogt aus Köln am Rhein, dem Erbauer der starken Mauer und dem Verteidiger der Stadt. Aber der mahnte zur Vorsicht, denn noch war die Gefahr nicht vorbei. Die Tore blieben noch lange geschlossen.

Die Ratiborer erzählten später, dass es ihnen durch die Anwesenheit ihrer Fürstin gelungen sei, ihre Stadt zu halten. Fürstin Viola habe ihnen übermenschliche Kräfte verliehen. Viola fühlte sich beschämt von diesen Reden. Wie konnte sie Kräfte in den Leuten geweckt haben? Sie, die sich hinter der schützenden

227

Mauer des Turmes verborgen hatte, die geschützt war, während andere ihr Leben opferten. Aber auch Mieschko bekundete später immer wieder, stolz auf sie zu sein, auf seine tapfere Mutter, er lobte sie und war glücklich über ihr Überleben. Und über die Rettung der Ratiborer Burg. Daher bedachte Mieschko sie später in seinem Testament mit der Ratiborer Burg als Altensitz. Ein fürstliches Erbe. Er war ein guter Sohn.

Viola vergaß die Bilder des Kampfes nie. Noch Jahre später träumte ihr von all dem Blut. Sie fragte sich: Was war das, dieser Kampf der Männer auf Leben und Tod? Woher nahmen die Kämpfenden ihre ungewöhnliche Kraft? Woher kam das Leuchten in den Augen der Männer beim Töten? Ihre Lust am Töten. Wie sollte sie sich das erklären?

Den Kanzler konnte sie danach nicht fragen. Er sagte zum Krieg, den er miterlebt hatte, nur kopfschüttelnd: Bella, horrida bella! Das brauchte man ihr gar nicht zu übersetzen, das verstand sie aus dem Ton, in dem das gesagt, ja, ausgestoßen wurde, mit einem tiefen Seufzer – der schreckliche Krieg!

Sie sprach mit Margareta darüber. Die kluge Äbtissin von Tscharnowons war der Meinung, Kampf und Krieg gehörten zur männlichen Natur, wie das Gebären und Hegen des Nachwuchses zur weiblichen. Seit Urzeiten sei es so, meinte Margareta. Das Weib hüte die Brut. Der Mann schütze sie und die Kinder vor Gefahr. Und das bedeute Kampf, stetigen Kampf. Die Männer rotteten sich zusammen, gingen jagen und kämpften gemeinsam gegen andere. Es gelte das Recht des Stärkeren. Stark sein bedeute Leben, Schwäche den Tod. Oder bestenfalls Sklaverei. Siegen oder Sterben, das sei das Schicksal des Mannes.

Auf Violas Frage, warum das Christentum nichts an dem menschlichen Hang zur Grausamkeit geändert habe, zuckte die Äbtissin die Schultern. Nur die Engel seien friedlich. Aber würden Menschen je wie Engel sein?

Warum lässt Gott Krieg zu, fragte Viola und wusste, dass sie auf diese Frage von niemandem eine Antwort erhalten würde.

Krieg war eine von Gott gesandte Geißel der Menschheit, meinten manche.

Krieg war über ihr Land gebraust, über Schlesien, und hatte Tod und Vernichtung mit sich gebracht. Doch die Tataren waren abgezogen. Sie hatten sich nirgendwo mit aufwändigen Belagerungen aufgehalten. Später hörte man, dass sich so manche Burg habe halten können, auch kleine Burgen wie Tost. Überall dort, wo die Mauern fest waren und die Verteidiger entschlossen, hatten die Belagerer bald aufgegeben. Die Mongolen hatten es eilig, denn sie strebten westwärts. Erst in Liegnitz sollte ihr Sturm aufgehalten werden, durch die Schlacht auf der Wahlstatt!

Über die Schlacht auf der Wahlstatt bei Liegnitz hat später Johannes von Janowitz vor dem Kamin erzählt. Johannes, ein Ritter aus dem Ratiborer Land war einer der wenigen, die den Kampf auf der Wahlstatt überlebt hatten. Sein Bruder Klemens hatte Heinrich von Schlesien sein Pferd gegeben, als dessen Pferd gefallen war und ist vor den Augen seines Bruders von Mongolen erschlagen worden. Johannes war auch Zeuge des grausamen Todes des Fürsten Heinrich von Schlesien geworden. Zusammen mit Herzog Mieschko war es Johannes gelungen, nach der Niederlage dem Schlachtfeld zu entkommen, um in der Liegnitzer Burg die Unheilsbotschaft zu überbringen.

Johannes konnte sich nie von den Bildern des Grauens befreien und trat den Dominikanern in Ratibor bei. Er blieb Mieschkos bester Freund bis zu seinem Tode. Er hatte den schreibkundigen Mönchen den Verlauf der Schlacht beschrieben, ihnen die Geschehnisse diktiert, um das Ereignis für alle Ewigkeit aufzubewahren. Denn an diese Schlacht würden sich die Menschen auch noch nach hunderten Jahren erinnern, der Meinung waren alle.

Möge der Herrgott Schlesien vor ähnlichem Unglück bewahren für alle Zeiten. Amen, wiederholte Johannes von Janowitz stets am Anfang und am Ende seiner Erzählung. Und so hatte es sich zugetragen an jenem 9. April 1241:

Heinrich von Schlesien hatte mit seinen Beratern beschlossen, den Mongolen im Feld bei Liegnitz entgegenzutreten. Er wollte sich nicht in der Liegnitzer Burg verschanzen, wie manche der Herren ihm rieten. Die Burg Liegnitz war zwar eine starke Festung mit neu errichteten Mauern und berühmt bis weit in die östlichen Länder. Weit und breit gab es keine, die sich mit ihr vergleichen konnte. Aber wie sollten tausende Ritter, die von überall herbeigeströmt waren, in der Burg Raum finden mit Knappen, Knechten und Pferden? Es waren zu viele. Und dazu kamen noch die anderen Kampfbereiten, die zur Landeswehr herbeigezogen waren. Also hatte Herzog Heinrich beschlossen, den Mongolen im Feld entgegenzutreten. Die Schlacht sollte außerhalb der Burg stattfinden.

Dafür gab es auch andere Gründe. Es war zu befürchten, dass die Mongolen Liegnitz, falls sich die Burg als uneinnehmbar erweisen sollte, umgehen und weiter gen Westen ziehen würden, um andere Länder zu erobern. So könnten sie sogar bis Rom gelangen und den Papst bedrohen. Das Ende der Christenheit war zu befürchten. Es galt also nicht mehr und nicht weniger, als die Christenheit vor dem Untergang zu bewahren. Dieser Gefahr war entgegenzutreten, darin bestätigte den Fürsten seine fromme Mutter. Und auch das war nicht ohne Bedeutung: Der schlesische Herzog hatte erst unlängst die Herrschaft übernommen, er hatte lange im Schatten seines großen Vaters gestanden, zu lange. Jetzt bot sich ihm die willkommene Chance, sich mit dem Schwert in der Hand Ruhm zu erwerben.

Herzog Heinrich hoffte auf Hilfe aus dem Westen. Doch er hoffte vergeblich. Sowohl der Kaiser wie auch der Papst missachteten die Gefahr. Nur vereinzelte Ritter kamen zu Hilfe und die Fürsten der bedrohten Länder – Schlesien und Polen sowie Mähren. Sie hatten sich vor den Toren der Liegnitzer Burg zusammengefunden.

Der Feind näherte sich rasch. Die Angst und Schrecken verbreitenden Heerscharen zogen an der Oder entlang. Man wusste wenig. Kaum Genaues. Widersprüchliches erzählten die Flüchtlinge. Oppeln abgebrannt? Breslau belagert und aufgegeben? Oder nicht? Genau wusste es niemand. Sicher war: Sie zogen westwärts. Gen Liegnitz. Man war bereit. Doch noch immer wartete man in Liegnitz auf Wenzel von Böhmen.

Es blieb nicht mehr viel Zeit. Am Morgen vor der Schlacht nahm Herzog Heinrich in der Liebfrauenkirche zu Liegnitz vor den Toren der Burg am Gottesdienst teil, den Bischof Thomas von Breslau zelebrierte. Den Fürsten begleiteten seine nächsten Getreuen und so viele Herren, wie das Gotteshaus fassen konnte. Vor der Kirche wurden für die Scharen der Ritter und Mannen an zwei Altären Messen gelesen.

Als Herzog Heinrich nach dem Gottesdienst aus dem Kirchenportal trat, als Kriegsherr in glänzender Rüstung, über der er einen prächtigen Mantel trug, den federngeschmückten Helm in der Hand, jubelten ihm alle zu: Herren, Ritter und Mannen. Da löste ein frischer Windstoß einen Ziegel vom Kirchendach, er streifte des Fürsten entblößten Kopf, seine Stirn und zerbarst vor seinen Füßen. Die, die das sahen, hielten den Atem an. Ein übles Zeichen! Still war es auf dem Platz vor der Kirche geworden. Doch der Herzog wandte das Zeichen klug zu seinen Gunsten. Er wischte sich mit der Hand über die Stirn und zertrat den Ziegel, so dass das Knirschen in der Stille bis weit in die Reihen der Streiter zu hören war. Er sagte laut: »So werden wir die zertreten, die uns Böses antun wollen. Gott wird uns schützen, wie er mich eben geschützt hat. Gott ist mit uns in diesem Kampf.« Und die Menge jubelte ihm erneut zu.

Die Heerscharen brachen laut singend auf. Trommeln und Trompeten begleiteten sie. Mit bunt wehenden Fahnen zog man hinaus ins Feld, dem Feind entgegen.

Auf einer Anhöhe kam es zu der fürchterlichen Begegnung.

Kaum hatten die christlichen Ritter ihre besprochene Ordnung eingenommen, zischten Wolken scharfer, giftiger Pfeile heran. Sie trafen vor allem das Fußvolk, das vor den Rittern einherschritt und keine Möglichkeit hatte, sich zu schützen. Danach näherten sich die kleinen, wilden Reiter auf ihren struppigen Pferdchen johlend und schreiend mit langen Lanzen und krummen Säbeln.

Boleslaw von Mähren, der die ersten Reihen des Fußvolkes anführte, kam mit unzähligen Kämpfern ums Leben. Doch der Wall der gepanzerten Ritter hielt die Anstürmenden auf. Blanke Lanzenspitzen starrten den kleinen Reitern entgegen, eine Wand fester Schilder baute sich vor den Angreifern auf. Die Tataren warfen sich mutig in die Lanzen und scheuten die scharfen Schwerter der Ritter nicht. Unzählige fielen.

Der Kampf war ausgeglichen. Doch plötzlich ertönte ein gellender Pfiff. Die Heiden ergriffen die Flucht! Ein so rasches Ende der Schlacht hatte niemand erwartet. Die Mongolen waren verschwunden, wie von der Erde verschluckt. Schwerter und Lanzen ruhten. Die Schilder sanken. Das Ende der Schlacht, dachten die meisten. Mirakel, riefen die einen. Cud, die anderen. Ein Wunder! Ja, es war ein Wunder geschehen! Gott sei Lob und Dank!

Die Kampfordnung löste sich auf. Man öffnete erleichtert das Visier. Man begann zu lachen über die leicht gewonnene Schlacht. Doch Herzog Heinrich und seine engen Berater durchschauten die List des Feindes, von der sie zuvor gehört hatten. Der Herzog versuchte, seine Scharen zusammenzuhalten. Er sandte Eilboten aus, ließ die Trompeten blasen, die Trommeln rühren. Er schrie verzweifelt in die Haufen hinein: »Stojcie! Stehen bleiben!«

Vergeblich.

Die Befehle des Herrn gingen unter im fröhlichen Lärm. Man war sich sicher: Die Schlacht war zu Ende. Der Kampf war bestanden. Sieg! Victoria! Zwyciestwo! Gott sei gelobt! Riefen sie sich zu. Zu früh.

Denn die Heiden kamen wieder. Blitzschnell kamen sie angeritten. Von allen Seiten kamen sie, mehr als zuvor. Es war wie in einem bösen Traum. Ehe man sichs versah, drangen die kleinen wendigen Reiter in die aufgelösten Reihen der schwer gerüsteten und deshalb unbeweglichen und dazu jetzt verwirrten Ritter ein.

232

Ein Kampf begann, wie ihn die Heiden suchten. Ohne ritterliche Regeln. Ein Ringen auf Leben und Tod. Ein ungleicher Kampf. Gegen jeden christlichen Ritter kämpften zehn Heiden. Und sie kämpften nach ihrer Art. Mit Lassos rissen sie die Ritter vom Pferde und töteten sie. Wo sich etwas regte, stachen sie zu. Es gab kein Pardon, keine Gnade wurde gewährt.

Immer kleiner wurde die Schar um den schlesischen Herzog und um die schlesische Fahne. Doch sie wehte noch über den Kämpfenden von einem zum anderen gereicht. Noch saß der Fürst auf seinem Pferde. Da zogen sich die Mongolen abermals zurück. Doch dieses Mal traute dem keiner. Die Ritter wagten nicht, die Visiere zu öffnen.

Plötzlich erschien am Rande des Feldes ein riesiger, schwankender Drachenkopf. Eine teuflische Fratze. Ein Ungeheuer. Das Tier oder die Kampfmaschine begann Feuer und Rauch zu speien. Dichte Wolken umhüllten Ritter und Pferde. Den Rittern verschlug es den Atem, Husten schüttelte sie. Benommen fielen manche vom Pferd. Hier und da gingen sogar die vom giftigen Rauch geschwächten Pferde in die Knie. Fürst Heinrich rief verzweifelt auf Schlesisch: gorko nam se stalo! Heiß ist uns geworden!

Als sich die Schwaden verzogen hatten und die Ritter hustend um Atem rangen, stürmten die Heiden erneut heran. Jetzt hatten sie leichtes Spiel. Ein Gemetzel begann.

Die letzten Getreuen um den Fürst sahen sich von Feinden dicht umringt. Der Haufen wurde immer kleiner, doch sie kämpften noch. Da fiel die Fahne und der Fürst verlor sein Pferd. Klemens von Janowitz gab ihm seins. Aber der Fürst konnte sich nicht lange halten. Die Heiden zerrten ihn vom Pferd. Die Schlacht war verloren. Wer konnte, versuchte zu fliehen.

Auf der Wahlstatt fledderten die Heiden die toten Ritter, töteten diejenigen, die sich noch regten und raubten Schwerter, Lanzen und kostbare Gewänder. Bis sie wieder durch schrille Pfiffe zusammengerufen wurden. Da verschwanden sie wie ein Spuk.

Zurück blieb ein Feld des Grauens – die Wahlstatt. Am Rande des Feldes sammelten sich Raben und lauerten krächzend auf ihre Beute.

Einige erzählten, Fürst Heinrich sei mit einem Schwertstreich enthauptet worden, andere schworen, gesehen zu haben, dass man ihn vor dem Tode verhöhnt und zur Huldigung eines Tatarenhäuptlings gezwungen habe. Wieder andere, er sei an eine Eiche gelehnt verschieden, umgeben von den Seinen. Doch in der Liegnitzer Burg mussten alle mit ansehen, wie die siegestrunkenen Feinde den blutigen Kopf des gefallenen schlesischen Fürsten vor den Mauern schwenkten. Boleslaw und Mieschko, die Fürstensöhne, beide noch Kinder, wollten sich vor Verzweiflung von der Mauer stürzen. Mit Mühe hielt man sie zurück.

Herzogin Hedwig fand mit Herzogin Anna den Leichnam ihres gefallenen Sohnes bald nach der Schlacht auf der Wahlstatt. Sie erkannten ihn an einer sechsten Zehe am Fuß. Die große Frau nahm mit frommer Gelassenheit den Tod ihres Sohnes hin. Sie betete laut und sagte zu den Leuten, sie danke Gott für diesen Sohn, der sie allzeit geliebt, geachtet und seine Familie in Ehren gehalten habe und nun für die ganze Christenheit sein Leben opferte. Er sei mit Gott dem Herrn, dem er gedient habe, vereint. Fürstin Anna dagegen weinte haltlos. Sie hatte ihren Mann über alles geliebt.

Aber es war dennoch wie ein Wunder: Die Tataren waren weg! Die Heiden hatten eilig das Land verlassen. Auf dem Rückzug brandschatzten und mordeten sie wie üblich. Aber dann sah man sie nie wieder. Niemand wusste, warum sie nach ihrem Sieg abgezogen waren. Genauso wie niemand wusste, warum sie gekommen waren.

Viele sahen im unerwarteten Rückzug der Tataren ein Wunder, das die hohe Frau, Fürstin Hedwig von Schlesien, bewirkt haben soll. Die Gottesmutter habe, vom Gebet der Fürstin bewegt, ihren himmlischen Mantel über das Land gebreitet und es vor dem Untergang bewahrt, erzählten sich die Leute später.

Zwei Jahre nach dem Mongoleneinfall starb die große Fürstin. Der Schmerz hatte zu ihrem Tode beigetragen. Sie hatte um ihren Sohn getrauert. Ihr geliebtes Schlesien war verwüstet und das Werk ihres Mannes und ihres Sohnes, das auch ihr Werk war, zerfiel.

Noch lange nach dem Krieg erzählte man sich heldenhafte und schreckliche Geschichten über den Krieg, die Schlacht auf der Wahlstatt, die grausamen Tataren und den frommen schlesischen Herzog, der im Kampf mit den Heiden den Heldentot gefunden hatte. Und die Menschen priesen Heinrich den Frommen, den Retter der Christenheit.

Aber auch von anderen Helden ging die Mär. So hatte Tscheslaw Odrowonsch aus dem Oppelner Land, ein Adliger, der in seiner Demut und Frömmigkeit wie sein Bruder Hyazinth dem Orden der Dominikaner beigetreten war, während der Verteidigung der Breslauer Burg durch seine Tapferkeit auf sich aufmerksam gemacht. Als die Mongolen diese Burg auf der Odrinsel belagerten, stand der geistliche Herr neben anderen Verteidigern auf der Mauer. Man erzählte sich, dass er dabei eine brennende Kugel, die die Mongolen über die Mauer geschossen hatten, mit den Händen gefasst und zurück auf die Köpfe der Heiden geworfen habe. Die glühende Kugel zerbarst mit fürchterlichem Knall in funkenstiebende Stücke, die unzählige Angreifer verwundeten und töteten.

Die verheerende Wirkung ihrer eigenen Waffe soll die Belagerer zum Abzug von Breslau und zum Weiterritt veranlasst haben. Tscheslaw Odrowonsch wurde daraufhin als Retter, als Held, ja, später sogar als Heiliger verehrt. Man erzählte sich, über ihm habe sich eine goldene Wolke gezeigt, in der die Gottesmutter zu sehen gewesen sei, wie sie ihren Mantel über die tapferen Kämpfer ausbreitete. Tscheslaw Odrowonsch, der schwere Brandwunden an den Händen davongetragen hatte, erlag zwei Jahre später seinen Verletzungen.

Der Krieg war vorüber. Doch die Bedrückung wich nur langsam von den Menschen. Viele fragten sich noch lange: War der

Krieg wirklich vorbei? Waren die Tataren für immer abgezogen? Hatte es Sinn, wieder aufzubauen? Der Krieg war zu Ende. Zurückgeblieben waren ein zerstörtes Land, geschundene Menschen und Trauer.

Die Wunden wollten lange nicht heilen.

DAS LEBEN GEHT WEITER IM LAND
AN DER ODER

Das starke Schlesien lag danieder. Heinrich von Schlesien hatte keinen Nachfolger hinterlassen, der in dieser Lage fähig gewesen wäre zu herrschen. Bolko, sein ältester Sohn, war zwölf Jahre alt und ein verspieltes Kind. Seine Mutter Anna eine liebevolle, aber schwache Frau, die seit dem Tod ihres Mannes nur noch weinte.

So zerbrach das Reich der schlesischen Piasten von Breslau und Liegnitz, das von drei starken Fürsten – Boleslaw dem Heimkehrer, seinem Sohn Heinrich dem Bärtigen und dessen Sohn Heinrich – errichtet worden war. Die eroberten und angegliederten Länder fielen ab und die Herren in Schlesien wollten jeder für sich regieren. Die Liebe zu ihrem Land bedeutete ihnen wenig. Im herrenlosen Haus begannen die Mäuse auf dem Tisch zu tanzen.

Nach der Schlacht und dem Abzug der Mongolen tauchte plötzlich Wenzel von Böhmen in Liegnitz auf. Herzogin Anna wollte ihn nicht sehen. Sie wollte zunächst nicht mit ihrem Bruder sprechen, doch schließlich trat sie ihm gegenüber und machte ihm die bittersten Vorwürfe. Wenzel war trotz seines Versprechens Heinrich nicht zu Hilfe gekommen. Anna klagte ihn an und schalt ihn für sein feiges Verhalten. Doch bald umgarnte Wenzel sie mit freundlichen Reden und versprach ihr Hilfe. Er wusste sich unentbehrlich zu machen und warb um ihre Gunst und die Gunst der Herren. Wenzel bot den Geschädigten Hilfe an. Großzügige Hilfe. Denn er hatte Geld – sein Land war unversehrt geblieben.

Und bald war sein unrühmliches Verhalten vergessen. Es dauerte nicht lange und Wenzel hatte das Sagen in Liegnitz, in Breslau, im ganzen schlesischen Land.

Mieschko von Oppeln und Ratibor war eilig in sein Land zurückgekehrt.

In Oppeln war die Verwüstung groß.

Nur der Piastenturm hielt stand. Die von Kasimir gebaute Burganlage war zerstört. Die neue Stadt am anderen Ufer war zu einem großen Teil abgebrannt. Dagegen waren Ratibor und Kosel, die beide eine starke Befestigung hatten, glimpflich davongekommen. Sie hatten den Sturm gut überstanden. Andere Orte aber hatten einfach Glück, sie waren von den Feinden unbemerkt geblieben.

Die Bevölkerung, die sich im Walde verborgen hatte, war größtenteils mit dem Schrecken davongekommen. Sie hatte Hunger zu leiden und viele beklagten, ohne Dach über dem Kopf geblieben zu sein.

In Oppeln sahen es jetzt alle ein: Das langwährende Gerangel um die Mauer hatte allen Unheil gebracht. Vogt Klemens war vor Kummer gestorben, und auch der alte Archidiakon Reginaldis, der die Schändung der Kirche und die Schäden an dem Bauwerk nicht hatte verwinden können, hatte das Zeitliche gesegnet.

Der Krieg hatte überall im Land an der Oder Opfer gefordert, in den Hütten und in den Burgen. Es gab nur wenige, die nicht den Tod eines nahen Menschen zu beweinen hatten. Nicht nur die im Kampfe gefallenen Männer waren zu beklagen, sondern auch Frauen, Kinder, Greise, Mönche und Priester, die ums Leben gekommen waren. Dazu die vielen Krüppel – Männer, die an den Kämpfen teilgenommen hatten und seither vor sich hin siechten, sich selbst und ihrer Umgebung zur Verzweiflung und Last. Zu beweinen war das Schicksal vieler Mädchen und junger Weiber, die den Familien entrissen und verschleppt worden waren, vergewaltigt und versklavt. Zu beklagen waren niedergebrannte Dörfer und Städte, zerstörte Kirchen und Klöster.

Der junge Fürst Mieschko, kaum heimgekehrt, bereiste eifrig das versehrte Land. Er betrachtete die Schäden, sprach mit den Geschädigten, versprach Hilfe und tat, was in seiner Macht stand, um zu helfen. Er hatte kaum Geld, aber geholfen musste werden. Man musste den Ratlosen und Verzweifelten beistehen, die Witwen, Waisen und Krüppel trösten, die, denen ein Leben im Elend drohte, mussten versorgt werden. All den Menschen, die ihre Toten beweinten, musste Mut zugesprochen werden, damit sie sich aufrafften aus ihrem Jammer und sich an die Arbeit machten. Hoffnung und Tatkraft waren zu wecken. Es musste dafür gesorgt werden, dass wieder Leben einkehrte in die verwüsteten Stätten, dass wieder gesät wurde, um ernten zu können. Vor allem war bei der Errichtung neuer Wohnstätten zu helfen.

Der Krieg war vorbei, die Feinde hatten das Land verlassen. Das Schlimmste – eine Fremdherrschaft – war dem Land erspart geblieben. Dafür war Gott zu danken.

Mieschko war jung, aber er übernahm mit großem Ernst die ihm auferlegte Verantwortung. Er war der Fürst und fühlte sich als Landesvater. Mieschko verstand es, mit jedem in seiner Sprache zu reden. Die Untertanen gewannen rasch Vertrauen zu ihm. Seine Mutter unterstützte ihn mit ihrem Ansehen, das sie weithin genoss. Kanzler Sebastianus begleitete ihn oft bei seinen Umritten und stand ihm zur Seite.

Der junge Fürst wollte sich um alles selbst kümmern, er wollte überall selbst nach dem Rechten sehen. Er nahm die Sorgen aller auf sich, aber um sein eigenes Wohlergehen kümmerte er sich nicht. Er fühlte sich jung und stark und achtete nicht weiter auf die Wunde, die ihm ein vergifteter Mongolenpfeil zugefügt hatte.

Es ging bald aufwärts. Das Volk war ihm dankbar. Überall, wo er auftauchte, brachte er Hoffnung mit. Das wiederum machte ihn selbst stark. Wo er konnte, tröstete er und versprach zu helfen, obwohl die herzogliche Schatulle leer war. Er besprach sich immer wieder mit dem Kanzler. Sie beschlossen, im Reich um Siedler zu werben. Sebastianus betraute seinen Bruder Gregor mit dieser Aufgabe. Der machte sich sogleich auf den Weg.

In den Kirchen dankte man Gott, dass dem Land der Fürst, dieser Fürst, erhalten geblieben war. Doch bald begann man, den Dankgebeten Gebete für die Gesundheit des Fürsten hinzuzufügen. Denn es sprach sich herum, dass es um seine Gesundheit nicht allzu gut bestellt war. Und bald erzählte man sich, es gebe Grund, um das Leben des jungen Fürsten zu bangen. Dennoch saß Mieschko täglich auf. Von früh bis spät war er unterwegs. Und abends beriet er sich mit seinen Getreuen. Er gönnte sich keine Ruhe.

Die Einheimischen waren geduldige Leute, sie trugen ihr Schicksal ergeben. Man musste sie jedoch aus ihrer Trägheit rütteln. Schwieriger war es, den Unmut der Neusiedler zu beschwichtigen, die vom Fürsten mit großartigen Versprechungen gelockt worden waren und jetzt vor den Ruinen ihrer Häuser standen. Wohlstand und ewiger Frieden waren ihnen versprochen worden. Sie hatten sich unter der Obhut eines starken Fürsten gewähnt, der sie schützen würde. Sie waren bitter enttäuscht. Wütend. Manche wollten zurück ins Reich. Aber dann krempelten sie doch die Ärmel hoch, besonders als die neuen Siedler eintrafen. Zusammen baute man das Zerstörte auf.

Mieschko, ähnlich wie die regierende Fürstenmutter Anna in Liegnitz und Breslau, sowie ihr Sohn Bolko, zählten auf die neuen Siedler aus dem Westen, obwohl sie ihnen außer Boden und großer Mühe kaum etwas zu bieten hatten. Und sie wurden nicht enttäuscht, denn sie kamen, die Helfer, die Retter in der Not. Es schien, als ob die große Mühe, die Unsicherheit, das Abenteuer die jungen Leute ins Land lockten. Es kamen mehr als je zuvor. Ein Treck nach dem anderen rollte ins Oppelner und Ratiborer Land ein: Bauern, Handwerker und Kaufleute, zehn bis fünfzehn Wagen in einem Treck, vollgepackt mit Hausgerät, junge, tatkräftige Leute.

Mieschko begrüßte jeden Treck persönlich. Auch Fürstin Viola und Kanzler Sebastianus waren oft dabei. Die Ankunft neuer

Leute stimmte alle zuversichtlich. Man sah darin ein Zeichen der Hoffnung für eine bessere Zukunft.

Mieschko aber wurde zunehmend schwächer. Doch wollte er seine Schwäche noch immer nicht wahrhaben. Die Bitten seiner Mutter halfen nicht. Auch die Bitten Judiths, seiner jungen Frau, blieben ungehört. Er ließ sich nicht dazu bewegen, zu ruhen, sondern saß täglich auf, um übers Land zu reiten. Sein Land brauche ihn, antwortete er auf die besorgten Vorhaltungen. Doch seine Wunden schwärten und heilten nicht und die Schmerzen nahmen zu. Er verlor zunehmend seinen Frohsinn, der ihn zuvor so beliebt gemacht hatte. Er begann Honigmet zu trinken, um die Schmerzen zu betäuben. Der Met wurde ihm zur Gewohnheit. Er aß viel und hastig, um die Unruhe und den Schmerz in sich zu bezwingen. Bald nannte man ihn – wenngleich mit Respekt und Liebe – Mieschko den Dicken.

Mesico Crassus, schrieben die Mönche.

Mieschko mochte sich die Bedrohung nicht eingestehen. Kräutertränke und Salben wies er zurück. Kräutertränke seien etwas für alte Weiber, spottete er. Salben? Keine Zeit für Quacksalberei. Er war überzeugt, seine Wunden müssten von alleine heilen. Erst als die Schmerzen unerträglich wurden, die schwärenden Wunden die Verbände ständig durchnässten, rief er nach Hilfe. Salben! Kräutertränke! Bitte schön, wenn's sein muss! Nur schnell gesund werden wollte er. Jetzt trank er den bitteren Sud, den ihm Äbtissin Margareta verschrieben hatte. Eine Nonne war in die Burg beordert worden, um seine Wunden zu versorgen. Mönche und Nonnen sollten ihm helfen, forderte er jetzt. Und wenn es eines Wunders bedürfe. Er habe keine Zeit fürs Kranksein. Das Land brauche ihn. Dringend. Das wüsste doch jeder.

Ein heilkundiger Mönch aus Köln, der in Trebnitz weilte, wurde nach Tscharnowons gesandt. Der lehrte die Nonnen besondere Kräutertränke zu brauen und Salben anzurühren, die sich bei den durch Mongolenpfeile vergifteten Wunden bewährt hatten. Er brachte den Nonnen auch den Anbau dieser Kräuter bei.

Salben und Kräuter halfen einige Zeit. Mieschko fühlte sich gestärkt. Aber die Beschwerden kamen wieder. Vielleicht, wenn Mieschko sich geschont hätte ... Aber nein. Kaum fühlte er sich ein wenig gestärkt, saß er wieder auf. »Ich muss«, hieß es, wenn ihn seine Mutter mahnte, sich zu schonen. »Die Leute brauchen mich.« Vom Gedanken, sterben zu müssen, fühlte er sich weit entfernt.

So ging es einige Jahre hin und her. Viola fragte sich unzählige Male, was sie tun könnte. Sie mahnte zur Vernunft, flehte ihn an, sich zu schonen. Vergeblich. So blieb ihr nur das Gebet. Auch die Mönche und Nonnen beteten täglich für ihren Herrn. In den Kirchen wurden Messen gelesen für die Genesung des Fürsten.

Eines Morgens schwankte Mieschko, als man ihm helfen wollte, seine Kleider anzulegen. Er sank zurück auf sein Lager und stöhnte vor Schmerz. Und er blieb liegen. Bald aber rief er wieder nach seinen Kleidern. Er habe zu tun, rief er und erhob sich, musste sich aber wieder auf den Sessel neben dem Bett fallen lassen.

Fortab regierte er von seinem Lager aus das Land. Er verlangte Berichte seiner Getreuen und behielt sein Land im Blick. Kanzler Sebastianus und sein Bruder Wladko standen ihm zur Seite. Die Regierung dem jüngeren Bruder zu übergeben, lehnte er ab.

Auf Violas Bitte hin kam Äbtissin Margareta, um ihn von einem Aufenthalt in Tscharnowons zu überzeugen. Dort sei ihm ständige Betreuung sicher und nur gute Pflege verspreche Genesung. Nur für einige Wochen, beschwor sie ihn. Vergeblich. Mieschko sträubte sich einzusehen, dass es mit ihm nicht gut bestellt war, bis er nicht mehr aufstehen konnte. Erst als es zu spät war, begab er sich in die Obhut der Nonnen in Tscharnowons. Er musste in der Kutsche gefahren werden und schrie und stöhnte in dem rumpelnden Kasten.

Magister Sebastianus versprach, täglich Boten nach Tscharnowons zu senden. Insgeheim aber begann er, Wladko, den Jüngeren, in die Angelegenheiten des Fürstentums einzuführen. Davon erfuhr Mieschko nichts. Auch die Mutter hielt das Vorgehen des Kanzlers für richtig und schwieg. Mieschko blieb der Glaube, er habe die Zügel in der Hand.

Die Nonnen wuschen geduldig seine Wunden und wechselten die Verbände. Täglich dreimal. Später stündlich. Sie waren ständig an seinem Lager. Die verordneten Salben und Kräutertränke halfen längst nicht mehr, aber man wandte sie an. Die Wunden schwärten und verbreiteten einen üblen Geruch. Die Nonnen ließen duftende Kräuter qualmen.

Mieschko wurde täglich schwächer. Im ganzen Lande beteten die Gläubigen in den Kirchen für ihren Herrn. Viola war auf Anraten der Äbtissin ihrem Sohn nach Tscharnowons gefolgt. Ihre Nähe sollte den Kranken beruhigen. Sie fragte die Äbtissin, wie sie ihm helfen könne. Margareta, die ihre ratlose Verzweiflung sah, brachte sie auf den Gedanken, ein heilkundiges Weib im Walde aufzusuchen, das sie kannte. »Sie ist hilfsbereit und weise«, meinte die Äbtissin. »Eine von denen, die altes Wissen aufbewahren. Vielleicht kann sie helfen. Abt Martinus darf davon nicht erfahren. Für ihn ist dieses Weib eine Hexe und ein Besuch bei ihr eine Sünde. Ich aber habe oft mit dem Weib gesprochen und schätze sie sehr. Die Alte weiß viel, sehr viel, doch versprecht Euch nicht zu viel von einem Gespräch mit ihr. Heilen kann sie, ja, auch trösten, aber das Schicksal abwenden … das kann niemand. Da hilft nur das Gebet. Aber schaden wird es nicht, das Weib zu befragen, sie um Hilfe zu bitten und um Kräuter und Salben. Vielleicht auch anderes, wer weiß. Geht, Herrin«, sagte die Äbtissin. »Geht. Aber seid achtsam und hütet Euch davor, an den Heidenzauber zu glauben.«

Die Begegnung war sorgfältig abgesprochen worden, die Zeit wurde von der weisen Alten bestimmt. Bei Vollmond, gekleidet in ihren dunklen Mantel mit Kapuze, den sie anlegte, wenn sie nicht erkannt werden wollte, begab sich die Fürstin in den Wald zu dem alten Weibe. Nur ihre Vertraute Agnes und die beiden Ritter Andreas und Gregor begleiteten sie. Sonst wusste nie-

243

mand davon. Ängstlich hielt Viola in der Rocktasche den Rosenkranz fest.

Es war gespenstisch hell im Wald. Die Bäume warfen unheimliche Schatten. Geheimnisvolle Zeichen lagen auf dem Weg. Es knisterte und knackste im Gebüsch. Ein Käuzchen schrie sein Schuhu, Schuhu. Schatten und Geräusche ängstigten die Eilenden. Gregor und Andreas spähten umher und hielten die Hand am Schwert.

Vor einer schiefen Holzhütte, die fast unter dem sie umrankenden Gestrüpp verschwand, machten sie Halt. Agnes klopfte an der Tür. Dreimal. Das abgesprochene Zeichen. Die Tür öffnete sich. Viola trat ein. Agnes folgte ihr. So hatte es sich das alte Weib ausbedungen: Die Ritter sollten draußen bleiben.

Es war dämmerig in dem kleinen Raum. Nur das offene Feuer warf ein flackerndes Licht. Viola nahm zuerst die hagere, leicht gebeugte Gestalt wahr, die die Tür geöffnet hatte und jetzt vor ihr stand. Ein blasses, runzliges Gesicht, umrahmt von einem dunklen Tuch, sah ihr entgegen. Dunkle, aufmerksame Augen. Die Alte nickte und murmelte etwas, das freundlich klang. Viola grüßte befangen zurück.

Allmählich tauchte der Raum aus dem Halbdunkel auf. Ein Tisch vor einem mit Bretterläden verschlossenen, kleinen Fenster. Ein Lager in der Ecke, daneben eine Truhe. Hinter einem Bretterverschlag der gehörnte Kopf einer Ziege, die leise meckerte. Eine Katze strich der Fürstin um die Füße und sprang dann der Alten auf die Schulter. Die wies auf einen der beiden dreibeinigen Schemel vor dem offenen Feuer. Viola ließ sich vorsichtig nieder. Die Alte hatte Holzpantoffeln an den Füßen mit den dicken Wollsocken und schlurfte mit kleinen Schritten über den Lehmboden. Sie setzte sich auf den anderen Schemel. Agnes kauerte sich in einer Ecke neben der Tür auf einen Holzklotz.

Die Alte schwieg und blickte ihren vornehmen Gast aufmerksam an. Der Blick der Alten war freundlich. Viola erwiderte ihn. Die Alte streckte ihr die offenen Hände entgegen. Viola verstand.

Sie legte ihre Hände in die trockenen warmen Hände der Alten. Die drehte sie mit den Handflächen nach oben und betrachtete sie aufmerksam. Sie schwieg. Man hörte das leise Rascheln der Ziege in ihrem Verschlag und das Knistern des Feuers.

Die Alte wandte sich dem Feuer zu, saß versunken da, die Flammen warfen ihren flackernden Schein auf ihr faltiges Gesicht, sie murmelte vor sich hin. Nach einer Weile wandte sie sich wieder ihrem Gast zu und sagte leise und eindringlich: »Deine Haare.« Und zeigte mit einer Geste, worum es ihr ging. Viola riss sich einige Haare heraus und reichte sie der Alten. Die Alte rieb die Haare zwischen den Fingern, roch an ihnen, hauchte sie an, rieb sie erneut. Sie warf die Haare ins Feuer, betrachtete aufmerksam die emporspringende Flamme und murmelte leise weiter.

Dann streckte sie wieder die Hände aus. Viola verstand und holte Mieschkos Haare aus dem ledernen Säckchen, das an ihrem Gürtel befestigt war und reichte sie der Alten. Wieder rieb und roch die Alte an den Haaren wie zuvor, hauchte sie an und rieb sie erneut, ehe sie sie ins Feuer warf und murmelnd die Flamme betrachtete.

Man hörte nur das Feuer knistern. Viola bemerkte, dass sich die Alte auf ihrem Schemel leicht hin und her wiegte. Sie saß da mit geradem Rücken und sah mit halboffenen Augen ins Feuer. Viola empfand ihren Anblick merkwürdig beruhigend. Ihre Bewegung teilte sich ihr mit. Auch sie begann sich allmählich im Takt eines unbekannten und zunehmend vertrauten Rhythmus zu wiegen. Sie sah ins Feuer und eine angenehme Schläfrigkeit erfasste sie. Ein Gefühl der Wärme und Geborgenheit breitete sich in ihr aus, als wäre sie Gras im warmen Wind, oder ein Kind in der Wiege, oder als befände sie sich im Mutterbauch.

Die Alte holte gleichmäßig geschnitzte Holzstäbchen aus ihrer Rocktasche, legte sie in ihren Schoß, murmelte und bedeutete Viola mit gespreizten Fingern, sie solle zehn davon nehmen. Dann sagte sie mit leiser Eindringlichkeit: »Nimm die Hölzlein, sie sind dein.« Und fuhr im Ton der Beschwörung fort:

»Die Hölzlein sind klein, die Hölzlein sind dein.
Nimm die Hölzlein vom Baume,
Vom Baume, vom Traume
Tief reicht der Traum.
Tief reichen die Wurzeln des Baumes.
Der Baum ist weise, der Wind ist leise, der Traum ist tief.
Die Wurzeln des Baumes reichen
Von der Dunkelheit zur Helligkeit.
Mit den Blättern des Baumes spricht der Wind.
Der Wind zieht mit den Wolken,
Die Gedanken ziehen mit dem Wind.
Der Baum weiß, was du nicht weißt.
Was oben weht
Was unten liegt
Weiß der Baum.
Der Baum wächst in deinem Traum.
Nimm die Hölzlein vom Baume,
Der Baum ist dein Freund,
Er kennt deine Sorgen.
Höre, was der Baum dir sagt.
Die Hölzlein sind klein, die Hölzlein sind dein,
Nimm die Hölzlein vom Baume.
Wärme die Hölzlein
In deinen Händen.
Wärme sie und frage.
Die Hölzlein sind dein
Die Hölzlein sind deine Freunde.
Frage die Hölzlein in deinen Händen
Der Baum kennt deinen Traum.«

Die Alte wiegte ihren Oberkörper und sprach leise. Sie befahl mit
einer Handbewegung, die Stäbchen auf den Boden zu werfen und
murmelte dazu:

»Holz aus den Wurzeln,
Wurzeln der Blätter,
Blätter im Wind.
Die Hölzlein sagen dir,
was du wissen willst,
Was der Wind sagt
Was die Wurzeln wissen
Sagen dir die Hölzlein.«

Das Feuer beleuchtete flackernd die Stelle des Lehmbodens, auf den die Stäbchen gefallen waren. Sie hatten sich zu einer Art Zeichnung geformt. Die Alte blickte aufmerksam hin. Sie murmelte Unverständliches. Nach einer Weile bot sie Viola erneut zehn hölzerne Stäbchen an:

»Nimm die Hölzlein, sie sind dein.
Holz zu den Wurzeln,
Wurzeln zu Blättern,
Blätter im Wind.
Wurzeln im Dunkel der Erde.
Die Hölzlein sagen dir, was die Wurzeln sehen.
In der Höhle schläft der Wind.
Der Wind träumt.
Was sagt der Wind?
In der Höhle wacht der Wurm, der böse Wurm
Der Wurm im Schlamm schläft nicht.
Die Dunkelheit bedroht das Licht.
Liebe erhellt das Dunkel.
Die Hölzlein sind klein, die Hölzlein sind dein.
Nimm die Hölzlein vom Baume, vom Traume.«

Viola warf erneut zehn Hölzlein auf den Lehmboden. Und dann beschwor die Alte noch einmal den Baum, die Erde und den Wind. Und Viola murmelte mit ihr: »Nimm die Hölzlein vom Baume, vom Traume.«

Die Alte beugte sich über die dreimal zehn Stäbchen, die auf dem Lehmboden drei Bilder gebildet hatten, drei Bilder im flackernden Licht. Sie murmelte und zeichnete mit der knöchernen Hand etwas um die Holzstäbchen herum, über die Stäbchen hinweg. Bilder über den Stäbchen. Zeichen. Sie seufzte, murmelte und wiegte sich eine Weile lang, ehe sie die Stäbchen zusammenraffte und behutsam zurück in ihre Rocktasche gleiten ließ. Sie schwieg.

Dann wandte sie sich wieder dem Feuer zu und wiegte ihren Oberkörper. Viola gab sich dem Gefühl einer wohligen Schwere hin, die sie erleichterte, und wiegte sich wie die Alte.

Nach einer Weile erhob sich die Alte und trat an den Tisch, auf dem eine hölzerne Schüssel mit Wasser stand. Viola folgte ihr. Unruhige Lichtreflexe spiegelten sich im dunklen Wasser. So verharrten sie eine Weile. Viola war, als stehe sie an einem dunklen See und blicke in die Tiefe. Ihr schien es, als könne auch sie etwas erkennen im dunklen Wasser. Wenn sie nur wüsste … wenn sie nur das richtige Wort kennen würde, das Zauberwort, das die Alte kannte … Sie blickte angestrengt in die Schüssel und lauschte dem Murmeln der Alten neben sich:

»Das Wasser ist klar, das Wasser ist wahr.
Wasser ist Leben. Leben ist Wasser
Wasser fließt, Leben fließt.
Das Wasser ist rein, das Wasser ist dein.
Vertraue dem Wasser.
Im Bauch der Erde fließt Wasser.
Im Wasser sprießt Leben und schläft der Tod.
Im Wasser des Bauches wächst das Kind.
Im Wasser lauert der schwarze Wurm.
Hüte dich vor dem schwarzen Wurm!
Das Wasser ist klar, das Wasser ist wahr.
Das Wasser ist rein, das Wasser ist dein.
Vertraue dem Wasser.

Spuck drei Mal ins Wasser.
Tauch drei Mal ins Wasser.
Das Wasser ist klar, das Wasser ist wahr.
Das Wasser ist rein, das Wasser ist dein.
Vertraue dem Wasser.
Spring ins Wasser.
Sei drei Mal im Wasser.
Du bist im Wasser
Hüte dich vor dem schwarzen Wurm!
Schwimm ihm davon wie ein Fisch im Wasser.
Höre, was das Wasser dir sagt!
Hüte dich vor dem schwarzen Wurm im Schlamm
Das Wasser ist klar, das Wasser ist wahr.
Das Wasser ist rein, das Wasser ist dein.
Vertraue dem Wasser.«

Dann setzten sich beide wieder ans Feuer. Sie wiegten sich und
schwiegen. Schließlich begann die Alte wieder leise zu murmeln.
Viola spürte, dass das Murmeln sie umfing und begann selbst zu
murmeln, obwohl sie nicht wusste, was. Sie sah ins flackernde
Feuer und wiegte sich im gleichen Rhythmus wie die Alte, leicht,
wie in einer Wolke. Die Zeit hing darüber wie ein luftiges Zelt.
Der Augenblick war eine Ewigkeit. Irgendwann sagte dann die
Alte leise und eindringlich zu ihr:

»Was kommen soll, wird kommen. Es ist schon geschehen.
Alles Kommende ist entschieden, bevor es geschieht.
Fürchte dich nicht, sorge dich nicht.
Das Böse kommt, das Böse geht.
Das Gute kommt, das Böse geht.
Das Gute ist böse. Das Böse ist gut.
Gut und Böse
kommen und gehen
die Sonne kommt, die Sonne geht

der Mond hütet die Sterne,
Der Wind dreht sich viele Male.
Der Baum steht, bis er fällt.
Der Winter bringt Schnee,
Im Frühjahr wächst Klee.
Im Sommer blühen die Rosen.
Reife Früchte fallen ins Gras.
Der Mensch wird geboren und stirbt.
Das ist die Weisheit der Erde
Fürchte dich nicht.
Vertraue dem Feuer.
Vertraue der Erde
Vertraue dem Wasser
Vertraue der Luft.
Die Große Mutter schenkt Leben und nimmt Leben.
Die Große Mutter ist das Leben.
Die Große Mutter ist die Sonne, sie ist der Mond und die Sterne.
Vertraue dem Licht. Vertraue der Liebe.
Die Liebe besiegt die Angst.
Im Schoß der Großen Mutter wachsen Samen und Früchte,
Gutes und Böses wächst in ihrem Schoß.
Die Große Mutter wacht Tag und Nacht.
Sie schenkt den Bienen Blumen.
Sie schenkt dem Bären Honig.
Und dem Jäger seinen Pelz.
Nicht alle Bäume wachsen in den Himmel
Alles wächst aus dem Dunklen zum Licht
    und kehrt ins Dunkle zurück.
Vertraue dem Licht, vertraue dem Leben.
Fürchte dich nicht. Das Licht wird dich leiten.
Spüre nach oben. Spüre nach unten.
Spüre die alles umfassende Liebe.
Vertraue deinem Gott.
Dein Gott wird dich schützen, seine Mutter dir helfen.«

Und die Alte sah sie freundlich an mit ihren wachsamen Augen. Sie hob segnend beide Hände. Die Fürstin verneigte sich dankbar vor dem alten Weibe. Die silberne Münze, die sie der Alten schenken wollte, nahm diese nicht an. »Später«, murmelte sie, »später.« Doch als sie die Ritter vor der Tür erblickte, deren Schwerter im Mondlicht blitzten, zog sie die Fürstin hastig noch einmal in die Hütte zurück und bat sie flüsternd um Schutz vor bösen Menschen. Viola sah Angst in ihren Augen. Sie versprach, öfter jemanden vorbeizuschicken, der sich um sie kümmern würde.

Das leinerne Säckchen mit geheimnisvollem Pulver hatte die Fürstin fest gehalten auf dem Wege durch den Wald. Wie lange war sie bei der Alten im Walde gewesen? Sie wusste es nicht. Irgendwoher krähte ein Hahn. Hahnengruß. Morgengruß.

Der Pförtner murmelte erstaunt seinen Spruch für die Fürstin.

Viola dachte später oft über die Begegnung mit der alten Frau nach: Was hatte ihr das weise Weib gesagt? Nichts hatte sie ihr gesagt. Alles hatte sie ihr gesagt. Sie hatte von dem Waldweib ein Säckchen Kräuterpulver bekommen und Anweisungen zu seiner Anwendung. Aber keine Antwort auf ihre Frage, ob Mieschko zu retten sei und was zu tun sei, um das Schlimmste abzuwenden. Doch sie war auf wunderbare Weise getröstet von dannen gegangen.

Später erkannte Viola: Das weise Weib im Walde hatte Mieschkos Tod aus den Zeichen entnommen, die nur sie zu lesen vermochte. Sie hatte den Tod gelesen im Feuer und im Wasser und aus den Hölzern auf dem Lehmboden. Die Alte hatte gewusst, dass Mieschko sterben würde. Sie hatte von ihr die silberne Münze nicht angenommen, denn diese Heilerinnen nahmen keinen Lohn, wenn sie nicht helfen konnten.

Das Getränk aus dem Pulver, das sie von der Alten aus dem Walde bekommen hatte, nahm Mieschko geduldig zu sich. Der Kranke war nach ihm merkwürdig beruhigt und heiter. Es linderte seine Schmerzen und hellte seinen Sinn auf.

Die geduldigen Nonnen sangen leise am Krankenlager, wechselten sich ab und brannten Kräuter gegen den Geruch der Fäulnis in der Kammer. Sie waren stets für den Kranken da. Einige Male kam der Kanzler an Mieschkos Lager und las ihm erbauliche Schriften über den Tod vor. Er redete zu ihm, ohne Antwort zu erwarten.

Mieschko lag still, er schien sich abgefunden zu haben mit seinem baldigen Ende. Doch manchmal erfasste ihn die Angst vor dem Tod, eine tierische Angst. Er schrie, tobte, riss sich die Verbände vom Leib. Wollte raus aus dem Bett, raus aus der stickigen Kammer, wollte reiten. Rief nach seinem Pferd. Man beruhigte ihn mit dem Trank des Waldweibes. Er rief nach Met. Er bekam ihn. Wieder und wieder erfassten ihn solche Anfälle der Verzweiflung. Abends diktierte er den Mönchen sein Testament und morgens zerriss er es.

Er bat Judith, sie solle sich neben ihn legen, um seine männliche Kraft zu wecken. Er wollte einen Sohn zeugen mit ihr, durch ein Kind sein Leben verlängern. Judith kam und weinte. Sie wandte sich ab von ihm, versprach ihm jedoch einen Sohn, wenn er gesund würde. Sie versprach ihm auf seine Bitte hin auch, ins Kloster einzutreten, den Schleier zu nehmen, falls er sterben sollte. Sie hätte ihm alles versprochen, was er gewollt hätte, aber sie mochte nicht in der Kammer bei ihm bleiben. Nur die Mutter blieb bei ihm. Und die geduldigen Nonnen.

Mieschko verlangte, ihn im Dominikanerkloster in Ratibor beizusetzen. Er fühlte sich diesem Orden, dem sein treuer Freund Johann von Janowitz beigetreten war, zutiefst verbunden. Doch Viola aber bat ihn, sich doch zu seinem Vater und Großvater, zu seiner Familie in Tscharnowons, zur ewigen Ruhe betten zu lassen. Auch sie würde bald in der Krypta des Tscharnowonser Klosters ruhen und wolle im Tscharnowonser Kloster auch ihre letzten Erdentage verbringen. Das überzeugte ihn.

Nachdem Mieschko die Letzte Ölung gespendet worden war, beruhigte er sich, sein Zustand besserte sich scheinbar. Still versank er in sich. Er schien den Betenden aufmerksam zuzuhören und selbst zu beten. Die Mutter sah, dass er sich abgefunden hatte mit seinem Tod. Sie harrte aus bei ihm.

Schmerzlindernde Mittel verringerten die schlimmsten Qualen. Mieschko konnte kaum noch sprechen. Nur seine fiebrig glänzenden Augen schienen noch einmal alles Lebendige aufsaugen zu wollen.

In der Klosterkirche beteten Mönche und Nonnen unablässig für ihren Herrn. In allen Kirchen des Landes betete das Volk für seinen Fürsten. Dicke Kerzen brannten Tag und Nacht in den Kirchen und in Mieschkos Kammer.

Viola war dabei, als Mieschkos Augen brachen und sein junges Leben zu Ende ging. Margareta und der Kanzler standen ihr in den schwersten Stunden zur Seite.

Die Totenglocken läuteten im ganzen Land, das in Trauer um seinen jungen Herrn versank. Requiem aeternam – sangen die Mönche und Nonnen und sangen die Priester in allen Kirchen des Landes. Die Skribentin Johanna von Tscharnowons schrieb den Tod Mieschkos in die Annalen des Klosters ein: 18. Oktobris, Anno Domini 1246 – Nos Meseco. Dei gratia dux de Opol et Ratibor obiit. Schön geschriebene Worte mit einer Initiale geschmückt. Damit es die Nachkommen lesen können. Sie würden sich wundern – ein Fürst, der so jung starb, und das nicht im Krieg.

Die Trauerfeier sollte in Oppeln stattfinden. Die Mönche von Tscharnowons, in schwarze Kukullen gehüllt, deren Kapuzen sie tief ins Gesicht gezogen hatten, trugen den Sarg mit den sterblichen Überresten ihres Herrn und Gönners durch den Wald. Sie sangen dazu ihre Trauerlieder. Dumpfe Paukenschläge begleiteten den Zug, der dem Kreuz folgte, das vorangetragen wurde.

Auch durch Oppeln trugen die Mönche den Sarg. Fahnen begleiteten den Zug, schwarze Seidenfahnen, die sich im trüben Herbstwind blähten, die Fahnen der Piasten dazwischen. Blau und gelb. Trauermusik – Pauken und Bläser. Ritter und Bürger folgten betrübt dem Zug. Viel Volk säumte den Wegesrand. Etliche weinten. Mieschkos sterbliche Überreste wurden in die Kirche zum Heiligen Kreuz getragen und dort aufgebahrt.

Immer mehr Menschen strömten herbei. Alle wollten dabei sein, die edlen Herren, die Geistlichen, die Bürger und Bauern, um sich von ihrem jugendlichen Herrscher, der allen lieb geworden war, zu verabschieden. Die Dominikaner aus Ratibor waren auf Ochsenkarren gekommen. Mit ihnen Johann von Janowitz, der Getreue. Humpelnd kam er einher, auf einen Stock gestützt und mit gramvollem Gesicht. Auch andere Überlebende der denkwürdigen Schlacht waren anwesend. Und dazu die Piastenfamilie aus Breslau, Krakau und Gnesen.

Drei Tage und drei Nächte dauerte die Totenwache. Die Kirche strahlte im Glanz vieler Kerzen und der Weihrauch duftete feierlich. Das Volk zog in Scharen am Sarg des jungen Fürsten, den alle geliebt hatten, vorbei. Alte Weiber stellten nach heidnischem Brauch Tontöpfe mit Wegzehrung für den Toten in die dunklen Ecken der Kirche. Man entfernte sie nicht. Für das feierliche Trauerhochamt war Bischof Thomas von Breslau angereist.

Viola standen Kanzler Sebastianus und ihr Sohn Wladislaw zur Seite. Slawka, die Novizin, war mit Äbtissin Margareta angereist. Ofka, ein halbes Kind, rieb sich die verweinten Augen. Judith stand mit gesenkten Augen daneben. Die Untertanen zeigten vor allem der Mutter ihre Trauer und Anteilnahme.

Die Nonnen von Tscharnowons sangen ihr Requiem wie traurige Engel: Requiescat in pace! Requiescat in pace – hatte auch der Kanzler immer wieder zärtlich betrübt gemurmelt, denn er hatte Mieschko wie einen Sohn geliebt. »Er ist für sein Land gestorben«, sagte er mehrmals tröstend zu seiner Mutter. »Er hatte einen guten Tod, er ist wohl vorbereitet aus diesem Leben geschieden. Das ewige Heil ist ihm sicher.«

Der Sarg Mieschkos blieb einige Tage in der Oppelner Kirche und wurde danach wieder feierlich nach Tscharnowons gebracht. Auch die alte Fürstin kehrte noch für einige Wochen nach

Tscharnowons zurück, um im Kloster ihre Seelenruhe zu finden. Doch im Lande ging das Leben weiter. Der jüngere Piastensohn Wladko nahm von den schlesischen Herren den Treueschwur entgegen. Das Leben ging weiter, weil es weiter gehen musste.

Schließlich kehrte auch die Herzoginmutter nach ihrer Trauerzeit aus dem Kloster Tscharnowons in die Oppelner Burg heim. Als die Kutsche in den gepflasterten Hof der Oppelner Burg einrollte, war bereits die Dämmerung angebrochen, im oberen Geschoss des Turmes brannte Licht und die geweißten Wände der wieder errichteten Gebäude schimmerten im Halbdunkel.

Wie lange war sie nicht hier gewesen, fragte sich Viola. Sie nahm die vertraute Umgebung wahr wie im Traum. Kanzler Sebastianus war zur Stelle, öffnete den Verschlag und half der Fürstin übers Treppchen hinab. »Grüß Euch Gott daheim, Herrin!«, sagte er. »Ich hoffe, Ihr habt eine gute Fahrt gehabt.«

»Seid gegrüßt, Herr Kanzler, und habt Dank für die Nachfrage«, antwortete sie. »Ihr wisst doch, wie bequem dieser Kasten ist. Eine Marter. Aber wenn auch die Reise kein großes Vergnügen war – im Kloster hatte ich viel Zeit nachzudenken und das hat mir geholfen.«

Sie begaben sich in die Halle, wo das Feuer bereits brannte und das Abendmahl bereitstand. Sie aßen zu zweit. Wladko war nach Ratibor gereist. Danach saßen sie am Kamin und der Kanzler berichtete, was sich während der Abwesenheit der Herrin ereignet hatte. Nach einer Weile des Schweigens sagte er: »Herrin, ich habe die Nachricht bekommen, dass Abt Martinus von seiner Obrigkeit die Erlaubnis erwirkt hat, nach Magdeburg zurückkehren zu dürfen. Ihm gefiel es nicht bei uns, wie Ihr wisst. Und unser strenger Winter schadete in der Tat seiner Gesundheit. Nun trägt man mir das Amt des Abtes im Kloster zu Tscharnowons an. Ich möchte es gern annehmen.«

Viola sah erstaunt auf. »Aber wir brauchen Euch hier, Herr Kanzler!«

»Ich werde Euch weiter beistehen, Herrin«, antwortete der Kanzler. »Es wird sich nichts ändern. Und Wladko macht seine Sache sehr geschickt. Fürchtet Euch nicht«, fügte er hinzu, »solang ich lebe, werde ich für Euch da sein. Und unserem Land dienen.«

Viola schwieg, meinte dann aber, dass es wohl das Beste für ihn sei. »Wir müssen alle an unseren Lebensabend denken. Ihr werdet Euch gut mit Äbtissin Margareta verstehen. Sie ist eine kluge Frau.« Dann schwieg sie wieder. Denn was sollte sie sagen? Sie wusste, das war sein Weg, ein guter Weg für ihn. Das Kloster war ein guter Ort für die alten Tage nach einem bewegten Leben. Sie gönnte es ihm.

»Ich hoffe, Ihr werdet mir dorthin folgen, Herrin. Auch Ihr solltet in Tscharnowons Euren Lebensabend verbringen. Wir lassen Euch Eure Kemenate bequem herrichten, wie Ihr es gern habt. Ich denke, auch die ehrwürdige Margareta wäre durch Eure Anwesenheit beglückt.«

»Ja, irgendwann«, antwortete Viola. »Es hat Zeit, darüber nachzudenken. Solang Wladko nicht verheiratet ist, braucht er mich hier.«

»Wie Ihr meint, Herrin«, sagte der Kanzler und murmelte: »Deo volente.«

Als sie sich erhoben und eine Weile nebeneinander standen und ins Feuer blickten, hätte es ihr gut getan, wenn er seinen Arm um ihre Schulter gelegt hätte. Als sie ihn aber von der Seite ansah und ihm zulächelte, sagte er nur: »Gott segne Euch und behüte Euch, Herrin! Benedicat vos Dominus!«, er verneigte sich und verließ den Raum.

Sie sah ins Feuer und bemerkte, dass es verglimmte. Es fröstelte sie.

NACHWORT:
HERZOGIN VIOLA VON OPPELN UND
RATIBOR UND IHRE ZEIT

Herzogin Viola von Oppeln und Ratibor spielte wahrscheinlich in ihrem Land eine ähnliche Rolle wie die berühmte Hedwig von Schlesien im anderen Teil des Landes an der Oder. Sie lebte in der gleichen, für Schlesien so bedeutsamen Zeit. Zwischen ihnen lag der Altersunterschied einer Generation.

Die beiden Fürstinnen, eng verwandt durch ihre Ehemänner, werden sich mit Sicherheit gut gekannt haben. Doch die eine wird bis heute hoch verehrt, von der anderen ist kaum etwas überliefert. Hedwig von Schlesien, kurz nach ihrem Tode 1267 heilig gesprochen, gilt bis heute als Schutzpatronin Schlesiens und wird als solche besonders von den Schlesiern verehrt, denen nach dem Krieg das Schicksal des Heimatverlustes zuteil wurde. Gleichzeitig aber gilt sie als bedeutsame Gestalt der deutsch-polnischen Verständigung. An ihrer Grablege in Trebnitz begegnen sich heute deutsche und polnische Christen.

Hedwig war die Tochter des mächtigen Grafen Bertold von Andechs und stammte somit aus einer der glanzvollsten Familien des Reiches. Sie war als sehr junges Mädchen aus Bayern nach Schlesien gekommen und folgte dem jugendlichen Piasten Heinrich dem Bärtigen in seine Heimat. Wahrscheinlich hatten sich die Väter des jungen Paares am Hofe Friedrich Barbarossas getroffen und angefreundet. Denn dort weilte nicht nur Bertold von Andechs, sondern auch Boleslaw der Lange von Schlesien, der – von seinen Krakauer Vettern vertrieben – mit seiner Familie auf der

Altenburg in Thüringen, einer kaiserlichen Burg, Zuflucht gefunden hatte. Vermutlich hatte diese Ehe auch das Einverständnis des großen Kaisers, der sein Augenmerk auf die Ostmarken gerichtet hielt. Barbarossa hatte den schlesischen Piasten geholfen, ihren Anspruch auf ihr Erbe gegenüber den polnischen Verwandten geltend zu machen und nach Schlesien zurückzukehren.

Das junge Paar Heinrich und Hedwig setzte die bereits von Boleslaw dem Langen, dem heimgekehrten Fürsten, begonnene Verwestlichungspolitik des Landes mit Tatkraft und Talent fort. Die Zeit ihrer Regentschaft – von 1201 an – war eine Zeit des Aufbruchs. Das Land an der Oder entstieg der Dämmerung der Geschichte. Kirchen und Klöster wurden gebaut, Dörfer und Städte entstanden und nicht nur der eiserne Pflug revolutionierte die Landwirtschaft. Um diese Leistung vollbringen zu können, holten die Fürsten des gesamten Ostmitteleuropa deutsche Siedler in ihre Länder. Sie lockten sie mit Privilegien. Und die Siedler kamen mit ihren Trecks auf der Suche nach einer »neuen Stätt«, nach neuen Existenzmöglichkeiten. In Schlesien verlief dieser Prozess äußerst friedlich. Deutsche und Slawen arbeiteten Hand in Hand am Aufbau ihres Landes.

Heinrich von Schlesien war ein tüchtiger Organisator und leutseliger Herr. Hedwig eine besorgte Landesmutter. Man nannte sie bald Mutter der Armen. In späteren Jahren lebte sie als Spirituosa in enger Verbindung mit dem von ihr gegründeten Kloster Trebnitz, trat der Klostergemeinschaft jedoch nicht bei. Hedwig gebar sieben Kinder, von denen nur zwei das Erwachsenenalter erreichten. Sie überlebte auch den Tod ihres Sohnes Heinrich, der in der Mongolenschlacht bei Liegnitz 1241 sein Leben verlor.

Die Familie der schlesischen Piasten, im 13.Jh. ein gemischtes polnisch-deutsches Geschlecht, das die Vorherrschaft in Polen anstrebte, brachte im Jahrhundert darauf den Minnesänger deutscher Zunge – Heinrich von Prezzela – hervor und galt im 15. Jahrhundert in Polen als fremd und nicht thronfolgeberechtigt.

Dagegen berufen sich zahlreiche bedeutende europäische Herrscherhäuser auf sie als ihre Vorfahren.

Im Gegensatz zu ihrer Verwandten, Hedwig von Schlesien, über die es eine zeitgenössische Lebensbeschreibung und zahlreiche Legenden gibt, ist über die Oppelner Fürstin Viola nur spärliche Kunde überliefert. Historisch dokumentiert wird lediglich, dass sie nach dem Tode ihres Mannes Kasimir von Oppeln und Ratibor etwa zehn Jahre (1229-1239) für ihre Söhne regierte.

Der Tscharnowonser Nekrolog vermerkt das Todesdatum der Viola ducissa de Opol am 7.09.1251. Somit ist es wahrscheinlich, dass Herzogin Viola – wie andere Mitglieder ihrer Familie – im Tscharnowonser Kloster, das wie üblich die Grablege der Fundatoren war, ihre letzte Ruhestätte fand. Ein Siegel zeigt sie sitzend zwischen ihren beiden Söhnen. Die Gestalt der Fürstin ist schlank. Ihre Gesichtszüge sind nicht erkennbar. Ihr Kleid hat eng anliegende Ärmel und der Mantel wird auf der Brust mit einer Fibel zusammengehalten.

Der Chronist Dlugosz gibt an, Viola sei Bulgarin gewesen. Aber Dlugosz schrieb dies mehr als zweihundert Jahre später und seine Chronik gilt ohnehin als unsichere Quelle. Andererseits besteht kein Grund, eine derart neutrale Information zu erfinden oder zu fälschen. Es gibt nirgends einen Hinweis darauf, dass Kasimir jemals in Bulgarien gewesen ist, doch ist bekannt, dass es zu jener Zeit viele herumziehende Ritter an den verschiedenen Höfen gab, die aus aller Herren Länder kamen. Die Mobilität der damaligen Menschen war erstaunlich. Kaufleute wanderten, Kleriker und Ritter reisten von Land zu Land, aber auch Handwerker waren ständig unterwegs. Und dazu die Siedlungswellen, die ganz Osteuropa erfassten.

Das damalige Europa oder besser gesagt – da diese Bezeichnung damals noch nicht gängig war – die damalige christliche Welt war ein universeller, recht homogener Raum, verbunden vor allem durch die Kirche und ihre Universalsprache, das Latein, die Sprache der Mönche und Kleriker. Aber auch das ritterliche Ethos und die damit verbundene Lebensart trugen zur Einheit der Kultur bei, die wir heute als europäisch bezeichnen.

Am Hofe Mieschkos von Oppeln wird urkundlich ein Ritter mit dem Namen Wassyl erwähnt, der ein Bulgare gewesen sein könnte. Möglicherweise war Viola die Tochter eines bulgarischen Ritters, der dem Fürsten von Oppeln diente. Allerdings kann ebenso gut angenommen werden, dass Viola einer adligen Familie aus der Umgebung von Oppeln entstammte. Ihr ungewöhnlicher Blumenname enthält sogar einen vagen Hinweis. In der Familie Odrowonsch, die urkundlich in dieser Zeit nachweisbar ist, gab es einen ähnlich seltenen, allerdings männlichen Blumennamen – Hyazinth. Die Familie Odrowonsch galt als sehr vornehm und war mit bekannten Geschlechtern in Böhmen und Polen verwandt. Es wäre durchaus keine Mesalliance gewesen, wenn Kasimir eine Odrowonsch geheiratet hätte.

Aus dieser im Oppelner Land ansässigen Familie stammten zahlreiche bedeutende Persönlichkeiten, wie der erwähnte Hyazinth, der später als Heiliger verehrt wurde. Er war ein gelehrter Mann und Mitgründer des Dominikanerordens sowie einiger wichtiger Niederlassungen dieses Ordens. Zur Familie gehörten außerdem Tscheslaw von Odrowonsch und Bronislawa, eine Äbtissin in Krakau. Ein Verwandter der Familie war Ivo Bischof von Krakau. So könnte also der Name Viola ein Hinweis auf eine gebildete Herkunftsfamilie sein. Denn dass Fürstin Viola ungewöhnlich gebildet und klug war, ist mit großer Wahrscheinlichkeit anzunehmen, hatte sie es doch verstanden, sich als Fürstin zu behaupten.

Viola – eine Einheimische! Bei einigem Nachdenken spricht nicht wenig für diese Annahme. Nur: Wo bliebe dann der bulgarische Vater, den Dlugosz erwähnt? Auf jeden Fall ist anzunehmen, dass Viola nicht fürstlicher Herkunft war, denn dergleichen wurde meistens in Chroniken festgehalten, weil das Prestige bedeutete.

Aber im Kern bleibt die Frage – wer war Viola von Oppeln und Ratibor, welcher Herkunft, welchen Standes? – offen für Interpretationen, solang diese im Einklang mit den historisch überlieferten Fakten bleiben. Als sicher darf angenommen werden, dass die Fürstin von Oppeln und Ratibor erheblich jünger war als ihr Mann. Die Historiker gehen von etwa zwanzig Jahren aus.

Über Kasimir von Oppeln ist ebenso wenig bekannt wie über seine Frau. Er gehörte nicht zu den markanten historischen Gestalten wie sein Vater Mieschko, der ständig in kriegerische Auseinandersetzungen verwickelt war und um seinen Besitz kämpfte, kämpfen musste. Mieschko, der mit Ludmilla, wahrscheinlich einer Böhmin, verheiratet war, trug den Beinamen der Humpelnde und starb 1211.

Mieschko war der Bruder Boleslaws des Langen, der durch seine ritterlichen Taten am Hofe des Kaisers Friedrich Barbarossa Berühmtheit erlangt hatte. Er war mit seinen Brüdern nach siebzehnjährigem Exil der Piastenfamilie auf der Altenburg in Thüringen und nach energischer Intervention Barbarossas in das schlesische Familienerbe zurückgekehrt. Aber – wie es auch in den besten Familien vorkommt – Boleslaw eignete sich fast ganz Schlesien an und wies Mieschko lediglich einen Appendix zu: das Fürstentum Ratibor mit Teschen. Der erboste Mieschko verschaffte sich später selbst Gerechtigkeit und riss nach Boleslaws Tod Oppeln an sich.

Mieschkos Sohn und Nachfolger Kasimir wurde wahrscheinlich 1178 oder 1179 geboren. Er heiratete Viola vermutlich zwischen 1218 und 1220. Das Paar hatte vier Kinder, zwei Söhne, Mieschko und Wladislaw, und zwei Töchter, Wienceslawa und Eufrosina. Kasimirs Ehe mit Viola, die er mit ungefähr vierzig Jahren einging, könnte durchaus seine zweite gewesen sein, obwohl nichts dergleichen überliefert ist. Er könnte aber auch in einem Konkubinat oder unbeweibt gelebt haben. Kasimir starb 1230.

Der Erstgeborene Mieschko übernahm etwa 1238 oder 1239 die Herrschaft im Fürstentum Oppeln und Ratibor. Rechtzeitig genug, um den verheerenden Mongoleneinfall 1241 durchstehen zu müssen. Mieschko kämpfte bei Liegnitz. Da er 1246 starb, darf man vermuten, dass er den späten Folgen einer Verwundung erlag.

Der zweite Sohn Violas, Wladislaw, übernahm nach ihm die Regentschaft. Der Anteil Violas an der Herrschaft ihrer Söhne dürfte beträchtlich gewesen sein, ihr Name taucht in zahlreichen Urkunden auf. Ihr Sohn Mieschko bedachte sie großzügig in seinem Testament: mit der Burg Ratibor. Wladislaw heiratete erst nach dem Tode der Mutter.

Die Tochter Wienceslawa wurde Nonne im Kloster Tscharnowons. Sie wird im Tscharnowonser Nekrolog erwähnt. Die jüngere Eufrosina wurde die dritte Frau Kasimirs von Kujawien und Mutter des Königs Wladislaw Lokietek. Auch sie regierte nach dem Tode ihres Mannes für ihre unmündigen Söhne.

Viola erwies sich als erfolgreiche Herrscherin. Dokumenten ist zu entnehmen, dass sich Heinrich von Schlesien auffallend um die Witwe kümmerte, ohne auf seine Vorteile zu achten. Ja, sie sogar mit Land beschenkte, so mit den Gebieten um Kalisch und Ruda. Natürlich könnte dies auf persönliche Sympathie hinweisen. Aber ebenso gut lässt sich daraus auf gute Verbindungen zwischen den beiden schlesischen Herrscherfamilien schließen. Familienbande allein reichten oft nicht aus für ein friedliches Nebeneinander oder gar Miteinander, besonders nach einer vorangegangenen Kontroverse wie der um den Besitz von Oppeln. Hätte Heinrich Oppeln für sich zurückgewinnen wollen, so wäre ihm das sicherlich nicht schwer gefallen. Stattdessen zeigt er sich als fürsorglicher Freund und wird sogar als Vormund der Söhne Kasimirs bezeichnet. Wahrscheinlich stand der Einfluss seiner frommen Frau Hedwig hinter seiner Friedfertigkeit.

Besuche der Fürstin Hedwig von Schlesien im Oppelner Land sind durchaus wahrscheinlich in Anbetracht der engen und friedlichen verwandtschaftlichen Verbundenheit beider Herrscherfamilien. Auf jeden Fall dürfte die Zusammenarbeit am Siedlungswerk und den damaligen Erneuerungsprozessen des Landes in enger Kooperation beider Herzogtümer stattgefunden haben.

Eine geheimnisvolle Gestalt am Oppelner Hof war Richsa oder Richesa, die in einem in Groschowitz unterzeichneten Dokument als Tante Mieschkos des Dicken (amita nostra, domina Rychza) erwähnt wird. Ansonsten gibt es aber keinen Hinweis, dass sie die Schwester Kasimirs oder Violas gewesen wäre. Der Name Richesa, Richsa oder Richensa kommt bei den Piasten nicht selten vor. Die 1239 erwähnte Richesa könnte aus einer unehelichen Verbindung Mieschkos des Humpelnden stammen. Ihr Name erinnert an die Piastin Richesa, Schwester Kasimirs und Boleslaws, die von Friedrich Barbarossa mit dem Kaiser von Spanien verheiratet wurde und die später noch zweimal verheiratet war.

Am Hofe Kasimirs und Violas spielte ein gewisser Magister Sebastianus eine bedeutende Rolle. Es gibt zahlreiche von ihm unterzeichnete Dokumente. Er scheint Kleriker und Ritter zugleich gewesen zu sein. Erwähnt wird er nicht nur als Kancelarius des Herzogs von Oppeln, sondern auch als Sohn der Bozechna, einer adligen Witwe, deren Bruder Martin Domherr in Breslau war. Bozechna, eine einheimische Adelige, war in zweiter Ehe mit einem Kleriker verheiratet beziehungsweise liiert und hatte mit ihm zwei Söhne – Sebastian und Gregor. Zu der Zeit sah die Kirche das Zölibat noch nicht so streng.

Für die Funktion des Kanzlers war hohe Bildung Voraussetzung, die damals üblicherweise an den Universitäten in Italien erworben wurde, weshalb man davon ausgehen kann, dass Magister Sebastianus dort einige Zeit verbracht hat. Gemeinsam mit seinem Bruder Gregor gründete Sebastianus 1217 die Rittersiedlung Leschnitz. Wahrscheinlich für Ritter aus dem Westen. Über diese Gründung blieb ein Dokument erhalten. Es ist das älteste Schriftstück mit einem Hinweis auf eine Besiedlung nach deutschem Recht im heutigen Oberschlesien. In ihm heißt es, für die hospites, die Gäste, wie man die Neusiedler nannte, sollten in Leschnitz die gleichen Rechte gelten »wie zuvor in Ratibor und Oppeln«. Dies weist auf frühere Gründungen in Ratibor und Oppeln hin.

Kanzler Sebastianus diente nach dem Tode Kasimirs dessen Witwe Viola. Wenngleich das letzte von diesem Kanzler unterzeichnete Dokument aus dem Jahr 1235 stammt, bedeutet das nicht unbedingt, dass er später nicht mehr Kanzler war und noch weniger, dass er keinen Kontakt zur Herrscherfamilie, insbesondere zur Fürstin hatte. Zu seinem Lebensabend gibt es mehrere Hinweise. Er wird als Probst der Heiligen-Kreuz-Kirche erwähnt, als Abt des Prämonstratenserklosters zu Tscharnowons und soll als Domherr in Breslau verstorben sein. Es ist nicht ausgeschlossen, dass er zeitverschoben alle diese Ämter innehatte.

Aus dieser Zeit sind auch andere Namen von Personen überliefert, die zum Umfeld der Fürstin Viola gehört haben. So der Name des Archidiakons Reginaldis, des Burgkastellans Zbroslaw und des Vogts Kollin, vel Collinus in Ratibor. Eine weitere interessante Gestalt war Johannes von Janowitz. Die beiden Brüder von Janowitz – Klemens und Johannes – werden in der Geschichtsschreibung im Zusammenhang mit der Schlacht bei Liegnitz erwähnt. Ihr Familienbesitz lag in der Nähe von Ratibor. Klemens soll Herzog Heinrich, als dessen Pferd gefallen war, sein eigenes überlassen haben und wurde von Mongolen erschlagen. Johann war vermutlich gemeinsam mit Mieschko dem Schlachtfeld entkommen und mit der Nachricht von der verheerenden Niederlage in die Liegnitzer Burg geeilt. Er trat nach dem Krieg den Dominikanern in Ratibor bei und soll der Verfasser einer Chronik der Schlacht bei Liegnitz gewesen sein. Dlugosz soll sich dieser Chronik bedient haben, die seither verschollen blieb.

Übrigens sollen sich das gut befestigte Ratibor und die Burg Kosel der Mongolen erwehrt haben. Oppeln aber war zum großen Teil vernichtet worden.

Für den heutigen Betrachter der damaligen Gegebenheiten ist vor allem die große Rolle, die dem Tscharnowonser Prämonstratenserkloster zukam, eine Überraschung. Doch man kann die Rolle der Klöster in dieser Zeit nicht hoch genug einschätzen. Klöster waren Orte bedeutender kultureller und zivilisatorischer

Ausstrahlung. Die benediktinische Losung ora et labora – beten und arbeiten – erwies sich als außerordentlich fruchtbar. Man kann sagen, dass die mittelalterlichen Klöster die Grundlagen unserer europäischen Kultur geschaffen haben. Freilich ging es in erster Linie um die Verbreitung und Festigung des Christentums, aber die Klöster, die Kirche überhaupt, waren Träger einer für uns heute unvorstellbar intensiven Spiritualität. Die damaligen Menschen hatten ein starkes Bedürfnis nach einem innigen Verhältnis zu Gott, das ihnen die christliche Kirche bot. Der christliche Glaube, wie ihn die Kirche verbreitete, war eine das ganze Leben umfassende Selbstverständlichkeit.

Daraus ergibt sich aber auch die Frage nach einem heidnischen Glauben, den es in Schlesien vor dem Christentum gegeben haben mochte, die Frage nach heidnischen Vorstellungen, die von der Kirche sowohl bekämpft wie auch angenommen wurden. Man weiß heute, dass gerade auch die in enger Verbundenheit mit der Natur lebenden Völker der vorgeschichtlichen Zeit ihren Blick in den Himmel richteten, der ihnen Segen oder Unglück verhieß. Sie empfanden ihre kosmische Eingebundenheit und brachten dies in ihrem Glauben und in ihren Ritualen zum Ausdruck. Das bedeutete meistens einen Sonnen- und/oder Mondkult. Damit verbunden waren agrarische Fruchtbarkeitsrituale. Die Angst vor den Urgewalten und zuweilen auch vor übermächtigem Getier wie die Drachen spielte dabei auch eine Rolle.

Für den Raum des Oppelner Landes belegen neueste archäologische Funde die Anwesenheit von Dinosauriern. Aber auch Orts- und Familiennamen weisen auf Drachen hin.

Die Mönche und Nonnen übernahmen nach den Missionaren die Aufgabe, die Menschen dem christlichen Glauben zuzuführen. Sie hielten sich für Vermittler zwischen Gott und den Menschen.

Mit dem Christentum kam auch das römisch-germanische Kulturerbe, vor allem aber die Schriftkultur ins Land. Das Land wurde an die gesamte kulturelle Entwicklung des Abendlandes angeschlossen. Zu einem Kloster gehörte ein fester Bestand heiliger Bücher. Durch das Lesen und Kopieren von Büchern entwickelte sich zunehmend Wissen, vermehrte und verbreitete sich Gelehrsamkeit.

Einer Frau oder – wie man damals sagte – einem Weib stand nur dieser eine Weg zur Bildung offen: das Leben als Nonne. Den Klöstern angegliedert waren Schulen, die allgemeine Bildung vermittelten. Es gab auch Schulen für Mädchen, deren Unterricht sich meist allein auf das praktische Leben bezog. Die Mädchen wurden in der christlichen Kindererziehung unterwiesen, lernten haushalten, kochen, spinnen und nähen.

Die christliche Kirche gestand den klösterlichen Frauen zwar Bildung zu, duldete sie aber höchst ungern in Ämtern. Das Amt einer Äbtissin beziehungsweise Priorin war der höchste Rang, den eine Frau im kirchlichen Raum erreichen konnte. Eine Äbtissin war zwar eine wahre Herrin, doch war ihr meistens ein Abt über- oder beigeordnet. Priester übten in Frauenklöstern alle geistlichen Funktionen aus, auch waren Verwaltung und Finanzwesen meistens den geistlichen Herren vorbehalten. Nonnen wurden aber als Lehrerinnen und Heilerinnen geschätzt. Im Kloster oblag ihnen die Haushaltung und die Bibliothek, sowie das musische Leben.

Angeschlossen an die Klöster waren hervorragend bewirtschaftete Grangien, landwirtschaftliche Betriebe, die, von Konversen bearbeitet, für das Kloster Unabhängigkeit bedeuteten. Überdies gehörte Mildtätigkeit zu den festen Aufgaben der Nonnen und Mönche. Man betreute Arme und Kranke, unterhielt Hospitäler und Herbergen für Reisende. Klöster waren auch Zufluchtsstätten für adlige Witwen und unverheiratet gebliebene Töchter.

Der Prämonstratenserorden – der Name kommt vom Gründungsort Prémontre – wurde vom heiligen Norbert errichtet. Das Kloster Tscharnowons gehörte diesem Orden an, sein Mutterkloster lag in Magdeburg. In den meisten Orden der damaligen Zeit lebten Mönche und Nonnen getrennt voneinander. Nur bei den Prämonstratensern wurden eine Zeit lang Doppelorden geduldet. Später gab man die Doppelorden auch bei den Prämonstratensern auf, da es vermutlich doch hier und da zu unerwünschten Komplikationen kam.

In Tscharnowons war die Sonderregelung für einen Doppelorden erwirkt worden, weil es hier einen Männerkonvent gegeben hatte, ehe die Nonnen aus Rybnik nach Tscharnowons geholt wurden. Wahrscheinlich hatte man beschlossen, dass es später keine Neuaufnahmen in den Männerkonvent geben sollte. Denn später war das Tscharnowonser Kloster ein reiner Frauenkonvent. Stattdessen entstand in Himmelwitz ein neuer Männerkonvent.

Aus Urkunden geht hervor, dass das Frauenkloster von Fürstin Ludmilla in Rybnik (1211) errichtet worden war. Wahrscheinlich hatte aber Fürstin Viola den Umzug der Nonnen (1228) nach Tscharnowons bewirkt. Allerdings gibt es dafür keine Belege. Für den Fürsten und seine Familie war es in jeder Hinsicht vorteilhaft, ein Kloster in der Nähe zu haben. Die Krypta der Klosterkirche diente zumeist als Grablege der fürstlichen Familie und die Mönche und Nonnen beteten für das Seelenheil der Fürstenfamilie, ihrer Gönner.

Eine wichtige Aufgabe fiel den Klöstern mit der Betreuung des Siedlungswerkes zu. Für die Leitung der Ansiedlungen waren besonders die Zisterzienser berühmt. Die erste Spur der Ansiedlung von »hospites«, wie man die Siedler nannte, in Schlesien hat sich im Kloster Leubus aus dem Jahre 1175 erhalten. Sowohl die Mönche wie auch die Siedler kamen aus dem Raum um Altenburg, aus dem heutigen Thüringen. Der Leschnitzer Gründungsurkunde von 1227 kommt für das rechtsodrige Schlesien eine ähnliche Bedeutung zu.

Den ersten Frauenkonvent in Schlesien errichtete Hedwig von Schlesien in Trebnitz im Jahre 1203. Die Nonnen kamen aus Bamberg, die Äbtissin aus Kitzingen, wo die Andechser Fürstentochter erzogen worden war. Bald darauf entstand bei Breslau noch das Kloster Heinrichau, das durch das von Abt Peter verfasste Hein-

richauer Gründungsbuch für die Erforschung der Siedlungsgeschichte Schlesiens bedeutsam wurde.

Die frühe Besiedlung Schlesiens ist ohne die Kirche und vor allem die Klöster nicht denkbar. Christianisierung und Besiedlung
sind überall eng miteinander verbundene Vorgänge.

Die Neusiedler brachten den zivilisatorischen Fortschritt mit
sich und trugen zum Anschluss der Länder an das Abendland bei,
an das damalige Europa. Die Motive der Landesfürsten waren
wirtschaftlicher Natur. Die Herrscher riefen die Neusiedler ins
Land, weil sie sich davon die Füllung ihrer Schatullen erhofften.
So genannte Lokatoren organisierten die Gruppen für den Treck
und die Ansiedlung. Anweisungen und konkrete Obhut vor Ort
gab es von Seiten der Klöster.

Für die Siedler bedeutete die neue Heimat zunächst harte Arbeit – Roden und Entsumpfen waren angesagt. Die Organisation
des Gemeinwesens, der Bau moderner Bauernhöfe nach mitge-
brachten Plänen sowie die Dreifelderwirtschaft, steigerten die Erträge erheblich. Dazu trug auch Einführung neuer Gerätschaften
wie den Eisenpflug, den Kumet für das Pferd, den Dreschflegel
und die Errichtung von Wind- oder Wassermühlen bei. Die Besiedlung fand im gesamten mittel- und osteuropäischen Raum
nach dem Magdeburger Recht statt, das für Schlesien in Neumarkt
bearbeitet wurde.

Oft entstanden die neuen Städte neben den alten Vorburgen,
den suburbien. So in Oppeln, Beuthen und Ratibor. Manchmal im
freien Feld wie die Bischofsstadt Neiße. Ins Land strömten Geistliche, Ritter, Kaufleute, Handwerker und Bauern. Die Bevölkerung vervielfachte sich in dieser Zeit im gesamten schlesischen
Raum.

In ganz Schlesien verlief der Prozess der Besiedlung beispiel-
haft friedlich. Von einem Verdrängen früherer Bewohner oder
von Feindseligkeien zwischen beiden Bevölkerungsgruppen ist
nichts bekannt. Die Einheimischen gingen gern zu den Deutschen
und man baute gemeinsam mit ihnen das Land auf. Vermutlich gab

es von Anfang an, wie auch später während der Zeit der Industrialisierung zahlreiche Mischehen. Die Ankömmlinge, junge Burschen, heirateten einheimische Mädchen.

Der Mongoleneinfall zerstörte vieles vom bisherigen Siedlungswerk, löste aber daraufhin die stärkste Besiedlungswelle aus. Die Zeit der Viola von Oppeln, das 13. Jahrhundert, war trotz dieses verheerenden Mongoleneinfalls eine optimistische Phase des Aufbruchs in ein neues Zeitalter, eine bewegte in die Zukunft weisende Zeit, die die Strukturen des Landes für Jahrhunderte prägte.

LITERATURHINWEISE

Otto Borst: Alltagsleben im Mittelalter. Frankfurt/Main 1983
Jasienica Kazimierz: Rodowód Piastów śląskich (Die Genealogie
der schlesischen Piasten), Wrocław/Breslau 1977
Joseph Klapper: Schlesische Volkskunde auf kulturgeschichtlicher
Grundlage. Stuttgart 1952
Walter Kuhn: Siedlungsgeschichte Oberschlesiens. Würzburg
1954
Ernst Lange: Kloster Czarnowonz. Oppeln 1930
L. Petry/J. J. Menzel/W. Irgang (Hrsg): Geschichte Schlesiens.
Band I, Historische Kommision für Schlesien, Sigmaringen
1988
Ulrich Schmilewski (Hrsg.): Wahlstatt 1241. Würzburg 1991
Ulrich Schmilewski: Der schlesische Adel bis zum Ende des
13. Jh. Würzburg 2001
Benedykt Zientara: Heinrich der Bärtige und seine Zeit. München
2002

INHALT

271